民国武侠小说经典 插图版

七剑下辽东

郑证因◎著

中国友谊出版公司

图书在版编目（CIP）数据

七剑下辽东 / 郑证因著 — 北京：中国友谊出版
公司，2012.2
（民国武侠小说经典）
ISBN 978-7-5057-2981-0

Ⅰ．①七… Ⅱ．①郑… Ⅲ．①侠义小说－中国－现代
Ⅳ．①I246.5

中国版本图书馆CIP数据核字(2012)第026222号

书名：七剑下辽东
作者：郑证因
出版：中国友谊出版公司
发行：中国友谊出版公司
印刷：北京楠萍印刷有限公司
规格：880×1230毫米　32开
　　　10.25 印张　275.8千字
版次：2012年3月第1版
印次：2012年3月第1次印刷
书号：ISBN 978-7-5057-2981-0
定价：29.00元
地址：北京市朝阳区西坝河南里17号
邮编：100028
电话：64678009
传真：64662649

序：民国旧派武侠小说简论

孔庆东

我的老乡于学松，为人为学，低调质朴。穷数千日之功，潜心裒辑民国时期的武侠小说，点校正义，终成硕果。今有煌煌《民国武侠小说经典》系列出版，嘱我作序，实感愤愤。我于武侠小说研究界彳亍多年，浪得虚名，其实很多秘籍珍版，未尝读过，此番也正是补课之大好良机。至于说三道四，颇感资格不够，遂将旧稿，改头换面充数，名为序言，实乃虚言耳。

提及民国旧派武侠，虽然从民国建立那年便有，但若以"现代"武侠论，则一般都以"南向北赵"为开山。南向者，即平江不肖生向恺然，一生撰写武侠小说十余种，而以《江湖奇侠传》、《近代侠义英雄传》最为著名。本经典丛书所收之《江湖小侠传》，则属罕见之佳构。

向恺然（1890－1957），名逵，笔名不肖生，湖南平江人，故署平江不肖生。青年时代两度赴日留学，并撰有长篇黑幕小说《留东外史》。向恺然知拳术，说起武林掌故如数家珍，寓居上海时为世界书局老板沈知方探得底细，根据自己对文化市场的预测，登门求稿，"极力地挖取向恺然给世界书局写小说，稿资特别丰厚。"不肖生遂有《江湖奇侠传》之作，1923年1月《红杂志》22期开始连载。连载时版式即为出单行本而预作设计，连载到一定段落，即推出单行本。1923年6月，不肖生同时在《侦探世界》上连载《近代侠义英雄传》。由此可见，《江湖奇侠传》的出现，是一个现代商业策划的成功案例，民国武侠小说第一个创作浪潮的到来，实赖文化市场推动之功也。

《江湖奇侠传》流传愈广，平江不肖生名声益震。1928年春，上海明星电影公司将《江湖奇侠传》改编为《火烧红莲寺》第一集。"五月，正式上映，哄动一时，大收旺台之效；同年拍摄二、三集……十八年（1929），拍摄四至九集。十九年（1930），拍成十至十六集。二十年，续拍十七、十八集；《火烧红莲寺》艺术价值不高，开中国电影史武侠神怪片之先河……"《中国电影发展史》中说："据不十分精确的统计，1928—1931年间，上海大大小小的约有五十家电影公司，共拍摄近四百部影片，其中武侠神怪片竟有二百五十部左右，约占全部出品的60%强，由此可见当时武侠神怪片泛滥的程度。武侠神怪片的第一把火是明星影片公司放的，……于是红莲寺一把火，"放出了无量数的剑影刀光'，'敲开了侠影戏的大门墙'……"

从《江湖奇侠传》和《近代侠义英雄传》的连载开始，到《火烧红莲寺》的盛极一时，是平江不肖生的黄金时代。

这种奇观是怎样形成的呢？民国之后，中国人的侠义精神大规模恢复生机。再经五四新文化运动，人民重新觉得自由是一件很重要的事情：皇帝已经没有了，虽说有些人可能还要复辟，但是已经不成气候。社会主流是要共和、要民主，人民要个性解放。就当此时，"现代"武侠小说开始登场。1923年产生了几部重要的武侠小说，除了平江不肖生的作品外，还有一个北方的作家叫赵焕亭，他写了《奇侠精忠传》，时人遂呼为"南向北赵"。"南向北赵"的崛起是中国武侠小说恢复生机的重要标志。《江湖奇侠传》被改编成电影《火烧红莲寺》，因为当时没有电视连续剧，便拍了十八集电影，其火爆程度，是今天无法想象的，根据茅盾先生的记载，影院内外挤满了人，电影院充满了喝彩、叫好的声音。当时人们看这个电影，还由于女主角是由著名的影后蝴蝶来扮演的，那是当时最流行的大众文化。

"南向北赵"之外还有一个叫姚民哀的作家，著有《山东响马传》，题材是当时发生的一件真实的新闻。民国的时候国家比较混乱，山东有一支响马——就是现代的土匪，首领叫孙美瑶。孙美瑶所部在山东的津浦列车沿线，劫持了一辆列车，列车上有很多外国游客，被孙美瑶扣为人质。晚清政府也好、民国政府也好，最怕的就是外国人。当时有一种说法：洋人怕百姓，百姓怕官府，官府怕洋人，这是一个循环。劫持的外国人中，有很多重要的人物，包括美国总统罗斯福的侄女，还有些外国的大款都绑在里面，所以轰动一时。最后政府无能，只好答应了土匪的要求：交钱赎人。政府后来把孙美瑶部队给招安了，变成了正规军；招安之后又把孙美瑶给暗杀了。这个故事是非常曲折精彩的，姚民哀就在这个故事发生后不久写出了《山东响马传》。姚民哀是非常了解当时中国社会的一个奇才，他是说书人出身、走南闯北，所以"南向北赵"加上姚民哀，构成了旧派武侠小说早期的"三足鼎立"，他们奠定了现代武侠小说早期的艺术风貌。

平江不肖生本人，是真懂得武术的。现在的武侠小说家，大多数不会武术，包括金庸古龙梁羽生。而在旧派武侠小说作家中，确实有几个是懂得武术的。平江不肖生不仅懂武术，还出版过武术方面的著作。现在武侠小说中的一些重要概念、思想都是从他那里开始的或者光大的。比如说，他把武功分为"内家"和"外家"——我们现在讲的"内功"和"外功"。这在古代的武侠小说中是没有的，《水浒传》就没有这一套理论，李逵、林冲都没有讲怎么练"内功"、打坐、呼吸吐纳……都没有，上来就打。也就是说武功理论从平江不肖生开始细化了。另外，他的小说中把"家国之忧"、把近代以来的民族忧患意识加进去。比如《近代侠义英雄传》，其中的主要人物是大刀王五和霍元甲，从此就产生了一系列的关于霍元甲的作品，霍元甲成为以后武侠作品中一个重要的人物。在这里，他把"侠义"和"民族尊严"结合起来。他写了霍元甲打擂，打败了外国大力士；但是他没有把这个故事简单解说成弘扬民族精神。他通过霍元甲的口说：我打败几个外国人有什么了不起！我一个人强不能说明这个国家就强大。今天有一些文学和影视作品，喜欢写中国的武术家打败外国的武术家，以此来证明中国比外国强，这有时是一种阿Q精神。而霍元甲本身是清醒地认识到这一点的。在"内功"和"外功"这个问题上，平江不肖生也通过霍元甲的武功，进行了精彩的论述。霍元甲虽然武功很高超，但是壮年就去世了；为什么很早就去世了，平江不肖生认为是"内功"练得不好；他说霍元甲的功夫都是很凶猛的"外功"，他在武侠小说中塑造了很多"内功"高手——不轻易出来打架的。他评论"内功"和"外功"的区别是什么呢？他有两个比喻：一个比喻是，一个铁箱子，里面装的都是玻璃，外面看上去坚固无比，怎么打这个铁箱子都不会坏的，但是里面的玻璃已经碎了。还有一个比喻是，一艘商船，上面放着大炮——这一炮放出去，固然能够把敌人的船打沉，但是自己的船也给震坏了。他说霍元甲的武功就是这样的，威猛无比，但是自己的五脏六腑没有练好——你这一拳打出去，固然把敌人伤得很厉害，但是自己的内脏也受了伤；天长日久，这些伤就积累下来，积劳成疾，成了不治之症。这些理论，后来在新派武侠小说中得到了系统的继承。我们可以看到金庸小说中有很多类似的论述，比如说谢逊的"七伤拳"就是这样，要想伤人先伤自己；每打一次敌人，自己就受一次伤。还有《倚天屠龙记》里神医胡青牛的理论，都和这个是有关系的。这是在平江不肖生那里开创的，所以平江不肖生的武学理论是非常重要的。

赵焕亭是河北人，他在武学理论上也和平江不肖生一样，强调"内力"、强调"罡气"，总之是强调人内在的修养能够作为"外功"的基础。赵焕亭还有一个功绩，就是他为所有的这些搏击腾挪修炼的技术取了一个统称，叫做"武功"。我们今天说"武功"这个词的意思，不是古已有之的。古代也有"武功"这个词，是指一个人、一个统治者在军事方面的成就，说他的"文治武功"。比如说乾隆有十大"武功"，不是说他有十项打人的技术，是说他"平新疆"、"平西藏"、"平尼泊尔"……说他有十次功劳而已。到了赵焕亭这里，他把技击、打坐、轻功、暗器等所有这些加起来，叫作"武功"，今天成了我们谈论武侠的核心术语。现在世界上统称为"功夫"，还成了一个英语词，成为一个世界通行的词。

"南向北赵"加上姚民哀，他们的武侠小说合起来，恢复了侠的自由精神。在晚清的时候，"侠"不自由，变成了朝廷鹰犬，所以受到了鲁迅先生的批判。是他们把"侠"解放出来，所以武侠小说就变成了"现代"的了。他们发明了一批武学术语，采用了许多新式的技巧，从而促进了武侠小说的类型化，使武侠小说渐渐成为通俗小说的主力之一。新文化运动之后，新文学界不断地批判通俗小说，在理论上通俗小说是辩论不过新文学的，只有靠自己的创作实绩、靠自己的市场，来证明自己的价值。就是在这种背景下，武侠小说为通俗小说撑起了半个天下。新文学尽管进步、先锋，但大半个市场是被通俗小说占领着的。所以我们要清楚，四万万中国人，有一万万去读鲁迅的小说，中国早就不是今天这个样子了。正因为鲁迅的小说印出来，只能卖两三千本，对中国来说这不是个数。四万万人民有几千人读鲁迅，没有太大的作用，读者都是知识分子，我写了你看，你写了我看。而通俗小说一印就是几万、几十万，这才是威力巨大的。

武侠小说发展到30年代的时候，姚民哀形成了自己的一个庞大的系列，叫做"会党武侠小说"——就是专门写帮会、党派。今天的武侠小说，已经离不开这种题材了，一写就是什么帮、什么派，这是从姚民哀那里奠基的。这样写也是有历史根据的，因为从明清两朝，特别是从民国以来，中国民间的社会团体特别发达。中国的历次农民起义和革命都和这些帮会有关系，同盟会、国民党、共产党，都和这些民间团体有千丝万缕的联系。他们共同参与了中国走向近代、走向现代化的过程。而姚民哀就把这些武侠传奇和帮派历史结合起来，既增加了神秘性，又增加了纪实性。本来这些帮派里的规矩、语言都是内部的黑幕，社会上的人是不知道的；慢慢通过武侠小说流传开来，进入日常的语言，所以我们这些日常的人也学会了很多黑社会的切口，比如说把眼睛叫"招子"，把撤退叫"扯呼"，这都是从武侠小说来的，本来这都是黑社会内部的秘密。姚民哀还开创了一个新的写法，就是在不同的作品中让人物和情节互相照应。在这部作品中出现的人物到了另一篇作品中还有，在这里是第一号人物，在那里可能变成第五号人物了，互相提示。这样所有的小说合起来变成一个大的作品，互相连环起来，叫作"连环格"。这也对后来的武侠创作产生了深远的影响。比如金庸的小说中就有很多"连环格"：在这部小说里提到那部小说的人物，这样就使整个的创作形成一个有机的整体。

到了30年代，又出现了与向、赵、姚齐名的一个人，叫做顾明道，他20年代末创作了一部小说，叫《荒江女侠》。这部小说在武侠小说史上的意义是什么呢？它把武侠和情爱融为一体。书中写了男女双侠，主人公方玉琴和岳剑秋，他们不仅是一对除暴安良的好搭档，而且在出生入死中经历了很多缠绵误会，最后琴剑和谐，结成美眷。中国传统的武侠小说，是排斥女性的，《水浒传》一百单八将里面只有三个女的，其中两个形象都不太好，只有一丈青扈三娘形象比较好，而作者还把她嫁给矮脚虎王英了。一百单八将之外的女性，则多是反面形象，什么潘金莲、潘巧云、阎婆惜都是被杀的对象，都是用封建观念把她们写成淫娃荡妇。后来到了清朝，好不容易出现了一些女侠，可这些女侠也是作为男侠的一些陪衬。所以，《荒江女侠》有一个划时代的意义，它首次写男女双侠共闯江湖，这分明体现出它的现代性来。正因为这个原因，其轰动程度直追《江湖奇侠传》，也被改编为13集电影和其他的许多艺术形式。顾明道是把爱国、武侠、言情结合在一起，形成一个新的模式，从此之后作家们发现，把武侠和爱情结合在一起，是一条很好的路子，所以我们看现在的武侠一般都离不开言情了。本经典系列就选了顾明道的《草莽奇人传》，从中可以领略作者的风格。而金庸先生少时，便是读过顾明道的作品的。

还有一位武侠作家叫文公直，他是把武侠和历史结合起来，写了"碧血丹心"系列。这个系列的主人公是明朝的忠臣于谦，写于谦保家卫国的忠烈精神，实际上是借古喻今，弘扬中华民族抵抗外侮的精神，因为到了30年代，中国日益面临着日本侵略的危险。至此，我们可以看到武侠经过了多方面的融合，与帮会、与爱情、与侦探、与历史都结合起来了。所以说，向恺然、赵焕亭、顾明道、姚民哀、文公直这五个人就代表了旧派武侠小说前期的成就。我把他们命名为"旧派武侠前五家"。

旧派武侠小说到了后期，特别是40年代，出现了影响更大的五个人，学术界称为"北派五大家"，我把他们命名为"旧派武侠后五家"。其中最早成名的是还珠楼主，今天还有很多老"还珠迷"，提起来仍然津津乐道。还珠楼主原名叫做李寿民，四川人，自幼博览群书，佛教道教兼通，会气功和武术。他命运坎坷，经历传奇，是一个武侠小说方面的全才。从1932年开始，他在天津连载著名的武侠小说《蜀山剑侠传》。

《蜀山剑侠传》可以说是20世纪最著名的武侠小说，按单部作品的影响来看，《蜀山剑侠传》超过金庸的任何一部小说，今天有些网络游戏都是从《蜀山剑侠传》那里获取灵感的。该作品一边连载，一边一册一册的出版，一直到1949年新中国建立，还没写完。写了多少字，很难统计。按照旧式排版，不分行不分段的，一个字一个字的数下来，是五百多万字。如果按照现在的排版方式，分了行分了段排起来，大概就得有七八百万字了。假如说按照古龙的写法，一句话一行，一句话一段，那就不知道多少字了。这是古今中外规模最大的一部小说，而且还没有写完。此书把神话、志怪、剑仙、武侠结合为一体，写出一个宏伟的艺术世界来。书中的剑仙是无所不能的，几乎超出了《西游记》的境界，他们可以操纵人的生死——他们拿的武器都是类似现代高科技的法宝：什么东西一发光，可能大海就煮沸了；一掌打过去，可能喜马拉雅山的雪也会融化——所以批评者说，完全是荒诞不经。但他写的是一个神话世界，这个世界是合乎自己的逻辑的。

小说创作的背景，是针对着"九一八"事变后中国被侵略、国土沦丧的事实。还珠楼主是一个非常有民族正义感的人。华北沦陷后，由于他很有名气（周作人当时作了汉奸），有人劝他出来为日本人做事；他拒绝不做，后来就被抓到监狱里面，拷打折磨了七十多天，据说武功都给打废了，所以他出来之后就更加痛恨侵略者。在写《蜀山剑侠传》的时候，充满了对邪魔歪道的憎恨。他最喜欢写正邪两道的斗法，突出邪不压正的观念。书中的风光描写、知识描写的精彩，也是文学史上罕见的。后来的梁羽生、古龙等人，都从还珠楼主身上得到了很大的教益。包括金庸笔下的若干武功，也是直接从还珠楼主那里拿来的，例如"蛤蟆功"和黄药师、黄蓉的一些武功，就是还珠楼主写过的。

本经典系列所收《蜀山剑侠新传》，亦为还珠楼主的著名佳作。还珠的作品形成了一个庞大的"连环格"系列，可以看做是一个浩大无比的"蜀山"文化工程。虽然作为主干的《蜀山剑侠传》没有写完，但是其他这些前传后传外传旁传，五花八门地读起来，也别有风味，引人入胜。

还珠楼主之外还有几人很著名，一个是白羽（宫白羽），他的成名作是《十二金钱镖》，当时达到家喻户晓的程度，号称"家家谈钱镖"。白羽的代表作是《偷拳》，写的是太极拳的杨派创始人杨露蝉的故事。杨露蝉痴心学武，不是碰壁就是受骗，后来他装成哑巴乞丐，在陈氏掌门家中做仆人，偷偷学艺，终于感动了师父，得到真传，后来成为一代宗师。白羽的武侠小说具有明显的"反武侠"意味，他和还珠楼主正好相反，他写的人物不但不神奇，都是普通人，而且很懦弱很世故；他们除了会一点武术外，经常胸无大志、丢乖出丑。这反映出白羽的一个思想：武侠不能救国。白羽年青时代追随过鲁迅，是鲁迅的学生，受新文学观念影响很大。他的小说，是对社会道义沦丧、侠义不张的批判。比如小说中有这样的情节，两个侠客比武，其中一个已经失败了，胜利的这人拱手说："承让！"这是武侠小说中常见的情节。按照江湖惯例，高手已经说承让了，低手就应该承认自己的失败，然后两人重归于好。可是白羽写的是，恰恰在这个时候，趁高手不注意，低手突然出招，把高手打死了。也就是说，不讲道义的人获得胜利。白羽所写的正是我们社会的现实，前面讲的那种君子风度，恰恰是理想。所以，他的小说是具有社会反讽性的。另外，据说"武林"这个词是白羽发明的，以前有"江湖"、"绿林"，但是没有"武林"这个词。"武林"包括了好人、坏人，黑道、白道，这是白羽的发明。

还珠、白羽之外，第三位重要作家是郑证因，白羽的好朋友，天津人。以往学界重视不够，本经典系列收其作品《七剑下辽东》。郑证因的武侠小说以刚猛见长，基本没有男女情爱，也不写复杂的历史。他最著名的小说是《鹰爪王》，以此为核心形成一个"鹰爪"系列。郑证因的小说里，发明了很多奇怪的武功，还有很多江湖术语，他本人也会武术。郑证因的小说，以阳刚粗豪之气自成一家，但也吸收了赵焕亭、姚民哀、宫白羽的一些因素。喜欢纯粹武打风格的读者，会从他的作品中得到更多的享受。

再一位重要的作家，是多年湮没无闻，现在重新著名的王度庐，就是《卧虎藏龙》的作者。我1994年读他的小说，就感觉此人了不得，他的小说成就相当高。我后来在韩国首先看到了李安拍的《卧虎藏龙》，那个时候大陆还没有公映。我看后说，这个影片有可能获奥斯卡奖，果然后来获奥奖了。我还写了第一篇影评发表在韩国的《文化日报》上。王度庐的小说为什么具有高度的思想内涵和艺术深度呢？关键在于它也是受新文学的影响，王度庐早年也是到北大去旁听，到北京图书馆自学。他既写新文艺小说，也写通俗小说，早期还写过侦探小说。抗战爆发后，为了养家糊口，才写武侠，所以一出手水平就很高。他的代表作是五部书连起来，叫做"鹤铁五部作"：《鹤惊昆仑》、《宝剑金钗》、《剑气珠光》、《卧虎藏龙》、《铁骑银瓶》，五部作品合起来是一个系列。《卧虎藏龙》这部电影，是把其中两部作品的故事融汇到一起。王度庐对武侠小说最杰出的贡献，公认是"悲剧侠情"。他的小说，武功没什么神奇，重心在于人物之间的爱情纠葛，而爱情往往是以悲剧结尾。在王度庐的笔下，对于爱情的探讨，达到了非常深刻的程度。很多言情小说写两个人相爱，往往受到什么阻碍、阻挠，因为有阻挠不能结合，或者战胜了阻挠就结合了。而王度庐的小说，直接把爱情放在你的面前，当没有人阻碍你的时候，你能够获得爱情的自由吗？不要找借口说谁阻碍你，没有阻碍，你们愿意相爱就相爱吧，这个时候你能驾驭人生的这只小船吗？在王度庐的笔下，爱情在仇恨、在侠义、在名利的面前往往是十分脆弱无力的；这个时候爱情露出它的真面目，恰恰在可以自由选择的时候，人才发现自由是不存在的。这个时候可以发现，很多情人们对情其实是怀着深深的恐惧感的。人们追求爱情，可以很深情、很挚情，可是一旦爱情之梦即将实现的时候，主人公不是死了，就是走了，退缩了、拒绝了。侠客们舍弃了现实世界的所谓幸福，保持了生命的孤独状态。什么是"侠"？它的本质意义就是孤独和牺牲。"侠"一生是孤独的，渴望着知音，可是一旦有了知音，这个"侠"的意义就没有了。所以，王度庐的思想内涵是非常深的。在他的小说中，江小鹤最后是归隐，李慕白和俞秀莲终身压抑着真情，玉娇龙和罗小虎一夕温存即绝尘而去，这不能说是封建观念，而恰恰是现代意义上对爱情的追问：什么是"侠"，什么是"情"。

"北派五大家"最后一位叫朱贞木。他的小说已经和新派武侠小说接轨了，其创作不拘传统格式，经常使用新名词，讲究推理，又喜写多角恋爱。其代表作是《七杀碑》。本经典系列收入的《飞天神龙》（含《炼魂谷》、《艳魔岛》），可见一斑。朱贞木把对人物的理想化描写与写实风格的武功细节相结合，可以说开了新派武侠小说创作的先声。学界有人将他的位置放在新派武侠的开端，但我以为还是应该视为民国旧派武侠的殿军，更为确当。

上述诸家外，还有其他一批武侠小说家，写了若干系列。比如我们今天熟悉的"黄飞鸿系列"，就是在四十年代开始的，后来成了港台影视的一个重要题材。还有"方世玉系列"、"南少林系列"，也都很有影响。这些武侠小说直接开启了五、六十年代港台的新派武侠。所以说旧派新派，本是一脉，江山代有才人出也。

今天中华民族面临着文化复兴的神圣天职，武侠精神的提倡，刻不容缓，希望我们不仅有旧派武侠、新派武侠的经典，更有新世纪的一代少侠破茧而出，光照未来。

编选说明

现代武侠小说肇始于民国时期。自1923年初不肖生的《江湖奇侠传》开始在杂志上连载起，民国武侠小说创作即进入了持续近十年的空前繁荣阶段。这期间，不但"南向北赵"双雄对峙，分执南北武坛之牛耳，姚民哀、顾明道、文公直等亦有风格独特的重要作品问世。1932年后，以还珠楼主为领军人物的"北派五大家"，更是把民国武侠小说，从故事内容到表现形式，逐步推向了一个全面成熟的阶段，并对后来兴起的新武侠文学，产生了巨大影响。

应该指出，民国武侠小说的重要意义，不仅在于其承前启后的历史地位，更在于其本身所蕴含的深厚而独特的思想、文化价值。在民国重要武侠作家的小说中，不但中国传统文化中特立独行、扶危济困、惩恶扬善的侠义观念得到了充分体现，而且在新的时代背景下，突出了刚健之气、人格尊严和情感价值；其中一些作家的作品，更是把爱国观念、民族气节和社会正义，纳入到武侠小说的视野、主题之中。就审美属性而论，民国武侠小说中的上乘之作，亦有较高的文学价值，在语言运用、意境构造和故事叙述等方面，展现出了风格上的独特性和多样性，以及表达上的自如与纯熟。

考虑到尚有相当多的民国武侠小说佳作，建国后未曾再版，从中遴选出一部分堪称经典的作品，以简体字重排、发行，既便于广大读者欣赏到更多民国时期的武侠精品，也有利于民国武侠的文化传承，更是对呕心沥血创作这些作品的民国作家们的肯定和尊重，于是，我们编选了这套《民国武侠小说经典》丛书。

本套丛书遴选了民国时期武侠小说经典之作若干部，将在近期陆续出版。编选原则是：一、以民国武侠较有代表性的作家为主，同时适当兼顾虽较少为世人提及，但其武侠小说创作达到较高水准的作家；二、风格多样，兼容并蓄。力图呈现出民国武侠小说争奇斗艳、异彩纷呈、璀璨夺目的繁荣景象；三、内容健康，可读性强，属于作者的代表作或主要作品，有较高的文化艺术价值；四、优先选择建国后内地从未再版的作品，为读者带来新的阅读体验和感受；五、对于其全部或主要的武侠小说均已发行过简体字版的代表性作家，则从其脱销已久的主要作品中选择；六、注重入选本套丛书作品的完整性和独立性。凡是作家未完成的小说，一般不选。作家的多篇小说情节、内容前后衔接，联系紧密的，或全部入选，结集为一部出版，或一概不选；七、尽量控制每部作品的篇幅，过长或过短的较少收录；八、凡是小说的真伪存疑或有争议的，一律不选。

本丛书的编选、校读，均援用民国时期的原刊本。小说发行单行本前，曾在期刊上连载的，一般亦将期刊连载的文本作为校勘依据；作者本人对正文的注解，均以句内括号或句外括号形式，紧排在该处正文之后；原刊本中如有脱文或故事情节上的明显矛盾，需作提示的，则在该处正文后加方括号，以楷体字标明；有关小说原刊本版本的情况，以及其他需要说明的重要问题，则以脚注的形式注明；原刊本中一般的排印错讹或作者笔误，经多方引证、仔细核对后，予以更正；标点符号和段落，均按现代规范用法重标重排；为增加读者的阅读体验和阅读趣味，每部入选作品均配以插图。其中，原刊本即为绘图版的，原版插图均予以保留。

选入本套丛书的武侠小说，不但体现了作家的语言风格和艺术成就，而且反映了民国时期白话文的基本特点。校读、重排中，我们坚持尊重原作，力求保持作家个人的习惯用语和民国白话文遣词造句的风格、韵味，以便读者能对现代白话文动态的发展历程有一个生动、直观的感受。对于原作中那些当时习用、现已不常见的句式或字、词用法，如"工夫"通"功夫"，"气工"通"气功"，"发见”通“发现”；将指示代词“那”、“那里”等亦作为疑问代词使用；在时间副词“一会”之后，往往不加表示儿化韵的“儿”字；有时以人称代词的单数形式指代复数；故事叙述中，往往整段、整页省略主语等，只要不至于引起歧义，均不作改动。其他诸如“这们”、“借镜”、“计画”、“宝爱”一类的词汇，今日虽少再用，但并不为错，也尽量不改。

由于民国作家所处的社会环境不同，本丛书的个别作品，可能在具体情节的叙述、描写中，表现出作家与今世不同的思想倾向。相信读者阅读时会注意分析、鉴别。

于学松
2012年2月12日

目 录

第 一 章　失足恨穷困入歧途 ……………………… 1

第 二 章　动仁慈弃邪遭惨祸 ……………………… 27

第 三 章　誓复仇含恨走天涯 ……………………… 51

第 四 章　玉柱峰一鸥传绝艺 ……………………… 77

第 五 章　奉师命仗剑下终南 ……………………… 115

第 六 章　白花河双侠侦盗迹 ……………………… 141

第 七 章　下辽东暗访叶天龙 ……………………… 167

第 八 章　蒋英奇旅店会三侠 ……………………… 193

第 九 章　陆达夫复仇石城岛 ……………………… 219

第 十 章　商山侠单剑会双英 ……………………… 243

第十一章　逞恶谋毒施火攻计 ……………………… 267

第十二章　黄沙汀七剑困天龙 ……………………… 289

第一章

失足恨穷困入歧途

华夏金汤固，河山带厉长。这是图们江上的中朝交界处。在清廷为了这件事，很费了一番周折，才算是把中华版图确定了界线。互相遵守，免得越界骚扰；各守领土，各得主权。谁又知道十字碑立后，国势日非，百余年来，几乎把完整的山河全破碎了。

莫谈社稷兴亡事，且述江湖故事来。

这一天正是炎夏的时候，在这图们江上、十字碑一带，老树参天，浓荫匝地，正有一个四十来岁人，形似老学究，唇上还留着短短的胡须，穿着件蓝绸长衫，下面白袜福字履，一派沉默宁静之气。他望着那十字碑，喟然长叹。似乎关于这十字碑，发生无限感慨。在这不远，有一道长堤，正通着一处农村，名叫万松屯。这位老先生就在这万松屯外土谷祠中，教着一些蒙童。只知道这位先生姓陆名禾芝，本籍江南人，孑然一身，无家室之累，流落在这里，遂在这里教书糊口。

这时，忽由堤上跑来一个顽童，年约十余岁，穿着竹布短衫，梳着两个歪缠儿，脸上红润润的；只是嘴唇上全被墨涂，连头、口角全抹着墨迹；两个眼圈，眼泪和墨全涂满了。他一边跑着，一边嚷着："老师，大学生欺负我，打完了还要太阳里站着！老师不回去，学房里我不敢去了。"

陆禾芝先生一看，见跑来的正是最淘气的朱宝和，这孩子每天总得受几次责罚。遂"嗯"了一声道："回去，我这就走。"陆先生随着这顽童回了书房。这位陆先生持躬谨严，他对于这一般天真活泼的儿童，却能用一片慈祥和蔼之情来育化。外人只知道先生是个羁迟异地、落魄江湖的饱学之士，那知先生是胸怀大志、隐迹风尘的奇士。

这日黄昏之后，陆先生缓步土谷祠前。这土谷祠就在万松屯的屯外大道边。这时，忽由屯南来了辆载重大车。满载着一车粮食，车外辕挂着一个铁丝白纸灯笼，已经烧破了好几处。道路坎坷不平，大车缓缓走向屯口。入屯的这条路，有一丈五六宽，比两旁的农田高起三四丈。夹道全是粗可合围的松柏大树。有三五个儿童，在屯口外捉迷藏，绕着树追逐。

那辆载重车离屯还有十几丈，突地从树后的一个儿童手中，飞来一块土块，正打在粮食车骡子的前额上。土块子一碎，碎土末子飞入骡子的眼里。这头骡子立刻惊了，两前蹄往起一扬，车身咯吱吱直响，仗着装得太重，没把车掀翻。可是车把式再也勒不住缰绳！这头骡车不进屯口，拖着这车粮食，横冲直撞，歪歪斜斜，转向屯东江岸。

这一来车把式可急死了，拼命地将住缰绳，反被它颠颠撞撞拉下车来，险些被车轮碾死，从河岸上翻滚到江岸下土坡里。车把式死里逃生，赶到爬起，已惊得面无人色；一身泥土，呆呆站在那儿，那还敢再追骡车？

这里本就挨着屯口很近，这车把式一阵惊呼、喊叫，屯口住的农家奔出来察看，见是本屯的周阿三给屯主运装粮食的骡子惊了。两个年轻力壮的农夫，惊呼着健步如飞地赶去，想拦截这头受惊的骡子，以免肇祸。那知道在这一刹那间，祸事已到！那惊了的骡子竟像江岸东直滑下去。下面就是江流，只要一掉下去，连牲口带粮食全完。这头健骡前蹄一滑下时，虽是牲口，它见到澎湃的江流，也想退回来。那里由得它？虽拼着命地往后倒，这么重的车，牲口虽然力大，也无济于事。虽然健骡还在挣扎，这种斜坡，不用拖曳，自己就能往江里溜；这匹健骡倒是四蹄绷劲往后坐，不住嘶鸣。可是这笨重的车身，反送着它往下溜，眼看着就算全完。车把式阿三此时跺着脚叫："要命！要命！"那两个年轻力壮的农夫，一见这种情形无法挽救，反倒缩住脚步。

就在这危机一发的时候，两个农夫突地觉得，头顶"飕"的一阵疾风过处，一团黑影落在粮食车后。两个农夫这才看出，正是土谷祠教书的陆老先生。只见这位陆老先生右臂一探，把扎紧的粮食袋巨绳抓住，"嘿"的一声，连车带牲口，全似钉在斜坡上，纹丝不动。旁边一般来奔救的农夫，依然没觉出陆先生这种情形不近情，却狂喊着："老先生抓住了，别松手！"跟着全跑过来，七手八脚往上拉，连车带牲口，竟被拖上来。

这位陆先生一松手，吁吁带喘道："我那用过这么大力气！"旁边一个较熟的农夫说道："老先生别是练过功夫吧？一个念书人竟有这么大力量，真是少见！"这位老先生答道："我练什么？不是咳嗽就是喘，我还练呢！"答讪了这么两句，匆匆地走进土谷祠。

老先生走进土谷祠，深为后悔："今日的事，行藏极易显露；稍历江湖的人，就难瞒下去。我还是不露锋芒为是。"原来，这位陆禾芝乃是以学究掩人耳目的终南剑客陆达夫。怀二十年深仇，来到边外，寄身萧寺，寻仇家踪迹。陆达夫本有一名长工伺候，可是晚间不教他在这里，叫他回屯中去啦。

陆达夫一时感慨身世，看了看庙外并无人迹，把庙门严闭，把师门赐与的白虹剑擎出来，就在庭心施展开终南一鸥老人精究的一字乾坤剑。真是蛟蛇异变、神鬼不测，这殿前银光滚滚、奔腾击刺，进退起落下，真如电闪星驰。

就在这时，正殿脊后，竟有人喝了声："终南绝技名不虚传！"终南剑客陆达夫被这声惊得身形微微一顿，立刻激起一腔怒愤。自己本就提防，怕有人从庙门窥伺。行藏一露，这里难再存身。在试剑之先，又曾察看，终于仍被人暗地偷窥，自己那得不怒？并且深恐是那踪迹不明的双头蛇的党羽，晓得自己隐身万松屯，故来暗中察看。

陆达夫更不肯容来人走脱，说声："大胆伧夫，敢来窥伺！"施展一鹤冲天的轻功提纵术，飞身到正殿殿顶上。右脚一攀瓦垄，身形随又腾起，二次往脊前一落，瞥见果有一人，似要逃走。

　　终南剑客陆达夫手底下矫捷异常，往外一探身，"巧女穿针"，白虹剑往外一展，青光闪烁，向那人上盘便刺。那夜行人身着长衫，往外一旋身，右臂的肥大袖管往剑身上一拂，喝道："衰朽之身，难当利剑，住手！"

　　终南剑客才要变出"苍龙搅尾"，再取敌人的下盘。此时听得来人一发声，蓦地一惊；往旁一纵身，蹿到东边，停剑封住门户，说道："来人敢是厉师兄么？小弟太鲁莽了！"来人哈哈一笑道："师弟，你今夜怎样这么高兴，竟把我们难得瞻仰的一字乾坤剑术，尽兴施展起来？愚兄情不自禁地喊起好来，这一来搅了师弟的清静。看起来，还是我们对于这种绝技无缘了！"终南剑客陆达夫含笑道："师兄不要说笑话，快快下边请坐吧。"

　　这两位风尘奇士，相将下得房来。终南剑客陆达夫往屋里相让，一同进了萧寺的东配殿。来人生得一份仪容，又文雅又威严，长衫便履，看着好像一位缙绅。有谁看得出来，是名震江湖、创先天无极掌的擒龙手厉南溪呢？这厉南溪论年岁，比终南剑客还要小着几岁，只为在武林门中较早，故此终南剑客以师兄相称。

　　这时彼此落坐。终南剑客陆达夫把白虹剑随手纳入剑鞘，仍挂在床榻后墙上。遂给擒龙手厉南溪斟了一杯茶，含笑问道："师兄怎么这时才到关外来，有什么事耽搁了么？"擒龙手厉南溪立刻答道："岂但是因事耽搁？这次我倒料了一桩大事。我与江边的小豹子纪谦、拦江虎纪德弟兄的事，虽隔多年，不想这次我往关东这条路上来，无缘中竟与这横行湘江的纪氏兄弟相遇。我们算是把多年旧账一笔勾消。可是这件事却缠磨了我两个月的工夫，方把他们打发完。这次我虽是费了许多手脚，倒是铲绝根苗、扫除隐患。只是师弟你这儿的事，多半被我耽搁了。

　　"我一路上也是竭力向江湖道朋友探询，多半说是当年盘踞浙南的双头蛇叶云，散伙之后，并未变名。据说后来另投名师，以假名蒙蔽少林僧，尽得少林僧绝技。艺成别师后，尚知敛迹。日久年深，才渐露头角，闯过多少次大祸。他那位方外的师父，得了信息，立即要清理门户。双头蛇叶云惊惶逃匿，知道一被恩师擒获，自己劣迹昭然，绝难幸免。纵能逃得一死，也非被师父废了不可。那时，这匹夫竟自遁迹穷荒，埋名隐姓，再没有人见得着他。咸以为这匹夫不在人世，那知道这匹夫真有坚忍之心！直过了七八年的工夫，那少林僧在川边码头伽蓝院圆寂了。双头蛇叶云二次出世，更较前厉害。因在匿居时又精研了几手绝技，所向无敌，绿林侧目。因事隔多年，始终不履江浙一带，内地里早把双头蛇这人忘了。听道上传说，他已在关东立住了脚。至于威震辽东的神拳叶天龙，是不是当年盘踞浙南的股匪双头蛇叶云，谁又敢断定呢？"

终南剑客陆达夫眉头一皱道："这么说起来，我这仇只怕不易报了。可是厉师兄你是知道的，我全家老幼，全死在此贼手中，只剩我一身尚延岁月。不共戴天之仇不报，我还有何面目偷生人世？枉受恩师传授一身艺业，这真叫我愧死了！"

擒龙手厉南溪慨然说道："师弟，你不要这么失望。你心胸远大，腹蕴珠玑，难道还不知精诚所至，金石为开？那神拳叶天龙的一切，我们应该不厌其烦，全考查明白了。避其所长，攻其所短。倘若冒昧从事，危险实多。我可不是长他人锐气、灭自己威风。我们等到访查实了，确是那双头蛇无疑时，只要一动他，无论有多少劲敌，也得接得住他。所以我只要遇到我道中人，必要设法探询老贼的一切。俗语说，狮子捕兔，亦出全力。叶贼虽是扎手，我们绝不能轻轻罢手。师弟，你要疑心我厉南溪对于叶贼的武功、势力顾忌，那就错了！"

终南剑客陆达夫逊谢不遑地说道："师兄说那里话来？我人单力薄，要想除老贼，非借重师兄大力帮忙，不敢下手。我不敢不度德、不量力，师兄只管推诚指教，小弟定能一切唯师兄的马首是瞻！"

擒龙手厉南溪含笑道："师弟无须和我客气！莫说我们既有师门旧谊，更是道义之交。愚兄此来，别无他事，愿以一身所学，与这威震辽东的神拳叶天龙一较高低！我也另有私心，我恩师自创先

5

天无极掌，行道江湖，那一家一派的武功全会过。只有少林正宗嫡系真传的少林神拳，没较过高下。因为少林福建莆田和登封嵩山的两坛弟子，全是深闭门户，戒律森严，毋敢稍背；就是俗家弟子，得真传的也是力行十戒，江湖上绝不敢为非作恶。师弟你想，我无极门历来也是守着门规，那好无故和人结怨？所以历年来，我算怀着这事，只要有机会，我必要一偿宿愿。

"如今这叶匪，正是少林嫡传一派，所以不论是不是当年的双头蛇，我也要会会那匹夫。只是那神拳叶天龙所盘踞的辽东石城岛，师弟你可去过？那一带依山傍水，天然的奇险之地。神拳叶天龙占据石城岛时，颇费经营，把那里整理得铁桶相似。我们要想除他，这时先得把石城岛的形势、地理采好了；筹商妥当，是否我们足以制服他，通盘筹划一下才是。知己知彼，百战百胜，师弟以为对吗？"

终南剑客点头道："师兄指教的极是。小弟来到这关东，访查双头蛇叶云的下落。一入关东，就听江湖道中盛讲，石城岛主叶天龙威震辽东，江湖绿林侧目。此人功夫出众，艺业惊人，更在这石城岛筑起铜墙铁壁的石城木寨，居然有东面称王之势。我那时很疑心，既是这种成名的英雄，必有来历，何况绰号是神拳；并且他这神拳真是名符其实，确是少林嫡派真传。可是我当初在师门中，凡是大江南北成名露脸英雄、击技名家、风尘侠隐，谁在那一方闯的江山，谁在那一方闯的'万'字，那位镖客善用外派的兵刃，什么人善使独门兵刃、暗器，全一一听人说明。小弟怎没听人说起有这么一位成名英雄？何况少林寺为武林正宗，虽有南北宗，可是门规极严，近年来绝无嫡传弟子寄身绿林。

"神拳叶天龙以神拳二字，虽不能就认定了是少林神拳；但是诚如师兄所说的情形，像叶天龙的形迹，那掩饰得住？来到辽东，江湖道就全知道他的武功门派了。小弟当日初到辽东，只知他姓叶，仅与双头蛇同姓，那能就认定他就是我的仇家？正赶上这图们江上有两名海盗盘踞着，说是他们当初是江南道上逃过来的，在这里匿迹潜踪，不亮'万儿'，可是手极辣。按种种传闻，倒颇与双头蛇相似。我遂在这万松屯隐迹、萧寺潜踪，调查这两名海盗的来踪去迹。这两名海盗隐现无常，我来此数月，依然没得着事实的真相。最近忽得着关东道上的成名镖客鲁金生的信息，这石城岛主叶天龙，确是江南的一个股匪；内地不能立足，才来到辽东，占据了石城岛。我近日正要把这学馆解散，到辽东走一遭。师兄这次定有所得了。"

擒龙手厉南溪点头道："我也是一到关外，就听到这么个人，是近年才创出'万'来。疑心一起，遂在石城岛探查。那知石城岛已经被叶天龙布置成铁壁铜墙。那是个三面水、一面人迹到不了的孤岛。他利用时机占据了它，筑起石城，招纳各处不能立足的江湖巨盗，声势日大。连那附近的土著全变作他的党羽。我未到石城岛，已遇阻难。我恐怕打草惊蛇，故想先找着师弟你和我们一班旧友，集合全力，察明真相。若要动手，就得把他擒到手中，不能叫他逃出手去……"

刚说着，突听门外檐头上一响，格扇门敞着，一团黑影往下一落。擒龙手厉南溪一扬手，把烛焰煽灭。外面黑影一长声喝道："辽东霸主叶岛主威震辽东，江湖谁敢不拥戴？你两人有多大本领，竟敢私议图谋？还不出来领死！"终南剑客陆达夫身为主人，行藏已露，自己没到石城岛，形迹被人识破；若容来人走了，万松屯立时不能立足。遂毫不迟疑地一纵身，到了门前。见院中那夜行人冷笑一声道："好，敢作敢当，这还不愧是江湖上的好朋友！不怕死的，随我到外面去动手！"说话声中，一面早地拔葱，已蹿到庙门上的墙头。

终南剑客仓惶未及取剑，也已蹿到外面。擒龙手厉南溪恐怕陆达夫有闪失，跟踪追出来，喝道："追，不能让他逃走！"这双侠一前一后，追出土谷祠。

只见那条黑影身形非常矫捷，一闪，已到了松林前。擒龙手厉南溪一声轻叱："鼠辈，你还往那里走！"施展开"燕子飞雪"的

7

轻功绝技，飕飕的，如一缕轻烟，已追到夜行人的面前。擒龙手厉南溪见着夜行人并没带兵刃，自己是成名的侠义道，岂能用宝刃伏蛟剑胜他？身形微一停，手指这人道，"叶天龙恶贯满盈，我等正要为江湖除恶，却差尔来送死，厉某手下不死无名小卒，你报上'万'来！"这时终南剑客也跟踪赶到。这夜行人冷笑一声道："既知我是无名小卒，值不得通名报姓，招呼下来再谈别的，你接招吧！"

野外月色甚明，这夜行人却在松林前止步。只见此人身形瘦小枯干，擒龙手厉南溪不禁心中一动，当时是不便向来人盘诘。来人突然发招，掌风十分劲疾，"金龙探爪"，照厉南溪臂、胸便打。厉南溪这一跟来人接近，在黑暗中见来人的身形气派，已自怀疑。这时往外一撒招，不禁大惊：方说石城岛颇有能人，跟着就真个来了能人！遂往旁一撒步，左掌往外一封，右臂一挥，骈食、中二指，照来人关元穴点去。来人倏地一撒招，左掌用"剪梅指"往厉大侠的脉门上划来。擒龙手厉南溪身形往回一撒，"鹞子翻身"，"春云乍展"，身子一旋，掌随身翻，往敌人的腰肋斩来。敌人的身形往起一纵，"巧燕穿身"，凭空腾起一丈五六，身躯扫着树梢，向那树权子一拂，"飕"地斜着出去有两丈多，往下一落。擒龙手厉声喝："那里走！""龙形一式"，双掌一穿；身随掌走，快似猿猴，袭到敌人的身侧。此时仅两三招，已知敌人绝非平常身手，实是有非常功夫，不用本门真功夫难以取胜。二次这一接近了，竟施展"双阳杳手"这种掌技，连环运用，奥妙无穷。擒龙手厉南溪运用开掌法，双掌向来人"华盖穴"便击。来人却也非常了得，"童子拜佛"，双掌合拢，往上一穿，跟着往左右一分。这种招数真要是双掌全往左右封出去，当时就得输在厉大侠的手内。两下里是斤两悉称，功力悉敌。厉大侠像已变招，双掌抽撤之间，已经变为掌心向上，手背向下，双掌骈食、中二指，往下微沉着，反向来人的两腋下"期门穴"点来。来人却用"霸王卸甲"往右一斜身，身形往后、往下一缩，立刻把擒龙手厉南溪的隐招给破了。

厉南溪这先天无极掌，是已经驰誉武林的功夫，想不到今夜遇到这绿林道，竟和自己打了个平手！此人的武术造诣，居然有这么精纯，并且身形这种巧快，实受过名人的传授。只最奇的是，此人连接了自己这些招，始终看不出此人是那一派的功夫。自己见闻也不算浅陋，怎的竟会辨别不出此人是那一门的拳招，真是咄咄怪事！

这时，这动手的敌人把他个人的门户封住，只用轻灵迅捷的小巧功夫和厉南溪厮缠。厉大侠未免有些震怒，暗骂："好个匹夫！竟用这种滑战的身手来对敌，分明藐视厉某没有胜你之力。我若不给你个厉害，你也不知我厉南溪如何人也！"擒龙手厉南溪想到这，把招数一变，施展开先天无极掌的"龙形回式"。这种连环掌变化无方、虚实莫测。

在擒龙手厉大侠往外撤招时，敌手一边封拦，一面招呼道："姓陆的，身为名门后裔，遇上大敌当前，反行退缩，太以辱没师门了！朋友别看热闹，你也招呼，我们也见识见识！"

终南剑客陆达夫本无心再动手，因师兄以先天无极掌对付敌人，足以应付。以多为胜，岂是成名武师所屑为？"谁料敌人胆大包身，竟用这种轻蔑、藐视的话激我动手，自己若是再看着，这人还不定要说出什么来。"想到这儿，遂说道："鼠辈！口出狂言，自找晦气，这不算我们以多为胜。厉师兄，此人逃出我们手去，小弟就不易在此立足了！"终南剑客心意是把厉师兄用话捺住了，厉南溪见自己动手，定要撤下去；那一来自己虽未必不能胜他，可是看敌人身手实非弱者，收拾他倒颇费手脚。

当时擒龙手厉南溪倒是真被他这句话锁住，却不肯退下来。终南剑客陆达夫往上一纵身，立刻施展开终南派的拳术。这趟拳术开始是按照五行连环，揽阴阳造化之理，万象归新，精华外宣，神仪内敛；身未到，拳已到；拳未到，力先到。这种拳术出来，果然与庸常所学毕竟不同。

这一来，这敌人竟自喝了声"好"字，立刻拳一变，只见敌人竟施展开三十六路白猿掌。这掌法为武林中仅见的功夫，不仅掌法厉害，而且身形快若旋风，进退飘忽起落，如惊虹骇电；掌发出，是变化无方，鬼神不测之妙！终南剑客原本就知道是个劲敌，一动手就用"连环八掌"。那擒龙手厉南溪仍用"龙形回式"。凭两位武术名家，竟没把来人较量下来。

擒龙手厉南溪"咦"了一声，立刻往外一纵身，喝道："陆师弟，白猿掌没有二家，后退！"终南剑客陆达夫这时并没有等擒龙手厉南溪的话完全出口，已经纵身出来。擒龙手厉南溪话未落声，陆达夫自己落地。终南剑客已猜出来人是何如人也，便用沉着的声音说道："来者是商山二侠、铁臂苍猿朱老前辈么？"

只听来人"噗嗤"一笑道："二位大侠不要见责，朱某太以失礼了！"终南剑客陆达夫和擒龙手厉南溪一听来人果是商山二老中的二侠，以日月双环、三十六路白猿掌名震江湖的铁臂苍猿朱鼎！二人忙向前见礼道："我等有眼无珠，冒犯老前辈，抱愧无既！"

这位老侠客这时才离开浓阴的地方，抱拳拱手道："陆老师、厉老师，不要客气！我朱鼎无礼之处，实因久仰二位老师的武学精湛、各有真传。陆老师的昌大终南派，厉老师的昌大无极掌，为性命双修的功夫，江湖道上久仰大名。我朱鼎早怀一会高深之念，只是我们全在江湖上行道，行踪无定，难得机缘。这次不期而遇，我那肯失之交臂！我这才不避责罚，乔作石城岛的党羽，二位老师竟被我骗住。不过，我这么疏狂无礼，实觉愧对二位老师了！"

擒龙手厉南溪见商山铁臂猿朱鼎这种豪放不羁的情形，果如江湖上传说一样。今夜得会这种衷心向往的异人，十分欣慰。终南剑客陆达夫也是十分欣喜，一时连会着两位技击名家！只是对于铁臂苍猿朱鼎语言毫不避忌，有些担心：这里离石城岛虽远，难免没有叶天龙的爪牙夜行经过。被他听了去，虽是不怕什么，总是多有不利。遂忙着抱拳相让道："老前辈不要客气。这里不便立谈，还是请到土谷祠中一叙罢。"

铁臂苍猿朱鼎道："定要到尊寓打搅，陆老师请。"终南剑客陆达夫道："这是老前辈赏脸，我给老前辈引路了。"铁臂苍猿朱鼎微微一笑道："陆老师，对于我朱鼎这么称呼，反觉疏远了。我们虽未见过面，彼此全慕名已久。江湖道上道义之交，应该蠲除世俗，相见以诚。陆老师若肯下交朱鼎——好在我叨长了几岁年纪——请以师兄呼之。陆老师肯听从我这种不自量力的请求么？"

擒龙手厉南溪笑哈哈抢着答道："朱老师，可不要责备我陆师弟世故过深、谦虚过甚！只因朱老师创商山派，以三十六路白猿掌、卸骨缩形术的绝技，行道江湖以来，震动南北派武林；更兼老弟兄大义昭然、侠心热骨，武林道义，罔不受人尊崇。领袖武林，谅非过誉。以我师兄弟稍负虚名，尊朱老师为武林先进，绝非过誉！既是朱老师一意下交，恭敬不如从命。"铁臂苍猿朱鼎鼓掌大笑道："我朱鼎自入江湖以来，还没受这么赞许奖誉过。今夜蒙厉老师这么推许，足慰生平！我要把厉老师这番话写下来，再把它刻在石头上，是可以永垂不朽了！"这位老侠客说完，三人相与大笑。

说话间，已走上土谷祠的阶石，铁臂苍猿朱鼎"噗嗤"一笑。终南剑客陆达夫蓦地想起，只顾说笑，把庙门早从里边关闭着给忘了。擒龙手厉南溪也笑道："朱师兄，我弟兄以贵客惠临，无以为敬，先给朱师兄一碗闭门羹吃，这很知待客之礼吧？"

铁臂苍猿朱鼎才要答话，终南剑客陆达夫已飞身蹿上门头，突地"咦"了一声道："怪哉！"擒龙手厉南溪和商山二老的二侠铁臂苍猿朱鼎，听出终南剑客陆达夫声音有异，不暇询问，不约而同地施展一鹤冲天的轻功，拔上门头，齐问什么事。

终南剑客陆达夫用手朝下一指道："师兄请看，这是怎么回事？"二位侠客顺终南剑客陆达夫手指处一看，也是吃惊：通往陆达夫所住的配殿中，灯光复燃。这真是怪事！连铁臂苍猿朱鼎也记得清清楚楚，在自己现身往外诱陆达夫和厉南溪时，分明是屋中灯熄。这时灯光复明，怎不惊异呢？

可是终归是艺高人胆大，在惊诧声中，铁臂苍猿朱鼎已飞身蹿到配殿前，口中随着喝问："屋中什么人？"那知屋中丝毫没有回声。

这时，终南剑客陆达夫见老侠这种正气逼人，令人可佩。人家身为客人，尚还不顾一切，自己终是主人，那好迟延？遂和擒龙手跟踪而下。这位老侠朱鼎连喝问了两声，并没人接声。所幸是两扇朱红格扇门洞开着，容易向屋中查看。终南剑客和擒龙手向门的一左一右，斜身往里细看了看，屋中确没有丝毫形迹。两人忙向铁臂苍猿朱鼎道："朱师兄，这真是怪事！屋中没有人。我们进屋细察一下吧。"

说话间，相率进了屋中。只见迎面桌上一盏油灯，被门口袭进来的夜风吹得灯焰摇摆不定。铁臂苍猿朱鼎一进屋，站在门口，把进来的路全挡住。这位老侠负手站在这地方，把屋中的形势，连上面的承尘全仔细地看了看，这才把门口让开。

终南剑客和厉南溪走进来，老侠一摆手道："二位老师先别动，我还得细察察。"随说着，一耸身蹿到了桌案前，伸手把灯台端起，把灯捻儿又拨大些，回身用灯照着，直照到门口。不禁叹息了一声，把油灯仍放在桌上。终南剑客陆达夫把屋中略事检察了一遍，遂向木榻上看了看，任什么没动。

铁臂苍猿朱鼎喟然说道："这才是人外有人，天外有天了！大约这人是初来之时，曾寄身明垛上。看情形还是在我们往松林前较技时，这人才走的呢。此人真称得起胆大包身。可是猜不出这人来到这里是何居心。"终南剑客道："朱师兄怎会知道有人进来？仅因为灯焰燃起，可不足为据。或许当时熄灯仓猝，明是扇灭了，其实并未真灭，仅是光焰缩到只剩到贴灯芯一点。我们到了外面，必是灯焰重又燃起。我们只顾追赶朱老师，那里再理会这里？朱师兄以为怎样？"

铁臂苍猿朱鼎含笑道："不是这样。这种油灯非同蜡烛。熄而复燃，轻易不会遇到。我们在江湖行道，对于明出暗入，绝不敢稍事疏忽。因为从这种细微处，要是令对手占先一步去，我们一样栽跟头；纵有多么高明的武学，也被人起轻觑之意了。这里的灯光是否完全熄灭？陆老师你想想，大概不会熄而复明吧？"擒龙手厉南溪一旁也道："陆师弟，我们追赶老侠，油灯确已熄灭，绝无疑义的。或许有人进来了，只是……"厉南溪说到这，略一迟疑，目注着终南剑客道："陆师弟，这里还有佣人没有？"

这时，朱鼎未容陆达夫答话，把桌上的灯重端起来，向两人一点手道："你们二位站远点，细看地上可有什么痕迹？"终南剑客和擒龙手倚身一看，果然地上蒙着一层轻尘，好几处足迹宛然。这两人全是久历江湖的侠义道，此时也不由万分惊疑。终南剑客遂向铁臂苍猿道："朱师兄，我身负奇冤，幸遇终南开派的恩师一鸥子，授以终南绝艺。奉师命，以一柄白虹剑入江湖行道复仇；来到关东，以老学究掩饰本来面目，唯恐被他们看了去；到晚间，连那佣人全打发回屯中去睡。可是朱师兄目力更能超人一等！方才一进屋，以这么微弱的灯光下，竟能发现明垛上的尘土，有些微散布地上的痕迹。这种目力可谓明察秋毫了。只是小弟还有些怀疑的是，尘土要是散布的稍多，还有可说；按方才用灯焰细照着才能看出，朱师兄却仅是进得屋来，略一伫足，竟会断定了地上已留痕迹。这足见近于玄妙了！朱师兄可否把这种观察盗迹的秘诀相示，以广见闻？"

铁臂苍猿朱鼎哈哈一笑道："陆老师这一说，我简直成了精通邪术了！我若不说出来，任何人都觉着我这目力非寻常练武的所能练到。其实一说出来，就没有什么希奇了。我当时一见屋中的油灯自燃，就知道定有能人暗中潜入配殿；也曾想到是否油灯灭而复明？可是，我不过略一思索，当时我往土谷祠外诱引二位老师时，已分明见灯光确是熄灭，何况又是油灯，万无灭而复明之理。我一进屋，触目的是灯影下的桌案上一层浮尘。这全仗一时灵机触动。想到桌子面上被灯影映着，薄薄的一层浮尘，实不合今夜的情形。因为月白风清之夜，纵有一阵阵的微风吹进屋去，也不会扬起沙尘。我一细辨这浮尘的来路，已了然是上面经年累月积的灰尘，被人拂动得带了下来，散布在屋中。我这才用灯光来察看地上的情形，只见地面上果然是有了来人的足迹，这并没有什么玄奥。陆老师，你一定了然，而并不是什么邪术了。"终南剑客陆达夫听朱老英雄说明、追究出一切，究竟是智慧过人，令人折服。连擒龙手厉南溪也十分赞叹。

彼此这件事搁置不谈。擒龙手厉南溪道："朱师兄来到关东，是来一赏塞外风光，还是另有别事呢？"

铁臂苍猿朱鼎经这一问，不禁长吁了一口气，咳了一声道："我是被我商山门下所累，才远来边塞。那知这里竟会遇上二位老师，这倒是不幸中之幸呢！因为我商山派门规至严，我弟兄执掌本派，仅收了五个门徒。这五个门徒，只有掌门大弟子始终随侍师门；那四人学成之后，全离开商山，在江湖行道。那知第五个门徒竟自背叛门规，多行不义，至使商山派的清名要被这孽徒断送了！我师兄非常震怒，责令我为商山派清理门户，保全以往的威名。陆老师、厉老师，这件事太令我伤心了！

"我这最小的徒弟，是我最钟爱的弟子。这五弟子姓柳名成，江湖道称他为商山小剑客。此子天赋的聪明，武功造诣实比一般师兄胜强得多，并且又肯刻苦用功。当时入商山门下，本是拜在我的门下。可是我师兄看这孩子有出息，十分喜爱他，也传授了他几手功夫。直到艺成时，循规蹈矩。临走时，我师兄还十分勉励他，教他入江湖行道，要本侠义的天职，奉商山派的门规，要为武林中增光，为师门生色。

"那知道，他初入江湖，尚知敛迹；我们弟兄先前也不敢过于信任此子，暗中跟踪访察，他倒还能本着侠义道的天职去做；那知后来渐渐地改变了。我弟兄那能长久监视此子？他竟为声色所惑，在苏杭两巨埠做了几件武林深忌、背反门规、欺天蔑理的事来。这一来，我们商山二老一世英名，完全被这孽徒断送了！

"我弟兄查明之后，这才在祖师像前焚香设誓：不能正门规、清理门户，绝不生还商山！也是我弟兄自信过甚，未能严行缉捕，致令孽徒柳成闻风远遁。大河南北，遍访无踪。我与师兄这才分途查访，我在商山左右、大江南北、关里关外各处搜寻他；我师兄往川、湖、云、贵、两广、藏边。任凭他走到天涯海角，也要生擒此子回商山，到祖师面前宣告罪状，以洗污名。这才一路踩迹。虽有些迹兆，终非确讯。

"此后我赶来辽东，江湖道上，竟提起石城岛主神拳叶天龙怎样的艺业惊人，在辽东一带颇有威名，声势一天比一天大。可是神拳叶天龙这种名称，实在令人可疑。这神拳只要武林中人，谁不晓得是福建莆田少林寺痛禅上人精究技击，化华佗五禽戏为五拳，传于后世，昌大少林派，各派尊这路拳为少林嫡拳。这叶天龙既以神拳标榜，门户一定是少林嫡传无疑了。只怕他们南北二宗的师父们，未必不来干涉他。可是他已在辽东石城岛立下了牢固的基业。这种情形令人不解，我始终不敢深信是少林嫡系。

"可是竟在我留心探访叶天龙出身时，又风闻那玷辱师门的孽徒，他也到了东三省。先前有人在盛京见着他，后来听说他在图们江一带落过脚。此行纵然受尽了风尘劳顿，倒是得着孽徒的下落，所以赶紧向这里搜寻下来。那知来此多日，依然是传言无据。至于神拳叶天龙，与我有一面之识。我这种好动不好静的性情，辽东出了这种成名的英雄，我岂肯失之交臂？何况我还怀着证实他的出身来历之意。神拳叶天龙既有威震辽东江湖道的本领，更筑下这么雄厚的根基，真称得是闯荡江湖的好汉。这种人倒也可以结纳。

"不想今夜行经万松屯，竟于无意中与你们二位遇合。只不过，我听陆老师与叶天龙有不解的梁子（术语谓有仇）。我对于陆老师和厉老师全是向往已久，早就听武林中好友盛称一切。所以暗中一听话风，就知二位的来历。我很想着在我进入石城岛的机会，叶天龙若够江湖道的朋友，陆老师的事，何妨趁势和他了结了？我朱鼎愿为两家作鲁仲连。江湖道中少结冤家才好。不过陆老师和神拳叶天龙有什么深仇大怨，可否见告？"

终南剑客陆达夫听说铁臂苍猿朱鼎一问起自己和神拳叶天龙结

仇的缘由，以及现在还没摸清这叶天龙是否真是自己的仇家双头蛇叶云更名，自己空为终南派衣钵门人，未能亲入石城岛一查究竟；可是厉师兄也是才到万松屯，已在中途得着信息，这神拳叶天龙确是当年横霸浙南的双头蛇叶云。便答道："谢朱老师的盛情！叶天龙若真是仇家，只有和他一拼生死存亡。朱师兄，我不能手刃此贼，枉在江湖道上立足了！"

终南剑客陆达夫说到这儿，勾起满腹忧郁、一片凄怆，脸上的神色非常惨切。他这才把自己满怀心腹事，与石城岛神拳叶天龙结仇经过，滔滔不绝地说了一番。陆达夫说到伤心处，不禁泪下沾襟，使这位商山派的老侠、铁臂苍猿朱鼎和擒龙手厉南溪，全不住同声慨叹。

原来，终南剑客陆达夫原名陆宏疆，家住浙南嘉兴府附廓的大石桥畔。陆宏疆先祖是个望族。赶到了自己父亲手里，因为不事生产，坐食山空，家境日渐凋零。等到自己十八九岁时，连祖遗的一片巨宅也卖掉了，移居在大石桥畔，住着一所茅草的房子。父母年届古稀，长兄早殁，寡嫂抚养着二子一女，弟弟陆宏业、妹子阿秀才十余岁，那还有余资供给他去求学？陆宏疆辍学之后，遂在附近关帝庙把式场中跟人练武，不过是肤浅的功夫。一晃三四年的工夫，倒也操练得身躯矫健。陆宏疆更兼聪明，只可惜开场子的并没有真本领，就是倾囊相授，也不易练出来。

陆宏疆的武功没练出来，竟接近了几个土棍。近朱者赤，近墨者黑，又兼家境艰难，渐渐铤而走险。常常和几个血气方刚的弟兄替人助拳，结伙斗殴、搅局、挑案子。可是陆宏疆得了钱来，绝不肯挥霍去，全放在家中补助衣食用度。父亲病废，终年不过出来一两次。陆宏疆用谎言蒙蔽老父，说是给人帮忙赚来的。知道父亲只要晓得有不法行为，饿死也不肯用这种钱。

有一次，陆宏疆睡在半夜，思索起自己的行为，立刻如同芒刺在背："家世本极清白，自己竟与匪棍为伍，真是自甘下流了！我还是少和这般匪党来往吧。"自己遂拿定主意，要改过自新，不再接近这群狐群狗党。陆宏疆次日起，真个躲在屋中。

陆宏疆真要是这么立定脚跟，等待机缘，何致有后来的大祸？无奈一家九口，衣食无着；陆宏疆所得来的不义之财，仅仅支持了十几日，全家又是日不举火。陆宏疆看到家中这种情形，五内如焚，那还呆得下去？自己想到父母全是风烛残年，空有自己这么个顶立门户的儿子，肩不能担筐，手不能提篮，使老父母受这种饥寒之苦，深觉愧疚。

果然应了那句俗话：逆取者易，顺取者难。万般无奈，陆宏疆又跟一般匪棍们厮混起来。这种情形，真可谓"一失足成千古恨，再回头已百年身"。只怕是这种人，身入歧途，极难自拔，何况陆宏疆是为的奉养双亲，才铤而走险的。

陆宏疆这一堕落下来，那还能迷途知返？愈沉溺愈深，渐渐地结交起匪类来。当时陆宏疆从这种邪途上，居然能叫老父母暂时温饱。后来竟由匪友诱引着，入了浙南双头蛇的部下。这双头蛇叶云，凶狠狡诈，足智多谋。他率聚一般匪党，把这浙南一带搅得商旅视为畏途。官家虽是剿捕，可是这双头蛇叶云竟自出没无常，官家奈何他不得。

这双头蛇叶云手下的弟兄，不过三十余人。可是这三十多匪党，全是剽悍矫健的少年壮汉，一个个全是亡命之徒。垛子窟安在飞云江畔荒莽苍山中。这双头蛇叶云虽是年岁不大，可是那份机智实有过人之处。轻易不抢买卖，只要踩准了动一回手，就够人家挥霍三月五月的。看得准，吃得稳，手底下真狠，做完了一案立刻用全部精神对付官家。以此，双头蛇叶云在浙南盘踞了五六年，居然没犯案。

陆宏疆自从投双头蛇叶云的部下，对父母只说，在杭州的朋友给找着事，从此父母再不会受饥寒之苦了。陆宏疆每隔一个月回家一次。初时瓢把子双头蛇叶云还有些不快，惟恐陆宏疆坏了自己事。在陆宏疆回家时，暗遣手下最精悍的弟兄飞星子杜英暗中跟缀，要调查陆宏疆家中的情况。这飞星子杜英原是高来高去的飞贼，投到双头蛇部下，更十分得叶匪的倚重，专管踩盘子、探道。这次并把陆宏疆家中的情形，踩探得清清楚楚。后来双头蛇对陆宏疆十分信任了，很器重他是个豪爽的汉子，任凭陆宏疆来去。

陆宏疆原非甘心为匪，自己只为痛心父母年迈时受饥寒之苦，一念之差，误入歧途。自己还时时想到家门清白，被自己这种不争气的后辈给毁了。真要是一旦犯了事，自己是孽由自作，死不足惜，可是被老父母一知道了，原来儿子在外当了强盗，就是不被自己的犯案牵连，也得把老人家气死。自己这份苦心有谁知道？有谁来原谅？陆宏疆每一想到这种情形，立刻好像利刃剜心，多寒冷的天，他也是一身燥汗。遂打定主意，只要遇上一水好买卖，能分到一千八百的，自己赶紧洗手绿林，连嘉兴大石桥也不便住下去了，携着合家，远远地搬往北方，作个安善商人。侍奉父母百年之后，自己重踏江湖，再从正道上闯立事业。自己拿定主意，只是造化弄人，那能叫你称心如愿？只为当年一念之微，未能克服逆境，竟成了百年遗恨。

这年在中秋节前，飞星子杜英踩着一票买卖。是从广东下来一位告老还乡的官员，历任优缺，宦囊颇丰。飞星子杜英追上好几站去，沿途踩着走，暗中捉摸内里的细底。只是这水买卖非常扎手，可是油水真肥。从他手下差弁们口中流露出来，细软衣物不算，只黄白货就有五六万，还有一匣珍宝，约值十余万。可是有保暗镖的，防守上十分严紧、周密。

飞星子杜英历次踩探要下手的买卖，是不厌细详，就是唯独这次颇费手脚。自己跟缀了两站，并没有查明保暗镖的是那路镖客、有多少人。这水买卖处处显着各别，连人带箱篚的情形，满跟平常不一样。最可气的，这位官员手下一般差弁，足有十几人，一个个张狂傲慢，简直同主人差不多，好像该主人有什么短处落在他们手中，居然对主人傲慢；主人居然毫不介意。

这飞星子杜英遇到这种各别的情形，以自己这种老江湖道，就该细细地查究，到底怎么回事。但他利令智昏，虽知这水买卖扎手，但恐怕把事主惊了，倒许误事，遂赶回浙南飞云江垛子窝送信。他为顾自己的面子，不愿向人说出自己踩探不明。向双头蛇叶云报告，说是这水买卖足有十几万的油水，可是有保暗镖的，只两三个十分眼生；所有镖师全没见过，多半是新出马的雏儿。当时这双头蛇叶云听着，虽有些不合，可是没肯过于追问。也实在因飞星子杜英一向没办过模糊事。自己打定了主意，对这保暗镖的不存轻视之心就是了。立刻分派手下弟兄，分为四队，各按可交派的办法分途行事。

他定的是在中和驿附近动手。那里是距中和驿不远的一片荒潦之地，路静人稀，白天轻易没有行人。这位官员到那里，是前后够不上的地方；只要不在中和驿呆住了，那是最好的地方。当时这双头蛇叶云是步步严密布置、督率着所部弟兄，到中和驿南"上线开爬"（术语谓到路上劫掠）。

双头蛇叶云身边只带着飞星子杜英、陆宏疆三匹快马，从中和驿冲出来，顺着郊外道路趋下来。这时已是夕阳西坠，郊外寂寞异常。双头蛇叶云见自己所派的弟兄，全在道旁安好了桩，叶云遂也按着所订的计划，隐匿了形迹。

果然一伙人马竟从中和驿赶奔下站。双头蛇叶云估料得不差，这中和驿是偏僻小镇，他们官眷及骡马那么多人，那肯在这小地方歇宿？所以准知道他们趁天没黑，往下赶一站。这一来，正如了双头蛇叶云所愿。双头蛇叶云策动胯下马，带着飞星子杜英、陆宏疆往前赶了去。到了预定的地方，隐住身形。伺候这拨官眷到了一片林木丛杂的地方，"吱吱"呼哨连响，立刻一班匪党全窜出来。

这叶匪所率三十多名弟兄，把官眷的骡队冲为两段。十二名匪党动手，专管搂劫财货；十六名将官眷团团围住；双头蛇叶云却是接应动手的弟兄。这样下手，官眷就是有保暗镖的，只怕也要顾此失彼。那知事出意外，匪党才一扑拢来，竟没看出谁是护镖、谁是弁勇。只见一伙差弁，内中三四名发出"嗖嗖"的暗器打出来，五六名全亮了兵刃。猝不及防，竟被伤了两名同党。双头蛇叶云一见这情形，已知受了敌人的暗算，急忙飞身下马，摆动了兵刃，冲到官眷近前。鬼头刀施展处，连砍伤了两名官眷。可是自己的弟兄一照面，也伤了三四名。

双头蛇叶云虽是竭力地和这般乔装的武师缠战，只是这般武师全是能手，一个个武功纯熟、身形矫捷。双头蛇叶云和手下弟兄历来没遇见这样的劲敌，此时眼看护官眷的武师们，渐渐把攒聚在一起的官眷包围，护得十分严紧，自己弟兄无法动及车主。

内中忽有一个身着差弁衣服、手中提着一条虬龙棒——从一动手就听他招呼手下，向后迎堵应敌，显然他是首领无疑了——这时忽见他施展身法，飞登到一个车顶子上，高声说道："匪党们不见真章，不会甘心。把银鞘挑两个，让他们开开眼！懂事的赶紧逃命，我们不便再赶尽杀绝。老哥们，这回可输眼了！"

双头蛇叶云一听这护镖首领一发话，自己就知道今日是栽到家了。这时听得手下弟兄和武师纷往两下一退，跟着"砰、砰"两声巨响。有两个敌手用刀把骡垛子上银鞘绳子挑断，一个人捧起一挑，猛地向道旁树上抛去。两声暴响，两个银鞘摔了个四分五裂，满地是砖头石块。那假扮差弁的镖师，仍然停身在车顶子上，一声狂笑道："朋友看见了，我们全班人马，只有这点不成敬意的薄礼！朋友你要识相，请你高抬贵手吧。"

双头蛇叶云羞忿交加，冷笑一声道："我们弟兄终日打雁，被雁啄了眼！光棍作事，有起有落，朋友你亮一个'万'吧，江湖道上，总有再会之时。"车顶子上的镖师厉声说道："姓叶的，难为你还是统率浙南绿林的瓢把子，连一条杆棒镇天南洪义全不认得，你太输眼了！你若心有未甘，到昆明城内隆义镖局找洪镖头，我是竭诚恭候！"说罢，向手下人一挥手。那受伤的人在两人说话的时候，已裹伤敷药，收拾完毕，听得洪镖头和匪首交待完了话，挥手示意，大家立刻整队起行。

洪镖头从车顶子上一纵身蹿到后面，脚尖轻点，跃上马背。前面的骡垛车马开始移动。这天南镖师洪义督着队，直待所有的人走出一箭地去；匪党也是背负、搀架受伤的弟兄，投入林中。那双头蛇叶云匆蹬搬鞍，向洪镖头一拱手道："我叶云只要有三寸气在，终有找你之时。"说罢，不待天南镖师答话，用足踵一磕马腹，窜入林中。

这里，一条杆棒镇天南洪义冷笑着，向双头蛇叶云的背影点头叹息道："你不再找我姓洪的，算你的幸运；真敢到昆明去找姓洪的，就是你阳寿告终之时。"洪镖头也跟着催动了牲口，赶上前面的人马，往前面赶去。洪镖师看出叶匪不过是小股的匪徒，就凭他手底下这两下子，再练十年，也不易在自己手中走上十个回合。那又想到，双头蛇叶云三十年后，竟雄据辽东，威镇绿林。

且说双头蛇叶云此番折手阵上，实是入绿林后第一次受辱。回到飞云江畔，在垛子窑内聚集了一般党羽，对当场受伤的弟兄除给医治之外，还厚赏了一笔钱。对于踩盘子的飞星子杜英，恨入了骨，竟当着一干弟兄，把杜英痛责了一顿。飞星子杜英倒真是个江湖汉子，除低头领责外，并向双头蛇叶云自承是轻敌疏忽，情愿在瓢把子统率下热诚报效，以赎此次之罪。双头蛇叶云见杜英当众受责，绝无怨恨之意，遂不肯过行苛求，仍令他在手下效力。

不过双头蛇叶云经过这次的挫败，顿悟到自己得以横行浙南，全仗着自己的智谋过人；论武功本领，实在差得太远了。在江湖道上，到处有能人，自己若是不好好地精究绝技、再练功夫，江湖道上不易再立足了。自己暗自一打定这种主意，颇想暂时洗手，重访名师，更求深造。不过自己历来作下买卖来，尽情花用，挥霍无度，手中并没有什么积蓄。自己决定要大大地做一水买卖，手中积存一笔资财，把手下弟兄一散伙，自己专访名师，破出三年五载，练得一身本领，那时再重入江湖，轰轰烈烈地干一场，也不枉生为男儿汉。自己遂打定主意。

那知这次遭了挫折，反倒勾出祸事！那卸任官员竟因为被匪徒伤了两名差弁、一名仆妇、一名家属，马上向当地报案。这一来，温州的州县竟差派干捕，踩迹双头蛇叶云归案。只是这种事一经到官府手里，想缉捕这种憨不畏法的巨盗，岂是他们缉捕得到的？不过，这就是麻杆打狼，两头害怕。双头蛇叶云何尝不惧官府缉捕？遂严饬所部弟兄行动留意，令弟兄们散布流言，说是双头蛇部下弟兄已在中和驿遇上敌手，遭了挫败之后，已经离开浙南。

双头蛇叶云这时已把两处垛子窑迁移，行踪越发严密，那还有人踩得着他的巢穴？双头蛇已向一般盗党说明：浙南恐怕不易再立足，这次居心想要大作一水，把所部的弟兄散伙；自己要访名师再练绝技，好报中和驿之辱。手下弟兄们全散开来，各处踩迹买卖。只是所有商行，全知道括苍山到飞云江，有双头蛇股匪潜伏，虽是经叶匪散布流言，假说已离浙南，那商旅那肯就信？所有敢经过这一带的，全是小商贩和平常没有什么财货的客人。这一来，双头蛇叶云以及部下的弟兄，全是不屑于下手。

从中和驿事败，一晃三个月光景，已到了严冬。双头蛇叶云竟踩探出温州东关内富绅冯承恩宅，原本就是浙南富户；更兼本年自己所拥有的稻田十足丰收，所有的佃户全把应交的佃租交到，现银足有数万两；还有他们所经营的买卖，也全赚了钱。连日各处庄头投解银子的，一天总有好几拨。温州城内已经哄动了。双头蛇叶云赶紧招集一般党羽，说明自己的意思，要劫掠冯绅。"只这一水买卖，足够我们散伙的用途了。不过现在既有中和驿折在阵上的晦气，这次我们更得仔细一切。这次要是做不下来，我们简直没脸再在江湖道上立足！我想请杜老弟和陆二弟，到温州东关富绅冯承恩家踩探明白了，他家中有多少眷属？多少佣人？有没有护院的？钱财珍宝收藏之所全要查明。这次教你弟兄两人去，就是为的是没有闪失。杜四弟，你可要对陆兄弟身上注意，他轻功提纵术完全没有功夫，不要打草惊蛇。只要一露了形迹，再想下手就不易了。"

飞星子杜英听瓢把子派自己去踩道摸底，又多派陆宏疆这个老成持重的笨家伙伴着，这么踩探去，自己真不敢保不露马脚。只好随机应变、见机行事了。当下和陆宏疆领了瓢把子的令，变装易服，赶奔温州。

到了温州，两人并不落店。在东关外耗到定更以后，这才从白天踩好的地方准备入城。东北角极僻静，护城河已淤干了，只剩了河底深不及丈的湖水，宽亦仅丈余。飞星子杜英回头招呼着陆宏疆道："二弟怎么样？"陆宏疆道："成得了。"这两人一前一后审过护城河。走到东北角城墙下，这里城砖残破，颇易攀登。遂从这东北城角上到城头，再顺着马道下去。

这时，东关内商家铺户也就是刚上门板，有两处从门缝子里显出灯光。飞星子杜英和陆宏疆隐身到暗处，只拣那偏僻的小巷往西绕着走。只是还得提防野犬见了生人狂吠。好在这时巡街的城守兵尚未上街巡察，两人比较容易走。

耗到绑锣交了二鼓，街上渐渐寂静下来。二人已走到富绅冯承恩宅第的附近。好在白天已经踩了道，东关这一带就是这一家巨宅。这片宅子占地颇广，从大门起到内宅，有六道院子，还不算后面一座花园子；这片宅子宽窄也有四道院子的地方，还不算风火墙以及更道、群房。

陆宏疆一到这里，可就发愁了。眼看着高大的风火墙，这么大势派的宅第，保不定就许有看家护院的。自己论本领，只会三招两式的庄稼把式，只要一把宅内人惊动出来，飞星子杜英"扯活"（唇典谓见了面想逃走）得了，自己非折在这儿不可！

想到这儿，追上飞星子杜英，悄悄一扯杜英的衣袖，走进东大墙外的小巷。飞星子杜英低声问道："陆二弟有什么事？"陆宏疆立刻附耳说道："事主这里宅院甚深，我们入窑时要多谨慎。只是瓢把子派我前来，这是多此一举。我这种笨家伙，那能担当这种差事？我看，杜四哥你自己入窑踩道，我在外面巡察吧。"杜英笑道："这可不成！我若没有中和驿那场事，倒可以自己担当。这次瓢把子派陆二弟你前来，正是怕我一人看走了眼。你不必为难，我从白天已经打算好了，后面花园子那段矮墙足可出入。陆二弟，你从后面往里趟，我从前面入窑。这样既省工夫，又可把宅里一切踩到了。陆二弟，你看怎么样？"

陆宏疆明白杜英的心意，他自己不肯独自担这次责任，可是也不愿被自己这笨手笨脚的带累着，展不开手脚；让自己从宅后花园入窑，他却从前面入窑，彼此呼喊不灵，绝难互相关照。自己怎么也不该跟来，只是瓢把子的命令谁敢不服？到现在，只有但求无过，不求有功吧。遂赶紧答道："但凭杜四哥的指导。"

飞星子杜英说了声："随我来。"陆宏疆紧随在飞星子杜英的身后，疾行飞步，绕到宅子的后面。杜英一指后面的短垣，只见暗影中，墙内花木扶疏，有几株巨树的枝条探出墙外。飞星子杜英说了声："陆二弟，你从这里入窑吧。"说罢，不待陆宏疆答话，立刻翻身一纵，已没入小巷暗影中。

陆宏疆这一走进冯宅，一念之善，反造成一场惨祸。

第二章

动仁慈弃邪遭惨祸

陆宏疆见飞星子杜英匆匆走去，自己好生不快。心想："这明是飞星子杜英要看我的长短，故意伸尊我。我要真怕事，怕宅中有人，不敢入窑，岂不在弟兄面前留了笑柄？我无论如何也得进去。"

自己来到了这短墙下，相度了高低。因为这花园子是冯绅先代建筑的，跟前面那住宅不是同时修建；在宅子起建时没有花园子的地势。直到隔了七八年，把邻家的土地买过来，这才修筑了这片花园。所以宅院的风火墙高有二丈四尺，这片花园子的短垣高不及丈，跟内宅隔绝着。宅后有一道小门；到了晚间，把这道小门一关，花园子里只留一个年过七旬的老管家，又聋、又腿脚过慢，宅中全叫他冯聋子。应名是看花园子，他是任什么也不管，就算养他的老了。

陆宏疆看了看自己还可以上得去，遂往起一纵身，双臂挬住了墙头。稍缓了缓气，往起拔身，往园中查看。见一片漆黑，只有西面一片花棚后露出一点灯光。陆宏疆心头不住腾腾直跳，不禁笑自己没见过大阵势。稳定了心神，一长身到了墙头上。陆宏疆糊里糊涂跳到墙根下，咕咚一声，倒坐在地上。自己也觉着夜行人这么踩道，简直不像话！可是伏身在墙下，听了听，居然没有别的声息。自己暗叫声："惭愧！"遂长身站起。

仔细看着花园子，布置得幽雅无比，亭台水塘，草径花棚；假山更是高耸玲珑。自己此时不过略看了看花园子大致的情形，心里可惦记着花棚里透过的灯光。得先查明了，恐怕有人守御。遂蹑足轻步，从竹林穿过来。见有两间小屋子，这两间屋子从上到下，连门窗户壁全是竹子制的，古雅异常；竹风门半敞着，灯光就是从里面透出来。

陆宏疆侧身听了听，里面一片鼾声，自己略往竹风门这边凑了凑，往里一看。只见屋中陈设简单，迎门有一张竹桌，上面放着盏油灯；再探身往里看时，只见靠西有一架竹床，上头睡着一个短衣的老头子；床边放着一双小茶几，放着一只酒壶，一只酒杯，还有两样茶食；旁边放着一碗米饭，原碗没动。这分明是只顾喝酒，酒喝多了，连饭也没顾得吃，就睡着了。不问可知，这老头子好饮贪杯，自己倒免去许多手脚。遂轻身往竹林前绕过来，往南走。自己默忖：通内宅的门户要是上锁，自己就不易进去了。

陆宏疆离开了竹林，绕过假山，穿过一处处的花棚、果林，从一道九曲桥走过来。才走上直通内宅的小门前，陆宏疆就知道自己今夜白费事，落个劳而无功：通内宅的小门紧闭。自己那敢冒险攀这高堂大厦？这可没有别的法子，只有在这里等候着杜英。

陆宏疆有些灰心，信步在这座花园子里转了一周。正在假山前默默出神，耳中似听到了一种声息。蓦地一惊，自己急忙往假山后隐住身形。这时，假山前闪出一片昏黄灯光。探身查看，只见后面小门洞开，走出两个侍女。一个一手挑着一个纸灯笼，一手提着一只小茶几；后面一个侍女用一只木盘托着香烛台。这两个侍女把小茶几、香烛台全摆上，立刻把两支蜡烛全燃起。一名年岁较大的侍女说道："你在这等着，我请大小姐去。"那名年岁较小的侍女说道："你在这等着吧！这么大的花园子，我一个人害怕，我请大小姐去。"那名年岁较大的侍女道："我恐怕你粗手笨脚的，把上房的人惊动了出来，大小姐就不能出来了。有他在这，怕什么？别这么胡搅了，把大小姐惹急了，你可估量着！"那一个年岁较大的侍女说罢，转身径奔通内宅的小屋。这里的小丫头嘴里喊嚷着，跑到进内宅的小门那边去等候。

隐身在假山后的陆宏疆，竟想不到深更半夜，这种地方，竟有深闺弱女来焚香设祭。这其中必有缘故，自己倒要看看是怎么回事。陆宏疆静悄悄隐身，暗看这侍女们的动静。

工夫不久，小门那儿灯光闪闪，方才那名侍女头里挑着灯引路，后面跟着一位小姐。灯影儿里略辨面貌，只见这位小姐也只有十六七岁的光景，容貌端正、身材袅娜，眉宇间一派的静穆；两眼映着灯光，如一泓秋水；可是从面目上透出一片忧郁之色。

她到了茶几前，看了看，向两个侍女道："冯聋子他问吗？"侍女答道："他没出来，想是已经睡了。我们按着小姐的话，没敢把聋子惊动出来。"那位大小姐往竹林瞥了一眼，扭头向那年岁大的使女道："秋云，你到聋子那里去，偷偷地看看，他睡了没有？怎么没熄灯呢？"使女答应了一声，立刻向竹林里边走去。

好在陆宏疆隐身的地方，一片漆黑，就是到了他近前，全不易看见他。那使女到了竹门前，先在门前迟疑一会，竟走进屋。随见竹屋那边灯光顿熄，跟着一片轻微脚步之声，那使女分花拂柳地往西边走来。到了小姐面前，低声说道："小姐，敢情这聋老头子真讨厌煞人！他喝酒喝醉了，饭也没吃，灯也没熄，一头躺在那边睡着了。多可恨！住的又是竹屋子，要引起火来，岂不把老东西烧化了？虽连不上内宅，老爷病着，那一来谁担得了哇？"

这位大小姐微把头摇了摇说："秋云，往后不要这么说了，他已是宅里好几辈的人了，在我家出过力。如今老了，无儿无女，无依无靠，我们就得养他到老。老爷把他搁在这来，何尝不是体恤他？你把灯给熄了，很好！你们两人回去吧。经过上房窗下时，千万轻着点脚步。太太要是问时，只说我已睡了。去吧。"两个使女听小姐说完这话，仍然站在那不动，两眼看着小姐，嗫嗫着说道："小姐，我们还是伺候着吧，深更半夜的，让小姐一个人在这里那成呢？"那位大小姐带着薄怒说道："不用，深更半夜怕什么？自己家的花园子，我有我的愿，不愿意教人看见。快走，别多说闲话！"当时，这两个使女被小姐说着，不敢再说什么，只是满面迟疑地向内宅走去。

这位小姐还不放心，跟着到了小门前，容两个使女走开，把两扇门带过来，这才回身。来到香几前，从怀中掏出一个绢帕的包儿来，往香几上一放，面色突地立成惨白。陆宏疆暗暗一惊，心说：不好！这位富绅的小姐半夜来到这种地方，虽然是焚香请愿，也觉于礼不合。她这脸上变颜变色，绝不是仅仅的烧香了心愿。真要是有意外的事，教自己赶上，焉能袖手不管？

自己稍往前挪了挪，再细看时，只见这位小姐把绢帕一打开，陆宏疆就怔了。只见里面裹着一把利剪、一块白布，一根布带子。往香案上香炉旁一堆，跟着拿起一束香，把纸裹划开，把上面的纸箍用指甲挑断；用右手捏着下端纸箍，转着，把香条松散了；把已散开的那一端，放到已燃着的蜡烛上燃着，这束香立刻烟火腾腾。这位小姐肃然恭立在香几前，双手举着这束香，凄然泪下地祝告道："信士女弟子冯慧敏，仅以一点愚诚，昭告于南海观世音菩萨、过往神灵、冯氏先祖的阴灵之前，父亲冯承恩忽得重病，医药无灵，已将不起。弟、妹年幼，父亲若有好歹，无赖宗族定然欺凌孤弱，谋夺家财。那一来，我母子四人，那还能逃得开谋产人的毒手？眼看家破人亡，就在目前，叩求神灵护佑，保佑我父亲多活几年，我弟弟也能顶立门户。只要我父亲好了，我冯慧敏定给观音庵重修庙宇，再装金身。求菩萨的慈悲、过往神灵的默佑吧！"祝告到这，把那烟火腾腾的这束香，往炉里一插，恭恭敬敬地伏身下拜。叩罢头起来，映着闪烁的灯光，脸上的泪珠如同断线珍珠相似。

随见这位小姐，把眼光往竹屋那边瞥了一眼，双眉紧皱，把左臂的衣袖往上一摆，把一支嫩藕似的胳膊露出来；跟着把那绢帕的包儿拿过来，一块白布，一条布带，全拢好；又把一个纸包打开，里面有药面子。这位大小姐带着满怀忧伤，把香几上的那把利剪抓起，一低头，一张口，用银牙把雪藕似的臂肉咬住，往起一提。胳膊的肉被提起高有二寸。这位小姐，右手持利剪，颤微微的，猛然用力一剪，"噗哧"的一声，顿时疼彻肺腑，一条鲜血淋漓的臂肉，掉在香炉前！

这块血淋淋的肉，还在颤动，有二寸宽，五寸长。这位小姐面如白纸，银牙咬得吱吱乱响，猛地把那利剪往地上一扔，立刻把那一纸包药末子抓起，往那鲜血直撺的伤口上一按。只是手颤得没准了，一包药末子抖撒了一半，连纸按在伤口上。这位冯小姐一片愚孝，死生全置之度外。不过事前是想的为一家存亡，自己受点痛苦，把父亲治好了，家业能保住了；父亲的生存，关系着冯氏偌大家业的兴衰，这才祷天求寿，割肉疗亲。那又知道自己这种香闺少女，那受过这种痛苦？真有些支持不住，还想用预备下的布和带子包扎，才又伸手把香几上的布带子抓住，身形已支持不住，往后一溜，咕咚地坐倒在地上。疼得樱唇紧闭，两眼阖着，左臂依然微颤着。把隐身假山后的陆宏疆看得几乎流下泪来。不管这割肉疗亲有用没用，只这点年纪，又是个娇弱的姑娘，居然有这种孝心，太叫人可敬了！

陆宏疆此时暗叫自己道："陆宏疆，你家中也有父母，也有弟妹，你若再忍心抢劫这孝女的家财，说不定还许伤了事主，你真不如禽兽了！"只是想到瓢把子双头蛇叶云的凶狠暴戾，言出必行，自己那有力量来阻止他，不叫他作这水买卖？自己就是不肯欺天蔑理，又有什么用？"我定要想法子救这孝女全家，只是有什么法子可想呢？"此时，陆宏疆真是天人交战，心里那份难过，比冯家这位割肉疗亲的孝女不差什么。

这位娇貌孝女，坐在地上半响，臂上疼痛略减，血也不似先前那么往外撺。这位小姐稍缓了缓，这才用布把伤处包扎；只是手臂上血迹斑斑，无法擦拭。这时，颤巍巍的才要往起立，突然小门那里一阵脚步响。这位小姐似乎怕生人看见自己的一切，努力地想站起来。那知身不由己地才一欠身，立刻腰上一软，又坐在地上。当时，从通内宅的小门走出来的，正是方才那叫秋云的使女。这次，那年岁小的并没跟来。使女似乎早在门内看清楚了，一声不响地赶到小姐面前，惊惶地一俯身说："小姐，你这是怎么的了？"一眼又看见小姐的左臂上沾满了血迹，"哟"了一声道："小姐可吓死人

31

了，这是怎么了？"

这位冯小姐抬头看了看秋云，一低头，眼泪又落下来，慢吞吞地向秋云悲声道："小兰没跟来么？好，不要骇怕，不要声张。"使女秋云并没看见香几上的血肉，吓得牙齿振振有声，也是双手发颤地对小姐道："小姐您放心，没有别人。我怕小兰年岁小，不知道口头谨慎，我早早打发她睡了。小姐您倒是怎么了？老爷这么病着，您要是闹出意外来，那可对不住老爷和太太。您倒是怎么回事？小姐您倒说呀！"

这位冯慧敏小姐咳了一声道："秋云，你别问。我拿你可没当使女，总把你当妹妹看待。我是一点孝心，想求菩萨保佑，把老爷的病治好了。你是知道的，老爷有个好歹，咱们一家人非落个七零八落、家败人亡不可。本家的那几个要命鬼，那时不惦着咱家这份家产？有老爷的眼看着，不敢下手；老爷只要有个好歹，他们还不红了眼？我才想到割肉疗伤，万一老天菩萨保佑，能够好了，岂不是大家的福分？我只怕叫老爷、太太知道了。他们疼儿女，特别的关心；要知道我办这种事，一难过，倒许添了病。老太太也不是结实身子，你可嘴严着点！"

使女秋云一听小姐这种孝心，一阵难过，扶着小姐的右肩头，拉着右手，低声哭泣着道："小姐，可苦了你了！老天见怜，必能大显灵验，老爷的病一定好得了！小姐你割了多大的肉，伤口不要紧么？你可别不留神，赶紧找点好药治呀！一个姑娘家，别落了残疾。"这位小姐被使女秋云这几句话勾起，又是一阵伤心，用右手往香几上指了指道："那不是在香炉前么？我还没顾得包起来呢。"秋云一看茶几上手帕一片血迹，一条血肉在上面放着，吓得失声道："哎哟，可吓死我了！我，我，我可是怕。小姐，你怎么那么忍心啊！教老爷太太知道，岂不心疼么？"冯慧敏小姐低着声音道："你不要说那没用的话了，快扶着我回内宅吧，叫婆子们撞见就糟了！你扶我起来。"

秋云不敢多言，急忙向前，把小姐扶了起来。秋云竟不敢动割下来的血肉，冯慧敏小姐用那块绢帕把血肉包起来，向秋云说道："我这得等到老爷服药时，合在药内。你若是口头不慎，被人知道了，我可就白受这回苦了！好妹妹，你千万可要口头谨慎，不要走露一点风声。你听明白了？"使女秋云忙答道："小姐，不要这么称呼，婢女可担不起！小姐放心，您一片孝心，我心非铁石，那能那么糊涂？从我嘴里绝不会走了话。"冯小姐点点头，低声说道："你把火烛弄利落了，先扶我回去。好妹妹，回头你亲自来，再收拾吧，我心里不稳。"使女秋云道："小姐怎么了？伤口可别受了风，那可了不得！"冯小姐一边扶着秋云的左肩头，一边慢慢吞吞地往通内宅的小门走去。这一主一婢，所说的话，就听不清了。

陆宏疆此时好生着急，心想："我就是把命送了，也不忍再抢这孝女的家中。只是那飞星子杜英，保不定就许踩到后边来。他问我时，我怎么对答他？何况自己一人回心向善有什么用？他们只要一动手，冯家仍然脱不过一场大祸。陆宏疆，你救人不救到底，还不如不多事了。"自己随又愤然思起，"我既然想作好人，对于以往陷身罪恶之渊，要力图自拔。我一定得把冯家这场事给他挑了。事完，我连家眷往北省一逃。手中还有些钱，不怕做个小本生意，把父母侍奉到百年，自己再另作他图。"

想到这，心意遂决，只是还得想法子教事主早作提防。一眼瞥见香几上的烧残的余炉，青烟缕缕，尚在冒着。自己蓦地想起："这是现成的笔墨，我何不藉着它，给本宅主人留个警告，叫他也可以早作提防？"自己拿定主意，遂来到香儿前，把香炉中没烧过的香条子拔起来，把那尚燃着的，用口中津液都灭了。从地上拣了一张裹药的纸，遂就到香几上的纸灯笼旁，用那烧余的香头儿，在口中稍沾了湿，往纸上一试，居然是很黑的笔迹。陆宏疆一边耳中留神着那通内宅的小门，一面往纸上写。写的是："浙南巨盗双头蛇，已定于明日夜间率党抢掠，余深悯积善之家竟遭大劫。或避或防，毋得轻视；忽视余言，定遭毒手。慎之慎之！"只写了这么两行字，写完，遂把一只烛台上的半截残蜡拔下来，把这张字儿插在蜡台的阡子上。自己把碎香头扔掉，赶紧仍隐身在假山旁。

工夫不大，使女秋云从内宅回来，来到茶几前。那纸束很显然地在蜡阡子上挂着。使女秋云咦了一声道："怎么，这是那里来的？"随即伸手把字帖拿下来，见上面黑糊糊地写着许多歪歪斜斜的字。秋云随侍小姐多年，冯小姐读书识字，秋云倒也跟着学习了些。不过识字不多，这字帖上的字，只大致看出是有盗匪要抢掠本宅。秋云"哟"了声道："这是怎么回事？可了不得了，怎么逆事全来了？"秋云把字帖向怀中一塞，立刻把蜡台、香炉全拿起；再看了看，这只茶几上也有血迹，也不能放在花园里，遂也把它挟在胳膊下；还得拿着那只灯笼，跟跟跄跄，走向内宅。秋云拿着这些东西，心里又惦记着那张字帖来得突兀。通内宅的小门，并没关上，只虚掩着，她匆匆地向内宅走去。

陆宏疆见自己的字帖已经用上，又见通内宅的门并没上闩，心想："这正是个机会，我还是冒险往里察看察看，那小姐是否相信？飞星子杜英是否已趟进来？我还须提防着，不要被他撞见。"自己想到这，遂悄悄地从这假山旁出来，蹑足轻步地径奔通内宅的小门。先探身往里看了看，只见里面黑沉沉的，没一点光亮。那迎着小门的是一片宽敞的院子，里面各屋的门全严闭着，没有一点声息。陆宏疆一看这种情形，是仓房、敞房的样子，便放胆走进里面。见这里东西形似箭道，通着前面；那箭道的尽头另有两扇小门，也全虚掩着。一看这形势，知道离内宅已近，遂蹑足轻步地穿过箭道。一出这道小门，当中这间堂屋，看形势正是这里的上房。各屋中全有灯光，陆宏疆没敢冒然往外走。还算小心对了，听得从前面有人走进来，是女人的声音，跟着一个女仆，手里提着一包药，径奔上房。

陆宏疆到了上房的窗下，听了听这东间里有微弱的呻吟之声。跟着听得堂屋似有人低声说话，陆宏疆遂来到堂屋门首，屏息凝神细听，只听里面有两个女人在说着话。陆宏疆穴窗偷窥，只见烛影摇动，一切陈设堂皇富丽。那迎面八仙桌旁，坐着一个年约五旬左右的妇人，一脸的慈祥之气，只是满面含着愁苦之色。靠门站着一个女仆，正在向那主妇说着话。只听她说："账房的何先生说，是这三位郎中一块拟的方子。据何先生说，还是才接来的这位祁先生的医道好，受过真传，祁家坞一带全称这老先生叫'指下活人'。想是人家有把握，账房何先生教告诉太太，不用着急；别看病沉，只是被以前的先生们耽误了。老爷是伤寒，在刚一病时，如把风邪散出来，一副药就能好，那能闹到这种地步呢？这位老先生说，赶早赶晚地把药吃下去；这副药吃下去，只要见了汗，不出别的毛病，三副药准好。倘若老先生的话应验了，老爷可得多躺几天，顶少得十天半月的才能下地。祁老先生既这么说了，别管他什么时候，给老爷把药煎好了，给吃下去吧。"这位主妇立刻点点头道："我是恨不得老爷立刻就好了，省得阖家跟着坐不宁睡不安的。好吧，你赶紧把炭炉子点着，给老爷把药煎出来，好教他吃下去。到天亮，药力也就行动开了。"那女仆立刻答道："炭炉子还没摆，在厨房里搁着哪。"这主妇说："在这里煎药吧。"那名仆妇点了点头，往外就走。

这时，陆宏疆赶紧来到暗隅，容她从厨房把一只炭炉子搬进了上房。自己才要再到堂屋那里察看，却听得西厢房里有人轻嗽了一声。跟着，那使女秋云从屋中走出来，径奔上房。陆宏疆容她走进屋中，估量那种时候必没人出来，自己赶紧到了西厢房窗下。

论江湖道上规矩，只要是真够闯江湖的朋友，最忌窥视人家深闺绣房。自己此时虽明知于理不合，好在存心不是怀什么恶念，是关心自己所留的字帖，要看这位冯小姐的情形。遂点破了窗孔。往里看时，只见里面原是那位小姐的卧房。迎着窗，摆着一架楠木床，床上坐的正是孝女冯小姐。这时把身上的血迹全收拾好了，愁眉苦脸的，拿着自己的那张字柬为难。陆宏疆稍微放了心，知道这位冯小姐对于这次自己的告密，已然相信。趁着那飞星子杜英未曾踏到这里边来，还要对于上房的举动再察看察看。

陆宏疆遂撤身来到上房的门首，仍然侧身往里偷窥。只见使女秋云正在往药锅子里一包一包地放药，那位老太太仍然在那里坐着，看着秋云把药兑好，把水也放好，药锅坐在炭炉子上。使女秋云向这位太太说道："太太，您看看老爷要是睡着，您也随便歇一会吧。"这位冯老太太道："大小姐既是身上不爽快，你去扶侍大小姐早早睡吧，这里有我和宋妈就行了。"秋云陪着笑脸道："大小姐因为煎药是仔细的事，怕宋妈照看不到，才教我来给老爷煎药。小姐自己歇着了，太太不用惦念了。"秋云说到这，眼光向格扇这边一看，一怔神。陆宏疆疑心自己的行藏被她识破，方在一惊，预备撤身形；那知室中的秋云说道："太太，您听老爷醒了吧？"

陆宏疆听出并非看见自己，仍然向纸孔里看时，只见这位太太慢吞吞地走向里面；秋云趁太太向里面迈步进去，忙从腰中掏出一个包儿来，慌慌张张，连撒下两块手帕来，才看出还有一层血迹全染透了的绢帕。秋云竟不再揭最末的这层了，连着绢帕扔到药锅子里，把两条手帕往腰里一掖，立刻把药锅子的盖儿盖好。陆宏疆这才知道，使女秋云是被小姐派来，往药锅里搁那块臂肉。她把太太诓进里间，这才乘机把事办完，随走向连房的下间。

陆宏疆才要移身，跟到连房的窗下，看看里面还有何人。身躯还没移动，屋中已有人说着话，向外走来。陆宏疆赶紧一纵身，蹿向那夹道黑暗之处。这时，从上房走出来的正是使女秋云，奔了厢房。陆宏疆容她进了屋，自己赶紧地重贴到窗下那早点破的窗孔。往里看时，只见秋云正和冯小姐低声说着话，这位冯小姐却向秋云道："我看这事别再迟延，我得找何先生商量一番，好歹得有个预备。"使女秋云道："倘若不是什么人诚心开玩笑，我这么冒失地声张起来，岂不教人笑话？"小姐冯慧敏道："我看这事绝不会假了，没有人和我们开这种玩笑。少爷们早已睡下，还有什么人呢？"秋云也点点头道："也说是呢，只是小姐这时还往前面去吗？明天早上再说吧。"冯小姐道："我想这时清静，医生刚才送走，账房里一定没别人，我教何先生也好拿定主意。明早不向太太说明了，怎么往前面去呢？"秋云道："好吧，小姐快去快回来，我还得往上房去，别教太太疑心。我得把老爷的药煎好了，大概四更左右，也就可以收拾完了，小姐可别尽自耽搁。"

这时，里面的话声一住，陆宏疆赶紧把身形隐起，这屋中的两人全出来了。陆宏疆心里一动，见这位小姐奔了前院，秋云却仍然进上房，两人一时全回不来。陆宏疆方才已听出，这小姐和秋云说话的情形，使女秋云颇有些怀疑。这种情形，秋云从旁边再一说懈怠话，小姐再一含糊，就许把这场事耽误了。早在外面看好了，屋中临窗的案上有文房四宝。陆宏疆赶紧地闯进了屋中。现成的纸笔墨砚，提起写来，草草地又写了一张字柬。大意是："双头蛇叶云抢掠尊府，势在必行。我感汝孝行，何忍积善之家惨遭横祸？故有二次警告，速谋应付之策；倘视同儿戏，明晚此时定要家财一空，血溅香闺，悔之晚矣！余有救汝之心，奈无除叶匪之力。余此次冒险泄机，此举深犯绿林大忌；宁冒杀身之险，救汝全家，实为目睹汝孝行可敬。倘轻视我言，自趋死路，我亦无能尽力！"这张字柬大致是这样。

写完了，用一方端砚，把字柬压住，匆匆撤身出来，心头腾腾地跳个不住。自己所惧的就是飞星子杜英。他若此时闯来，不仅枉费心机，只怕大祸即在目前。遂赶紧出了冯小姐的闺房。本打算立刻退出内宅，仍然从来路退出去，蓦想起："哎呀，不好，我走不得！倘我退出内宅，飞星子杜英从前面趟过来，见这屋里无人，他若一起贪心，闯进屋去，想捞点珍宝走；那一来，这字柬非被他看见不可！"

当时，陆宏疆往黑影中一隐身，突然檐头轻微一响，一条黑影子落在窗下，吓得陆宏疆一身冷汗。赶到这条黑影一长身，陆宏疆才看出来，正是飞星子杜英。陆宏疆心想：好险啊！若晚出来一步，就被他堵上。自己见杜英情形似乎该看见自己，可不敢再隐藏，赶紧把他先引开这里就行了。遂在暗影里，用中指指甲一弹拇指的指尖。这种暗号，杜英一听就知是自己人。一回头，见在墙角现身的正是陆宏疆，向自己打手式，转身奔夹道走去。飞星子杜英万没想到，陆宏疆竟也进来，自己赶紧随至身后。出了这段夹道，是最后一进，在后墙有一道小门虚掩着。

陆宏疆急忙走出小门，飞星子杜英紧追在身后。见这里已到了花园子，陆宏疆指了指假山旁。杜英会意，来到假山旁，彼此找了块石头坐下歇息。飞星子杜英低声问道："这里没看园子的么？"陆宏疆道："不要紧，仅有个聋子，不妨事。杜老师怎样？这么长的时候才走进来，敢是遇见什么事了么？"飞星子杜英道："别提了，什么想不到的事全有。我一翻到前面账房，就知道糟了。大门关着，门外又没有一点动静。敢情他这宅子中有害病的，账房跟客屋里全有人不断出入；有三位坐大轿的郎中，坐在客屋里一同拟方。他们的轿子全在过道院里，我在外边那会得出形迹来？这三个郎中，装腔作势的真讨厌！要不因瓢把子的命令过严，我非给这三个糟老头子点苦吃吃不可。门房的下人不断出入，我竟无法贴近了宅中的人等。只乘着忙乱的当儿，把本宅的佣仆人数探明。这种秧子，莫说瓢把子决意亲自出马，就是我们哥两个，也一样把这水买卖作下来。宅主偌大家私，连个平常骗饭吃护院的也没有！直候到把郎中送走，我查明他积存油水的地方，我们的彩头还错不了。这宅里若是平时，只要有大票的银钱，全送在票庄银号里存储；就是因为主人病着，管账的不敢作主，所以这几天佃户、庄园交来的租银，全存在宅中。这不是该着我们走旺运么？"

陆宏疆道："杜老师说的不差，我也觉着这水买卖一定错不了。就凭我这笨家伙，那敢入窑？偏偏这道小门没闩没锁。我把内宅探明了，不仅现水多，红绿货还少不了。只是我听一个女仆向她伙伴捣鬼，说是往账房取药去，看见房上有人影子一晃，自己也不敢断定是人是鬼。她那伙伴紧拦着她，不叫她信口胡说，算是把她的话风截住。故此杜老师才进来，我赶紧请老师出来。我怕万一稍有疏忽，露了痕迹，动手时倒得多费手脚。所以才大胆把杜老师引出来。好在内宅没有什么隐秘之地，不用费什么事，我们伸手就能把这水买卖作下来。我已踩好了，宅主就在这院子里。我看除了前面账房里，就属内宅这三间上房里备藏丰富。这水买卖作下来，咱们弟兄全能落个富裕吧？"

飞英子杜英对于陆宏疆的举动，并没察觉出来有异，遂说道："既是陆二弟把内宅摸清了，咱不用再费手脚，回垛子窑报告瓢把子吧。"

陆宏疆巴不得立刻离开冯宅。两人出了后园，径回到垛子窑，把踩探的情形报告了双头蛇叶云。叶云一听冯宅情形，十分高兴。吩咐手下弟兄全要在明晚初更时候，齐集垛子窑，听候差派，"上线开爬"（唇典说是出去抢掠）。所有的匪党全领命散去。陆宏疆矫作镇定，神色丝毫不敢慌张。

赶到第二天白天，陆宏疆自己有点拿不定主意了。是趁着白天，到城里看看冯宅有什么举动呢，还是在垛子窑守垛好呢？终于是决意不再出去，以免落了嫌疑。可是就像热锅上爬蚂蚁，起坐不安。幸而自己只说有些头疼，躲在僻静处，没被人看出神色有异来。自己对于晚间的事，反覆想了半天。决定还是得随同匪首叶云同去，到时候见机而行，不要被叶云起了疑心；再说这次他们若折在阵上，自己不跟了去，更露痕迹。

一天易过，到了晚间，所有的匪党络续到来。双头蛇叶云一计算，所有的弟兄共计二十八人。遂分为四拨，为是散开了好走。陆宏疆故意避开了叶云和飞星子杜英。

赶到温州城，城门已闭。这般匪党多半会个三招两式的，全从城墙东北角翻进城去。这时才起更，街上巡更的还没出来，路上黑沉沉、冷清清的，没有行人来往了。双头蛇叶云率领着一干匪党扑奔冯宅。

来到冯绅住宅附近，只见宅东小巷中，黑暗无人来往。这双头蛇叶云指挥着部下弟兄们，分四面入窑。双头蛇叶云随即带十名弟兄，从大门这边入窑；令其余的弟兄分为六名一拨。陆宏疆遂随着五名同道，赶奔后花园。心里悬系着，自己虽有救人之心，但是一个应付失当，就许也被获遭擒。人家那知道我是他全家救命的恩人？想到这，为先预备撤身之计，脚下稍慢，故意落后些。到了矮墙下，遂低声向同党说道："我们可散开了，花园子可有人看守着。看看里面通内宅的小门开着没有；要是那道门没关，我们就省了事了，从那里冲进去。我们还是听前面有了动静再伸手；里面有看园子的，由我动手收拾他们；你们哥五个进了那道小门，顺着一段夹道一抄过去，就是事主的正式住宅了。"

这五名同党那知道他这里有私心，还想陆宏疆是好意，大家遂听着他的吩咐，往里闯进来。一进花园子，陆宏疆把五名匪党全指引着，从花园小径扑奔里面。陆宏疆容他们走开，自己往暗影中把身形隐去，径自扑奔了竹林那里。到了聋子的屋门口，见这屋中灯光暗淡，遂探身往里看了看。只见那老聋子依然醉饱之后，已经睡去。

陆宏疆往屋中才一迈步，听得前面呛啷啷一片锣声，跟着一片杀声震耳。陆宏疆心里一惊！看了看那屋里的醉鬼，连影子全不知道。一想双头蛇叶云的情形，自己是深知其凶狠暴戾。手底下料理几个人，简直不算什么。倘若叫他得手后，本宅一个活不成；若是预备得稍弱，布置得不周密，冒然发动，反倒招怒了叶云，定然令部下齐下毒手。只怕那无辜的良民难逃毒手。自己应救人救到底。

陆宏疆想到这，也就是这一迟疑的当儿，听得叮当吱呀，夹杂着跌扑之声。陆宏疆听着这种声音很近，赶紧撤身来到门外。耳中又听得靠东边花畦这边刷啦刷啦一阵响，跟着一条黑影，似乎俯着身躯，尽拣着这花木丛生的地方，隐蔽着身躯；身形非常疾快，眨眼间就见这人已到了西北角，往上一耸身，蹿上墙头，翻出墙去。就在同时，又听得似乎是那通内宅的小门里，有人呐喊："把这两个捆好，怎么那个小矮个的贼人，一转眼的工夫就没有了？别是逃往花园子去了吧？咱们搜搜去。"另一个凶暴声音说道："没逃出去，大约被我们挤得又退回去了。咱们不是被派担任内宅北面吗？贼人的声势不小，别从咱这边……"底下的话被一阵喊杀的声音扰乱了。又是一阵脚步杂响的声音。四处声音稍寂。跟着从那小门内

"飕飕"的窜出两条黑影。

陆宏疆隐住身形，不敢稍动。这时内宅里呐喊声更急，并且隐约着，听得街上似有人奔驰之声，陆宏疆十分惊疑。这时听得那两人说道："看情形这水买卖非常扎手。瓢把子虽是撂了几个，可是人家这边早有预备，看情形颇像咱们老合把底卖给人家。不然的话，就是有江湖朋友在这粘着，也不会有这么多人马，阵式太严了！大约内中还有鹰爪孙。倪老四，看风不顺，咱扯活吧。"另一个道："别这么办，瓢把子还在拼着，咱要一含糊了，人家要是好歹做下来，咱还怎么见同道？咱还是往里撞，跟瓢把子合在一路，招呼不下来，再扯活。"两人遂仍从小门闯进去。

这里，陆宏疆听出这两人正是同党。听他的口风，事主的声势够厉害的，可是双头蛇叶云也拼上了。"我看多耽搁一刻，多一分凶险，还是早把这般同道惊走了为是。"一打量花园子这两间房子，孤建在角落，正好给他点着，把街坊四邻、巡查的官兵给引了来这边，免得事主多伤了。自己拿定主意，立刻折转身来，进了看园子的屋子。

只见那醉鬼还睡得挺沉，陆宏疆照着老聋子脑袋上就是一掌，"吧"的这一下，打了个正着，把个聋子打得跳了起来。陆宏疆一想："我索性再救了这老头子的性命。"把腿绷上的手叉子拔下来，向老聋子脑门子上一晃，吓得老聋子"哟"了声，浑身战抖。陆宏疆赶紧把住聋子的肩头，反拢两臂，用撕来的帐子给捆了，把嘴也给堵了。又撕了一条帐子，伸手抓着老聋子，连推带拥，给架到外面竹林里。那脚下一拨，把老聋子给绊在地上，把两腿给捆上。这一来，可保住他这条老命；不然他这般年岁，耳又聋，只要往外一跑，准送了命。

陆宏疆把这聋老头子搁在竹林里，自己折转身来，来到看园子的屋中，把油灯端起，先把床上的帐子点着。随后来到外面，把门窗全给点着了。火刚烧起，外面一片人声杂乱，跟着听得矮墙外有人说道："我们散开了。把这一带把守好了；只要有窜出来的，赶紧的拾了，别教他走脱了！"

当时，陆宏疆一听这种情形，就知道要糟："这里已经按上卡子，我不赶紧动手，只怕也要折在这！"听得人声是从东北角传过来，只见那里十分僻静，没有什么声息。这位一心洗手绿林的陆宏疆，冒险翻上墙头，不敢硬往外闯，双臂搭上墙头，往外看了看。只见那靠后墙外阴影中，有六七名短衣持兵刃的潜伏在这一带。这时陆宏疆随即一飘身，落往墙根下。幸而那所有来人，全是目注着墙头，没理会墙角这一带，当时算是被陆宏疆脱了身。

后花园子这一起火，跟着一片呐喊的声音，已把街邻全惊动起来。陆宏疆遂立刻拣那僻静黑暗的地方一路疾驰，翻出城外。这一来，陆宏疆算是倖脱罗网，

自己翻出城来，立刻从这荒郊僻野扑奔老巢。走到中途，蓦地想起："我怎能再回贼巢？倘若有一点风吹草动，只怕不容再脱身吧？我索性这时就脱身匪党，到家中看看。风声一下不好，自己就赶紧连家属一同远奔他乡，埋名避祸。"当时决定了主意，不再迟疑，立刻向风和镇投奔而来。

赶到天明后，到了风和镇，这才在镇口上歇力打尖。自己在这里多延迟了会子，为的是把精神缓足了，尽一日赶到嘉兴。那知就在这将要走的当儿，竟有从温州下来的脚夫车辆，谈论起那温州城内，夜间东关内出了巨案。富绅冯宅，去了匪人结伙打劫。幸而冯绅早有提防，匪人未能得手；保护宅院的伤了七八名，内中还有温州府衙的捕役们；匪党伤了十一名，连被掳擒的，一共十七名匪党落网。这次结伙抢掠，刀伤事主，拒捕役差，闹得人心惶惶。官面上对于这案十分认真，要把这些匪党一网打尽。当时开城的时候，已经由城守营检查出入。这一来闹得谣言四起。城内颇传言，已逃走的匪首，竟自要纠合已逃的，以及其他党羽，大举复仇。闹得满城风雨，听说这双头蛇叶匪绝不甘心。

当下，这陆宏疆一听这种情形，自己惊得慌忙站起来，赶紧地离开风和镇，赶回嘉兴大石桥家中。这次回来，还竭力矜持着，怕

叫家中看出形迹来。遂向不能行动的老父，和老病缠绵的老母面前说了些谎话，蒙骗着老父老母。只说自己做事的那个商号，已经收市。现在有至友约到山东去经营新事业，自己打算连家眷一块走，免得时时惦念着家里，来往不便。只是父母一听陆宏疆的话，立刻说道："你可别出这种主意，我们老两口子这把年纪，难道还埋到外面去？别胡闹了，你愿意去，自己带着他们去。只把阿秀留在家里，伺候我们这两个废人吧。"陆宏疆一听话不投机，商量不成，反惹得二老生气，只得另做打算。不过自己时时刻刻悬系着。双头蛇叶云实不是那种能容人的江湖道，此怨必报。自己这次事情办得虽是十分周全，但是历来没有不透风的篱笆，要得人不知，除非己不为，纸里包不住火，终有泄露之时。因此，陆宏疆生怕那双头蛇叶匪来寻自己的晦气；对于温州地面，竭力打听着。

赶到陆宏疆回家的第二天上，在茶坊里听到从温州来的客人说：现在温州城里糟透了，可叹官家那些捕快能手，以及驻防的官兵，还有辑私营、水师营的官兵、官船，竟被一伙匪人搅得天翻地覆。温州城内谣言四起，有的说是双头蛇叶匪折在冯宅，绝不甘心，定要大举报复，非将冯氏全家的命全要了不可；有的说叶匪竟又邀了绿林同道，要劫牢反狱，要把全城的商店全洗劫了。这些话，陆宏疆听了，还不十分动心，最后这人并说：叶匪这次失事，十七名同党被擒，大约为同党所卖，叶匪绝不肯轻轻放过一人。这一来，把个温州城闹得不像样子，商家铺户，全是晚开门早歇市；每天早晨，天明后一个时辰内，街上只见行人，不见商家铺户开门做买卖。直到太阳老高的，还得有那心粗胆大的，先引着头开门，这才接二连三的相继营业；到了晚上，那一家一上门，跟着全上了门。温州官见地面简直不成样子，愤怒之下，出了告示，如有敢妄造谣言的，定行严惩不贷。并定出时刻来，只要城门一开，凡是商家铺户，不论营业大小，全得立刻开门交易；晚间定更时闭市。这是头两天的事。这种情形传扬得连省里全知道了。今天州官更出了极重的赏格，只要把双头蛇叶匪擒获送案，赏纹银一千两；通风报信，因而擒获的，赏银五百两。这一来，只怕双头蛇叶匪在温州一带无法立足了。

陆宏疆在茶坊中听到这些消息，心不由己地再也坐不住，回到家中，不禁五内如焚。"论现时的情形，不管瓢把子是否知道自己泄的底，就以同党已有那么些人落案，难免被官家严刑拷问，把所有没被擒的全供出来；自己家乡住处，又不仅双头蛇叶云知道。自己现在应该先躲避躲避，只是家中人那又放心得下？若说立刻带着家眷走，但父亲决不肯走；自己真要那么抖手一走，反把无穷的后患，全给家中一门老弱搁下。自己纵然倖逃大祸，置衰老妇孺于不顾，简直我陆宏疆禽兽不如了！可是自己难道就这么看着这一家人全被自己所累么？我索性仍投到瓢把子那里，顶厉害了，不过把自己乱刀分尸，那不过是自己一人的事。可是父母全是风烛余年，行将就木。自己怎么了结一生，是自作自受，死了全对不住我陆氏泉下先人；胞弟也没有能力养赡双亲和寡嫂幼妹，自己这种不孝之罪，怎对得住老父慈母？"

陆宏疆此时怎么想，怎么没办法，急得在屋中转磨。屋中没有人时，简直形若疯狂，忽喜忽怒。这一来，任凭陆宏疆怎样矜持，难逃家中这么多双眼睛。陆宏疆这个妹妹阿秀，尤其聪明灵巧。从哥哥一家来，他就看出神色不对。开头两天，只疑心哥哥才把事情辞掉了，心绪不宁；赶到过了两天，这才看出有非常重大的事。阿秀在先不敢问，到了第二天，一看哥哥这种情形，遂悄悄和母亲说了。让母亲私下盘问盘问哥哥，是否有什么不可解的事，大家商量商量，也好给哥哥大小拿个主意。

这位老病缠绵的陆母，一听儿子有不可解的事，爱子情殷，赶忙地把儿子叫到面前。屋中并无第二人，陆母这时很注意地往陆宏疆脸上一看，不禁"哟"了一声道："你怎么的了？怎么只两三天的工夫，你就憔悴得这样了？宏疆，事情散了，用不着这么走心；倘把你愁病了，不更苦了么？现在全家全在你身上担着，你怎么这样想不开呢？你有什么为难事，跟娘说，你是亏欠了人家的钱么？

你可不许找死扣子！不要紧，欠人家的，把剩下的这几间房子卖了，还给人家。好儿子，你别叫娘着急了！"陆母说这话时，痛子伤心，流下老泪来。

陆宏疆满腹牢骚，一腔冤愤，此时看到老母这种慈爱，自己痛心到极点，愧到极点。虽是昂藏七尺躯，忍不住地痛泪夺眶而出。不敢叫母亲看见，只得一扭头，装着看堂屋有没有人听着，偷偷把眼泪拭去；再转身来，目注视着地，那还敢抬头？招呼了声："娘，没有什么亏空，儿子也好好的，没有一点是非……"只是陆宏疆强挣扎着说这几句话，虽是把眼泪忍回去，声音可发颤了。陆母用衣袖拭了拭老泪，一把拉住了陆宏疆的胳膊道："好孩子，把你心里的委屈对娘说了吧，我难道还不能担待你吗？你不要闷在心里，好歹的你再忍着痛苦，把我们老两口子抓把土埋了，就算你的孝心！"

陆宏疆此时心如刀绞，慈母这种疼爱自己，作人子的先在外做出败坏家风、贻羞宗族的事，况且现在眼前就有一场大祸。自己就是无能，没有力量奉双亲的甘旨；也不该教年逾古稀、行将就木的双亲跟着遭了横祸；自己死不足惜，怎对得起双亲？怎对得起胞弟、幼妹，寡嫂、爱侄？良心羞愧之下，再也忍不住，掉下英雄泪来。向床前一跪，吞声饮泣，生怕被里房的老父听见，哽咽着说道："娘，儿现在太对不起娘了！我空为男子汉，不能养赡家室，使父母跟着受饥寒之苦，现在更有痛心的事。儿一身虽死，也愧对家人。娘，您既疼爱儿子，请娘不必追问，儿现在实不能把儿一身的事告诉娘！请娘疼苦孩儿，只答应先赶紧离开这嘉兴地面。我父亲面前，娘得婉言替儿哀求。那怕咱先到山东地面住上一年半载，要是父亲想念故土，再回来也是一样。"

陆母老泪涟涟地把陆宏疆拉了起来，惨然说道："好吧，娘疼你还疼不过来，那能够挤兑你？我不追问你，唉！你也这么大岁数了，这种情形，我这做娘的那能够不体谅你？我这把子年纪，只盼你们好生的能够把我们这二老送到土里去，我就念佛了。等着我和你父亲说说，咱们搬到那儿，也是一样过苦日子。"

陆宏疆听了母亲这番话，自己痛在心里。真是急死，恨不得立刻离开大石桥。只是母亲这么追问，自己有苦难言。若把现在祸延眉睫的情形说出来，自己也没有面目向老母说。遂赶紧回到自己屋中，心绪乱到极处，那敢在屋中坐定了？生怕自己的情形露出马脚来，教家中人看着不放心。站起来，才要向外面闲眺去，稍释胸中郁闷。

就在这时，胞弟宏业突地从外面匆匆地跑进来，两眼看着哥哥，欲言又止住，神情似乎极紧张。陆宏疆道："你有什么事，这样慌张？"宏业说道："我方才到层湾街去买菜回来，有两个三十多岁的汉子，全不是咱本地人，看着非常眼生。不过昨天天晚时，我看见这两个人在石桥上站着，总觉带着凶气。方才我回来，这两个人又围着咱的房子转。大约没想到我就是这宅里的人。我因为这两人可疑，没敢就奔咱家门，提着菜筐子，贴着对面的墙下，慢慢地往前走。内中一人过来向我问道：'这个门里可是姓陆？'我说：'大约是吧。'他说：'你知道陆老二名叫陆宏疆的，他在家没有？'我说：'不清楚，大约没在家，你可到他门口，招呼他家里人问问，不就知道了么？'那人道：'我们和他家里人全不认识，招呼出来也没用。'说完了，两人又围着房子转了一周，遂低声商量了一阵，向西走去。当时我容这两个人走得拐过街口去，这才敢进来。哥哥，我这时想起来又后悔，没早进来一步，招呼哥哥出去看看这两个人，倒是怎么回事？"

陆宏疆一听，胞弟说有人来窥视，脸色倏变，怔了半晌，向陆宏业道："好，你这答对的话很不错！这事千万别向母亲提起。如再有人打听我，还是这么答说便了。"宏疆说完，匆匆出门。陆宏业见哥哥这种情形，也自猜疑。

直到晚饭以后，还不见宏疆回来，陆宏业将门外所见的事，悄悄地说与了守节的姜氏嫂嫂。寡嫂不禁落泪道："三弟，我看咱家怕有什么飞灾横祸降临。"陆宏业道："嫂嫂何以见得呢？"这位姜氏拭了拭泪道："三弟，你要问我是怎么见得，这话我也不好说。只是我阖家人从近日来，个个的脸上全笼罩着一层愁云惨雾，更兼你放眼看家中那一处，全带着凄凉景况；我更是心惊肉跳，坐卧不宁。三弟，你所见的那两个面生可疑的人，就许是这场祸事的来头。唉！我这未亡人本就没把死放在心上，只是上有公婆，下有这三个冤家，我倒不敢死、不想死！三弟，你二哥怎么顶这时候还没回来呢？他临出去没说往那儿去了么？"陆宏业摇头道："我二哥神情很不好，懒意说话；出去时，我也没敢问。哥哥的情形，绝不会往远处去。出去时虽没言语，可是随随便便，任什么没带。这种情形，怎么顶这时不回来呢？"叔嫂各怀疑猜测。这一来，家中的老少虽是全不敢声张，可是各有各的心事。

这时，外面已过了定更的时候，姜氏已把三个孩子哄着睡着了。和宏业说完话，姜氏要到公婆屋看看。这时宏业也正拉着小东屋的门，才要往里迈腿。就听得外面有许多人脚步的声音，离着门口很近。陆宏业听得就是一怔，心说：这是怎么回事？这里不是什么通行道路，时当深更，怎会有这些人来往呢？自己这一迟疑，姜氏似乎也听见，也觉着诧异，也止住脚步，侧耳听着。跟着又听得一阵马蹄凌乱的声音，陆宏业不禁心头腾腾地跳了起来，遂扑奔了门首。姜氏也轻着脚步，往门首赶。

因为大石桥畔这个地方是离开了市街，孤零零的有几十户，全是中下级人家，没有富户。这陆宏业凑到门首一听，外面正有人问："是这里么？"另一人知道："不错，我们已来过两次了，就是这里。"另一人道："把四下里插好了旗，亮把子入窑。"跟着吱吱的胡哨声起，屋面上咚咚的，有了动静。这时，陆宏业知祸事已到，自己仓惶失措地猛一退，却撞在姜氏身上，叔嫂二人险些碰倒在地上。姜氏倒退了两步站住，向三弟问道："三弟，这是怎么回事？"陆宏业此时已吓得声音发颤，结结巴巴地说了声："糟了！"

底下的话没出口，房上全是来人。只听站在门楼子上的喝道：

"喂！吃里爬外的陆老二，我叶云那点亏负你，岂敢勾结事主，泄机卖底？弟兄们险些被你断送了性命，垛子窑也被挑了，挤得二太爷在浙南不能立足！小子大约亦看见了，今夜来的全是你的冤家对头。陆老二，汉子做事汉子当，既朝了相，还想扯活？你栽了！二太爷不亲手刽了你，我怎在江湖立足？小子你不出来，二太爷也一样掏你出来！"

这一来，眼见得陆氏全家惨遭屠戮，人亡家破，即在目前。

第三章

誓复仇含恨走天涯

这时，这院中叔嫂二人，全吓得缩在一团，躲在东房墙角堆积的一堆破桌子和木材旁。这叔嫂无意中向这里躲避，正是个最好的地方。

就在这匪首喝喊声中，从外面又蹿上一个匪徒，向那先发话的说道："瓢把子，请你赶紧传令入窑，胡老三他们从玻璃桥那儿，把这小子挤过来，分明是扑奔了这里。瓢把子别再让他扯活了，不能便宜了这小子。"这匪徒冷笑一声道："除非他会上天，二太爷不亲自宰他，解不过恨来！"

那三名匪徒，也全飘身落在院中，一名跟随那匪首闯进上房；另外两名一个奔东屋，一个奔西屋。这时，隐身在暗隅的叔嫂二人，那还敢动？可是这孀居的姜氏一见匪徒奔了上房，念及公婆、子女，霍地就要扑奔上房。宏业立刻把嫂嫂拉住道："你去做什么？他们是找我哥哥，他们找不着还许就走。嫂嫂你一个守节的人，那好与匪徒见面？趁这里院中无人，还不躲避等什么？"说到这，不容嫂嫂再答话，遂拉着姜氏，奔了东北角极窄的小夹道一段极矮的墙头。这时，上房里一片喧哗、哭喊的声音，也听不出是谁喊叫。姜氏那还迈得开腿？自己也真个对于子女放心不下。可是当时陆宏业实是看出，逃出一个算一个，寡嫂是跟别人的处境不同，只要是被贼人点一指头，准得自尽。所以当时赶紧了，先把嫂嫂救出去；自己一个男子，看事势再说了。

这里，陆宏业已把姜氏嫂嫂架着，登着一扇破门板，到了矮墙头上。不知怎的，露了形迹，有一名匪徒似乎从东屋出来，没看见矮墙上的姜氏，却看见了陆宏业。这匪徒疑心是陆宏疆藏在这里，遂像饿虎捕食似的暴喝声："相好的，这么藏藏躲躲，你栽了！你还想走吗？"，说着，飞奔过来，抡刀斜肩带臂地就剁。那陆宏业见贼人到了，自己既没有地方躲闪，也不曾答话，"哎呀"、"扑通"的，就立刻被贼人剁在夹道入口处。

矮墙上的姜氏本不敢往下跳的，耳中听得小叔子这一声惨叫，立时腿一软，竟从墙头溜下去了。姜氏那又知道，自己这一逃避的工夫，全家已经遭到双头蛇叶匪的惨戮。自己要是眼看着爱子遇害，那还能多活一刻？可是溜下矮墙，右腿也擦伤了，坐在墙角下，就没起来。眼前不远就是一片荒郊，有几处是富户的基地。姜氏眼花耳鸣，那还听得出里面的情形？

好个手黑心狠的叶匪，他认定陆宏疆已逃到了家中，隐藏起来，不敢露面。双头蛇叶云此次来复仇，正是在温州城二次闯祸，劫牢反狱，把手下被擒的十七个同党全救出来。一不做二不休，连忙赶到嘉兴城外大石桥，来找陆宏疆算账。因为陆宏疆去冯绅家踩探泄机，全被双头蛇叶云探听了个清清楚楚。叶匪立誓报仇，从此散伙，也不再回浙南，所以忍心下毒手。头两天派来手下弟兄到大石桥卧底，生怕被陆宏疆走脱了。

陆宏疆听宏业二弟的一番诉说，就趁天色刚一黑的一刹那，存心乘这时出来，查看是否浙南下来的匪党。适巧那卧底的两个匪徒，往街西口踱过去，陆宏疆却从那街东口转过去。这一差开，陆宏疆算是保住命，可是全家竟遭了惨祸。

双头蛇叶云提着犀利的鬼头刀，闯进上房。这时陆老太太正在向老头子劝着："索性依着儿子，愿意往山东去，就跟他走，那儿黄土不埋人？我们作老人家的，这么坠着他，有事不能去做；这里他一时没事可做，真把他急出个好歹来，我们做父母的于心何忍？"当时陆翁被劝得活了心。陆母刚要站起，向堂屋看看，问问儿媳，宏疆是否回来。还没往外迈步，随见"悠"的门帘一起，那双头蛇叶云从外面进来。陆母"咦"了一声，吓得腿一软，倒坐在床边上。陆翁本是半躺半坐的，倚在床栏假寐，被这一声给惊醒了，顿声道："你、你这是做什么？"双头蛇叶云一晃刀，怒叱道："那陆老二是你们什么人？"陆母颤抖着道："是、是我的儿子，你拿刀动杖的是怎么回事？"双头蛇叶云道："好，是你儿子，好极了！他在那里？"说着话，已凑了近前。吓的陆母更是颤抖得说不出话来，结结巴巴地说道："我儿子没在家，你们找有钱的家里照顾，我们很穷……"

刚说到这个穷字，东房屋突然听得小孙子一声号，跟着小孙女也哭起来。陆母一听这声音有异，立刻不顾死活地往外就闯，嚷道："你们谁动我命根子，我跟你们拼了！"往外一闯，口里还招呼着："姜氏少奶奶……"双头蛇叶云一抬腿，"噗"地把陆母踹得干嚎了一声，扑通、哗啦的，陆母这枯瘦的身躯，竟自腾走，跌在迎面的八仙桌上。桌子也翻了，上面的碗盘什物全摔在地上。以陆母这衰弱的身躯，那禁得住？立刻晕了过去。

谁知床上的陆翁竟自愤怒交并，面前摆着一只茶碗，陆翁情急之下，喊了声："救命啊！"随着一抬手，用茶碗照着双头蛇叶云脸上掷去。双头蛇叶云一偏头，哗啦地堕在窗棂上。双头蛇叶云一边怒叱："好个该死的老儿，你还敢动手！"往前一探身，鬼头刀一摆，"噗哧"的，人头已经落在床上。陆翁这种年岁，竟落个断头惨死！这时，那被踹的陆母缓过来，"哎哟"了声道："好狠强盗，杀人了！"这时双头蛇叶云如同凶神附体，往前一探右臂，陆母一声惨叫，也死于叶匪刀下。随叶匪闯进上房的匪党，正是飞星子杜英。这个贼子更加凶狠十分，可怜连房西间的三个无知幼儿，全遭贼子的惨戳。

这时双头蛇叶云正从东间出来，在堂屋一碰头，叶云问："怎么样？那小子不知隐蔽在那里，搜！"两匪闯出屋来，只见那杀戳陆宏业的匪徒，正折转身来，想向西厢房搜寻陆宏疆的下落。那知匪首在里面屋中，竟自听得西厢房中一个粗暴的声音："哎哟！"跟着"噗通"的一声。双头蛇叶云不禁愕然。一怔的当儿，飞星子杜英想在瓢把子面前讨好，一个箭步窜到了西厢房门首。往里才一迈步，一声惨叫，飞星子杜英身形往后一仰，仰面朝天地从屋里摔出来，还跟着一支铜蜡阡子，也摔出老远去。飞星子杜英的面上"哧"的一股鲜血擂出来，喷出多远去，只两腿登了登，竟自死去。跟着闯出一个少女，正是陆宏疆的妹妹阿秀。

双头蛇叶云见自己手下两名弟兄，眼看着死在一个弱女子手里，太以栽跟头！一摆掌中刀，喝声："胆大丫头，敢伤二太爷的弟兄，你还那走！"眼看刀锋已逼到阿秀的身上。就在他往前一近身，陆阿秀姑娘虽然年纪不大，可是这种贞烈性子，足夺贼子之魂。这时往旁一撒步，形若疯狂，用手一指道："贼子，你敢这么伤天害理，杀戮我全家，我一家全死在你们这群贼党手里！你姑娘用不着你动手！"说到这，一斜身，一头向墙角撞去。这时双头蛇叶云扑上去，一把没抓住，"砰"的一声，撞得鲜血四溅，当时死于墙角下。双头蛇叶云稍微地愣一愣，闯进了西厢房，只见先进屋的那个同党被扎伤太阳穴死了。

叶云虽是已杀戮了陆氏全家，只为那陆宏疆终被逃脱，又有两名弟兄丧命，怨气难消，喝令手下党羽，放火连他家宅全给烧了。斩草除根，再访查那陆宏疆的下落。跟着火光一起，全院的房全烧起来。一点无情之火，能烧大厦千间，何况这几间草房？双头蛇叶云督率着一股羽党，从陆宅退出来，只见烈焰腾空，金蛇乱窜。

姜氏自从摔在墙根下，自己是昏沉沉的，过了半晌，才缓醒过来。耳中听得墙里"噗咚噗咚"的一阵响，当时是神智已昏，那还辨得出响的是什么声音？跟着里面火光一起，心想：这可没有指望了！急怒攻心，眼看着葬身火窟。那知那火焰上腾，火星四处乱飞，飞起的未熄余烬落在姜氏面上，她竟被那火星子烧灼得清醒了。这一来，姜氏倒在迷惘中挣扎着站起。

姜氏这时只痛心着自己的儿女，全是天真活泼的无知无识的孩子。自己命苦，丈夫死去，只为了上有公婆，下有子女，茹苦含辛，苟且偷生，为是把公婆侍奉到百年之后，把子女抚养大了，自己再死，在九泉下也对得起丈夫；不过家境艰难，五年来凄凉岁月，背人不知流了多少伤心泪。可是公婆的温和慈祥，两个小叔子的礼貌恭谨，小姑子的温婉活泼，子女的娇小天真，处处令人感到忘却一切痛苦。那知苍天故意来折磨这红颜薄命人！

就在此时，忽见从黑沉沉的野地里，飞一般地穿过一人。这时姜氏任什么也不怕了，也不藏也不躲。赶到来人一凑近了，正迎着自己房子烈焰飞腾的火光，姜氏"咦"了一声，惊叫道："宏疆二弟，你、你还往那去？"从荒郊里窜过来的陆宏疆，此时也不是平时的神色了，两眼全是红的，手里提着一柄镶子，两眼发直；赶到身临切近，仍然塌腰作势，要蹿上矮墙。姜氏一急，往前一扑道："你不管你这苦命的嫂嫂了？"姜氏竟自扑倒地上。陆宏疆两眼朦胧中，听出是寡嫂姜氏。这时，里面已经是房倒屋塌，风助火势，烈焰腾空，万难扑救了。

双头蛇叶云认为陆宏疆或许藏匿在左近一带。这里原本就只十几户，双头蛇叶云一到这，就把这一带全把住了。已经威胁附近居民不准多管闲事，只要敢往外闯，杀死勿论。邻居全听出是往陆家寻仇来的，谁敢多事？双头蛇叶云更趁着火光，喝令一干党羽挨户搜寻陆宏疆，看是否隐匿在这一带。这里住的没有绅宦富户，只要没有陆宏疆，不准任意伤人。双头蛇叶云虽是对于这一带邻居开了恩，可是这班凶狠的匪党，已闹得人仰马翻。叶匪这一班匪党，这么严厉的搜寻，却依然忽略了房后临近荒郊的一带。因未发现陆宏疆的踪迹，这时已仓皇而去。

陆宏疆被寡嫂呼声惊得一却步，头脑略微清醒，忙向前招呼道："嫂嫂，你怎么样？"姜氏慢慢爬了起来，低声哭叫道："二弟，你还逃命！"姜氏说了这句话，痛心到极点，又要往后倒去。陆宏疆此时顾不得许多，一把把寡嫂肩头衣服抓住，姜氏算是没倒下。陆宏疆低声又问："嫂嫂，家里全怎样？嫂嫂怎么逃出来的？他们全怎么样？"姜氏忽地柳眉倒竖，杏眼圆睁，咬牙说道："二弟你忍心问我？全家尽化作灰烬，二弟！二弟！你对得起谁？我三个孩子犯了什么罪？二弟呀，一家人全死在你手中，你居心何忍！"陆宏疆方要哭，猛地忍住，低声道："嫂嫂！你说的是，为我犯下的如此罪孽，我得磨骨扬灰，我必得到极惨的死才解恨！嫂嫂，贼子们许还没走，这里不能呆了，这面墙跟着就倒，你躲开这，我得找他们去。嫂嫂，你在那边坟地里躲避一时，我没脸跟嫂嫂说了，我看嫂嫂躲开的好。"姜氏切齿说道："二弟，你、你还叫我活着么？我还活着！我还活着！哎呀！我的好兄弟，你还嫌嫂嫂遭受得不够么？……"

这时，胡哨吱吱连鸣，果然叔嫂停身的所在，已然烤得令人难捱；矮墙旁的正房顶子塌了，火焰闷下去；跟着"轰"的火焰猛撺起来，满天的浓烟，火焰腾起。房后那还禁得住？陆宏疆听姜氏的话，心如刀绞，强忍着悲痛，向姜氏嫂嫂道："嫂嫂，你……快随我暂避，我好找那对头人，老嫂比母，你走不了，我背着你……"姜氏咬牙切齿道："好！二弟我依你，男女授受不亲，不是说我和二弟你，二弟你扶着我走，我的腿骨摔坏了。天啊，你好狠！我这未亡人作了什么孽，不容我死？"

姜氏抓住了陆宏疆的胳膊，颤巍巍地站起。陆宏疆遂架着寡嫂，往土坡下移挪。那知寡嫂姜氏一步一顿，往前挪出五六丈来，已然支持不住。这时，陆宏疆倒是精神振奋，把一切危险惧怕全忘掉。这次遭到这么惨酷的事，一家骨肉死于双头蛇之手，自己不为全家报仇，有何面目再偷生人世？所以想把寡嫂安置在僻静处，乘双头蛇没走远，要杀一个算一个。心想："我早没打算活，我陆宏疆怎么有脸再活下去？"

自己只好定了这必死的念头，当时架着寡嫂，简直不知是怎么走下土坡。好容易到了一片富家的阴宅墓门前，姜氏就往地上一坐，实在有些支持不住了。可是，陆宏疆被这里阴森的景象，以及夜风拂掠着成行的松柏发出来的啸声刺激着；再加上把自己家宅化成火窟的腾腾烟火，照得这边也是倏明倏暗，这种鬼气森森，令他精神一震，立刻头脑稍清。但是头脑越清，怒焰越炽，随说了声："嫂嫂，这里不行，还是到墓门里面去好。"姜氏右脚腕子疼得冷

汗淋淋，这时意识迷糊，那还知道那里能够安身？赶到来到了墓门里面，只见里面气势更加雄壮，沿着泥鳅背的道旁，矗立着一对一对的石人石马，在黑影中更显得鬼影幢幢。

这时陆宏疆急怒之下，把寡嫂挨靠着石人，往地上一撒手，教姜氏嫂嫂以背贴着石人，坐在地上。陆宏疆一抬右腿，把腿蓬上插着的那把镶子又拔了下来，立刻说道："嫂嫂，你要自己保重！我去找对头人算账。"姜氏立刻用凄惨的声音说道："二弟！你往那去？你去了能杀尽仇人，给合家老少报什么？"说到这，喘吁了一声，惨笑道："二弟！事到如今，你还不把真情实话对我说了？我做鬼也该落个明白。"陆宏疆跺脚说道："嫂嫂，你不教我走，贼子们逃走，我还怎么去报仇？嫂嫂你这么拦阻我，我只得自裁了！"

这时，天空一勾斜月，从这苍松树隙中透过来，正照在了姜氏的脸上。这种凄惶悲惨的形容，清濛濛的月色照着，陆宏疆看着，痛心到极处，自己简直是要疯了。姜氏这时面色越发难看，两眼中射出一股子凄惨之光。

陆宏疆凄然说道："嫂嫂，我现在是陆氏门中的罪人，我对不起父母，我对不起死去的哥哥，我对不起可爱的侄儿；我一身虽死，不足抵赎我的罪恶！嫂嫂我愧死了，我是我一家的罪人，我是我陆氏门中的罪人！咳，我有何面目说我的事？

"现在不能不告诉嫂嫂了！我自恨无能，不能养瞻家室，不能使一家温饱；我被匪人引诱，竟走上歧途。我认定了逆取容易，顺取艰难，失身为匪，投入了浙南巨盗双头蛇叶云的部下！我年余来，假说是在杭经商，家中生计实得自不义之财。这样行为，已是罪大恶极。天绝我一家生路，偏偏遇到了魔难的关头！

"匪首要打劫富绅冯宅，我和同党飞星子杜英被派到那冯绅家踩道。那富绅正在病中，缠绵床第。冯女午夜在后花园祷天求寿，割肉救父。我亲见孝女贞烈行为。我失身绿林已是愧对先人、愧对自身，嫂嫂想我遇到这种孝女，焉忍看她惨遭横祸？我一时动了恻隐之心，遂甘心背叛匪首双头蛇，留柬泄机，以便救孝女善绅免祸。这一来，匪首率众抢掠时，竟中了冯绅的伏兵，几乎全数被擒；双头蛇所部死伤、落网的过半。双头蛇逃走之后，竟在事前把我泄机卖底事探明。

"我当时逃回来，自知早晚事必败露，所以我想把全家带着离开嘉兴。只是老太太不愿离开故土，我怎好把这事说出来？我这才一失足成千古恨，任有回天之力，也难挽救。我还没料到叶匪来得这么快。直到傍晚时，三弟告诉我发现了匪党，我知祸已临头，遂赶紧地暗藏这一把利刃，索性找了去。我一身种的祸根，我一身承受。找着双头蛇叶匪，我不刺杀他，任凭他把我乱刀分尸，也没有什么留恋。嫂嫂，我的心惟有我自己知道，我不是捱到现在，有何面目向嫂嫂说？话已说明，我不能管嫂嫂了！"说到这，转身就走。

姜氏哭声说道："陆宏疆，你先等等！你去了能杀多少匪人？你先说明白了再走。"陆宏疆一听嫂嫂叫起自己名字来，觉着非常刺耳。这句话问得自己好生惭愧，只得哭声答道："嫂嫂，我弄死一个算一个。我若有杀尽群匪的本领，何致把一家老幼全断送在他们手内？"姜氏忽的格格一笑道："好个杀一个算一个，若是一个杀不了呢？那只好来世再报仇了。好！好！我们母子没做一点恶事，我们这是遭的什么惨报？陆宏疆，你把你的命看得太轻了！本来一死全休，好，你去吧，我们鬼门关上再见吧！一家屈死的冤魂，你们等一等我这苦命人，我那早死了爹的儿啊，等着娘，娘来看顾你们！"姜氏说着，竟干嚎了一声，那还有泪？陆宏疆被嫂嫂这番话说得怒火攻心，几乎晕倒，颤声向姜氏道："嫂嫂，小弟方寸已乱，现在只知道除了与叶匪以死相拼，毫无别策。嫂嫂，请你念在一家骨肉之情，说与我吧！我该怎样报仇才是呢？"

姜氏这时倚在石头人旁，两眼闭着，只向陆宏疆挥手，用意是令陆宏疆赶紧走。陆宏疆在这种情况下，焉忍就走？姜氏忽的把眼睛睁开，看了看陆宏疆道："二弟，你还不拼命去么？咳，二弟！你只问咱们一家八口死得这么惨，你不给那一个报仇，你对得起谁？二弟，你现在不要把你的死看得那么轻，你一身担任这全家的深仇大怨，你自己估量着，总要想到自己一身能够把仇报了。你还得想想，陆氏门中到你本身，只剩你接续陆氏的香火。你只想拼着一死，就能报一家骨肉惨死之仇么？那就断了陆氏的香火、断了祖宗的血食！你想你能死么？二弟，你只要能记住嫂嫂的话，我死也瞑目了。"说到这，又向陆宏疆道："二弟！你往树那边站一站，我收拾鞋脚，我回头还有要紧事和你商量。"

陆宏疆因为嫂嫂孀居数年来，守身如玉，行为端正，自己一向尊敬这位寡嫂，如同老长辈似的。这时听嫂嫂说出这种话来，又知道脚腕子已摔伤，这一定是要整理整理脚下。自己答了声，立刻走向一排巨树后。那知这玉洁冰清的寡嫂姜氏，那里是什么整弓鞋；容陆宏疆走出六七步时，忍痛咬牙扶着那白石的翁仲站起，喝了声："二弟，嫂嫂可不能等你了，咱们来世再见吧！"自己一咬牙，往后退了一步，猛然一偏头，向石翁仲上撞去，一声惨叫。这一来，把个陆宏疆几乎急死，赶紧一个纵身蹿了过来。一见嫂嫂右额角流出一大摊鲜血，陆宏疆俯身哭道："嫂嫂，你好狠！你竟这么忍心撒手！哎，我死也羞见嫂嫂！"陆宏疆才要放声，忽见姜氏的一条右臂缓缓伸缩。陆宏疆一见，知道嫂嫂定未气绝，遂忙招呼道："嫂嫂，嫂嫂，你醒醒！"一连招呼了十几声，这位姜氏才声音细微地哼了出来，只是听不出说什么。陆宏疆又连叫了两声，那姜氏两臂又动了动；紧跟着又招呼了两声，那知姜氏把眼睁开。陆宏疆忙说着："嫂嫂，你难道就不管你这兄弟了么？嫂嫂，你也不应该这时死，你应当等着小弟手刃仇人，你好看着解恨。"姜氏惨然说道："怎么我还没死？哎！老天爷定是不饶我，这是安心要把我再折磨成怎样惨酷的情形，才肯饶我！"陆宏疆忙说道："是老天爷不容嫂嫂这么委屈死去。小弟去找人来，把嫂嫂抬到前面暂避，天明后再谈往后的事。"

当时陆宏疆一心想把嫂嫂救了，自己家里已经烧得干干净净，无地容身；自己当时既然不能报仇，也得把嫂嫂安置好，再索性下苦心，设法报仇。自己还想把姜氏架走，那知这时姜氏忽又用细微的声音说道："二弟！二弟！你过来，我告诉你，你想我还能活么？现在没有法子了，我是空养了儿女。到这时只有请二弟抓把土，埋了我。我这苦命人没有什么值得可怜的！可是，我苦守孤孀这几年的工夫，自问尚无亏心之处，怎就不能把死鬼的子女抱养成人？我可是拿清白之身去见他！我这时灵魂已去，只剩躯壳，还想要活么？完了，我已然是死了。二弟，嫂子有两句话，你要念在我们已往之情上：我是只求一死，你别忘了给全家报仇。你只要轻于一死，阴曹地府我们不用再相见了！你看我还能活么？我已呼吸之间的了。可是嫂嫂苦熬岁月，倒头来落这样结果！二弟！你是好弟弟，家中虽然贫穷，遇到你这么个小叔子，我很知足，我这种苦命，自知是前生罪孽太重了；若不然，小叔子不会做出这种事来，把我这未亡人害到这步田地！不过老天爷对我这样的惩罚太重了，我受尽了无限的折磨，到头来还叫我亲眼看我一家惨死！

"宏疆，事到如今，什么都不用讲了，你这苦命嫂嫂，决不来埋怨你。嫂嫂知道你的心碎了，你是被生活的担子挤的，你是迫不得已。苦命的嫂嫂原谅你，疼儿女的爹娘也是和我一样，深为怜惜你好好一个少年，竟被一家老少挤得走向歧途！现在完了，一切全完了！二弟！你还想教我活着么？咳！糊涂的弟弟！我还遭遇不惨么？我还活着，你教我怎样活下去？我的娇儿在那里？我的爱女在那里？宏疆二弟，你忘了我是孀居，我这苦命人，幸保得清白之身；对地下死鬼，心念安然。我现在已经是万念皆灰，去死已近，你难道还叫我临死之前落个不洁之名么？二弟！你别叫我受罪了，你可怜你这苦命的嫂嫂，你给我个痛快吧！二弟！我头痛欲裂，创口吹进风去，痛死我了！我遭的这是什么罪？我、我真受不了！二弟！你还不送嫂嫂我走么？哎哟！哎哟！宏图（陆宏疆亡兄之名）！宏图！你抛下我好苦！宏图你来了，还不过来领我走，你！你！你！好狠！哎哟！哎哟！我疼，我脑子全流出来了。妹妹！阿秀妹妹！你也不管嫂子，大宝乖乖，娘可看见你了。"

陆宏疆见嫂嫂躺在地上，哀号一阵，迷昏呓语，这又是片墓地。这一耽搁，自己家宅的火光已压下去，不时地冒一阵火苗子。这边稍亮一下，忽的黑了下来。风拨树动，更显得鬼影幢幢。再听嫂嫂招呼着一家死去的人，不由头发皆竖。陆宏疆好在也是想死的人，把骇怕也忘了，只急得头脑也要涨裂。真不忍看嫂嫂这么惨痛的哀叫，只是自己怎能忍心下手，亲手送她的命？可是创口那样，也真无法救她了。

姜氏忽的一阵神智清醒些，只是两眼模糊了，努着力看了半晌，只看不清站在面前的是谁；喉咙也哑了，微吐出点声音，招呼："宏疆二弟！你可急死我了，你看在你死去哥哥身上，给我一刀吧！二弟！我在你陆家待得起你们吧？"陆宏疆哭道："嫂嫂！你处处对得起我！我也知道嫂嫂痛苦难忍，但你教我怎能忍心下狠手？我不是畜类，我怎对起我早死的哥哥，我已害了一家人的性命，我再忍心手刃玉洁冰清的嫂嫂，我是万死不足蔽其辜，我怎样下手？我何忍下手？我实在是没有这种狠心辣手！你原谅我吧，我也不忍教嫂嫂再在人世间受这无边痛苦。我听你的话，我忍辱偷生，给我全家报仇！嫂嫂，我在这里看着，不会教你落在匪人手中。"

这时，天色已到了五更左右，但是姜氏只有展转哀叫，真教陆宏疆不忍再看。自己虽是男儿汉，可是痛泪纷纷，再也抑制不住。只得自忍着悲痛，向姜氏道："我现在肝肠寸断，有救嫂嫂之心，无救嫂嫂之力，请嫂嫂原谅我吧！我实没有那么狠的辣手，我宁可自己先死了，也不能亲手把可怜的嫂嫂置之死地。嫂嫂，你就不必来逼迫我了！"此时，这陆宏疆满怀忧愤，一片牢骚，自己恨不得把自己寸磔了，好解恨；只是这姜氏嫂嫂竟责以大义，自己身负全家报仇雪恨之责，那好轻于一死？故此。现时自己生死两难。

这时，那姜氏越发惨号得厉害。迷蒙的两眼已经无神了，哀声地叫道："二弟！你忍心看我这样受无边的痛苦么？我脑子已经劈开，我觉着阵阵的寒风挟着利刃，刮我的脑子，我禁受不住了！天啊！待我太惨了！二弟，你多延迟一刻，我多受一分惨痛；你拘小节，这么看着我，你于心何忍？你可恨死我了！倘若被贼党搜寻到这里，只怕你也得死在贼人手里！我这苦命人，临死也落个为贼党所杀；我的身躯，也得被贼手玷了，你可对不起我了！"这时，这位薄命的孀嫂，好似要疯狂了，在这种奄奄一息中，不晓得那里来的气力，已挣扎着坐起来，两只手颤抖中往起抬，牙咬得喀吱吱的直响。可是已经用尽了全身力气，两臂那能抬得起来？口中含含糊糊地说道："二弟，我、我把脑子劈开，就咽了这口气了。"随即努着力，向上举这两只玉臂。那知道不过是一时的猛劲，其实再也举不上去了。一声惨号，身形往后一仰，摔到地上。但是血流如注的头部，被这一震，更似起了疯似的，倏地竟又坐了起来。这次两只血污的手，竟又举到头上，想把自己抓死。但是那里还有这种力量？不过徒自增加了几分凄厉惨号。

陆宏疆看着嫂嫂求生绝望，求死更难；多活一刻，多受一刻无边的痛苦。想所有一切事，全被自己一念之差，铸成大错，自身罪孽已难挽救；惟有不负嫂嫂的期望之心，茹苦含辛，为一家报仇雪恨。现在应该任凭多少骂名，也得忍辱认谤，宁可担杀嫂之名，也不肯忍心看着嫂嫂受罪。突然把心一横，往前一凑，把镖子又从腿篷上拔下来，招呼了声："嫂嫂……"只是这'嫂嫂'两字方才出口，声音颤得自己全听不出了。一跺脚，惨然又招呼了声："嫂嫂，我遵你的命，我就是万劫不复，死后永坠泥淖，我也不忍再看你这么挣命了。嫂嫂，我听你的话了……"自己说到这句，姜氏突地惨然一笑，这种笑声，把自己吓得不自主地往后退了半步，立刻颤声说道："嫂嫂！你还有什么惦念的事？兄弟在这听着。"姜氏这笑声简直是鬼嚎，跟着说了声："二弟！你可饶了我了，我……别无留恋，只问你能否听我的嘱咐，手戮了仇人，才许你死，你……快些！"陆宏疆哭道："嫂嫂放心，我要不按照嫂嫂的话做到了，我陆宏疆万世不得解脱，永堕地狱中！"

当时姜氏只说了个"好"字。陆宏疆在斜月疏星之下，看到嫂嫂一脸鲜血凝结得比鬼还狰狞难看；发髻也散乱了，衣衫被自己抓撕得已露出一段酥胸；一路挣扎，弓鞋也已脱落。陆宏疆蓦地一阵刺心，想到嫂嫂守寡时，对于自己亲若家人，眼中从无半点放肆。这样落在别的男人眼内，叫嫂嫂阴魂也不能瞑目。想到守寡的贞操和家门的清白，自己无论如何，也得成全寡嫂。牙关一咬，手中的镶子，照姜氏的心口窝扎去。姜氏一声惨叫；陆宏疆才待拔攘子，姜氏把眼一瞪，跟着两嘴角一咧，突现一种苦笑、一种最后的死别。陆宏疆实已难过到极点，痛极之下，往回一拔镶子，喊了声："嫂嫂！"一仰头，"砰"地仰面朝天地倒在地上。同时那姜氏也往后一仰，这才玉殒香消。

这陆宏疆昏厥过去，直到天色已将发晓，被晓风吹得悠悠醒转，自己坐了起来。定了定神，这才看见嫂嫂直挺挺地陈尸在自己的脚下。赶紧站起来，把那柄镶子从地上拾起来，上面血迹凝着。只得就着鞋底子拭了拭，掖在腿篷内。看了看嫂嫂的尸身，更是为难："这是在人家茔地内，叫人家看茔地的看见可就麻烦了，人家焉肯？这时往别处移挪，眼看着天就亮，自己也走不开，何况匪党可能尚在搜寻。虽则全家遇祸，自己仅以身免，可是也保不住匪徒们尚有卧底的。自己一露面，匪党焉能再容我脱身？"

想到这，仍然得隐匿着形迹才是。万般无奈，遂默祝着嫂嫂的阴灵护佑，把嫂嫂的尸身扶起，移到富室茔地外。手下又没有什么称手的家伙，只得拿那把护身的镶子当作刨土的器具，在这茔地的地边上刨了个浅坑。随向死去的嫂嫂祝告道："嫂嫂，我可实在没法子来打点嫂嫂，求嫂嫂你的阴灵护佑小弟，让小弟得脱离匪徒之手，也好设法给你报仇。"祝告完了，随把嫂嫂的尸身暂时先推进了土坑，用土掩埋起来。自己不敢放声大哭，拭干眼泪，立刻离开富室茔地。

这时，已经东方发晓，赶紧往那小富眷屯，够奔金兰驿。自己这种神色，既恐怕双头蛇叶云潜伏在附近，更因身上沾了许多泥土血污，不宜被人撞见。潜踪匿迹地来到金兰驿，这里有一个本族的兄弟，和自己很是要好。此时落到这样地步，一家人被贼屠戮之下，更放火焚烧；只可怜父母一家人，连尸骨全化为灰烬，自己连累得满门家口这么惨死；真要连尸骨全不能捡拾掩埋，连死后的魂灵都不得奄岁，岂不遭人唾骂？所以想定，只有托这族兄替自己收拾这步残局。

来到金兰驿，健步如飞地走过驿镇，连头也不敢抬，竟自找到族兄家门口。只见门尚闭着，随把门招呼开，立刻走进院中。这个族兄陆宏基，见族弟陆宏疆的神色，定有非常的事；身上许多泥土，尚有好几处血迹。这一来，把陆宏基吓得赶紧把门关上，随即转身问道："二弟，你这是怎么了？这……是从那里来？"陆宏疆长叹一声道："一言难尽，咱屋里说去。"陆宏基点点头。自己在东厢的外间住着，老太太住在上房。赶到进了东厢房的堂屋，只见里间的门帘尚在挂着。

宏疆此时万般凄凉，一腔冤愤，想要一块倾吐。可是见了族兄，那还忍得住悲哀，竟哭起来。陆宏基忙道："二弟，你不要难过，有什么为难事，说出来咱商量着办。"陆宏疆拭了拭泪，方要说自己的话，里间帘笼一起，族嫂也从里间走出来。一见宏疆族弟这种情形，简直吓怔了，忙问："二弟，你……你这是从那来？家中出了什么事了？"这位族兄陆宏基还嫌她问的太怔，遂瞪了她一眼道："你先别忙，让二弟定定神。二弟你坐下，有什么事咱们慢慢地商量。"

这时候族嫂忙着到厨下去烧水。陆宏疆见族嫂出去，恐怕被上房的老伯母知道了这种情形。一个上了年纪的人，那禁得住这么惨痛的事？赶忙向族兄说道："大哥千万别告诉老伯母我来了，小弟现在心绪太乱，不便去拜见伯母。"这位族兄连连答应着道："二弟放心，老太太这两天身体不太合适，起得稍晚，没人问。二弟你安心坐着，和我说话吧。二弟，倒是怎么回事呢？你怎么弄成这样？你来这么早，一定是彻夜未眠，你作什么去了？"

陆宏疆长叹一声，遂把自己所遭的惨痛、全家遭遇的细情，一字不遗地向族兄说了一遍。把个族兄听得泪如雨下；陆宏疆更是勾动伤心，不敢放声，只是吞声饮泣。这时，族嫂从厨房回来，站在门口，也听了个满耳。听到后来，姜氏弟妹死得惨绝人寰，自己素日对于这个族弟妹极为要好，听到她这样惨死，那里忍得住？闯到屋中，也跟着哭起来。

陆宏基虽在泪如雨下的时候，自己也想到这种情形，还是真的老母知道不得。遂忍着悲痛，先招呼自己太太，不要跟着尽哭。要让上房里老太太听见，真没法子瞒哄。

陆宏基问宏疆道："二弟，这场事你可真错了！我只想你好歹有点事情凑和着，一家温饱，叔父叔母那般年纪，总算是衣食无缺，就可以将就过活了。唉！你也太好强了，自己被生活所迫，不肯惹叔婶伤心，铤而走险。二弟，你无论如何，也不应该这么办！哥哥我虽也不是什么富裕日子，可也不致叫二弟你失身为匪。这一来大祸临身，愧悔无及，唉！你现在打算怎样呢？"陆宏疆道："大哥，我现在一身罪孽，百口莫辩，更任什么后悔话也不必说了。我已然落到这步田地，有什么法子挽回呢？我现在只有为我合家老少报仇，绝没有第二个念头。不过我遵从我亡嫂的遗言，我忍辱偷生，只有给惨死的家人雪恨。大哥，你是深知我的，我现在绝非仇家的敌手，何况现在双头蛇尚未肯甘心于我。我现在无法露面，可是我已害了我一家人，我绝不忍再给大哥惹祸。不过得累赘大哥，设法把一家尸骨收殓起来。一家人被杀之后，更被火焚，只请大哥看在祖宗面上，替小弟办这未了之事吧。"

陆宏基拭了拭泪，随即说道："此番祸累全家，致使一家老少全没逃出来。这种凄惨情形，莫说我们还是一家人，全是一门一姓，就是朋情友谊，也不忍漠视。现在二弟既然不能露面，我是责无旁贷。二弟，你依我相劝，那里也不必去，就在我这里暂忍一时；候着风声消杀，你再找点事做，安分守己地在这里一忍。江湖绿林岂是咱们参与的？你们这一支，只剩你这一身，你应当以接续着陆氏的香火为重。这种事按佛家因果来说，都是前世冤业。你只立志学好，我们是重整门庭，再立家业。报仇的事，将来再议吧。"

在这种情形之下，宏基明知道是白劝他。可是弟兄们感情极好，不愿教他飘流在外边，怕的是叔婶这门绝了后嗣。可是陆宏疆惨然说道："我现在一身负着一家惨死的大仇，已经是死不足蔽其辜。我若不立志复仇，我的心已受创伤，怎么能苟活？大哥，你念宗族之情，慨然答应我，替我办这未了之事；当着兄、嫂面前，不敢说感恩的话，我只要能够了结心愿，绝不忘兄、嫂之德。这里我先给哥哥、嫂嫂磕头吧。"说着立刻跪在地上，给兄、嫂叩头。陆宏基忙拉着道："二弟，你这是做甚么？我们是自己弟兄，绝不用客气，也不用说感谢的话。这些事是我分所应为的事，只是二弟你想投奔那里，也得有个着落。"陆宏疆道："小弟那有甚么着落？不过天涯海角，寻访名师。倘若上天见怜，我能够遇着名师，我不共戴天之仇能报了，我虽受多少苦难，也感天地之恩了。"

当时，这陆宏疆把心意说出，陆宏基不住摇头道："我看你这种办法不甚对呀！我们一个诗书家门，要想习武，也只能在家乡故土拜师学艺；那飘流四海，到处为家，岂是我们做得到的？二弟你别这么固执，还是从长计议才是。"族嫂也一旁劝着。只是这陆宏疆心如铁石，那还再能动摇？自己一心重投名师，别求绝艺，好手刃那双头蛇叶云。族兄嫂两人知道不易再劝他听从自己的主张了。

陆宏基遂温言抚慰，向陆宏疆解劝着，吩咐给打来脸水。净面后，又把自己的衣服找了两件来，教陆宏疆换了。这位族兄宏基招呼着自己太太到里间，夫妻商量如何给这族弟预备行李盘费。陆宏基想到这族弟所惹的祸实在不小，仇人尚未肯甘心，留在家中也是后患。遂给找了几身衣服，凑了四十两散碎银子，两串铜钱。全收拾完了，包裹、银两可没敢往外拿，怕陆宏疆误事。

赶到给宏疆预备的饭端上来，宏疆看到饭，想起一家骨肉，立刻痛泪纷纷，那还能举箸？陆宏基竭力劝慰着，宏疆草草进了一点饮食。随即托付那族兄："到大石桥收殓尸身，可千万别自己露面。因为匪党们不肯甘心，只要大哥一露面，只怕匪党留下卧底的，就要从您身上追寻我的踪迹了。这事，兄长千万要慎重才是。"说到这，遂向兄嫂告辞。

陆宏基道："二弟，你一定得走呢，我们也不便强留了。这里有两身衣服和四十两散碎银两，你将就着用吧。不过二弟可要心里放明白了，从来是穷文富武；练习武功技击，总得生活优裕才成。二弟不论走到那里，也得先找了安身之处，然后再访名师。咱们全是差不多的年岁，外面世路人情，应该知道；只身作客，流落异乡，举目无亲，可就苦了！二弟，在家千日好，出门时时难，你只要上那里落住脚，千万想法子给我来信，或是在航船，或是托驿路上，是要教我知道你的情况，我就放心了。万一有个马高蹬短，也好教哥哥我能找你。二弟，你千万别拿我的话当耳旁风！你只要心里有你这无能的哥，千万给我带信来。"

这时，陆宏疆满怀忧虑，一片凄怆，遇到族兄、族嫂这么慈挚厚情，怎不感激涕零？当下拭着泪说道："哥，大嫂，我只有祝你们伉俪多福，天赐永禄了。"说了这两句无聊的话，把包裹拿起来斜背着，这才辞别了兄、嫂。陆宏基把族弟送出门外，只拣着僻巷，绕着走后街，绕出了镇甸。陆宏疆辞别了族兄，穿过树木小径，凄惨惨孤零零踏上征途。

且说这踏上征途，重访名师，志求绝艺的陆宏疆，辞别恩深义重的族兄、嫂，本没有一定的方向。自己已是大地为庐、到处为家的。走出两天来，一打听道路，这才知道奔江北而来。自己一盘算，还是正好。那双头蛇叶云纵然散众开码头，他绝不会往北方去，他定要奔长江上游。自己要是往南走，说不定就许和他走到一路去。何况燕赵多慷慨悲歌之士，更有少室、终南，全是异人潜踪，武艺发源之地，人材辈出。倘有所遇，自己也可不虚此行。当时，陆宏疆决意往北方走来。

只是访名师而求绝艺，谈何容易？陆宏疆只有兄、嫂所赠几十两银子，自己纵然省吃俭用，能支持多少日子？还算陆宏疆稍有经验，银两耗到一半，立刻拿定主意，无论如何，也得稍微节资，以备下处。当时，陆宏疆遂把仅有不足二十两银子收起来，做些苦工，维持日下的生活。

陆宏疆这一来，受尽了人世间的苦处。那管什么风霜雨露、饥饿劳碌，处处虚心探问武术名家，风尘奇士。只是像他这样困苦江湖、穷途落魄，到处遭人白眼。自己咬定了牙齿，定要达成愿望，任他怎样困苦，全甘心忍受。只是险诈江湖，炎凉世态，太教人难堪了！偶然听得那里有武术名家，找了去，竟受了一番冷落，听些个冷嘲热嘲。这种情形，更是令人难耐。

这时已到了秋末冬初，天气渐渐冷起来。陆宏疆辗转到了陕西地面，这时给人帮闲、当佣工，在潼关一带替人搬运货物，自食其力。被这风霜劳碌折磨得面目黝黑。这样挨到严冬，虽然受了多少罪，但胸怀复仇之志，绝不以为苦恼。自己幸而又蓄积了些盈余，遂一心赴终南一带求访名师。沿途有庙宇的地方，就在庙宇寄宿。赶不上庙宇，就住在小客店。

这天，既把道路走错，又错过了宿头。天是越走越黑，一处处芦草丛生、荒草没胫。陆宏疆除了一个小包裹，别无长物，遂放开大步地往前走来。直走到二更后，才见着前面有一个小村落，也不过有几十户人家。走到近前，看见小村口旁边，有一座井台，上面放着两只水桶，旁边还有一只破马槽。陆宏疆一看这情形，已略微放了心。知道这村子虽小，倒是通行的地方，白天一定有车马从这里过。这是一个腰站，或许有小店也未可知。

陆宏疆走进小村口，忽的一片犬吠声。幸而这些犬是在住户门里关着，不至于出来。走进了小村，远远地望见有一处门口，似挑着笨篱，看情形一定是小店了。不管甚么，只要能稍避风寒，总比露宿街头强得多。遂来到这小店前，伸手叩门。

居然没招呼了几声，里面就有人答应。这倒是怪事，这种野店荒村，只要太阳一落，就歇息了；可是这时，里面竟还有人没歇息。跟着里面问："是干什么的，深更半夜的打门？"陆宏疆答道："我是行路的，错过了宿头，掌柜的多添麻烦吧！"里面跟着说着："这里可没有单间子，只有大炕。愿意住，我给你开门。"陆宏疆忙答道："很好，那里全行，你多受累吧！"跟着一阵卸拴落锁之声，把两扇破车门错开两尺宽，立刻透出灯光来，一只破纸灯笼往陆宏疆脸上照了照，那人然后说道："客人你进来吧！"

陆宏疆遂侧着身子，走进店门，店伙跟着把门关好。这时，陆宏疆一看里面情形，虽然是小店，房子可不少。很大的一道院子，三面的房子；院中还停着一辆敞车，上面扎着席棚子；看东房的窗上，尚有灯光人影晃动。

这时，店伙关好了店门，跟着说道："客人你看这东屋里，是刚进店不多一会，你也到这里来吧。"陆宏疆道："那里全行，我这深夜教你受累，很是承情不尽了。"这店伙听陆宏疆说这种不常听到的客气话，不禁就着暗淡的灯光看了看他。店伙暗暗诧异：今天是什么日子，我们这小店里，居然也进来讲礼数的客人？天晚时来的那个老者，虽是带着伤，带着病，可是说话又皱皱的；这时来的这个，看行装外表，也像个粗作汉子。说出话来，却是这么叫人受听，真是人不可以貌相了！

门开后，一同走进屋中。只见那屋中靠墙的是一张大炕，在地上摆一张没油漆的桌子，上放着一只瓦灯台，灯焰"突突"冒着黑烟。炕上已有三人，两个全是短衣粗汉；靠墙的东头，有一个须发半白的老者，半躺半坐，倚着墙不住地咳嗽连声。

店伙进屋站住，向陆宏疆道："客人，你就住在这屋吧！那瓦壶里还有点热水，渴了喝吧！我们这店里很宜苦朋友住，天虽这么冷，有行李没行李全成，炕烧的准够热。"陆宏疆点点头道："好吧！伙计你不用管了，只要有碗热水就成。"伙计走出屋去。

陆宏疆一看屋中这三人，那两个粗汉全是靠窗子这边歇息下，那老者紧靠东墙边，当中空着一块露着炕席。陆宏疆遂向这空着的地方，把身上的包裹放下。自己随从包裹中拿出两个饽饽来，斟了一碗白开水，把两个饽饽吃下去；只是一边吃着，听那老者不住哼咳不止。陆宏疆对于这老者的呻吟，自己虽也听着心烦，可是深知这种小店睡大炕，那能找清静？看了看老者情形，不像住这鸡毛小店的客人，须发俱白，形容像庄家的老人，一点粗鄙的气概没有。可是看情形，是十分寒窘，又似有病魔缠着。

这时，那两个粗汉中的一个，忽的伸了个懒腰，半抬着身躯，扭着头向这边喝吐道："喂！老头子，你这么大年纪，怎么这样不仁义呀？我们一个卖力气的，挣扎了一天，又跑了多少冤枉路，好容易才找着这么个小店；才可以歇一会，你那么哼哼咳咳的，还叫人睡不叫人睡？这是小店，不是大客栈，身上难受，也得忍着点呀！"这个汉子才落声，那个也抬起头来招呼道："我说周阿立，他若是这么搅合我们不能睡觉，咱们找店家问他，我们不给店钱行不行？"

两个人一边一声地这一闹，那老者在先似乎没听见，这时抬头向这边看了看，叹息一声，随即说道："二位老兄不要这么动怒，全是出门在外的人，谁和谁全没有一面之识。这次我是一时晦气，误走天风岭飞云蹬，为怪蟒所伤，投到这枯柳屯。其实我真不想住这个地方，只因天色已晚，又因行囊衣物全掉在山洞里，身边没有钱，也不能雇车辆，只得在这里暂忍一宿。只要天一亮，我求这里的掌柜的给我找辆车，把我送到镇上，到那里我变卖一点东西。二位老兄，你们就多担待吧。"说完这话，长吁了一口气。

这两个粗汉对于老者的话，好似无动于衷。先前说话的那个，带着满脸陋蔑的神色，从鼻孔中哼了一声道："由着你说吧！反正我们倒霉，偏偏遇上了你这老头。咱们少说废话，我们花钱住店，为是可以解劳乏；你这么哼唤的不住声，简直诚心和我们找别扭！老头儿，告诉你好懂的，你若是这么吵吓，没别的，我们可是往外搭你。"

这时，陆宏疆因为这两个粗汉又蛮又野，自己不便答话，一个言语不入耳，就许和他们动了武。以此之故，自己也往炕上一歪，用那包裹当枕头，自己也假作睡着。这两粗汉说出这样的粗暴话，那老者两只深陷的眼睛一翻，陆宏疆也正在侧着身子，暗自偷窥。只见那老者好生的怪相。先前他呻吟病楚时，只向他脸上看了看，见老者虽是相貌不俗，可没有什么特殊的地方；这时，老头儿两眼一翻，陡发异光，两眼如同两颗明星射着，一股子威凌逼人之气。

老头儿立刻从鼻孔中哼了一声，遂说："二位老兄，只说说罢了，可别真那么办！我这把子干骨头，可禁不住二位老兄一抖露；那末一来，我这条老命，准得断送在二位老兄之手。我这一身痛楚，只要能忍得住，我何苦来搅人不得安睡？请你们多将就些吧！我好不容易地奔到这里来，多可怜，你们二位若真那么一来，可在老头子身上缺了德了。"

老头子这话说得有些刺耳，靠窗的那个粗汉一翻身坐起来，模糊的睡眼一翻，厉声戟指喝叱道："老家伙，你说缺德，你这么大年岁，不早早地死掉了，受这种活罪，你是地道的缺德！我们是看你有些年岁，不肯过于地管教你。你这是找倒霉，我们倒要问问你这老家伙，倒是谁缺德？"这粗汉忽的一转身，穿着鞋，站了起来，其势汹汹，势欲动武。老头儿好似不理会，面带着冷笑，向这里看着。

陆宏疆看着这老头，复想起亡父来，须发全白，年岁相偌，自己不禁勾起了思亲之念。这时看到两下里要动武，那一来，自己焉能看着？这两个粗汉把带病的老头打坏了，于心何安？遂一转身坐了起来，向这站在炕前的粗汉道："老哥！你这是怎么着？你难道还真想动手么？老哥算了吧，这老朋友已是这般年纪，并还带着病，你一拳打死他，你能走得脱么？全是出门在外的人，谁多说一句少说一句，算不了什么。老兄，算了吧，还是好好歇着吧！"这时，另一个粗汉也坐起来喝叱道："朋友！你少管闲事，我们哥们就是这种脾气，专钻牛犄角。打死他，给他偿命。今夜他不挪出去，就是不行！"

陆宏疆横身拦着站在地上的粗汉，更向炕上的老头说道："老朋友，你也少说一句吧！我们全是出门在外的人，何必呢？谁和谁也没冤，也没仇，这么吵嚷，惹得别的屋客人说闲话，可就不大合适了。老朋友，您身上有病，痛也忍着点。住这种鸡毛小店，全是苦人，不为省几个钱，谁肯住这种房子？大家聚在一处，也算有缘，算了吧！"那老头儿冷笑了一声道："多谢老兄的好意，这二位老哥太厉害了，若不亏你老兄拦阻着，我这条老命，非叫他们这哥俩儿断送了。咳！他们二位这是遇到我老头子既无气力，又有病。你们那样强暴，我老头子只好忍受。可是要遇上比我这种老头子底下稍微有两下子，一样让人家教训！我任甚么也不说了，我听好朋友的劝，我不言语了"。

那陆宏疆拦着的壮汉，越发怒极，凶筋暴起，瞪眼向陆宏疆道："你躲开，少管我们的闲事！这老家伙太可恨了，我非管教管教他不可！"陆宏疆想拦阻，被这粗汉猛孤丁地往旁一推，陆宏疆既没提防，这粗汉的力气又大，自己的脚下一个不稳，竟被推得摔在炕上。这小子往前一迈步，已到了炕里，探着身子，一伸手就想抓那老头。那老头右臂在外一挥，那粗汉"吭"的一声，身影往后一仰，倏地倒了下去，摔了个仰面朝天。

陆宏疆被粗汉摔得怒冲肺腑，这时见这年轻力壮的粗汉，反被这年老且病的老头给扔在地上。当时自己只顾了怒了，竟没想到，这老者怎的这么大的气力？自己怒嚷道："你这人真不通情理！好，甩开了老头儿，咱们得说说！"这时，靠窗的那汉子也跳下来，要帮着同伴打这老头子。

就在这时，门外叫道："你们这是怎么回事？深更半夜的吵起来，也太以不知进退了！"随说着，门开处，店伙披着衣襟走进来，喝叱道："你们这是怎么回事？在我这店里诚心搅我们的买卖，我们可不怕这个！你们这么年轻力壮的，要打他这个样的，那还不一下就完？教我们弄场人命官司呀！谁也不准动手，有话好说，到底怎么回事？"当时，这个粗汉倒真被店伙喝叱得不敢动手，气愤愤地把被摔倒的那个同伴扶起来。

这一来倒好，省得嫌老头呻吟得睡不着，那粗汉自己竟摔得臂部疼痛难忍。此时，这店伙遂向那老头说道："老头，你这么大的年岁，怎的还那么一点不省事？一个出门在外的人，总得学老实。你虽是有病，可是住这种小店，就得自己仁义一点，只顾你哼咳，别人怎么睡觉呢？再说，有话只管说，别动手呀！你要把人摔个好歹，你也走不脱。各省点事吧！"这老头子却翻了翻眼皮，向店伙道："店家，这两个小子太可恶了，欺负我又老又病。店家叫你说，我这般年岁，还敢跟人动手么？只等着教人打吧！"

这时，陆宏疆却不管店家和老头说甚么，站起来戟指着两个粗汉道："你们也是在外面跑的汉子，怎么这样不懂世故？姓陆的我是好意相劝，听不听由你，我跟你们全不相识。金砖不厚，玉瓦不薄，我也不是向着谁，你凭什么竟自把我推倒？甩开老头，咱得说说。"那老者忙向陆宏疆道："朋友算了吧！这全是我一人不好，带累着朋友你跟着生气。"这时，那挨摔的汉子道："好！老家伙，你敢情是更恶！咱们走着瞧！我们是历来不会欺负人，你这是倚老卖老。不用废话，这不是店家在这吗？我们有什么事外边会，还有你这位朋友，硬说是我们强暴，不能容人。你一定是看着老家伙可怜，你不会给这老头子单开房间吗？"店伙道："你们通共四个人，就这么吵嚷，谁也不让谁，这要是赶上冬天下雪的时候，这屋里就许住十个八个。谁不舒服，谁可以往单间去。"

陆宏疆向前说道："朋友！用不着说这些废话，那也算不了什么，店家可还有单间么？"店伙道："对面还有个单间，你愿意住，我给你们开门去。"陆宏疆道："走，咱们挪单间去！有什么事，离开店家再说。"那粗汉道："对！有什么事，外边会。"

陆宏疆把老者搀下炕来，自己只一个包裹，老者更是别无长物。这时，那店伙见陆宏疆这种情形，倒是够豪爽的，可见这人毕竟与平常人不同了。遂向陆宏疆道："好！这才教在外跑腿的好朋友，遇上事，垫人垫钱。来吧，朋友，你既了事，多花钱，我也替掌柜的交个朋友。那屋里很冷，我给你们把炕烧了，不教你们花柴钱。"老头扶着陆宏疆答道："看起来，走到那全有好人，全有坏人；不过还是好人多。像那两个浑小子，今晚真便宜了他；要在平时，我老头子身上没病，非教训教训他们不可。"

店伙这时把门开了，把里面的油灯点着。陆宏疆把这老头扶了进来，果然屋中很冷。陆宏疆道："这屋真够冷的，伙计你贵姓？"店伙道："不敢当！客爷，我叫刘七，陆爷你那行儿发财？"陆宏疆道："没有正当事，到处卖膀子力气。"伙计刘七对于这两个客人，颇有些怀疑。两人说话的情形，以及老者的穿着打扮，全不像住这种小店的客人。这一来，店伙更不敢轻视这老少客人，赶紧去抱来许多干柴，立刻给烧起炕来。

这店伙才退出去，陆宏疆把门掩好，见这老者这时被这一路折腾，有些气喘吁吁，情形十分颓唐，更有什么痛楚的地方。遂蔼然向老者问道："我还没请教，老朋友贵姓？"老者把眼皮翻了翻，立刻说了声："陆朋友，你把瓦壶的水给我斟半碗。"可是仍然没回答陆宏疆的话。陆宏疆心里想："这老头子可有点怪道，我问他两次，他怎么答也不答？反叫我给他倒水喝，真有些莫明其妙！不过此时，因为老头子身上有缠磨，一定十分痛楚，虽知彼此素昧平生，因被我这么关照，故此才认为我是热心的朋友。我倒要耐着性，服侍这老朋友了。"

陆宏疆心念这一动，竟为他自身造了福。他那里知道，老者竟是风尘中的异人呢！欲知陆宏疆终南山如何学艺，艺成后怎样下山访查双头蛇叶云，何日方得生擒叶云，得报全家血仇，许多惊险事节，均在下集中一一披露。（第一集完）

第四章

玉柱峰一鸥传绝艺

陆宏疆把瓦壶中的水给斟过来。这老者从怀里取出一只小瓶子，从里面倒出来五粒砑衣的药丸来，用左掌心托着右手，又用小指蘸了些水，滴在了左掌心，把五粒丸药捻开。陆宏疆站在旁边看着，也不敢问。

只见老者把右腿的白布高腰袜子褪下去，把中衣的下角往上卷了卷。陆宏疆往老者腿上看时，不觉"咦"了一声道："老朋友，你原来有这么利害的疮啊！"老者连头也不抬，把左掌心的药，往膝盖上的一片约碗口大、已变了青色的疮口按上，把掌心按到疮口上，才抬起头道："陆老兄，你不要问我的姓名。你等一等，我必然把我的一切告诉你。我看朋友你很是热肠侠骨，我还有求你帮忙的地方，不知朋友你肯帮我老头子的忙么？"

陆宏疆听到这位老头的言语，有许多恍惚离奇，只为自己看到老者腿上这么重的疮痕，已经很是惊异！这种恶疮，莫说他这般年纪，就算自己这么年轻力壮，也够禁受了。遂不敢多问，忙接着老者的话风说道："老人家不要客气，有什么事只管吩咐。我只要力所能及，定要帮忙。这次我们在这种偏远野店相遇，这也是一点缘分。老人家，这倒是什么疮伤呢？"老者道："哎！陆老兄，我不能再对你这诚实人说假话。实对你说吧，我这并不是疮口。我在天风岭飞云磴力除怪蟒，是我轻视这孽畜，身边正赶上没携带兵刃、暗器，冒然想除了它，给这一带的行旅除害。当时我拔了一棵小树作兵器，和这条怪蟒苦斗了许久，终因这条怪蟒年代已多，已经通灵，并能离地飞行出十几丈去；这条怪蟒要是再有十几年，恐怕却要御风而行了。

77

"当时，我几乎死在这孽畜的腥涎毒气下，终为它所伤。这怪蛇真够毒的，我只被它扫中一点腥毒，就已入骨。我当时又愧又恨，绝不该这么大意，竟没给行旅除了害，反给自己找了祸。更兼我身边原有些钱，在和这怪蛇斗时，全掉在山里。我所居的又在终南山深处，我不能回去，因为这种毒蟒太以毒了。这种毒最厉害，十二时辰不解救，准死无疑。所以，我只得赶到这里，为是等到明早，烦店家赶到县城，把药给我配了，我好医这蟒毒。陆老兄不要害怕，我确实是耽误了这一夜，可是没有什么要紧。好在我自己身边有些化毒丹，是专治跌打损伤的药，更有解毒去腐之功，足以暂时支持，这种蟒毒不至攻入心中。陆老兄，这就是我的实在情形。我所说的情形，千万在外人面前休提只字，以免一般粗鲁人少见多怪。"

陆宏疆听着这老者一番话，暗中惊异。以老者口中所言，他一个人只身行经天峰岭那里，既有这种怪蟒，决不会那么一点耳闻没有，应该早有所闻。即或猝然遇上，也应早早闪避。老头儿身上连寸铁未带，就要为商旅除害，这种胆量大小不说，不过他定有非常本领、过人武功，才敢这么大胆和怪蟒相斗。"这老头多半是风尘侠隐一流。我陆宏疆身负大仇未报，受尽磨难，就为寻访名师，重学绝艺，再练功夫；如今既然在这种地方真个遇到异人，我要再轻轻放过，我也太对不起自己了！自己求师的话，这时那能冒然出口？现在，这位老人还有用我之处，我还是在他老人家身上稍尽些孝心，以便作叩求收录之介。"想到这，忙说道："原来老人家有一身绝顶功夫，尚被毒蟒所伤，这毒厉害可知。只是此蟒不除，将来是个大患，我看将来还得借重老师父之力，为商旅造福，为路人除害。"

老者把伤处理好，随即抬头看着陆宏疆道："萍水相逢，我这么有累陆兄，实觉抱歉不安。不知陆兄此番到这秦中，有什么图谋呢？"陆宏疆见问自己，叹息了声道："老师父，我现在是个最苦的人，提不得了。我现在漂流四海，到处为家，全家死亡净尽，剩我这一身，我是走到那儿算那儿了。此次得遇老师父，真是幸事！我现在不过是江湖上遊荡，没有什么事。师父有什么吩咐，我愿意给您办去。至于老师父这次一时窘着，又被毒蟒所伤，得用药物解毒，不知这药得用多少钱呢？"老者道，"这种药贵重，大约六七两银子，我的身边别没长物，实有一对金剑环。你把它给我换了银两，好配药。但是我与老兄萍水相逢，承你老兄看得起我这困顿穷途的人，给我这么安慰，我怎么好妄自尊大地带累老兄，给我奔走？"陆宏疆道："老人家，不要客气，我也不明白是怎么缘故，一见老人家，心里就是羡慕、敬仰。我想老人家伤痕这么重，不宜再耽搁。我若用金剑环兑掉银两，难免被人欺骗刁难。我这里积存有约二十两银子，存着也没用，我先借给老人家用，这样可以少耽搁工夫，早早把药配来，免得误事。"老者听了，不由得两眼向陆宏疆看着，随说道："那如何使得？我这已是承情不尽，那好再用你老兄仅有余资？老兄你这么帮忙，已令我感激不尽，还是给我兑掉金剑环吧。"

本来，陆宏疆流落江湖，饱尝穷途落魄，有好汉无钱、寸步难行之苦；因此省吃俭用，积存着这点银子，预备不虞，提防着万一有个天灾病魔，也好用这点仅剩的银两救急。今晚遇上这老者，从一切情形上看，老者定是个非常人物。自己奔走江湖，受尽了苦痛，就为是访找击技名家、风尘侠隐，好得些真实的功夫，也好为全家复仇。当时认定了这位老者是江湖异人，决意要尽自己的一点诚心，在老者面前尽一点敬意。索性是随意地答应着，立刻服侍着，把老者伤处扎裹好了。陆宏疆心里不快的，只是不知老者的姓名。可是又一转想，老者若是不肯示人真实姓名，自己追问急了，老者用假姓名来告诉自己，不也和不告诉自己一样么？陆宏疆想到这，遂也不再追问。

这时已将近三更，老者道："陆老兄，你快歇息吧。全是被我一人搅扰的，到这时还不能安歇，叫我太不安了。"陆宏疆道："我今夜不知什么缘故，一些不觉困了。"这老者也不肯就歇息，却向陆宏疆问起身世来。陆宏疆经这一问,立刻勾起了自己一腔心事,不由凄然说道:"老人家,我实不愿提我一身的事,我实在有难言之痛。我是天地之间的罪人,我使一家遭了惨祸,为仇家屠戮,鸡犬不留。只剩我一身,浪迹天涯,漂流江湖。我一身无能,带累得年迈的爹娘和同胞的弟、妹、孀居的嫂嫂,全死在了匪人的手内。这一来,我一身罪孽,罄竹难书!我每一念及故乡,每一追思前尘,愧悔无地,我怎对得起死去的亲人?真个是苟且偷生、忝颜人世。今夜遇上老人家,我不得不把这以往的实情说出来,可是我一经想起时,简直无地自容!"

老者听到这,对于陆宏疆的事好似十分注意,侧身倾听。赶到陆宏疆把话说完,仍然怔怔的眉头紧皱,随即向陆宏疆道:"陆老兄,你有什么深仇大怨,致惹的对头这么下绝情、施此毒手?你这仇家究竟如何人也,他是那道上的朋友,一定是很有'万'吧?"陆宏疆道:"老人家,我实在自己不长进,不争气,惹起了这场大祸,至令我对祖宗、对众人,担负这罪孽。这件事我提起来,太以痛心了。这仇家乃是浙南股匪双头蛇叶云,该匪作恶多端。我这场事,是我自己惹起的风波。当年本因家口生计所累,流入绿林,铤而走险,玷污了陆家的清白门户。我这次决计洗手绿林,不再作这种贻羞家族、辱及先人的事。那知上天好似故意责罚,不容我再痛悔,竟在那时而有富绅冯宅这事。现在想起来,真令我陆宏疆心中难过。我一心向善,痛改前非,反倒招出一场无边大祸……"

陆宏疆遂把自己与双头蛇叶云结仇情形,只为金盆洗手,反倒被冯家事所累的经过述说了一遍。"可怜我一家人死得太惨了!可怜年迈爹娘和我小侄、小侄女,全死在仇家的手。我有何面目再偷生人间?可是当日被我寡嫂逼迫着,曾对天立誓,不论受多大艰难,我不忍背却誓言。只好流落江湖,到处访寻武术名家,风尘奇士。只是机缘难遇,像我这样到处遭人白眼,空负昂藏七尺躯,置一家深仇不能报;若非是遇上老前辈,我实在无颜再向人诉说身世。老人家,我真愧死了!"

这老者不禁点头叹息道："老兄，你遭逢不幸，流落江湖，令人听着好可怜！我们全是流落江湖，都为苦命人。不过，你老兄较比一般人苦到十分，可怜可怜！"陆宏疆此时述说到自己的身世，强忍着痛泪。老者听到他这番话，叹息之后，把两眼闭上，好似睡着了。陆宏疆也坐在炕上边，倚着墙，略微歇息着。他们这一谈话，天已经不早了。觉得不多时，已经鸡声报晓，可是老者已经安然睡着。

陆宏疆起来，见店伙刘七正拿着扫帚出来。把他叫到面前，说道："伙计，我托付你一点事。你把笔砚找来，回头先别扫院子，给我们烧一壶水来。你多辛苦些，我不会亏负你。"陆宏疆从腰中摸出一串钱来，塞付伙计的手内。这种店房，就是这个单间，住一夜不过是二十文钱。陆宏疆竟这么大方，伙计反有些惊异。忙忙地道谢，答应着，把笔砚找来，更给带了一张纸来。陆宏疆接过来，刘七回转屋中去烧水。

老者已经醒来，见陆宏疆把笔、砚、纸全拿来，点点头，把纸接过去。陆宏疆把墨给磨好。这种小店，那有好笔砚？老者举着这张纸，一边写着，不住地皱眉头。好容易写完了，向陆宏疆道："这十七味药，你照方配来。这也是我生死之物，你要小心看着他们。内中有麝香，必须要当门子、真血竭、上好梅花冰片，这是最要紧的。所有其余的药，完全得看着他们如法泡制。"陆宏疆道："这种秘方，难道不怕他们记了去么？"老者道："不妨事，这十几味贵重药和所有别的，全是分量平对，可以让他们简单包着，拿回来我自己往一块兑。"

陆宏疆答应着。伙计已经把水送进来，陆宏疆伺候着老者饮了些热水，又问："可要进些食物？"老者道："现在先不用，叫伙计给我煮一碗饭放着。"陆宏疆说道："有什么事只管招呼伙计刘七，他自能照应。"

陆宏疆赶紧到县城去配制这一料药品。他真是丝毫不敢疏忽，直到中午之后，才赶了回来，把药送到老者面前。这时，老者的面上可不如昨晚了，显着越发的苍白，嘴唇上也带些青色。陆宏疆总算练过三年二载了，很替他担心。

老者把药配好之后，叫陆宏疆打了一盆水来。又买了十几张毛头纸、二尺粗布、一团棉花。更不再和陆宏疆客气，叫他把伤口完全洗过，把药面子散在上面。毛头纸一张断为四块，垫在伤口上，下面又搁上十几层。只有半盏茶时，陆宏疆站在那里看着，伤口旁的肌肉就一个劲颤动。工夫不大，里面的毒水出来，把上下十几层毛头纸完全湿透。陆宏疆又给换上，连续三次，毒水才净。又把伤口洗了一遍，重散上一层药，包扎好。

老者长吁了一口气道："我终南派，应该从我手中还可绵延下去了。"陆宏疆听着一惊，赶紧把一切收拾干净。这一天只是睡觉。直到晚间，老者的精神好转，在夜静更深，向陆宏疆说道："你我也是一段夙缘。我不想遇到你这么个诚恳少年，跟我这么个萍水相逢的人，肯这样救我。你报仇之事，全交与我吧。实对你说，我姓上官名毅，别号一鸥子，在终南玉柱峰下，得终南的绝艺，在山上隐居了三十年。和你有这番相遇，你能够刻苦地随我锻炼些年，还愁什么大仇不报么？"

陆宏疆惊喜交集，跪在了地上，叩头道："老人家肯收我入门墙，能够叫我艺成之后，找着了仇家，为我惨死的全家复仇，我愿终身为师门效力。倘有二心，定遭惨戮！"这位一鸥子点头道："店中耳目众多，不便细谈。再有两天，我已能行动，随我回转终南，叫你行拜师之礼。"陆宏疆叩头谢过师父，站起来，把那对金剑环拿出来，仍然交还一鸥子。在店里将养了三日，一同起身。

这天来到终南，师徒走上山。初上山时，尚是到处有民家散布在山前一带。这种山居之人，多半是樵猎人家，垒石架屋，朴陋异常。再有的就是那禅刹，有的香火鼎盛，金碧辉煌，十分庄严、宏大；可是也有的殿阁坍塌，僧房倾圮，残垣断瓦，空有陈迹，到处可以看到。陆宏疆随着这位隐迹荒山的异人，步入层峦叠嶂间。先前有路可走，后来越走越显得荒寒，那还有道可通？登危崖，援绝壁，尽是些崎岖难行的道路。陆宏疆拼命地亦步亦趋，紧紧随着，强往上攀援。约摸着大约又走了三四里，这陆宏疆已是力尽筋疲，热汗淋漓，咬紧了牙关，在后面紧追。可是自己到了这种乱石嵯峨、苍苔湿滑，时时尚须攀藤附葛的地方，那还敢放开脚步？并且时时还得留神脚底下，常有毒蛇野兽从荒草里蹿起来，一个闪避不及，就有蛇咬兽啮之虑。勉强着追随走了不远，陆宏疆已被落后得老远。自己越急，越是落得远。

陆宏疆累得不仅浑身是汗，两眼也觉得格外昏花。再看那一鸥老人，已被那一处处的峰岭挡得看不见。好容易转过峰头，见这位一鸥老人，在一块平滑山石上，正在悠然自得地眺望一片片绕着峰头的白云。当下，陆宏疆见这一鸥老人也没怎么施展他轻功提纵术，竟自从容不迫的，比自己快了许多。这一来，陆宏疆越发地知道了，这位江湖异人实具有非常身手。

陆宏疆来到老人的近前，老人是连正眼也不看，好像对他那种勉强攀爬，没有理会似的，却用手往前一直道："你看前面这座峰头，就是天峰岭，那下面就是飞云磴，也就是那毒蟒出没、我险遭不测之地。"陆宏疆赶紧地答应着，顺着老人的手指处一看。只见在半箭地外，果然有一座耸起的峰峦，非常雄伟，峰岭被浮云萦绕着，真够了排空插云之势，遂点点头道："那么前面是奔玉柱峰必经之路了？老师对于走这种难行的山道，如履康庄，真令弟子拜服得五体投地了！弟子若不是追随老师的身旁，莫说到不了玉柱峰，就连天峰岭飞云磴也难登临。老师，这里离那玉柱峰还有多远？"一鸥子漫不经心地答道："大概没有多远了，我们走吧。"

陆宏疆看老人对自己，颇不像在店里那样亲热，而是冰冷冷的，毫不关心。自己虽是有些怀疑，可是想到还没入师门，这不过是才被恩师领得从歧路上走上正路。任他怎样，只有铁了心肠，以一身许在师门，生死荣辱均非所计。打定了主意，不再思索。见一鸥老人已经站起来，向天峰岭飞云磴走去，陆宏疆赶紧跟随着。可是这次的道路，更是崎岖难行。越往前走，越是山势渐高，风势渐大。自己只觉着有些难禁，可是那好露出一点神色来？这一来，强自忍着劲风，赶奔那前面重叠的峰头。

　　来到峰峦最高处，只见这座天峰岭，在这终南山的中部，真是雄视万峰，颇具形势。二人站在这峰头上，一鸥老人往前一指道："你看，这下面的峡谷中，就是我九死一生之地。"当时陆宏疆一看，这飞云磴的形势，果然是天生奇险之地。由峰下往东北去，并没有道路可通，只是这一带天生有一条飞崖磴道；往下去是一段夹谷死地，那下面的蓬蒿荆棘全布满谷中。这绝谷里的情形，任谁看着也知道是块绝地，只有毒蛇猛兽足迹经过那里，人迹是绝不会到的。遂向一鸥老人道："老师，你这里所经历的事，也太叫人可怖了，这里别说还有毒蟒盘踞着，就是空身的行人也不敢走，老师真是浑身是胆了！"一鸥老人淡然说道："我也真没想去招惹这害人的孽障，我不过适逢其会罢了。我若是存心去找它，焉能再叫它活下去？我定然叫它立毙于剑下。这时那恶蟒不知窜到什么地方去了，找它十分费时，只好让它多活些时了。"陆宏疆问道："老师，我真有些不明白，这里是夹谷死地，这条毒蟒只能在这里盘踞，难道它还会飞上天去吗？"一鸥老人摇头道："它要真是仅在这死谷里存身，我焉能又容它活下去？在这下面的夹谷，明着看是死地，可是实际上有道路通着别处。据我入谷查看，大约还有可以通行的崖洞，不过所通着的地方，也是阴山背后人迹不到的地方。此外，大约是别无什么出路。只有一次它窜出飞云磴时，是我帮着本山的猎人，把这飞云磴怪蟒能够出入的道路堵塞了。这一来，它只能在这绝谷里兴风作浪。就这样，后来还是叫它逃出去了。所以，我便决意的要为本山除害。不过我太不度德量力了。"

　　陆宏疆忙答道："老师这么存心济世救人，正是侠义的本色。我看就凭老师这种决心，就能遇上神灵护佑。这正是难得的地方，怎竟说起不度德不量力呢？"一鸥老人点头道："这种事固然是存心救人，但是一个处置失当，不仅是自己取了杀身之祸，更能贻无穷之患呢。"陆宏疆愕然说道："老师这种说法，弟子不大明白，还得老师指教。"一鸥老人道:"我是想到这种怪蟒性已通灵,它因在这种绝谷里,也实非得已。因为这种荒山夹谷,原非人开辟的,往往的自然变成鬼斧神工,是鸟兽都不能达到的地方。只是它进去后,它进去的那条路被风沙土石给封住了,它再也出不来;你只要不去招惹它,不定有多少时候才被它无意发现出路。它如窜出来,可是不定有多少人畜遭劫。我们这种寄身江湖的,以为民除害为己任,遇到这种奇禽异兽,那好置之不顾?不过这种事,先要识得这种兽的性质,再自忖自己的力量,是不是能伸手戮它。自己要是有那种本领,那就得伸手,把它收拾了;免得打草惊蛇,我们一个除不了它,那么仍须退出这种绝地。一旦身形退得慢了,这种大蟒便能寻着你的退路窜出来。这种情形,你想够多么危险!所以你本是一片婆心,终教落个劳而无功,反倒许弄出一场大祸来。你想是不是得度德量力?"

陆宏疆这才恍然,果然这种除治毒蟒是件极危险的事。说话间,已经随着一鸥老人走上天风岭飞云磴。一鸥老人站在峰头,长衫被风吹得噗噜噜飞扬起来;再加上白发银髯,真是飘飘欲仙。陆宏疆虽则也寄身江湖,可是绝没登过名山大川。自己一追随着这位江湖异人,来到这座终南山的天风岭,胸襟立刻开朗。只见一处处岗峦起伏,万峰林立;那夕阳西坠,如火如荼的落日红光,回照在峰头,更显得是登临太空,万里江山收入眼底。这时,他感觉着一腔忧愤。

伫立多时,那一鸥子遂向前一道:"眼看着夕阳已坠,红日一没下去,这种万山起伏的峰岭寸步难行,我们赶紧走吧。"说话间,立刻脚下移动,已然把身形施展开。陆宏疆提着十二分精神,随定这位一鸥老人,健步奔驰。此时,真是耳目手足并用,还恐怕失脚;或是那老人走远了,自己忘了方向,那一来可危险太多了。陆宏疆虽用尽了全身的精力,那里跟得上一鸥老人?

这时,天色已然快黑下来,因为陆宏疆随一鸥老人已到了天峰岭飞云磴。这终南山,除了玉柱峰,再没有比天峰岭再高的。可是越是高峻的地方，显得天色黑的越慢。并不是那阳光对于这崇峻高峰有怎么变化，不过因为峰岭太高，排空插云，夕阳反照，落日余晖，有一点微光也能映照在峰岭。这最高处别看黑的慢，只要阳光一隐，倏地立刻黑下来，非常的快。陆宏疆觉得，眨眼间就要步入黑暗世界。这一来，莫说还得寻到玉柱峰，只就眼前这点路，全不易再走。这时再往前看，只见一鸥老人已快拐过前面一个峰头。自己想：倘若这时再失了一鸥老人的踪迹，只怕天一黑，自己定要葬身在这终年不见人迹的地方；那一来，空受尽千辛万苦，好容易巴结得遇到这么位风尘异人、武术名家，已答应了收录自己，现在不赶紧追上老人，岂不落个空欢喜？自己一着急，立刻遍身是汗，提着全副精神，追赶那一鸥老人。这时，山径现着一派的烟笼雾罩，暮霭苍茫，远处更是看不出什么了；那天色更暗，一丈外几乎辨不出一切来。

这一来，陆宏疆真急了。用尽了力气，紧赶了一阵，依然把这位一鸥老人追丢了。气一浮，更显着脚下找不着立脚之地，也不知怎么走错了一步，险些坠入深涧去！往前又勉强追过一道山峰。眼前是一片漆黑，那还看得出那是山道？自己想："这位一鸥老人不论如何，也不应把我置在这种绝地，实在不知道老人居心何意？"稍微稳定了稳定心神，遂拿定主意，任它怎样危险，不去管它；只是盲人瞎马，在这种危险地带，要是这么任意闯去，只怕多半要把命送了。这时，前面峰峦交错，又没有月光，几乎连方向全看不出了。这种深山绝顶，虎狼蛇蟒，屡见不鲜，绝不是随意可以停留之地。只记得方才站在天风岭飞云磴的时候，一鸥老人曾亲身指给自己说，玉柱峰就在正南上。走了这一程，自己觉着方向是没变。看定了方向，一直往南走，谅还不至找不到这玉柱峰吧？当时打定了主意，遂在这黑沉沉中继续往前走。

陆宏疆往前出来有半箭地，这眼前是三四座孤峰，实在辨不出来该奔那里走了。不得不鼓起勇气，向那乱峰头走去。那知这种没有正式山道的道路，就是白天全不易走；这种皆黑时候，那走得了？陆宏疆于身心疲敝中，勉强挣扎着，往前走了没多远，一脚蹬空，身躯往前一栽；这才看出，眼前是黑洞洞的一道山涧。不禁轰然一晕，两眼一闭，自知是准死无疑。这一来，陆宏疆那还有一点生望？已经是昏迷过去，生死全在迷离之中。

也不知过了多少时候，悠悠醒转。这陆宏疆赶到一睁眼，只见眼前的情势大变：自己坐在一块青石下，背倚着青石，身旁有一架青石板架起的一条石案；在离开不远，地上用石块架成一个烧水的柴灶，上面座着一只铜吊子；下面余烬未熄，壶嘴往外还冒着热气。看不出这里是什么所在。自己"哎哟"一声，这才想起，自己本已落到山涧里，却来到这个所在，自己好生糊涂。

这时，身背后却过来一人，说道："宏疆，你醒了？你这次九死一生，实在是两世为人了。"陆宏疆抬头一看，又惊又喜！说话的正是一鸥老人。忙地站起来，只是觉得晕乎乎的，头脑还有些昏然。自己惨然说道："弟子失足坠涧，自忖必死，不想竟被恩师所救，得庆生存，这全是老师所赐！"说着话，赶快扑身倒在这位一鸥老人面前，便叩谢起来。一鸥老人忙摆手道："你我既有师徒之情，无复多礼。你这也是一步劫难。你经过这次大难，脸上晦气全消，从此否极泰来。俗语说的好，大难不死，必有后福。这一来，你把一切磨难度过，早晚定能得偿凤愿！你只要安心在这里苦度时光，把武功锻炼得扎住根基，那时你自能得到此中玄奥。至于你成就如何，那就全看你个人的造诣了。"

这时，那地上插的火炬熊熊冒着烟火。陆宏疆一面听一鸥老人说着话，一面留神看这身后一带。只见两丈外有一幢木屋，全是用树根支架的，因陋就简，粗俱屋形而已。可是这幢树木支搭的屋子看上去非常坚固。一鸥老人脸上慈祥、严肃之色兼而有之，令人又依恋又敬畏。自己虽觉身上并没有伤痕，只是说不出的浑身不得力。一鸥老人用手指着陆宏疆所倚的那块青石说道："你坐在那儿，我这里已经把水烧得。你身上虽没摔伤，但因你骤遭奇险，精神元气受了大伤。仗着我有医治的灵药，你把它服下去，自然能够觉出身上的内伤痊愈，反可以加些气力。你用艾瓢斟一瓢水来，把药服下去。"

陆宏疆点头答应着，自己本有好多疑惑的事，只是暂时觉着精神一点提不起来。只有尊着老师嘱咐，自己从石案上把艾瓢拿起来，走向那放铜吊子的石灶上，把里面烧沸了的水倒了一艾瓢。这一路走，才觉出全身轻飘飘的，如同驾了云似的。这才知道自己虽然遇了救，若不是在老师手里，只怕也不容易活了呢。

陆宏疆慢吞吞地把热水端回来，放在石案上。一鸥老人把一只药葫芦取出来，立刻倒出九粒药丸，递了陆宏疆掌心，教他赶紧吞服下去，并把艾瓢里的热水全喝了。这时，东方涌起一勾新月，和碧蓝的天空、密扎扎的银星，再加着这绝顶上的松枝火把的火焰，营造出一种神秘的境地。一鸥老人向木屋中一指道："你可到屋中歇息去吧，药力一发，不宜久坐。"

陆宏疆听一鸥老人的吩咐，遂向那座古意盎然的木屋前走去。只见这座木屋，完全是用坚固的树根建筑的。进得屋来，一共有三间长的地势，东面有座石床，西面一架板铺，迎面一架石几，两个石墩；在迎面的屋顶上，垂下一条巨链，拴着一条石钵，里面满注着松脂、兽骨。那石钵发出来的青焰，照得满屋通明；屋中靠后门上离地二尺高的地方，满开着极窄小的窗子。不过这窗子的开辟十分特别，只有一尺高，二尺宽。每隔开二尺的档子，就有一只窗子。这后山墙一共开着八个小窗子，上面全装着很紧固的十字形木框子。这种窗子能防野兽，可是蛇蟒之类的全爬得进来。这时，所有的窗子全闭着，在每个窗子旁，挂着一张兽皮。看情形，是预备在严寒时，把兽皮挂起来，稍避寒风而已。

陆宏疆进得屋来，对于后墙这种窗子十分注意。忽地一低头，竟发现地上两行足印，全有寸许深。可是地面是用细石沙子铺的，非常紧固。自己用脚来试着，地面上是绝没有一点软的地方。暗中知道，这是一鸥老人锻炼功夫，日久年深所得成绩。随听身后的一鸥老人说道："宏疆，你到西面那张木床上歇息去吧。"

陆宏疆那敢多言？自己慢吞吞地来到木榻前。只见木榻上铺着软茸茸的细草，在上面是一张整的兽皮，一块古树根作的枕头，可是没有平常人用的被褥之类的寝具。陆宏疆遂在这具木榻上和衣躺下，闭目养神。这时也就在二更左右，这里没有更夫报时，只有看着那天上的星宿，来辨时辰的早晚。

陆宏疆虽说是遵着一鸥老人的嘱咐，教自己要卧床休息，以便恢复精神；只是自己夙愿得偿，又遭了极大的变故，死里逃生；又兼住在这种决不严密的古屋中，夜间外面的山风极大，震撼得那绝顶上的树木哗啦啦的，如同万马奔腾。这种情形，教一个历来没有经过这种境地的人，那会不刺耳惊心！陆宏疆虽是觉得四肢疲乏，精神气力不济，只是无法入睡；那一鸥老人却又独自在外面耽搁了好久的工夫才进来。陆宏疆却见这位老人独自在石床上盘膝打坐，调息养精。这一来，却看出老人的内功调息之法，已到了炉火纯青之候。夜间竟无需睡觉，只用调息元神，用内家气功倒转十二重楼，练精化气、练神返虚之法，这是性命双修的功夫。

陆宏疆莫看自己的功夫没得名师指点过，可是这几年奔走江湖，倒颇听人讲究过名派武功运用的方法和效果。此时，对于一鸥老人的情形，拿当初所听来的一印证，立刻明白这是内家上乘功夫。自己这一高兴，更是睡不着了。

只是约莫到了后半夜，陆宏疆方在朦胧欲睡，突被一种异声惊醒，耳中听得"吱吱"的叫声，声音非常刺耳。自己倒也走过几次山路，任凭什么野兽的吼声全听过。那恶禽鸥枭，在午夜的叫声，最令人听着难过。这次耳中听到这样刺耳的叫声，随即循声察看。只见那后窗一带，忽地陡现两点蓝汪汪的星光，一闪一闪的，还不断地"吱吱"乱叫。陆宏疆仔细一看，不由得浑身燥汗，吓得自己差点儿没出了声。

陆宏疆看出，后墙窗格子那儿，是一条巨蟒，那蛇头不住地往窗孔里探看，似要穿窗而入，情形十分危急。向对面瞥了一眼，只见一鸥老人好似没做理会。陆宏疆好生着急，自己方要发话招呼，忽见一鸥老人抬起头来，向矮窗看了看，自言自语道："孽畜，你是自己找死。"自言自语间，慢腾腾向那靠前面一只茶几走去，那茶几上放着一只铁鼎。这位一鸥老人从铁鼎下拿起一根细草，把鼎盖掀起来，里面尚有焚香的余烬。一鸥老人心闲意静地把这根细草放在炉内。虽是细微的一根草，竟立刻涌起一缕香烟。陆宏疆见矮窗外的巨蛇闪烁的两眼和蛇口中吐出的毒信子，还不住从木孔中射进来，一吞一吐，令人看着心悸。这条巨蟒似乎要寻人而啮，方在东面的木窗外往里探首，忽地又向西边的窗口奔来。陆宏疆看这种情形，这条巨蛇一个穿窗而入，自己绝免不了再遭劫难。

这位一鸥老人把这根细草燃起来后，那香烟往上升起，直到屋顶，像伞盖似的，不住四散。一鸥老人忽的往屋门首抢了一步，斜着身形，右掌倏地猛往屋顶浓烟聚处击去。可怪！劈空一掌，竟把那一团浓烟击散，这时全向后窗扑。那股子浓烟到处，那木窗外吱吱叫着的巨蛇，陡然地一声惨叫；跟着"砰砰"巨响，木窗好似被极重的物件撞上；随着地上的石沙也被搅得翻腾、飞激起来。一阵凌乱声过去，跟着声息毫无，竟自安静下来。

这时，陆宏疆才把一颗提到嗓子眼儿的心放下，不禁惊异地"咦"了声，再也躺不住，翻身坐了起来，向一鸥老人道："老师真是神人了，这条巨蛇虽没看见它全身，可是它那颗蛇头那么大，全身长短已经不难预测。最可怕的是这么凶的巨蛇，竟被这点细草的烟气驱走，真是不可思议的事！还有这里敞露的木窗，巨蛇是可以出入的，可是在先前它竟扑钻了好几次，好似有什么阻拦着，始终未能蹿进来。这种情形弟子太不明白，老师可否指教弟子？"

这位一鸥老人微微一笑道："这里并没有什么神秘，我一说与你就明白了。此山毒蛇野兽到处横行，像这毒蛇巨蟒到处全易遇上。所以这玉柱峰一带，才成了人迹不到之处。像我所说天风岭飞云磴潜伏的巨蟒，那才是多少年不易发现。可是像方才这条毒蛇，也够凶恶的，人畜遇上，不易逃开它那馋吻。但万物各有克制，在这玉柱峰的西面悬崖飞壁上，生长一种奇草，名叫降龙草。这种草虽是植物，可是极不容易长成；它百虫不侵，只要有这种异草，方丈内任凭何种毒蛇怪蟒，只要一闻着这种草的气味，立刻就可以瘫软在那儿。所以这种降龙草专门克制毒蛇怪蟒。据说它是很久以前的龙涎滴入鸟兽所经的地方，经过多年后，才能长成。可是飞禽只要是凌空而下，把这降龙草抓断了，这种千百年难得成长的异草就糟践了。所以这种草轻易得不到手。

"我在玉柱峰飞壁悬崖上发现这种草时，既不认得这种草的形状，更不知其性质，只为无意中看到，许多虫蚁之类，只要一近那降龙草的生处，立刻拼命逃走；不能逃开的，也得摔在那里，必须经过一昼夜才能缓醒过来。我当时遂对于这种降龙草注意了。当时还没敢采取，直到后来遇到一位江湖朋友，他是玄门羽士，见闻颇广，更讲究烧丹炼汞，对于这种降龙草知道更清楚。他指示我，把这种降龙草采下来收藏。你看我这寄身的住所，这么坚固，足可以防御着野兽来侵袭。

"只是我因为锻炼功夫，势须开辟这一片窗子。这种窗子别的野兽全进不来，唯毒蛇怪蟒，正可从这一排的窗孔出入。这就仗着我存有这降龙草，虽是早已枯干，可是它发出一种气味，蛇蟒毒虫也得赶紧却步。这条巨蛇从昨夜直守到天明，我才把这条巨蛇逐走。我仍想，只要它扰害不到我们，我何必多事杀戮？如若没有多大的毒焰，我倒一下把它赶下玉柱峰头；那里知道这孽障不甘善退，今夜竟又前来打算一饱馋吻，我这才用降龙草浓烟饱饱地赏了它一口。这下去不定一气窜出多远去，也许摔死在乱石间，也许坠入山涧里。反正它是休想再活。"

陆宏疆此时听一鸥老人说出这次逐走毒蛇的经过，不禁仍是深为这事侥幸。虽说是有这种天生奇草，可是当时若是这灵草稍一失效，自己头一个得饱了这毒蛇的馋吻。自己对于老师的掌力劲风，实在惊奇得五体投地。

这时，那毒蛇已经无影无踪，自己这半晌药力已然行动开，觉得精神振作起来，那还再睡得着？陪着这位老师一鸥子上官毅，谈起山居的逸趣和那降服各种毒蛇猛兽之法。陆宏疆是更深服这位老师，一切事没有不深究的。

赶到第二日，东方破晓，曙色透进木窗来。这位一鸥老人领着新收的弟子陆宏疆，到外面看这绝顶的景物。这时天才亮，那东方的太阳还没涌上来。早晨这峰头的景色，更是风景无边，碧绿的绿草、青松，一处处石峰耸翠，一片片白云从这峰头岭半浮荡着，衬着这古老的木屋，再加上这道貌俨然的一鸥子，不啻置身仙境。

这时，陆宏疆想到自己一门遇祸，只剩孑然一身，逃出双头蛇叶云掌握，漂流各地，游荡江湖，一身无依无靠，到处做些苦工。自己那还有投名师、访益友的希望？不料眼看就要流落下去，竟自遇到这一位一鸥老人，老人又巨眼识穷途，使自己绝处逢生。这种绝顶高峰，岂是平常人上得来的？所以仅就这名山胜境，就非平常人所能到的地方。自己这次意外遇合，自认为是一生荣辱的关头，暗中庆幸。遂立刻看了看外面的情形，向一鸥子道："师父，弟子蒙师父所赐的丹药已得奇验，今晨不仅没有别的病，并且体魄反比来时强多了。师父有什么操作的，请指示弟子。"

一鸥老人道："你现在把这座玉柱峰全看过，这座高峰在你眼中看来颇似神灵仙境。其实，这里仅仅是和下面隔绝，平常人不易上下；或是有武功的也依然望而却步。因为这座峰头，距离下面那几处稍可着脚的飞崖陡壁，到处是猿猱难及的地方。这种悬崖飞壁，最短的有二三十丈。就让有娴熟轻功提纵术的，也不容易飞升这种高峰绝顶。最缺少的是水源，我来到这里费了很大的事，才找到了取水的泉眼。就在西北角，你先去看看，每天必须提些水来。"

陆宏疆不敢多问，出了屋子，转了多半周，依然没找着。直走到西北角上的一块岩石，探出去有数尺，上面放着一个形状奇特的石钵似的东西，有一根长索拴着。陆宏疆一看下面，这才明白，再从这里往下去，二十多丈上下，有一道飞流瀑布的泉眼，把半腰上激成一道水窝。这一来，正可给峰头上添了取水之源。

这里看着是仙境福地，只是若是离不开烟火的，可就麻烦了。陆宏疆看完了，自己思索：这样看起来，老师父住在这绝顶上，饮食一切，颇费周章。

陆宏疆把上面全查看一遍，复返到屋旁。只见那石灶旁，是陈灰满地。想到大概寄身绝顶，一切生活全要自饮自食。陆宏疆见这石灶旁石槽中，尚有半槽清水，遂把那只紫铜的水吊灌满了。有现成的火种，他把晒干枯了的树枝燃起，自己蹲在这里烧水。工夫不大，把水烧沸了。赶紧站起来，想招呼师父。

那知只听得东面靠绝顶的岩石边上，一排青松后发出一阵阵牛鸣之声。这种声音听着非常奇怪，遂赶紧循声来查看。只见这位一鸥老人站在这排青松后面，向着东方，脚下踏着半马式，两目似睁非睁，似闭非闭，只开一线之光；沉肩下气，气达四梢；两手下垂，掌心向内，舌尖抵上膛，徐徐的身往下沉；两掌圈起，置于小腹之上，随着发出吼声，这种声音含着大力，越来越大。先似雷鸣，跟着发出如同狂风搅荡着万树齐鸣的声音。

这一来，陆宏疆更是不敢发话打扰老人的晨练了。站在一旁，向远处一看，东方的旭日早已涌出，只为有群山峻岭遮蔽着，不升到高处看不见。可是这股清新的空气，好似被才涌起的红日的光华赶过来，扑人眉宇，令人感到十分精神。

陆宏疆虽是也听人说过，这种气功是一种最难运用的功夫，若没有真传，极容易练左了。当时站在一旁，从发现老人在这里练气起，默默地记着，已经有三十多次。不多时，这位老师徐徐起立，又变换了几个架势，这才沿着峰头徐步了两周，来到石案前落坐，陆宏疆献上一杯清泉水，随即侍立一旁。

一鸥老人问陆宏疆道："你看这绝顶潜踪，荒山寄迹，大约度不惯这种岁月的，你定感到不便吧？"陆宏疆道："老师这话分对什么人说了。从弟子身遭大敌，负血海冤仇未报，莫说这种清幽的地方，以我这种身份，到这种地方来，已是我妄想所难如愿的了。更兼蒙老师破格的收为弟子，弟子慢说是还没受到人世间什么辛苦，就让日受劳碌饥饿之苦，我也心甘情愿！老师不要疑心我有什么厌烦，弟子要那么不知长进，不仅辜负了老师携带之恩，也太对不起自己了！"一鸥老人道："你既能有坚忍不拔的心情，来和这风烛余年的无用人，共度这山居中无情的岁月，锻炼武功就容易了；因为功夫的好歹，全在你个人，你想深造就深造，你愿意早早地下山，那还在你了。"

当时，陆宏疆对于老人这番话十分动心，听出这种话实含着真理。自己只要有恒心、有毅力，将来老人定能叫自己得偿夙愿。将来的事，全在自己措置了。他把自己的心意表明之后，随向一鸥老人问道："老师以这般年岁，武功已经有超凡入圣之能，每日依然这么勤恳用功；末学后进，岂不有愧？弟子冒昧请示老师，这种功夫上有什么效能，老师可能赐教么？"

一鸥老人听了，随即含笑说道："这功夫没什么稀罕，这就是俗传的练气之法。内家一切功夫，全凭着练气调元，使周身的筋骨血脉以气主持。这就是那六和归一的根基，内三合是精气神，外三合是手眼身；把精气神调理好了，能够随意运用。我们讲究是练精化气、练神返虚，道家所谓'不漏'。所以欲求难老，还精补脑。我是修道士所炼，在这种术名上听着不同样，其实是一样。内功是杀人的利器，可也是养生保命的功夫。像我终南山派武功最难练，也最容易学，只是筑基是必要的功夫。筑基是站桩调气，正如道家所谓吐纳的功夫。我们的基本，是以气为主，以力为辅。能够把气调好了，再练武功，自觉着学半功倍。像方才我操练的，你先用不着。我那是练的采罡气，以天地的正气，来练后天的一点真元。

"这种功夫也没什么玄奥，不过没有真传，没有名师监视指点，绝不易练出来，因为这种功夫全怕练左了。就以平常所练的吃气一功，尚且有许多流弊，往往所传的人疏忽大意的地方，能把练气的人废了。我这种蟒牛气，需要能站十二式小架子。这十二式小架子，能把上盘中盘下盘的气血调匀了。这点功夫传授不得其法，能够把好好的资质给毁了。这种气功有名师指点，次序渐进，收效也慢；可是运用得当，能助武功的成就。有这种气功的，必须有真传的拳术，来调节气血运行；没有功夫来疏散气血，仅十二式小架子，就容易偏重了。这种功夫，现在说着你也不大明白；将来你功夫练到了，自能明白。"

当时陆宏疆只有唯唯听着。一鸥老人把自己所练蟒牛气的功用说完，随令陆宏疆仍燃着那石灶煮饭。这里有一鸥老人预备的食粮，用铜钵煮饭。这种山居只有米饭和咸菜。在这天时稍热的时候，就是能够猎获野兽，也不易收藏；何况这位一鸥子是日常蔬食，不食肉味，力戒杀生。他虽精研武功，可是现在颇有看破红尘、一心向善的念头。陆宏疆虽然还谈不到一切，可是身入江湖，就是吃到黄连，也觉是甘了。

自己把饭做得，伺候着老师把饭用完，这位一鸥子并不提令陆宏疆练甚么武功、技击。陆宏疆以初到玉柱峰，自己也没敢多言多事，只是低头劳作。

在傍晚时，看到水槽里的水已经没有什么了，遂赶紧到崖石的边上去，向下面飞瀑上去汲水。赶到站在崖石上，把那条荆草编的长索抖开，往起一提在下面的石斗，这才知道那石斗重有数十斤，险些把自己坠下崖去。赶到把这石斗放下去，想投入那峰腰的水泉上，就费了事了。竟自费了半日的功夫，才打上半斗水来，陆宏疆已累得力尽筋疲。

打满了一石槽水，随即忙着去收拾屋子。这么忙忙碌碌的一天的功夫，并没有别的事。论起这么消磨岁月，多么无聊！可是陆宏疆仍然提着精神，丝毫没有倦怠之色。一日一日的，陆宏疆只低头伺候一鸥老人。自己心念中无意中起了一种各别的想念。自己想想："历来想成名江湖，得那不传之艺，谈何容易？全是经过千辛万苦。得来的容易，失去的也容易。我这次与一鸥老人的遇合，实在意外。自己对于这位隐迹深山、绝顶的异人，虽是莫测高深，可也知道这位一鸥老人已是江湖剑侠之流；自己的一身期望，全要付与老人身上。所以到现在，任凭怎样，自己绝不宜再起丝毫杂念。"他更起了一种幻想，就是把身入玉柱峰和被一鸥老人救后，作为两世的事；自己把一身已作隔绝尘世来看，任他怎样，绝不再动心；任凭老人怎样冷待，自己绝不再起丝毫贪念。这样一来，气越沉得下去了。自己是气一宁静，对绝顶上这种茹苦含辛，安之若素。心里那还再有丝毫浮尘？这位一鸥老人既不提传授武功，也不提天风岭飞云磴的事；每日是按部就班地起居饮食，别无他事。

这天，陆宏疆一计算，自己入这玉柱峰倏忽已经一个月的光景。这时，月光涌上东山，这绝顶上青光泻地、树影摇阴，屋中仍然是燃着那石烛。一鸥老人向陆宏疆道："这玉柱峰头赶上这月明之夜，美景无边，全在人的赏鉴。我最喜欢这种清幽的境地，这上面野兽不浸、虫蛇不犯；能在这里享受这种奇境，也算是难得佳境。"这时，陆宏疆给老人烧了清泉，泡了一盏山茶，老人坐在石案旁，陆宏疆侍立一旁，一鸥老人向陆宏疆道："你来我这里多少日子了？"陆宏疆听老师蓦然问起自己来多少日子，不知老人是何用意，遂赶紧恭恭敬敬地答道："弟子记得，来到玉柱峰头，大约是两度月圆了。"一鸥老人点点头道："我也记得日子不少了。啊！日月如梭，流光似箭，这无情的岁月，是多么快！我们生在世上，百年岁月，也不过一转瞬间；真要是虚度此生，也太觉着对不起自己了！你来到这绝顶上，度着这种凄凉岁月，我想你一定觉着不便了。"陆宏疆道："老师不能以弟子为念！弟子以孤独一身，流落江湖，蒙老师不弃，把弟子带到玉柱峰头，弟子已感到师恩深厚。这时得以常侍恩师，已是毕生之幸，弟子那会感到甚么不便呢？"一鸥老人点点头道："很好，我是怕你过不惯这种生活，你既然没什么，就很好了。只是你这些日子来，下盘的功夫可觉着有进步么？"

这一问，把陆宏疆给问住了。陆宏疆心想："我的老师父，你这真是年纪老得糊涂了么？我来到这玉珠峰头，何尝练过一天功夫？"自己只得嗫嚅着答道："老师，弟子来到这里，没有老师的话，弟子不敢妄自行动；何况当初虽是练过几天粗拳笨脚的，真要是在老师面前，妄自以这种功夫来自炫，那太不知自爱了！弟子对于下盘的功夫，根本就没受过高人的指教，所以不敢妄谈，"这时，一鸥老人抬头望着月色，听了陆宏疆的答话，这才说道："你是自己不觉得，那悬崖汲水，暗中含着锻炼下盘的功夫。这样锻炼功夫，实是暗中增加下盘的劲力。你这一个月来，已经无形中把你的根基扎住；嗣后再教你初步的武功，你定能够得着这种功夫的帮助。你现在想想，是与不是？"

陆宏疆想起来，老师说的还是真对。也觉出这些日子来，自己到崖边汲水，头两天简直是不成，石水斗下去，不是落的地方不对，就是汲不上水来。用力量稍大，又怕把石水斗摔破了。这样每日汲水，觉着一天一天摸得合手。想到不论多细微的事，也是一样，熟中生巧。起初去那崖头汲水，就得半天的功夫，自己好几次险些摔下去，葬身在崖下。这样直过了七八天，才把这条草索摸熟了。自以为是极容易的，任何人也不至不会，那知道没搁上功夫，就不成呢？不过还要经过二十多天，脚下才显出十分气力来。只是那个石水斗，始终显着笨重；已经整整一个月的光景，终是没估量出这石斗子有多重来。这时，经一鸥老人这一说，是暗中已把下盘的功夫给用上，自己才觉出，倒是真个腿底轻健稳重兼有；比起没到玉柱峰时强多了。

自己赶紧站起来，向老师谢过教导之谊。一鸥老人说道："这一月来，我毫无一点传授你功夫之意，正是为得默查你的骨格气质和性格。崖头汲水不仅叫你把下盘立下稳固的根基，暗中更把水斗加重；你初去汲水，那只斗只有十五斤重；十日后，把水斗空底灌进石沙，每日递加；二十日来，陆续加到倍数，无形中这只水斗已重到三十斤。这样暗中加增重量，你毫不觉得。不仅你这样忽略不察，任何人对于习见事物，多是这么习焉不察。你倒是无足介意的。宏疆，你能够这么志向专一、心无二念，无论什么功夫，终有成就之日。"

一鸥老人这一夸奖，陆宏疆恭敬答道："弟子愚鲁成性，只怕有负恩师的训诲。"这时，一鸥子已经站了起来，负手向崖边走去，陆宏疆随即跟在身边。老人指点方涌起的一轮明月。这时，只见那邻近一处较矮的峰顶，被月光照着，越显得景色伟壮。一鸥老人遂指点那一处有多高，那一处是多么险峻的山道，全是非常超凡绝俗的武功，才能登临。

老人正说着，忽然由东南方传来一阵风沙怒吼之声，夹杂着一声怪叫。陆宏疆不禁浑身震动了一下，后脊骨发冷。陆宏疆就因为初到这里那夜，那条毒蛇那种吱吱叫声，太以刺耳，自己真有些不敢听了。这时夜静更深，忽的绝顶上听到这种恐怖声，怎不叫人心惊胆颤？

陆宏疆似已被这种声音惊得动了心；那一鸥老人似也被这种怪声惊得动容，往后退了一步，随向东南方面侧耳倾听。这种声音越来越大，不仅更刺耳难听，一阵阵轰隆轰隆巨石倒塌之声，哗啦哗啦石块纷飞，撞折树木的声势，在这午夜空山，更显得这种声音惊人。这时，一鸥子上官毅已然听清了，果然是那天风岭飞云磴飞来的怪声。这种声势这么惊人，玉柱峰虽还隔着二里多远，就好像近在咫尺似的。

陆宏疆被这种怪声惊得惶惶的，心神有些镇定不住了。觉得这玉柱峰头，将有罹天大难似的。一鸥子此时已然镇定下来，向陆宏疆道："你听见了，这片惊心动魄的怪声，实是发自天风岭飞云磴。那里你是知道的，正是那条怪蟒潜伏之地。这片声音里，颇似那毒蟒受伤，创痛难以支持，和什么作殊死之斗。你听，仅仅一条毒蟒，就有这么大的威力，有翻山断岭的威风。这种毒蟒，若是平常也轻易见不着，你是没看见它的怪相。只怕胆小的人，莫说被它追及，逃不了活命；有时候猎人只是轻视了它一点，就会把命废了。七八丈的身躯，力大无穷，更含有奇毒，不用说准被它追上；相隔还有丈余，不是被它毒气喷倒了，就被它飞扑了上去，三四丈远休想逃开。

"这种毒蟒，令人难近，就是因为它有一种意料不到的能力。

那精于武功的，有时仗着身轻体健，飞纵到悬崖绝壁。只因为有两三丈不能上下的地方，略一迟疑，毒蟒就能够毫无凭籍地把猎人饱餐了它的馋吻，死得非常冤枉。

"今夜这种情形，可真算怪了！据我所知，这天风岭飞云磴的毒蟒，为患已是尽人皆知。在这周围四十里内的猎人，已全知道无法除它，只有力避凶焰，谁还敢再以送自己性命去轻于拈惹它？况且我已说过，这飞云磴一段道路，全被隔绝堵塞。这蟒既无法出来为害，行人也到不了它潜伏之地；这里又没有过大且凶猛的野兽，那么这深夜中起了这种声音，令人好生不明。"

陆宏疆也点头说："是，老师说的不差。这种情形，是有能人除它去了。"一鸥老人这时目显异光，看了看陆宏疆道："我想到天风岭飞云磴去看看，倒是什么人来帮这一方除害。我想叫你也去开开眼界，你的胆量怎样？若是惧怯这种凶猛的怪蟒，只在这峰头等待我，这里绝无危险的。"

陆宏疆因为这一夜已听到这种惨厉骇然的声音，心头已印了可怖的影子，自己若是单独留在这里，更觉着一身无凭藉；反不如随着一鸥老人，不论遇到什么可怖的事，有他老人家当头，自己还有什么可怕的？当时自己决定要一开眼界，遂赶忙答道："师父既是要去一查究竟，弟子还望同去长长见识，看看究竟是何许人也，有这种本领，能降伏这种巨蟒。弟子想，倘这人力量不济，师父尚能助他一臂之力。"一鸥子听了，略一沉吟。

这时，那天风岭传来的怪声，越发的紧促。这位一鸥老人说了声："你去把我的剑取来。"陆宏疆赶紧尊着师父命，到屋中把师父那座石床后壁上挂的一柄长剑摘下来，连着勒剑的绒绳全给师父取来。一鸥子急忙把剑往背上一背，黄绒绳往胸前一扎，剑背好了，随即向陆宏疆说声："随我来。"一鸥子立刻用掌往陆宏疆的右肋下一叉，腾身而起，纵跃如飞，立刻翻下玉柱峰头。

在这昏夜之间，那乱石峥嵘，峰岭重叠；这种昏夜山行，更兼又是鸟兽绝迹的绝顶，令人目眩神迷，不能注视。这一来，陆宏疆那还敢睁眼？遂立刻由那一鸥老人携带着，健步如飞地往那天风岭飞云磴而来。

赶到越走越近，只听得那风沙翻石之声，越显得更大，夹杂着吱吱怪叫的声音。陆宏疆目眩神迷之下，又听到这种声音，立刻一惊。这时，一鸥老人身影忽地停住。陆宏疆略定了定神，往那着脚之处一看，只见好个危险的所在。着脚的地方是一座扑出去的悬崖，下面就是那座天风岭飞云磴；这里容身之处，有几株小树，正可隐蔽着身形；可是脚下着脚的这块崖石，只有二三尺的地方。只要一失脚，掉下去就得粉身碎骨。这位一鸥老人随即向陆宏疆低声说道："你看，果然这里竟有奇人！在这里替我除此恶物。"

陆宏疆遂顺着一鸥老人手指处一看，只见下面骇目惊心：在这夹谷似的山道内，一条巨蟒，两只闪着蓝光的巨目，一闪一闪地放着光，形如疯狂似的，卷得夹谷山道内乱石纷飞，那所有崖边绝壁下所生的小树乱草，全被卷到山道内。只见那巨蟒忽的似身上着了伤，吱的一声怪叫，身躯哗啦一声窜出去；跟着飞沙走石，好大的声势，夹谷中又有回声，空山夜半，那能不令人心悸？

陆宏疆先很疑心一鸥老人所说，这条巨蟒有异人来除它。自己竭尽了目力，只看见在绝壁下，恍惚似有一条黑影；下面又较黑暗，就没找着那异人的踪迹。偶一回头，见老师一鸥子，似在赞许那下面的情形，不住点头。赶到这条巨蟒被击伤蹿起，自己才看出这夹谷尽头，陡然在那壁立的石屏上，现一老人。这人手中拿着短短的一把兵刃，远处看不清是什么器械；年纪大约和一鸥子不差上下，那须发是像银线似的，只是身形太快了。那巨蟒往前扑去，忽的扑空了，巨蟒似已惊觉，倏地一盘身，这次竟朝那老人扑将过去。这时，停身在石壁上的老头，在巨蟒扑到时，手抬处，两点银星朝着那巨蟒打去。这个白发老人，身形随着往上拔起，足有三四丈高；这条巨蟒，一声怪叫，鸣声刺耳，竟被那老人把双目打瞎。巨蟒在痛疼之下，仍自奋力往前扑去。在这种惨厉的嘶鸣和沙石飞舞中，"吭喳"一声，蟒头撞在了一株生在壁间的树干上，树干竟

被撞折了。再看那老人，竟又飞身在对面壁立的石崖上。

那头怪蟒形如疯狂了似的，吱吱惨嘶翻腾；双目既伤，那里还看得出来那是自己的敌人？但是这种高山绝顶轻易不见的巨蟒，已经通灵，虽是两眼被伤，依然是凶猛苦抗，竟自在这飞云磴下的一片夹谷里，瞎着眼直冲横扫。这时，一鸥子在暗中隐身形，全神贯注着这条巨蟒和老人的身上，自己不由地低声念道："难道真是他老人家查来了么？这可是意想不到的事。"

陆宏疆此时被这条发了疯的巨蟒，震得胆战心惊。蟒目里撺出来的血水，流到夹谷中，只看见一片片汪着黑水，时时沙石飞舞，树倒枝摧。心中暗叹：自己莫说遇见这怪蟒活不了，真若是自己只身一人，深更半夜地走在深山绝顶，再看到这种骇人的巨蟒，自己身上别说武功没有真传，即便会个三招两式的，准保吓也把自己吓死了。

陆宏疆正在默想之间，只见下面的情势一变。那只巨蟒似已伤重，渐渐的不似先前那样凶猛；那白发飘洒的老人，手持那奇形的兵器，如飞云凌空，旋往上飞；蹿起后复往下一落，正落了巨蟒的腰上。老人的那支兵器，猛地往那蟒身上刺下去。陆宏疆耳中听得一种形容不出来的异声。那老人的兵刃刺在蟒身上，蟒的惨厉的嘶声和它卷起沙石的声音掺在一处。老人那支奇形兵器似已刺伤了巨蟒，巨蟒痛极反噬，头和尾同时往上卷起来，扑这伤它脊背的人。这种危机一发，真是险到万分！眼看着白发老人就要丧命在蟒口，蟒的头尾已到了他的身上，就见老人双臂往上一抖，施展"一鹤冲天"的轻功提纵术，身形没有怎么施展作势，竟自往上拔起有两丈多高，斜着往旁边落去，竟出去有三丈多远，轻飘飘地落到那突起的崖石上。

陆宏疆一见这种身形，迅捷得出人意料，越发折服江湖道上尽有奇人。这种轻灵身手，实令人折服得五体投地！这白发老人以那样银髯皓发，竟有这么超群绝俗的绝技！白发老人此时似已看准了山谷中的这只巨蟒，已没有先前那么凶猛；他一支奇形兵刃，连伤了它好几处。这条巨蟒眼见渐渐地挣扎，不似先前那么厉害了。再看时，那巨蟒已经力尽筋疲，竟自在那腥涎中死去。

那白发老人站在夹谷中，一声长啸，震得林木萧萧。这时斗转星移，已到了五更左右，一鸥子遂轻轻一拍陆宏疆的肩头，低低说了声："我们快走吧。"立刻又往陆宏疆的腋下一探掌，身形纵起，如风驰电掣地往前飞驰。

这时，陆宏疆已不像来时那么的惊心目眩了。工夫不大，来到玉柱峰，一鸥子驰上崖头，把手一松。陆宏疆反觉得自己身躯十分吃力，遂赶紧地略事活动，疏散疏散筋骨。一鸥子反倒似没事人似的，气不涌出，面不改色。陆宏疆缓了缓气，随在一鸥子身后。看到师父的情形和那除蟒老人也近剑侠的身手，越坚了习艺之心。暗想：江湖道上能人太多，自己若不学成一身艺业，想报一家之仇，谈何容易？

陆宏疆心头这么想着，不禁神为之夺。忽听那一鸥老人"咦"的惊呼了一声。他随即向一鸥老人脸上看了看，见师父目注屋门，怔了神。只见木屋中似有人影一晃，随即寂然。这时，一鸥子忽的一耸身，向那屋前蹿去。陆宏疆也似乎看出这屋中进去人了，遂也赶紧地追过来。一鸥子身手何等矫捷，只一展动身形，已到门首。陆宏疆尚离着门首有丈余远，忽的见木门首陡现一人；斜落到西方的月光，还照在木门上，看的清清楚楚，那当门而立的，正是适才在天风岭飞云磴除害斩蟒的白发老人。

陆宏疆惊异得却步；一鸥老人见来人一现身形，倒不再惊异了，往木门前紧走了几步，往来人面上略一注视，赶紧向前招呼道："这就是辽东侠隐、铁笔镇东边周师么？"这白发老人掀髯微笑道："上官师弟，你还认得这个师么？"一鸥子随即向前行礼道："小弟这些年来，无时不以师兄侠踪、归宿为念。不想任凭怎样探问，只是没探听着师兄的踪迹。这才来到这玉柱峰头，开辟了这么个清幽之地，探讨我终南派的武功。所幸数年来略有所得，已经把本门中的武功，研究所得，推演到五行十二形。小弟尚有许多隔膜的地方，深盼有人再指点指点；只是本门中能像师兄这般造诣的，实不易找了。如今师兄这一来，就好了。"一鸥子随往屋中让这位辽东侠隐。

原来，这位辽东侠隐，在终南派中还是仅有的人物。他姓周名三畏，绰号人称"辽东侠隐铁笔镇东边"，在武林中算是成名的人物。只是这位周三畏，以师弟在中原行道，精究终南绝艺，发扬光大终南派；自己却远在辽东三省行道，以掌中一支铁笔，走遍辽东无敌手，能打三十六路大穴；年已九十余，内外兼修，已经深得养生保命的窍要。这次老侠客来到终南，是专为掌终南派门户的一鸥子上官毅师弟而来。不意刚入终南山中，就听得居民土著、入山采樵的和猎户们，纷纷议论说，这终南山天风岭飞云磴，发现一条怪蟒，有害行旅，幸而被江湖异人把它逐进夹谷中；暂时虽不能再出来为害，不过这条巨蟒威力至大，凶猛异常，早晚被它窜出来，仍是大患；这里虽有许多猎户，全吃过这巨蟒的亏，谁也降伏不了它。"我们身为江湖侠义道，遇上这种害人的巨蟒，不替行旅除此巨患，何以面对江湖一般同道？我遂不再迟疑。豁出这风烛残年，只身要试试我掌中的这支铁笔，是否还能在江湖上一展身手？当时我也是冒险而为，不是我十余年轻易不用的梅花箭施展出来，还不宜把这孽障除掉哩！"

这位铁笔镇东边周三畏说到这里，用手一指陆宏疆道："我当时见他潜伏树丛，行踪诡秘，我几乎要赏他一箭；幸而又发现师弟你的行踪，这才赶回来。到这里，看到你在这玉柱峰头隐迹潜修，真是个最好的所在！愚兄我空在江湖奔走这么些年，只是在边荒上和原野尘沙里过活，那里曾找到这种灵山胜地？看起来真是枉自奔波，那如师弟你，能够从这绝顶孤峰中享神仙清福呢！只是此子究竟是何人？可是师弟你所取录的弟子？"

一鸥子答道："自从师兄你令我执掌终南派，自顾武功浅薄，未能把师门心法探究于精微，故此来到玉柱峰隐居远祸，精研本门心法，俾可稍报师门期许之情。不料巨蟒肆威，小弟发觉稍晚，那日误入天风岭飞云礅，几至被巨蟒饱了馋吻，只凭一双肉掌，脱出险地。我当时愧愤交加，几至无地自容，遂提着丹田内一点纯阳之气，运巨石把飞云礅出入口的地方堵塞，以免它窜出来，酿成巨患。

"可是师兄是知道的，我右胯为巨蟒咬伤，巨蟒有奇毒，只要被它咬伤了，子不见午，准得毒发而死。我当时还记得，师门中传的雷火神针，能治疗这种奇毒，遂狼狈逃到枯柳屯小店中。当时竟因怀中余资全散落在飞云礅，要想购买医伤药物，必得把金剑环卖掉，才能购置着雷火神针。只是任凭怎样医疗，也得有忠实可托的人来助我一切。当我投到客店时，就仗着内功已窥门径，运用二十年来调摄的丹田一点真元，来抵抗住毒气，不至内陷。可是这次为毒蟒所袭，几至困死在小店中，为小弟有生以来所初见；更兼投身在这种贩夫走卒所住的小店，又被两个卖苦力气的市侩所侮。师兄请想，任凭我们怎么受屈，也不便和这般市侩一班见识！可是我们除了略予惩治他们，那有其他方法对付这班无知的小人？

"当时算是万幸，遇上了陆宏疆。这个漂流四海、到处为家的少年，身负奇冤，独具慧眼，认定了投身到我门内，能了他的未了的心愿。当时这宏疆徒弟，竟能在末路穷途慷慨解囊，以储存的一点余资，作我医伤疗毒之资。这种穷途末路的沦落人，竟能这么济困扶危，究非易事！当时仗着此子的热肠侠骨，竟助我把毒伤疗治好了。我因他性纯志坚，实令人再难推却。我只得把他带到玉柱峰头，要把这十年隐迹绝顶所得的终南派拳与剑，传与此子；只不知他是否能够克承绝学？

"对于那条巨蟒，我本已决心手刃该孽障；只因为被它伤了之后，虽有师门秘法雷火神针来医毒愈患，终因是未得药物之先，以内功抵御，耗时过久，元气大伤，必须经过百日，才能运用原有的武功和真元之气。故此只在无聊的时候，给他操练我这终南派初步的功夫。幸喜师兄此时到来，以纵横江湖的一支铁笔，除此大患，令小弟衷心折服！小弟这多日来，对于这孽障不除，寝食难安。师兄来替我了结这桩心愿，这也算保全终南派门户之光。小弟心感无既！"

这位风尘侠隐铁笔镇东边周三畏，听师弟把话说完，随即含笑缓步到了石案前，相将落坐，周三畏含笑点点头。陆宏疆听出是掌终南派北支的师伯，赶紧地烧了一壶水，泡了两盏山茶，给师伯、师父献上来，随即向师伯叩头。

周三畏就着斜落西山的一弯残月，向陆宏疆面上看了看，手捻着额下的白髯，向陆宏疆道："你不用多礼，你与我师弟上官毅的遇合，绝非偶然的事。你已拜过师、行过礼了么？"陆宏疆道："弟子蒙师恩深厚，收录我到终南派的门下，这是我意想不到的幸遇！弟子得有寸进，也不敢忘师门的深恩！弟子来到这玉柱峰头，尚还未能行拜师大礼。请师伯的慈悲，弟子身负奇冤，只要能仗师门的威望，手刃了仇人，弟子报效师门，就算肝脑涂地，也是情愿。"铁笔镇东边周师伯点头叹息道："这就是了！你的心事，原没说出，我很是疑惑；从你神情严肃上看来，你不是仅为拜名师求绝学而来，我认定了你是另有图谋；如今你既已表明了你的希冀，只要你能随我师弟刻苦用功，我想你终能如愿。"

当时，这位铁笔镇东边周三畏扭头向师弟一鸥子上官毅道："师弟，我看此子心志坚强，只要你传授得法，他将来定能昌大我钟南派的门户。你不必怀疑，好好传授他初步的功夫吧。"一鸥子上官毅道："小弟也正为是多假时日，要看他的品性心地，是否真有毅力。我们终南开派以来，虽仅三代，可是历来没有给门户贻羞、给师门增辱过。小弟忝掌终南派，自问对门户中无功无过，我那敢轻松自在？我们规中以昌大终南门户计，不禁止门人收徒。可是我未入玉柱峰前，即已闭门自修。我门户中仅收录两个弟子，我教他一个去北支行道，一个奔南支去行道。我本想结束我一生事业，数年后把他两人招回玉柱峰，教他二人精求内功；等他们练到炉火纯青，那时我谢绝尘世，把我这肉皮囊藏到古洞深山，算终了一生事业。想不到人生遇合，非人力所能断得定的。就只好再与他盘桓几年，或者还许给我这闲云野鹤之身，多添些烦恼，也未可知。只是师兄看他将来的成就，比他两个师兄怎样？"

周三畏手捻着银髯说道："你只管尽其所学，倾心相授，他将来的成就是不可限量的。此子好在心地光明，有坚忍之志；我们遇到了克承绝学的徒弟，不好好造就，岂不埋没了这种英才异能？不过他个人的福禄厚浅，全在自身的进取而已。"一鸥子道："小弟想着，我弟兄全是风烛残年，把他们全教出来，羽毛一硬，再为外务所诱，只要一入歧途，我们算是造下无边的罪孽。那时我们撒手尘寰，谁能督责他一切？这是我不放心的地方。师兄想是不是？"

这位铁笔镇东边周三畏冷笑一声道："师弟，你这倒多虑了，我终南派虽没多少门徒，就是现在两代二十余人，还没有那种败类。师弟，愚兄掌中这支铁笔，也容不得他们任意胡为。他们敢生恶念，任是那位师兄弟们的得意门徒，我也一样致他死命！像那自甘背叛师门的弟子，他想逃出我的掌握，只怕不易吧？"说着，忽的向那站在一旁的陆宏疆看了看，说道："宏疆，我这老眼昏花，颇认为你是克传绝学的徒弟；只是你须要知道，我们户中决不准秘术自珍，使我们门户中蒙羞、师门中败毁清誉！你要谨守门规，我周三畏就是能容你，只怕我这支铁笔有些难于应付吧！"

陆宏疆凛然变色地说道："师伯这么恩典弟子，弟子感恩不尽！弟子是欣承师伯的提携及师伯的慈悲；弟子无论如何，也得给师门保全清誉，稍尽弟子的怀恩之意。弟子若是言不由衷，得艺忘本，那是自趋死路！不用师伯惩罚，弟子自身就不能偷生苟活；弟子稍背门规，愿受江湖道的公判。师伯请想，弟子幸能投身师门，已是侥幸万分，那敢自暴自弃？请师伯只管放心吧。"陆宏疆把这话一说完，这位铁笔镇东边周三畏含笑点点头道："这倒是你的见地不俗之处。我极愿你早日成名江湖上，使我终南派能够昌大门户，在师祖前也是有功的后代。"

这时，一鸥子上官毅恭听着师兄的讲话，容师兄把话说完，随即向师兄恭敬一揖道："我自入于天柱峰，此心如槁木死灰，绝不想再传授弟子。想不到和这个徒弟有一段宿世之缘！好吧，我要把我一生所学，完全传给他。看他的福缘深浅吧。"

铁笔镇东边周三畏站了起来，向一鸥子上官毅道："师弟，我们终南派自从开派以来，我南北两支已经推广到武林中。已有许多武林名家，承认我们门户中武功已达上乘，为性命双修之术。不过尚有许多异派武林，对我终南派加以阻挠。我们倒得尽全力推行。南支尤其多生阻碍，全因有人嫉视我们，不愿我们门户昌大起来。这样举动的人，以江南金沙掌田春霖为领袖，使我门户中人时遭挫辱。我所以定要和他一较高低，是因我当年在辽东闯出'万儿'来，因为生死之交柳雪和的事，远走南荒，竟在那里被他们绊住，不能完成我的心愿；与旧日一般同门师友，更加生疏。这次去访那田春霖，他又不在。据说他已往关东访友，这才赶回终南，来看看师弟。我们多年阔别，今夜重逢，倒也是一桩快事。"

陆宏疆听到这位终南派铁笔镇东边周三畏，对自己颇有爱重之意，可是感激不忘。虽然是寥寥的几句话，却关系自己一生的成败和荣辱。知道师父一鸥老人定要把终南绝技，传给自己了。

那一鸥子上官毅向铁笔镇东边周三畏道："小弟和师兄相别多年，师兄若是没有什么要事，不妨在玉柱峰多盘桓几时，我们师兄弟间也好畅叙离情。"周三畏微摇了摇头道："我改日再来吧！好在你已有大心愿，要把内功练到炉火纯青，倒转三重，返元集顶，那岂是三年五载所能成功？我这浪迹江湖，行踪无定，不知那时才可以重回玉柱峰再和你相聚。那金沙掌田春霖，他是否远走东边，尚不可定；我此去不见着他，不作别图；或者我今夜走，也就许十天半月重来。"

说到这里，一鸥子上官毅向陆宏疆道："你到屋中收拾一切，少时再来。"陆宏疆明白这是他师兄弟有什么话讲，不愿意自己旁听。答应着，赶紧回到石屋中，打扫收拾一切。

工夫不大，忽然听师父招呼："宏疆，你这儿来。"陆宏疆答应着，赶紧来到面前，垂手侍立，问师父有什么事吩咐。上官毅没答话，铁笔镇东边周三畏却说道："陆宏疆，你这个名字，是那个给你起的？"陆宏疆忙答道："弟子在学房念书老师所题。"周三畏道："这宏疆两字，不宜你用。要给那一心在富贵场中高官骏马，为国开拓疆土的人，用这两字作名字，那才名符其实。可是你家门不幸，为父母家人衣食所迫，流入歧途，陷身匪类。幸有自拔之心，迷途知返，绝岸回头；虽则一家惨死，你的心地尚可见神明，这是非你心罪，你应该永保持着坚韧不拔之心；可是在师门学艺时，要把心情放宽，抛去烦恼之念。我赐你两个字，还是把功名之念抛开，学名达夫，如何？"陆宏疆赶紧叩头。后来陆宏疆艺成下终南，仗剑访仇家，就用了陆达夫三字。

陆宏疆叩头起来，铁笔镇东边周三畏也站了起来，向一鸥子上官毅说道："师弟，你看斗转星移，天已将晓，趁着月光未敛，我要赶下终南，咱们再会了。"一鸥子上官毅说道："师兄如有机缘，还要重临此地！你我全是这种风烛之年，岁月不居，流光易逝，这种韶华终留不住我们有限的时光。"周三畏道："师弟不必叮嘱！人生聚合，皆有定数；我们缘未尽则聚，缘尽则散，一切事付诸自然，不必强求，相会有期。你我这般年岁，难道还有什么留恋么？"

这师兄弟两人，一边说着，一同往前走，已经到了悬崖边。这位江湖异人，忽的一回身，向陆宏疆道："陆达夫，好自为之！你这一身中，只能遇我这个师弟一人，成名、复仇全在这个人了！我要等待着你的将来。"说到这儿，复向一鸥子招呼了一声，"师弟，我们再会了！"说罢，这位周三畏竟自耸身一纵，如同一头夜鹰倏起倏落，有时脚点到悬崖峭壁，有时落到那荆棘藤萝上；只是一沾即起，轻快如飞，霎时间，只剩了一点黑影，隐入了茫茫夜色中。一鸥老人尚在拱手躬身相送，陆宏疆也跪在崖头不敢起来。还是一鸥子长吁了一口气道："宏疆，周师伯已经走远，夜露已深，我们归去吧！"陆宏疆随着师父回转石屋中，师徒两人各自歇息。

从第二日晚，这位一鸥老人不止于传授陆宏疆终南派的基本功夫，更向陆宏疆传授剑术；子午时分更教他趺坐调息之法。这么传授，陆宏疆的功夫进步可说是突飞猛进。尤其令陆宏疆万分欣幸的是，一鸥老人所擅长的一字乾坤剑术，在终南派中称得起是空前绝后。这趟剑术开派以前，没有这种剑名，没有这种剑术，完全是一鸥老人参悟到武功妙境，综合各家剑术，取其精华，去其糟糠，以形意派同门剑术运用之法，综合成七七四十九字一字乾坤剑术。在器械上，就是铁笔镇东边周三畏和一鸥子较量起来，也要稍逊一筹。

陆宏疆对于师父这种倾心传授，不殚烦劳，在感激之下，越发不能安心：一生难得的遇合，自己若不领悟师父所说的拳术、剑术的要诀，那可是自暴自弃，坐失良机；叫师父起了厌弃之心，个人可是噬脐莫及，终身遗憾。所以，陆宏疆这些日来，对于师父必恭必敬，以孺子孝顺慈亲的心来侍候师父；以全副的精神昼夜不息，尽心揣摩拳术、剑术的诀要。这一鸥老人从不肯轻露出笑容来，只是看到了陆宏疆造就得快，传授他能够举一反三，老人也是高兴，腮旁略现笑容。

岁月不居，流光易逝，寒来暑往，转眼间陆宏疆入终南，已经整整的六年。终南派的实际功夫，他练过五年；可是在他本身功夫上说，足有十年的造诣，到此时他的所得，在终南派中已经是很难得的弟子了。

这时，又到了一个盛夏的时候。天气虽应十分炎热，但是在终南山玉柱峰月明之夜，则宛若新秋，格外凉爽。万里无云，星河耿耿，一轮皓月高挂碧空；这玉柱峰一带，在这月夜中，更显得美景无边，如入神仙之境。

一鸥老人这些日来，常常亲手和陆宏疆交手过招，不准他稍有含糊。陆宏疆虽不能说炉火纯青，也算是登堂入室。这天晚间，这位老人一时高兴，在月光下亲自试了一趟乾坤剑。陆宏疆看到师父运用这趟剑术，自己颇觉汗颜，本觉着这几年的锻炼已足见功夫，可是再看到师父施展这趟剑术，真是望尘莫及，有大巫小巫之别。

一鸥老人把一字乾坤剑术练完，收住剑势。陆宏疆跪在地上说道："弟子实是望尘莫及，恐怕我再练二十年也难得这种造诣了。"一鸥老人把宝剑纳入剑鞘中，向陆宏疆道："你起来，坐在这里，我有话对你讲。"师徒二人，各在青石落坐。一鸥老人向陆宏疆道："你不要生畏怯之心、自惭之意。论你现在的剑术造诣，在我终南门户中已经很难得了。欲求惊人艺，须下苦功夫。你这几年来，肯这么刻苦用功，在武林中是难得的弟子。我已尽其所学，没留一点私心。你不要看我现在最后练出来的剑术，入了化境；你不要忘了，我四十年依然不敢把它放下，你就是离开师门，无论到了什么地方，总不要把功夫生疏了，自有进展。这种剑术跟你内功调息之法，是一不是二，你已然得着一切诀要，有多大成就，无须师父再指点，全在你个人了。"

陆宏疆连答："是，是。"一鸥子复说道："这种武功探本溯源，穷究拳理，才能练到上乘的功夫。我终南派昌大的是何人？"陆宏疆道："就是恩师。"一鸥子道："不是，我本门的拳术始创于南宋鄂王岳武穆。他精究内经之意，化身五行十二形，所以定名为形意拳。在内为意，在外为形。这种拳术要说到深奥了，是修身之本源、明心见性还原之大道；揽阴阳之造化，转乾坤之枢机，更是强身之捷径；在元、明二代，几至失传；直到明末清初，浦东姬隆风先生，在终南山得越王内经，遂精研行意拳术，才为终南派昌大了门户。

"我们行意拳术，最重要的是讲究练精化气、练气归神、练神返虚，也就是少林派基本功夫——易骨、易筋，洗髓。所谓易骨，就是明劲。因为人人以气为本，以心为根，以息为源，以肾为蒂。人的身体，心肾相去八寸四分，一呼百脉皆开，一吸百脉皆合。天地间万物生灵，亦不出呼吸二字。呼吸之法，也就是内家调息的功夫。第一是呼吸任其自然，有形于外，此在内功中所谓调息，也就是练精化气；第二是呼吸有形于内，气纳丹田。这里所谓调息，就是练气化神；第三是内功最难得的造就，是心肾相交的内呼吸，无形无象，绵绵若存，似有非有，无声无嗅，在内功中所谓胎息，也就是练神反虚。调息之法，以这三步最为重要，更分明劲、暗劲、化劲。明劲是奉内之法，伸缩开合之式，这是有形于外；所谓暗劲，动移神速，动则变，变则化，变化神奇，有形于内，此所谓暗劲；所谓化劲者，无形无象，不动而变，已入于神化之境。除非是拳功调息之法，功夫已到，否则难明三劲之理。更须六合归一，心化意合，意与气合，气与力合，此所谓内三合；手与足合，肘与膝合，跨与肩合，此所谓外三合；内外如一，谓之六合归一。这种拳术之理，我已经和你说过，还有什么不能悟化之处，早早地说出。"

陆宏疆忙答道："关于拳功、剑术，所有的诀要，弟子已蒙师父辛勤教导，倒还能领悟一切；不过论起成就来，自知还欠功夫。"一鸥老人道："那倒不妨事，只要你肯下功夫，到时候自然豁然贯通。这种武功，正是要铁杵磨绣针的坚忍之心，自会成就。你现在武功、剑术，虽则没到了火候，但是一切全筑了坚固的根基。只要你肯好好地刻苦用功，你将来的成就，在我终南派门户中，定能够为你师门光大起来。我想，你在终南玉柱峰，再住下去，我也不能再传授你什么功夫了。我希望你早早把自身的心愿赶紧了断，然后仗着你这一身所学，为我终南派行道江湖，做些济困扶危，除暴安良的事。"

陆宏疆听到师父有叫自己下终南之意，立刻站起来道："师父，怎讲起这样话来？弟子蒙恩师的辛勤教导，才有今日！指点成就，弟子自认所学未成，功夫太弱，焉能行道江湖？恐怕不能为师门增光，反倒为师门取辱，这一来岂不有负恩师化育之情？弟子还是在师父这里再呆几年，也可多受些教益。"

一鸥老人感慨说道："你这样想，就错了！人生那有百年不散的筵席？你我师徒的遇合，在佛家算是前世的因果。在你本身，全家惨遭杀戮，怀着复仇之心，上天不能辜负你；因这种精神的心念，得入我终南派门下，把我一身所学完全付与你。据我看，足可成全你的壮志。但是人世上事，不是就那么任凭你个人的想念，就能如愿得偿。你那仇家双头蛇叶云，是否尚在人间，或是另有所遇，尚在不知中。你学就一身本领，那容易就访得着他？天涯海角，你若是遇上之时，也就是你们结冤释冤之时。人生寿夭、穷通，虽能断定，你不趁着这有力之年，去把你那未了之事了结，倘若你遭逢到意外，把你一身憎恨的事，不能够亲手做到，岂不辜负了流落江湖许多年的苦楚？我打发你下山，一来要你把自身的事，早早地作个了结；二来你还许另有遇合；我也要暂离终南，去办我一件未了的事。师徒二人，各行其志，各了自身未了的恩怨，这是合天理顺人心，不要拗天而行，遗无穷之恨。那时就后悔都来不及了。"

陆宏疆师门一别，受尽了艰辛，终于大愿得偿。大仇已报，再返终南，已是十年之后。

第五章

奉师命仗剑下终南

陆宏疆听到恩师叫自己下山寻访仇人，这些年，在这荒山绝顶，二人相依为命，已经情同父子。此时一旦离别，这能不引起依恋伤感？他跪在师父面前流泪说道："但愿弟子早早地访寻着双头蛇叶云，给我全家报仇之后，我定要早早赶回终南，情愿侍奉师父的天年，永远不愿再离开师父的膝下了。"

一鸥子上官毅道："你不忘师恩，这正是你一点赤忱。但是世事等于浮云，变幻非人力所能为。我埋骨荒山之日，也就是你报恩之时。你起来吧，我还有好些要紧的话要和你讲。你看斗转星回，天也就快亮了。我把话说与你听，你要牢牢谨记：你下终南入江湖行道，访寻双头蛇叶云。江湖道有几个是我终南派道义之交，这几人将来或者你有借重他们之处。你师伯是我终南嫡系本门中最年长之人铁笔镇东边周三畏，他对于你十分器重。这位老人家交游遍天下，武功本领比我成就得早。有什么急难事，只要遇上他老人家，全能解救你一切。还有擒龙手厉南溪，掌中一口伏蛟剑，在大江大河南北，威震武林。商山二老孤松老人李天民和铁臂苍猿朱鼎，一口天罡剑，一口斩魔双龙剑。这两位老侠客，绿林中真是闻名丧胆。武当名家萧寅，他已是当代剑侠一流，和为师的全是生死之交，志同道合。我们在江湖中行道，互相援应，互相借重。"一鸥子说到这儿，更把北五省、南七省稍有名望的武师和绿林道，全说与了陆宏疆，叫他不论走到什么地方，对于这般人全要十分在意。

陆宏疆对于师父所知道的这般人，十分惊异。因为这六七年的工夫，轻易就不见他离开玉柱峰，可是对于江湖中武林名家、草野豪侠、江湖异人、绿林豪客，说起派别门户来，如数家珍。自己一一地记在心中。这一耽搁，东方已经发晓。师徒二人，身上全是冷露沾衣，丝毫没有倦容。

一鸥子上官毅却把自己的宝剑拿起来，向陆宏疆说道："在我终南派门户中，我收录你，也就算最后的弟子了。虽则我把武功本领倾囊而赠，可是你侍奉在我身边，颇尽弟子之意。师徒此日一别，不知要何年何日再见了。我无以为赠，把这口白虹剑赠给你。本门的一字乾坤剑术，正是我终南派昌大门户的一种绝技。我愿你仗此剑下终南，手刃仇家，从此后要替我终南派多积些功德事。此剑重返终南之日，也就是你名成业就之时。你收拾下山去吧！"

陆宏疆深感师恩，泪流如雨，跪在地下叩谢了师父。把剑接过来，背在了身上，随着师父回转石屋中。自己有一个小包裹，还有当年入山时所剩的几两银子，带在身上。

一鸥子更叫他叩谢过祖师，随后正颜厉色地问道："宏疆！你从此下终南，入江湖寻访仇家，正是大海捞针，不知要耗去多少时日。你身边仅有的一点钱，焉能支持长久的岁月？那么你倘若被困江湖，你又该怎样？你不许欺骗我。"陆宏疆明白了师父的意思，忙跪下说道："在老师面前，弟子要表明心志。我任凭到了什么时候，不取不义之财，不做非法之事，谨守门规，不忘师训。弟子若有口是心非，定遭惨报。"一鸥子答了个"好"字，才指示了他几句，江南江北、终南山左右、大河南北，全有投奔之处，免得叫他困在江湖。

陆宏疆答应完了，向师父说道："弟子家乡还有一个族兄，我遇祸之后，奔走天涯，多年音讯不通。弟子先回嘉兴府族兄那里，谅还能助我一切。"一鸥子点头道："好！"这才打发他起身，更嘱咐他："从此把'宏疆'二字不要再用，只用你师伯所赐的'达夫'二字。"陆宏疆答应着。一鸥子上官毅亲身送他下了玉柱峰。这位老人对于这个徒弟，也有些依依不舍之情，直把陆宏疆送过了红沙涧。师徒二人在泪眼中互相分离。待陆宏疆下了终南，重行踏入江湖，自己才赶回故乡。

陆宏疆从陕西省入河南，一路上访查着那不共戴天之仇的双头蛇叶云。只是江湖道中，却没有人知道有他这么一个绿林道了。直到离着故乡已近，这天入了嘉兴府，来到大石桥。本来是自己祖居多年的地方，现在又到眼中，一切已不是当年旧貌。渐渐地走到自家那所旧宅当年被火焚烧之处，再也找不出一点遗迹，真是故园归去已无家！

自己离家多年，相貌衣装也全都改变；何况离别许久，昔年故友无处寻踪。自己不愿意在此多逗留、多惹伤心，遂仍然投奔他族兄陆宏基家中。所幸这位族兄依然还住在那里。自己扣门招呼，正是陆宏基出来开门。弟兄们相别十年，乍一相逢，几乎全不认识了。陆宏基倒是比较当年胖了许多，往面貌上看，可以知道他近年的境遇很好。可是陆宏疆学就了一身武功之后，骨格坚强，外貌上已经变成了一个久经风尘的江湖客。

陆宏疆止不住流下泪来，一同来到屋中。兄弟二人分别多年，满怀伤感，畅叙离情别恨。陆宏基问道："宏疆，在外这些年，流落那里？"陆宏疆毫不隐瞒，把一身经历的事，完全地向这族兄说了一番。

陆宏基听了也是欣喜，向陆宏疆道："二弟！你此番出走，这些年漂流在外，学了一身的武功、剑术，居然能够回来。我很愿意你好好地在家中忍耐了吧！这些年来，咱家的田产只有增加，没有减少；我这家中又没多少人，你婶娘已经去世数年，只有你一个小侄儿，算是接续我陆家的后代。以前的事，很可以暂时把它丢开；咱们弟兄守着这点田地，也足可以吃一碗太平饭，你不必在外面流落了。

"至于你走后，过了一天，我托付大石桥附近的乡绅们出头，把伯父母、大嫂嫂及孩子们的尸骨，全好好埋葬在咱家的坟地内，倒是没有再出什么意外。这件事只能看作冤孽。今世冤家，作恶的终有报应。这些年来，也会过温州一带的人们。我从旁探问，就没有人再提起那个恶贼双头蛇叶云。大约他早已遭了报应。二弟！你把这件事从此丢开吧！"

陆宏疆长叹一声道："哥哥！论起来事过境迁，很可以放手，不过我不作那样想。虽然是年月多，当年双头蛇叶云下毒手，杀害我全家那种悲惨痛心的事，只要一坐定了，仍然全摆在我面前。最痛心的是，我守节的大嫂，最后的一口气，还是我亲手断送。当时虽是我成全她、保全她的贞操、清白，但是这种事、这一切，叫我怎能忘掉？我今日回来，正是来看看哥哥，望你要给我惨死的一家人上坟烧纸。我恩师赐剑下山，也答应了叫我完成心愿。那时节，我也就不回来了。重回终南山，我也就和出家一样了。咱们弟兄今日一别，再见就不知多少年了。"

陆宏基听到这番话，很是痛心，向陆宏疆道："二弟！你难道就这样固执么？你想十几年前的事，那双头蛇叶云生死不明，大海捞针，又往那里去找？我看你还是在家中慢慢地托人打听。"陆宏疆摇摇头道："我忍辱偷生，在终南山上苦熬了六年，我就为的是仗剑访仇人，把他一滴一滴的血，要滴在我一家惨死人的坟前。不然的话，我已经遇到那种惨痛事，我何必留恋着，再活到今日？哥哥，请你不必多言，就这样吧！"

陆宏基知道劝他也无用，只挽留陆宏疆在家中多住几日再走。陆宏疆也因为他弟兄情重，不肯叫他过于伤心，遂答应他，在家中住三天就走。第二日，陆宏基预备了祭品、纸锭等，弟兄二人一同到陆家坟地中祭奠一番。陆宏疆想到父母家人一家团聚，被自己一人害得落了个一堆黄土；若不能报杀家之仇，忝颜活在世上，也太对不住泉下的冤魂！陆宏疆哭奠了一番，回到家中。

在第三日，辞别了族兄。离开嘉兴府，先到那温州地面，访查双头蛇叶云的下落。只是这个恶贼，自从当年出事之后，陆宏疆一家人全遭了他的毒手，可是只他的冤家对头依然逃出手去。既明知道是未了之事，立时把一班部下的弟兄散去；他也远走高飞，绿林中再寻不见他这个人。陆宏疆在这温州一带，访寻了半个月光景，丝毫得不着信息。最后才遇到了一个旧日叶云部下的弟兄，只说是从那时，知道他奔了川广一带，可是后来再没有人见着他。

陆宏疆遂离开温州地面，一路上访寻双头蛇的下落，知道若是单凭道探，越发不容易。这时，他遂溯江而上，仗着掌中一口剑，作些除强诛恶、济困扶危的事。他这一上道、一接近了江湖，渐渐地，江湖上全知道了，在江南一带有一个义侠——终南剑客陆达夫。他也遵照师伯铁笔镇东边周三畏的嘱咐，不再用陆宏疆的名字。从此，遂以陆达夫三字行道在江湖道上。

可是他这些苦痛日子，把东南数省完全走遍了，远到边荒一带；只是访寻不着双头蛇叶云的踪迹。自己也疑心，这恶贼或者已经遭了天报，死在了江湖路上。只是得不着他确实的信息，那肯就甘心？

一晃的工夫，从离开终南，是似水的流年，已经过了八个寒暑。正在一个春暖之时，陆达夫到了蟒苍山一带。因爱这里山水秀丽；并且听传闻说，这一带隐匿着不少的奇人，遂在这里流连下来。

这天，他到了蟒苍山的深处，贪看着火云岭日没时那片美丽的景色。火云岭这片奇景，非得赶上天阴欲雨，山头上云气蒸腾，可是太阳不被掩尽，在这落日余辉的一刹那，这火云岭才能现出一种奇丽无边的景色。碧绿绿一座跟一座的峰岭，最高处完全被云雾封锁。在这时，斜阳反照这峰岭间，数十里长的地方，现出一片五彩的云霞，如同山盖，如同锦帐，如同彩带，真是美景无边，令人不禁地留恋不舍。可是刹那间，日光一沉下去，山头上立即黑沉下来，并且立刻降起雨来。陆达夫仓促间，找不着安身之处，只好在那石洞间暂时避雨。在里面呆了两个时辰，雨才停住。

随着雨过天晴，一轮皓月东升。陆达夫在石洞中闷了许久，这时满山被雨水淋湿，风清月朗，胸襟反倒十分舒畅。遇到这种名山胜境，在夜间走到这种人所不敢到的地方，更显得兴趣横生，心怀舒畅。他站在那高岭间，迎着月色，往东望去，碧蓝的天空下，缕缕的月光悠然自在地随风飘荡。月魄吐出来的那种清朗的光华，衬着那满天星斗，映照着这起伏的群山、苍茫的林木；夜鹰时鸣，猿猴远啸；那山头飞起的瀑布，在月光下看着，如同一条匹练挂在山腰。水落下去，冲在山石上，发出铮铮之声，十分悦耳。

终南剑客陆达夫赏玩着美景无边的夜色。他竟起了一番欲望、贪心，要把这一带的名胜，风景极佳的所在，趁这一夜的工夫，把它游赏遍了。他时而缓步徐行，有时更施展开轻功的本领，纵跃如飞，在那峰岭山头上，随意所之。自己自离终南以来，虽则已走过许多名山大川，但是像今夜这般饱览山川秀色，可以说是头一遭！

他正穿过一带层峦叠翠的高峰，耳中突然听得一阵木鱼之声，陆达夫忙把脚步停住。这种名山胜境间，本是出家人修行之地，庵观寺院随处可以见到，不足为奇。可是这一段道路已经没有正式的山道；从火云岭一带起，就算是断绝行人的地方。因为怪岭重叠，奇峰高耸，攀援上下，没有正式道路可通。平常就是采樵的人，在白昼间走着，全都费事，那里有人会住到这里？

自己止住脚步，细细地听来，是一点不差，正是僧人在作着夜课。细辨声音的来路，就在自己立脚处一段高岭后，相隔大约不远。终南剑客陆达夫在神情一振之下，运用开轻灵巧快的身手，绕过这段高峰，见离开半箭地一段平坦的山头上，孤零零现出一座石刹。细辨四周的形势，断定了这庙内的僧人，不是平常佛家一流了。自己在深夜间，走入此山中，遇到这种意想不到的地方，不得不慎重一番。先把身形隐蔽，向四周看了看；把道路全看清楚了，直扑这座小山头。

陆宏疆来到这山头上，见有一段石墙围着这座古刹；里面没有多大地方，只不过两进房子。转到庙门前，见门头上用石头刻着"白莲寺"三个字；年月已久，风雨剥蚀得不过略辨形迹而已。庙门紧闭，他来到近前，更听到里面正有僧人念着佛，木鱼等不住地敲打着。这种寂寂荒山，孤零零的古刹，里面的僧人在这深夜间，还肯这么潜心奉佛、刻苦自修，这倒真是个佛门善地，干净的禅林！

终南剑客陆达夫对于这白莲寺，先起了一分敬重之心。自己倒有些犹疑了：夜叩山门，未免扰人清课；暗入寺中，倘若寺僧是我武林中人，形藏稍一不慎，无疑失礼。可是终于还是打定主意，暗中查看一番后，往起一耸身，跃登石墙之上。里面果然地方很小。在这石墙里，有两株古老的苍松，树干足够两人合抱。只这两颗树，已把白莲寺的上面掩盖了一半；迎着山门是一座佛殿。这种建筑倒是一个苦渡修真之所。因为这座殿的建筑非常的古老，墙壁完全是巨石堆叠；那阴沉沉的佛殿门内，神案上一盏铁灯中现着昏黄的灯火；就在那佛座面前，坐着两个僧人，一个年岁已老，大约总有六七十岁的光景，另一个却是正当少年。陆宏疆在这灯影下看到这两个僧人，全是庄严的神色，盘膝坐在那儿；各人面前摆着一个木鱼、一部经卷，口中还不住地朗声念着；神案上没有供品，也没有蜡烛，只有一个高大的铁炉，里面香烟尚在缭绕着。

陆达夫隐身而下，在树干后隐蔽住身形，再往后看这庙里的形势。从这佛殿左右，全有道路通着后面。

这时，佛殿中这一老一少两个僧人夜课已毕，一同在佛前参拜了一番。那个年老僧人走出殿门，从佛殿的左侧向后走去。少年僧人把经卷、木鱼，全摆在神案上，更把那铁灯熄灭，殿中一片黑暗。少年僧人把佛殿中两扇木门带上后，也转身向后面走去。

陆达夫不禁点头叹息。这一老一少分明是师徒两人，明心敛性，皈依佛门，舍身三教，找到这种人迹不到之处。可谓阻绝七情六欲，保持佛门五戒，这才是佛门至上的修为，是佛门中真正弟子！

陆宏疆容他们走进去一刻，悄悄地顺着那佛殿旁松荫，转了过来。只见后面是一个小院落，只有三间屋子；是两间相连，一间隔开。在那西墙下，用三块巨石架起一个锅灶，石墙上已被那黑烟熏得一片漆黑。见那两间相连的屋中，纸窗上透着暗淡的灯光。这师徒二人，似乎还没入睡。

终南剑客陆达夫贴近窗前，听了听里面还有脚步之声。纸窗原本有许多破处，从那破纸孔中向里看时，只见这里面是两间一通道。靠东是一架木床；北墙一带，只有两个古树的树根做成的矮凳；在迎着门一架木案上，放着几部经卷和一个极大的红木鱼，当中供着一尊铜佛，前面摆着一只石香炉；地上是用蒲草编制的拜佛所用的草垫。屋中别无他物，连那床上的铺陈，也极简单。这屋中两间大的地方，只有一盏马灯台，照得昏昏暗暗。好一个清苦的僧寺！那少年僧人，正在把那禅床上收拾好了，那位年老的僧人，却盘膝坐在禅床上，手里捻着佛珠；闭目合睛的那情形，正所谓已经入定。少年僧人却有一个较矮草墩，靠北墙放好，他竟也盘膝在上面。

　　终南剑客陆达夫看着这些，诧异了。难道这师徒二人，已经修行到快入神仙之境？就这么不眠、不休息一下吗？自己正想着索性现身相见，与这种世外高人盘桓一夜，倒也值得。忽然见那老僧却把眼皮睁开，向那少年僧人说道："悟明，你近来调息的功夫自觉如何？"少年僧人答道："师父，弟子还不觉得功夫怎样进步，只是觉得气息均匀，上下放松，这可是进步么？"那老僧说道："难得难得，你能有这样进步，这是你的福禄，那也正是佛祖的慈悲。你的功夫要赶紧地练，坐禅调息，尤其要做到明心敏性，悟彻此中奥妙。只要你把一关打破，就能够把内里的六关荡开，气走十二重关，固定了你的坐禅之法。一年后也好在这白莲寺中自己修为了。尘缘既断，虽然你年岁还轻，你须把这红尘中的岁月，看成一现的昙花，免得我造了罪孽。"

　　这少年僧人听到了他师父的话，立刻把他原来的坐禅之色散开，带着惊异的口吻，身躯微转了转，面对着师父说道："师父何出此言？师父在这白莲寺苦修了这些年，已有了佛家上乘功夫，虽不能成佛作祖，总能修到不老之身，怎说是叫弟子在这白莲寺一人修行下去？"那老和尚微叹一声道："悟明，你难道又动了贪嗔痴爱之念了么？你不要把生死二字看得这么重！那正是你修为浅薄，根基不固。佛家上乘的功夫，是把眼中所见到的全看成幻象，死即是生，生即是死，没有悲苦，没有快乐，把人世间一切情缘物欲，爱怜憎恶，全看成了虚无的幻象。不过是灵光石火，一刹那间，都成过去；未来还是未来，无人无我无众生，那才是佛门真谛。

"自幼出来到现在，我皈依佛门，已算是一甲子六十寒暑。回想起来，何尝不是一个幻象？这个臭皮囊终于脱去之时，真灵不泯，那才是佛家的修为。我自觉得再有二百余日，就到了解脱之期。虽说是这些年的修为，已磨练到把这七情六欲看作清风浮云一般，在我心头上算是不能再留痕迹了。不过躯壳尚存之时，师徒之缘未尽，我怎好把一切事完全抛开？所以佛家的修为至难，我们现在依然算尘缘未断，俗念尚存。悟明，亦不许为我添魔障！我说与你什么，你只要牢牢谨记。能传我的衣钵，也就是我佛门中的慈悲者了。"

那个少年僧人脸色上十分凝重，眼不转睛地望着老和尚，遂答道："弟子也明白，这正是师父苦渡清修所得的善果。弟子焉敢以俗世的依恋，为师父的功德上留这一丝魔障？不过弟子功夫太浅，尘缘未断，真是自己管不住自己，求师父还要恕弟子之罪。正如师父所说，尘霄小住，不过弹指之间。可得蒙师父将弟子渡入佛门，正如师父所说，不是无因无果，就是有因有果，弟子那能作到心地空明、不留一物？弟子就是有那种天赋的灵根，也要是经过若干年的磨练。不过弟子虽然随侍多年，佛门中真谛，尚有许多不能领悟的地方。求师父要随时的指教，免得将来修为得流入旁门，那就辜负了师父一片慈悲善念。"

那老僧却睁开眼来，看了看他徒弟悟明，说道："这种理，你还是没有透彻。不论是僧、道、儒，归纳到一处，全是一个理。只有心为主宰，你的心不走入歧途，你的修为不会错误。别的事你不明白，当初马头山伽蓝院，你慧真师伯在俗家眼中，就是他已成正果，能够在伽蓝院归真返天。其实，他懊恨而死的原由，还是为他心念不坚，易为外物所诱，收下那双头蛇叶云的恶魔弟子，断送了他一身的修为。他那真是为魔火焚烧，数十年来的禅功，抵御不了邪魔外侵，不正是他的心不为自己主宰，一步走差，竟把他打入地狱中，可怜不可怜？

"所以你慧真师伯圆寂之后，一般同门师兄弟间，引为深戒；凡是已收入门徒的，全要以十二分的戒心来磨练他。门下的弟子，要看出他本来的面目，才肯传他本门的心法，以免再蹈慧真师伯的覆辙。我这才把你带到这十二栏杆山火云岭后，师徒在这里苦渡清修，一面传你武功，一面传你佛门心法。这正是我心不为物欲、邪魔所动，所以我不至于为邪魔所侵。你慧真师伯自己造因，自己结果，没有别人的牵连。"

那个徒弟悟明听他师父说到这里，不由问道："我慧真师伯，虽说是自己一时不明，误收了那基根不洁的弟子。可是那双头蛇叶云竟肯辜负师恩，得着师父绝艺之后，竟敢作恶江湖，难道他就不会受因果报应么？"那位老僧人点头道："悟明，你要知道，这正是佛门中不爽毫发的地方，孽障欺人，正是自欺，负人正是负己。他虽则害了师父，师父尚能在伽蓝院保全了躯壳；虽然是魔火内烧，总算没遭什么惨报。可是那个孽障恶贯未盈，他是大限未到，如今他已经逃在数千里外，远走东边。他那里知道，那也正是他自己造因结果的所在；他身遭惨戮之时，也正是大道有灵、报应不爽了。"

终南剑客陆达夫听到这番话，惊得一身冷汗。自己茹苦含辛，只在这长江上游一带访寻了数年，不得这恶人的踪迹。想不到在这深山绝顶间，竟遇到了这位世外高僧，得着了这恶魔踪迹，此中真有天意在了！陆达夫已听出，那双头蛇叶云重投名师后，还算是这白莲寺高僧的门下徒侄。虽然明听出他师兄弟间，全是被那恶魔连累，可是自己不敢冒然进去见他。刚要撤身，猛然觉得背后一阵风扑到，竟自飞坠下一人。

陆达夫已经纵身退出丈余远，刚要查看来人时，那知道来人已然发话，向禅房内招呼道："白莲大师，你师徒真是傲慢无礼！两个客人前来拜望，师徒竟故作不知，未免藐视人太甚了。"说话时，陆达夫这才看清来人苍老的情形，和师父一鸥子不差上下。只是这人的身材较高，面色也不那么枯瘦，穿着黄色长衫，背后背着短剑和一个小包裹，却向自己连连点头。陆达夫听他口中所说，分明是连自己一同向屋中人示意，故意要自己和白莲大师相见。自己一边戒备着，来到近前。

禅房中师徒已然走了出来，那白莲大师却招呼道："哎呀！今夜是那阵仙风，竟把商山大侠送到火云岭来？这位壮士又是何人？快快给老纳引见。"

陆达夫一听这白发老人，竟是商山二老中的一位，他与本门中有极深的渊源。师父一鸥子已经嘱咐过，叫自己入江湖后，有何阻难，只管找商山二老——大侠孤松老人李天民，二侠铁臂苍猿朱鼎。这两位老侠客威震武林，交游遍天下，一口天罡剑，一口斩魔双龙剑，有神出鬼没之能。想不到在这里竟自现身！不过不知是大侠，还是二侠？

这时，这位老侠客却自如同熟人一样，指着陆达夫说道："大师，这是终南派一鸥子老人得意弟子——终南剑客陆达夫。你要看在他师父的面上，多慈悲些。"他这才更招呼陆达夫道："你还不赶快拜见！这是南海少林派成名的高僧白莲大师，你此后要有许多借重之处。"

陆达夫此时如坠五里雾中，竟不知这位老侠客怎会知道自己的一切详细？赶忙向前给这白莲大师行礼。他这白莲寺的弟子悟明忙向这位老侠客叩拜道："李大师伯，弟子久没见你老了，我这里给李师伯合十了。"陆达夫一听，知道来人正是孤松老人李天民。知道这位老侠客令自己和白莲大师见面，定有用意，索性不再多说一句话。

这时，白莲大师让他们两个一同走进禅房，弟子悟明却到院中墙下石灶上去烧茶。这位老和尚向孤松老人李天民道："李大侠，你怎会这样闲，再来到这火云岭？我们师徒住在这种孤峰绝岭间，竟还有故人来看望，真是难得！我听说你们弟兄已经有数年不下商山，怎的又静极思动、重入江湖？"

孤松老人李天民道："大师，你是佛门弟子，是有修为的南派少林高僧，不要明知故问。我李天民再入江湖，还不是为他们么？"白莲大师愕然说道："老衲隐匿荒山，再没有尘凡的牵扰。这些年来，我还要看透世事，心如古井，不起微波；我不去牵缠，谁又肯来和我故寻苦恼？我与江湖道中的异人，无恩无怨，无因无果，你为什么为我到来？我又为什么明知故问？"孤松老人哈哈一笑道："你听我说了出来，你可不要后悔，只怕你推不得干净了。我此来也就是为我这徒侄，终南剑客陆达夫找你要人来的。"

这位白莲大师不由哈哈一笑道："这倒很好！老衲已经到了解脱之日；这尘凡中，我也不过就是刹时之间了！我这一身不能带走，你如要我这堆枯骨，正好送与你们，随便取去吧！"孤松老人李天民道："大师，你不要想得那么便宜！就是你想解脱干净，如冤孽牵缠，你不把它了断了，佛祖也不会接引你这有罪的僧人入极乐世界。"白莲大师道："我苦渡清修，斩七情，断六欲，守五戒，潜心奉佛。我心头不染纤尘，干干净净，有什么罪孽？你不要侮辱佛门弟子，更不要欺我这老和尚！行将解脱的僧人岂是任意可以凌辱的？商山二老的天罡剑、斩魔双龙剑，虽是厉害，南海少林僧尚没看在眼内；我那一支铁禅杖尚足以扫荡群魔，你不要威胁我师徒，快快地把来意说明，不然我可要下逐客了！"

孤松老人李天民手捻着白髯，微笑着说道："好厉害的出家僧人！已经要修成正果，无名火还这么易燃。你不怕魔火烧了，白白地糟蹋了数十年苦渡清修么？我只问你，双头蛇叶云是不是你佛门中人？"这位白莲大师虽然和这位商山大侠似真似假地口角着，仍然低眉垂目。此时忽然把慧眼全睁，向孤松老人李天民道："大侠，你怎的竟在我面前提起他来？难道你见着他了么？"

孤松老人李天民道："我若见着他，就不往这火云岭讨你的无趣来了！现在趁着你未成佛之先，要向你算清这笔债。我这徒侄就是讨债之人，你就好好地还吧！"白莲大师这时容色上已不像先前那么镇静，竟自向孤松老人问道："李大侠，你我一俗一僧，可是武林中道义至重。我们虽派别不同，我敬重你们老弟兄，在江湖道上替天行道，除暴安良，比我佛门弟子的修为，功德还要大。我门户中虽则收了那个败类，可是我师兄已经恨极这个恶徒，在马头山伽蓝院，算是被佛家的魔火烧身，已受了妄传不孝弟子的惩戒。老衲也曾搜寻过他一番，可是这个恶魔机警非常，知道这一带没有他立足之地，竟自离开南七省，再也听不见他的姓名和他的行径。你竟带领着一鸥老人的门下，来向我讨债，叫老衲我怎敢承当？此中原委，还望你师徒说明，免生误会。"

这位孤松老人李天民，这才正色说道："大师不要动怒。我若不是早已领教你是佛门中有修为的人，我也就不这么来找你了。双头蛇叶云他作恶江湖，多行不义，按佛门因果二字来说，他早晚还会逃开天报么？可是他近年销声匿迹，风闻他已经变名更姓，远走边荒，本可以放手任他自生自灭；只是我们的老友一鸥子上官毅，因为他得意的门徒和叶云有多年血海冤仇，不能不跟他清算一下。这才飞书武林同道，要助陆达夫访拿这个恶魔。我们正好来到天南一带，大师你是他一门一派嫡系的师叔，所以特意来向你求教。请你念在武林道义上，把这个恶魔的下落指示给我们。一来把陆达夫这笔旧债清偿，再者也可以给你们南派少林灭去了多少罪孽，一举两得，何乐不为？"

孤松老人李天民更叫陆达夫把当年在浙江省内这场祸事的根柢和全家惨死的经过，详细地说与白莲大师听听。陆达夫遂把自己一身遭遇，从头至尾，说了一番。白莲大师不住地点头、叹息，向陆达夫说道："你被这个恶魔害得家破人亡，这种血仇，情实难解。在我佛门弟子，若是抛开师徒的关连，我定要以佛家慈悲之旨，劝解你解冤释怨。不过这个恶魔把他授艺的恩师，已经害得不能成正果；我还怎能顾惜他？我本该亲自下山，为人间除害，只是老衲不能再作此想了。因为我尘寰留连，已没有多时；这件事只好是看一般武林同道，主持正义，诛此恶人。

　　"不过，他确实未在天南一带。他自己师父已然不在；这天南一带，他明知尚有不能容他之人，所以远走高飞。只从近三年间，才风闻他已到了关东三省。究竟落在什么地方，还不知道确信。贫僧是佛门中人，绝不致打诳语的。我想他不是什么能够痛悔前非、改邪归正的人，倘若到关东访寻他，还不至访不着他的下落。我所知只于此。至于他列名在我南海少林门下，我无法推说，任凭何人兴问罪之师，我只好低头认罪了。"

　　孤松老人李天民微微一笑道："大师，你不要害怕，我们若想把这恶人的罪孽推在你身上，也就不等今夜，早就照顾到你这白莲寺了。"说罢，立刻站起来，向白莲大师告辞。

　　陆达夫深知，和尚绝没有再袒护双头蛇叶云之心，他是确实不知他实在的下落。拜谢过白莲大师的指教，随着大侠孤松老人走出禅房。这位白莲大师带了悟明徒弟，直送到山门外。白莲大师向孤松老人道："你我方外之交，大约也就是今夜一面之缘了。贫僧在一年后，也就要归西了。"孤松老人道："我虽是凡夫俗子，我和朱鼎全是闲云野鹤一般，只要有了余暇，定来相访，还要在大师你面前多领教些禅机。"白莲大师道："有缘时自能相聚，无缘随即成陌路之人，恕我师徒不远送了。"

　　孤松老人李天民，带着终南剑客陆达夫，辞别白莲大师，下了火云岭。走出十余里路，天光大亮。在一个树林间，找了两块青石，孤松老人和陆达夫坐下。陆达夫这时才敢问："老前辈怎竟知道，弟子来到这十二栏杆山火云岭，暗访白莲寺？"孤松老人答道："从你下终南之后，一鸥老人也因事离开玉柱峰，进商山和我弟兄作会，竭力地托付我弟兄二人，要尽力助你完成心愿。我们弟兄就不信那双头蛇叶云，会藏匿得无影无踪。所以叫我二弟铁臂苍猿朱鼎，到大河南北、山左右一带，一面办自己的事，一面替你们访寻那双头蛇叶云的下落。我遂在大江南北搜寻了一番，果然没有这恶徒的踪迹。我早知道他已入了南海少林的门户，他的师父慧真禅师，为他的事丧命在川县马头山伽蓝院内。他佛门中还有好多位老辈的师父，可是他南海少林寺中，也不肯承认有这么个门徒。我忽然想起火云岭白莲寺白莲大师，也正是慧真禅师的亲师弟，他或者知道他的下落。

"我从通天岭一到这里，就发现了你的踪迹。看你的年岁、相貌和你背上那口白虹剑，知道你定是一鸥子得意的弟子。我这才暗中跟随你，不想你也走上这条道路，这倒是不期而会！我恐怕你对于白莲大师，不知道他的出身来历，有失礼之处；这个老和尚实不是轻易能招惹的，他的武功在南海少林门户中，是造诣最深的人；他的轻劈拳、八仙拳，全有独得之秘。尤其是他那一条铁禅杖，武林中能对付他的没有几人。我这才现身，招呼你和他见面。如今虽然没问出双头蛇叶云落脚之地，总算知道他到了关东，比较容易下手了。

"我跟一鸥老人已是几十年道义之交。我近十年来，和我师弟铁臂苍猿朱鼎，商山隐迹，全打算不再入江湖。只是这些年来，大江南北竟出了些作恶的绿林，任意胡为，猖狂至极，我们不忍视，这才互相拾起旧案，为武林中保持正义。我们师兄弟，仗剑下商山，一心想要把江湖道上一股恶魔们消灭了。不过这些年来，绿林中已出了不少非常人物，自从踏入江湖，不去惹火烧身，自寻苦恼；所以现在我们还不能随你下关东。你可先行赶到关外，我弟兄只要把眼前的事料理完了，定然要助你一臂之力。"［按：李天民以上说法，与其二弟朱鼎此前所述，存在一定出入，似为作者写作中的疏忽。］

陆达夫向这老侠客殷勤致谢，更说明在恩师面前已然交付过，不能够把全家之仇报了，只有辜负师恩，绝不想再回终南。孤松老人李天民道："精诚所至，金石为开。你只要具坚忍之心、百折不回之意，定能够叫你如愿以偿，上天不负苦心人。我这里还有事耽搁，你就赶紧去吧。"

终南剑客陆达夫和孤松老人李天民分手之后，自己一路上仍然是到处探查双头蛇叶云的消息。走到山东济宁道境内时，终南剑客陆达夫虽说是报仇心切，然而因为这些日来，对于双头蛇叶云踪迹渺然，心灰了一半；就想着到济南游玩一番名胜，再到大河南北，转奔关东。

可是一入济宁境内，这里竟自传扬着，地面上十分紧张。就是山东大府，这一二年来，屡出巨案。这个江湖作恶之人，行为十分下流，手段更为恶辣，出了四五起盗案；杀伤事主不算，还有那万人痛恨的采花作案情形。闹得山东境内地面上不安起来。官府虽是紧紧地踩访缉捕，只访查出来作案的人是个独行大盗，行踪隐匿，出现无常，并且始终没出山东境。可是官家就是访寻不着他。登、莱、青、济、兖东这一带办案的好手，被这个绿林盗作恶的淫贼，毁了个不轻。每出一件案子，受到官家的责比，栽跟斗，现眼，挨板子，罚钱。有的因为逾限不能圆案，连家小全被送入牢中。这样，把这济南境内闹得风雨满城。凡是富室巨绅，全都惴惴自危，夜不安枕，催保镖的、护院的昼夜严防。这个作案的淫贼，他有时三五个月不出来，偶然间作一案就是惊天动地。越是这样，越不好防备。

这天，陆达夫到了城武县白花河附近的万福驿。这地面是济宁道境内一个重要的水陆码头。地方非常富庶，一条驿镇的长街足有三里长，居民五六千户，为济宁道辖境内各县中最大的驿镇。陆达夫遂在驿镇的东镇口人和店住下。只是他才到店中，没呆了两个时辰，就有两次官人进店盘查。

陆达夫从江南下来，就没见过有这么不安的地方，遂向店家问起，难道地方上有什么事发生，或是有大帮土匪要在这一带作乱么？店家说道："老客，你是江湖人，才到这里，你可知道这一带的情形？这一年多，我们这一带就是这个样子，只为一个作恶的淫贼，商民铺户全都受了他的拖累，给我们增加了无穷的罪孽。一天不知道有多少次来搅扰！其实像我们这种店家，全住的是规规矩矩的买卖客商。那知道现在地面上官人，他们捕不到作案的贼人，只有找寻庶民百姓的晦气，真叫人没有办法。老客你是异乡人，最好是紧睁眼、慢张口才是。"

陆达夫听了这种情形，十分诧异："凭山东地面，很有些捕盗拿贼的能手，怎么一个独行大盗，就没有办法？我倒要见识见识，是怎么惊天动地的人物？陆达夫遂在这万福驿住了下来。

地面上虽然官人查得很紧，但是这一带是商贾集聚的所在，地方的富庶繁盛，仍然是火炽异常。陆达夫在这儿住到第三天，夜间出去踩探了两次，毫无所遇。可是陆达夫仍不肯走，原因是自己在这镇甸上，连番地遇到了两三个形迹可疑、乔装打扮的官人。他们暗中不时地跟随着他。陆达夫知道，是因为自己的语言相貌，他们看着可疑。这倒很好，索性看看这般人的手段究竟如何。

这天，他走到白花河口，沿着柳堤，悠闲赏玩着沿河的风景。忽然见到从上流放过一条船来，到了这白花河口的码头。停住船，从船中走出一人。陆达夫蓦然一惊，此人看着十分眼熟。他虽是一个富商的打扮，可是面貌上带着十分江湖气，并且眼光更是流露出来奸诈狠恶。陆达夫看着此人可疑，遂不敢过于向他张望，急忙隐身树后，竭力思索，好像在那里见过此人。

这时，船上那人已上了码头，提着一个包裹，竟奔镇甸中走去。陆达夫望着他的后影，在他的行路姿式中，蓦然一惊，心说："这人不分明是当年双头蛇叶云部下，那名最得力的弟兄，小灵狐李玉么？这真是天赐良机！我从此人身上，定可得着双头蛇叶云的踪迹。"遂不再迟疑，紧随在他的后面，赶奔万福驿镇甸内。

这时天还很早，也就是中午之后，街上的人很多，行迹易于掩蔽。终南剑客陆达夫时时隐避着身形，见这小灵狐李玉入驿镇后，看情形对这里道路很熟，低着头走，直过了这趟长街的一半。街南有一座大店，字号是万安老店。这小灵狐李玉，一直地走入店门。终南剑客陆达夫紧赶了两步。万安老店对面正是一家卖茶叶的店铺，陆达夫掏了几十分钱，向这铺上买茶叶；并且半转身躯，偏着脸，向对面店门内看去。正有一个伙计从柜房出来，看见小灵狐李玉，陪着笑脸招呼道："老客大约有两三个月没来了，我们少赚老客你多少钱呢！西跨院正有两间顶干净的屋子，老客往里请吧。"那店伙一边说笑着，把小灵狐李玉领进里间。这情形分明是他在这里很熟，不断地到这一带来。

这时，茶叶已经包好。终南剑客陆达夫伸手接茶叶包往外走时，蓦然见在街东，有一人走到店门旁，往店里一探身，又把脚步缩回。可是分明看着他也是在查看小灵狐李玉。这人倒背着两手，像个庄稼人打扮，一身蓝布衣褂，约六旬左右的年纪，带着土头土脑的模样；忽然便竟自一挺身，走进店门。陆达夫本是向外走的，故意把脚步缩回，向这茶叶店中问了几种茶叶价钱，故意地耽搁着；见那个庄稼汉子向店家招呼："给俺找一个单间。"此人竟也在这里落店。陆达夫看这人的神情相貌，绝不是庄子里种地的人。自己眼力如若不差，定是捕快官人，假扮乡下人，已经随上了小灵狐李玉。

陆达夫走出茶叶店。仍然得回西镇口，才走出四五步来，迎面一人，似乎行路很是慌张，竟和自己肩头碰了一下。陆达夫一抬头，这人也一斜身，两人的眼光一碰，陆达夫心中一动。见这人年纪在四旬左右，中等身配，生得骨格清奇，在文雅中含着一股英风锐气；长衫便腹，手里提着一个长形包裹。却向陆达夫微微一笑道："对不起，走得太慌了。"陆达夫也不好说什么，自己仍然往回走来，

到了人和店，刚进店门，听得过道中有人招呼店家。陆达夫无意中回头看了看，正是在万安老店里边所遇见的客人，他竟来到这里投店，真是怪事！不过五方杂处的地方，不能尽自疑心，自己遂走回房内。

店伙已经跟进来，把房门开了，给陆达夫去打水、洗脸、泡茶。陆达夫把门敞开时，恰见伙计正把两个客人领进和自己对面的客房中。陆达夫此时一心注意小灵狐李玉，无论如何，不能再叫他逃出手去。所以要安心等到晚间，到万安老店一查小灵狐李玉的行动。对一个可疑的客人，反倒放在一旁，不再理会他。

　　等到店中全安静之后，陆达夫把身上装束一番，白虹剑背在背后，把屋中灯光拨得只留一细光亮；轻轻走出屋来，把门掩好了，留了暗记，飞身蹿上房来。刚出店房，房外面冷清清一条长街，只有更夫梆锣齐响着，正在巡更守夜。陆达夫顺着万福驿这条街，往东下来。到了万安老店附近，自己十分谨慎着，时时地掩蔽着身形，翻进店房中，直奔店房的西跨院。

　　才到了跨院的附近，终南剑客陆达夫赶紧把身形隐蔽住。这时，从西跨院中飞纵起一人，身影轻灵巧快，一身疾装劲服，背插单刀，肋跨镖囊，正是那小灵狐李玉。陆达夫见他现在这种小巧轻身之术，比当年判若两人。自己远远地跟随他，见他翻出了万安老店，竟向万福驿街北蹿房越脊，飞奔北镇口。

　　陆达夫跟踪蹑迹，追了下来。直到已望见了北镇口，那小灵狐李玉才把身形停住，在房上略一张望，竟往南面一带民房中紧翻过去。原来后面尚有一条很长的后街，在路南也有一片巨宅，看情形是个大户人家。那小灵狐李玉，好似轻车熟路，他直扑到这巨宅的南墙下，转过去，绕奔宅后。陆达夫暗中跟随，见这所房子好大的地势。那小灵狐李玉直转了半周，到了这片宅子的南角。他借着旁边的民房，蹿上了大墙，在墙头上停身，略一张望之下，竟是翻入墙内。

　　终南剑客陆达夫也是跟踪蹿上墙头，自己可不敢骤然地现身；双臂捋着墙头，探头往里查看。望到下面的情形，心里腾腾跳个不住。这里又是一个富室的花园子。陆达夫不由想起当年失身为匪，随着双头蛇叶云出去作案，自己为得怜惜那冯慧敏小姐割臂疗亲，才造成自己那场大祸，全家惨死。十几年来，依然没把这血海的冤仇报了，如今在这里巧遇小灵狐李玉，来到这个地方，触景生情，立刻把当年的事全涌上心头。

　　见小灵狐李玉依然穿过一条花径，奔了这花园子的东南面。陆达夫也跟着翻过墙头，看他经过一处处林木，张身穿过两处花棚草亭，这才看出小灵狐李玉所去的地方。一道竹桥架在一片荷塘上，在桥那边是一座水榭，上面建筑着一排精巧的房舍。前面是万字回廊，围着有五间房子，全是百古式的窗扇，形如满月、蕉叶、八角、书卷，窗形古雅；这一排五个窗子，窗上全有灯光，似乎里面尚有人没睡下。陆达夫见他已经走过小桥，到了过廊上，自己赶紧也飞纵过小桥，在一株垂柳下把身形稳住。见小灵狐李玉已然到了一个蕉叶形的窗下，从穴窗往里偷窥。

陆达夫不禁怀疑着，这种富室的花园中，是否还是绿林作案的所在？有什么金珠细软全在那深宅大院中，绝不会放在这里；自己既已跟随上他，就要看个水落石出。细看这水榭的情形，只有那段竹桥是出路，四周全被河塘包围着。这精致的房子，绝不会就这一面的窗户。并且此时，他更看出了这精舍的出入门户，还得转过这回廊的东面。

陆达夫遂从水边的柳阴下轻身飞纵，转了过来，看了看可以躲避开小灵狐李玉眼光所到的地方；脚下一腾，一个'燕子穿帘'式，已经落在回廊中。踏足轻步，往东转过不远，正是这排精舍出入的门户。泳纹式的黑漆风门上面，倒显得灯光暗淡；从门首转过去，果然和北面是一样的形式，也是一排五个窗扇。陆达夫贴在一个芭蕉窗户下，用手指把窗上的纸轻轻点破了一些，往里面看，是好富丽堂皇的水榭。这水榭足有五间长，布置得肃雅绝伦，富丽中没带一点俗气。内中所有的陈设，全是紫檀镶螺甸形式，制造得也十分古雅，随着屋子的角落，全是按尺寸打造的；在博古的书架上，牙签玉轴，琳琅满目，椽上是陈设着秦砖汉瓦、檐鼎之属，一派的古色古香；从房梁上垂下的铜链上，挂着各式各样的宫灯。在北墙下一座桌案前，坐着一位富家的小姐，看年岁也有十八九岁，长得端庄秀丽，眉如青黛，目如秋水。穿着一身鸭蛋青熟线的短衫裤，看情形是已卸了晚装，正在灯下提笔写着字，旁边堆着四五张珊瑚笺。

这时，从尽里面一段格扇里湖色窗帘中，走出一位使女，年纪十三四岁，长得虽不秀气，倒显得娇小玲珑；两眼惺惺，似乎才睡醒的样子。走到了书案前，还有些迷迷糊糊地说道："小姐，我没有睡，你要什么东西？要喝茶么？"这位小姐已在投笔凝思，听这丫环在旁边一问，扭头看了看，噗哧一笑道："小蓝，你是睡迷糊了，我何尝招呼你？你这是自己来讨差事。别叫你白献殷勤，再把香盒子内的一炉檀香点好了，给我醒醒神。这首词怎么今夜就填不好了？"

壁上的铜壶，那承雾盘上，已经交过二更三点。这使女小蓝说道："小姐，今夜可不早了，难道你还等三更过后再歇息？赶明儿给前面老爷、太太知道了，又要说我们引着小姐胡闹了。"这位小姐面色一沉，带着轻嗔薄怒，向使女小蓝道："去！叫你干什么赶紧去呀，难道让你管着我么？在我面前不好好地操作，竟恼了我，把你们送到少夫人房中，你们也知道家法如何了！"这使女小蓝吓得连忙说道："小姐，我不是故意叫你生气，我怕你过于疲乏了，身体有伤。"那位小姐不去答理她，仍然自视着所写出来的半首词，仍然勾填那下半首。

终南剑客陆达夫见目中所看到的情形，越发奇异。想不到离开省城，在这一个外驿镇，竟有这官宦人家。看这种形势和这宅子、花园子的情形，定是个达官巨宦的府第。小灵狐李玉从万安店出来，他是一直飞奔这里，分明是早已踩探明白，要在这里下手。只是这里是一个宦门千金小姐，难道这恶徒他还敢另生恶念，做那伤天害理的事么？当年他在那双头蛇叶云手下，本领并不怎样；只是狡诈万分，足智多谋。如今十几年间，他竟也学会了这一身本领。倒要看看他敢造什么恶孽！

陆达夫思索之间，那知小灵狐李玉果然发动，他竟自大胆闯入屋中，现身门内。陆达夫自己也估计好了动手之法。这种江湖作恶之徒，手黑心狠，稍一延迟，就许误事。遂把一鸥子所传的暗器中尚未一用的亮银钉扣在掌中，预备势急时先赏他一钉，好缓屋中的形势。陆达夫索性把窗纸之孔多点破一些，好照顾到全室中。

小灵狐这一进屋，那位姑娘听得门口的响声，一回头竟自吓得花容失色，把笔也扔在书案上，口中却招呼了声："小蓝，你快来！"那使女小蓝正靠在里边格扇下茶几前，收拾那檀香盒子，听到小姐呼声，一回头见门口闯进来一人；她年岁小，更吓得怪叫了一声，把檀香盒子也摔在地上，人也倒在格扇旁。这位小姐忽然蛾眉一紧，喝叱道："你是什么人？这么大胆，半夜三更竟自闯入水榭！你要知道，这是吏部尚书俞老大人的府第。我这水榭附近有护院巡更的，只要我一出声招呼，就没有你的命了。还不赶紧出去？再往前多走一步，我可要嚷了！"

好个大胆的小灵狐李玉，冷笑一声，向这位小姐说道："俞小姐，你不用拿这种话吓唬我。别说你这花园中只有两个更夫，就是你有十个八个保镖护院的，也没放在李二太爷的眼内。实对你说，我早已见过你小姐了。从去年泰山进香，我就跟了你一路，不错！你是宦门千金小姐，只是你这花容月貌，落在我眼中，我实在不能忘下。我已经到这万福驿来过两次了，这里一切的情形，李二太爷踩探得明明白白。我自从在江湖作案以来，还没加过这么大的小心，我为的是你小姐。你趁早不必声张，尚可保全你的性命和你家的名声。你让李二太爷趁心如愿，我寸草不沾，与你全家决无伤损；你敢出声叫喊，你来看二太爷背后这口刀，杀个百十个人，决不会崩钢卷刃！你叫喊一声，也不过先把你这花园中两个更夫性命送掉；你再喊三声，也就是你一家老幼毙命之时！小姐，眼前的事，只要好好依从我，万事皆休；只要敢说一个'不'字，为你一人断送了你全家，你居心何忍？我看世上没有这么糊涂的人吧！"他说着话，脚下已经移动，竟奔书案前走来。

这位小姐，正是曾任吏部尚书、江苏按察使，浙江省主政俞昭义之女。这位老尚书家室富厚，在这城武县境内拥有一多半田产。自己作官多年，只知道爱民爱才，节廉自守，放了十几年外任，在吏部中又做了七八年的老尚书；因为年岁大，告老家居，膝前一儿一女。老尚书堪称饱学之士，所以对于子女全都十分注重，叫他们饱读经史。尤其是他这女儿俞剑娥，更是天生聪颖，从五六岁上授以书字，就能够过目不忘。赶到十几岁上，越发的把老尚书爱得视如拱璧。她文章经史，书画琴棋，没有一样不精的。老尚书常常笑着对老夫人说："我们剑娥若是个男儿，何愁不腰金绶紫，封万里侯！"

这位剑娥小姐，不止是对于文学上，造就得笔底生花，更雅慕古今侠女之流，要求老尚书给她找个师父，学技教剑。不过这种事，实不是老尚书俞昭义的心意。只是爱女心切，不忍过拂她的意思，遂请了一位武师，一半是保护家宅，一面教授剑娥小姐些武功、剑术。可是，老尚书这是违心的举动，明告诉所请来这位武师说："我这个家门中，好几辈都是书香继世，男子全没有习武的；何况一个女孩子家？不过，我就这一个女儿，未免有点溺爱，让老师父好歹地教她一二遍，只能视同游戏，不必在她身上真下功夫。"

所请的这位武师，虽然对于老尚书的话不入耳；不过让自己来时，人家已经说明，是请来护院，并不是当教师，所以也不甚介意。也想着她这种家世，一位不出深闺的千金小姐，敷衍着，教给她舞一趟剑，摆摆样式，也就罢了；真叫她下功夫，只怕她吃不得苦，自己何必卖那种无谓的心血？

那知道，这位剑娥小姐，她这种聪明实不是寻常女子所有的。教了没有十几天，这位武师竟自起了敬爱之心。因为她这种天赋的聪明，竟能举一反三。你给她讲解这样，她能把那样明白了。这位武师暗暗地叹息，这种天资聪明，若是从幼小时教授起来，岂不是武林中多了一位巾帼英雄？可惜她年岁大了些，老尚书又不愿意让她习武，只好以不合理的方法传授她一趟三才剑。就这样，这位剑娥小姐不到半年的功夫，把一趟三才剑运用得适心应手。那位武师也无法教下去。这种官宦人家，家教非常之紧；你想私下传授她一切，就有许多拘束、放不开手的地方，这位武师只好就此罢手。剑娥小姐虽然不愿意，因为老父不喜欢，也不敢过分地惹他老人家不快。

可是她对这一点所得，就不肯空空把它放过。每到了月薄风清之夜，自己就在这花园中操练剑术，也练得非常娴熟、有力，自己也认为十分快意。想不到无端的大祸临头，竟有这恶贼小灵狐李玉，深夜中冲进屋来，竟说出这种秽语污言！

此时见他话越逼越紧，看情况，就要立时对自己施以强暴。剑娥小姐也明知，这花园中两个巡夜的更夫，全是无用的人，喊叫起来，就许先把他们的命送掉；自己命该如此，还不如舍命一拼，把这恶贼赶不走，横剑自刎，也保得家门的清白。

小灵狐往她凑过来，这位剑娥小姐，娥眉倒竖，杏眼圆睁；手边没有什么东西，拾起书案上押纸笺的铜镇刀，猛喝了声："恶贼！你还要怎样？"扬手向他身上抛了去。小灵狐李玉一闪身，已经打在门上，声音很大。小灵狐李玉虽然说是目无法纪的淫贼，总有些贼人胆虚。他也怕这种暴响的声音，把本宅护院、守夜的惊动了来；所谋不成，反倒弄几条命案，未免不值。他一抬手，掣出背后刀；可是剑娥小姐已经猛扑向里间门旁的书架子前，伸手将自己的那柄宝剑抓到手中，很快地把剑鞘退下来，摔在地上。

小灵狐李玉竟自哈哈一笑道："小姐，你居然还想动手？这倒是我想不到的事。很好，我倒要看看你有什么本领，能逃出我的手去。"往前一纵身，窜到了剑娥小姐的对面，掌中刀往外一展，向这位小姐的右肩头便扎。这位剑娥小姐，虽然没有什么真本领，可是她也练过几天，更兼这一趟三才剑运用得娴熟，胆量未免大了些。更知道此时是一个清白女儿身荣辱生死的关头，那还把眼前的危险放在身上？往左一斜身，往右一带掌中剑，一甩腕子，这口剑向小灵狐李玉的右腕削去。这淫贼一刀扎空，见剑横削过来，他也自一惊，忙往后一撤右步，一抖腕子，用刀背往剑娥小姐的宝剑下撩来。剑娥小姐赶忙往后一撤剑，一转身，一个翻身，一个"凤凰展翅"式，斜肩带背一劈过来。这小灵狐李玉不由得紧咬牙齿，身躯往下一矮，往地上一扑，这口剑从顶上斜了过去。她已经用足了力，一个'推窗望月'式，从左往右一翻身；这口刀随着翻起，当

的一声碰在小姐的剑上。她那有这淫贼的力大？立刻把剑给磕起，虎口也震得痛疼异常，一转身，忙往里间拼命地逃。

小灵狐李玉一声冷笑道："你还往那儿走？"往前一上步，伸左手往俞小姐的背上抓去，眼看着手已沾到衣裳，突然听到外面喝了一声'打'，跟着暗器风声已到；赶紧往下一低头，这支暗器已经擦着他的包头打过去，当的一声打在暗间的隔扇上，是一支亮银钉。他已经翻身过来，看出暗器是穿窗打入，知道外面有人；可是里间"哎哟"一声，正是那位俞小姐的声音，可是底下并没有什么声息了。

小灵狐李玉恐怕被人堵在屋内，口中喝着："什么人？敢用暗器伤你李二太爷！"他是话刚说出，脚下用力，身形还没纵起；同时背后"噗噜"的一声，软帘飞起，竟自打在他脑后。虽没受伤，可是这软帘却有很大的力量，打得他身躯往前一栽，把往前起纵的力量卸了。小灵狐李玉知道暗中还有人算计自己；他身躯没转过来，往前一上脚，已经把镖拔出来，微一斜身，用右手把掌中镖反甩出去，直奔这暗间门的当中打着；镖发出去，他可提防人家的暗算，身形已纵出来。在他发镖时，那个软帘是将将落下；镖打在软帘上，按他的腕力，非得打出两丈的力量，才能卸下。那知道镖到了软帘上，竟被撞出来，反震出四五尺来，当啷啷落在地上。这种怪异的事情，把这小灵狐李玉吓得一身冷汗！

欲知小灵狐李玉生死如何，双侠战灵狐，七剑下辽东，石城岛探盗迹，陆达夫得誓心愿，叶云受惩，一切惊奇事节，均在下集中一一披露，不日出版，读者留意为幸。（第二集完）

第六章

白花河双侠侦盗迹

小灵狐李玉惊疑错愕之间，听外面有人招呼："你还敢逞凶，你有几个脑袋，还不滚出来！"小灵狐李玉对于这种怪事，惊异十分，心想大致今夜是遇见了能手，还是赶紧闯出去。口中却在答着："李二太爷这就来收拾你们这群怒鬼。"他往前一纵身，已经到了门前，猛然一抬脚，把风门端开。他竟然往左一撤身，却斜往右窜出来，已落在回廊外，脚下已经站稳，掌中刀却是在自己上半身前后一个盘旋，防备人家暗算。终南剑客陆达夫低声喝叱："万恶淫徒，你也是绿林中幸逃法网之徒，竟还敢这么灭绝天理，任意而行！今夜就是你报应临头之日。恶贼，这里是个良善之家，不愿意叫你这种恶人的血污秽了干净地，随我来。"

那小灵狐李玉，他可万想不到这就是当年在双头蛇叶云手下时同伙的弟兄陆宏疆。一来是在夜间，二则十几年来，陆达夫面貌全非，不仔细看时，那能辨认？李玉怒吼了一声："你少多管二太爷的闲事，你还想到那里去，这就是你葬身之地！"他口中喝叱着，已然一纵身，连人带刀一块进，身手上轻快异常。陆达夫正转身要走，小灵狐李玉已然扑到，陆达夫右脚往外一滑，身躯半转，一抬手，白虹剑撒出鞘来。随着亮剑之势，身躯斜着一横，太平剑诀往外一展。右手剑'孔雀抖翎'向小灵狐李玉的刀撩来。小灵狐李玉自恃十几年来武功造就已见根基，更练出一身轻身本领，所以在江湖道上任意横行，那知道竟遇见这种武林能手？他赶紧扭腕子，往回一撤刀，身形随着往左一斜，要翻身现刀横砍。可是终南剑客陆达夫已经一撤身，斜纵出去。小灵狐李玉此时明知此人十分扎手，到这时也不能不和他一拼，跟踪追赶，陆达夫纵跃如飞，翻到墙头上，飘身而下。

小灵狐李玉狡诈万分，他时时提防着此人的暗算，斜纵出去五六丈，他才翻上墙头。终南剑客陆达夫已经站在民房上等着他，因为安心取他的口供，所以不愿意在这里动手，要把他诱出万福驿的镇外，把小灵狐李玉擒获，也好逼问他的口供。所以毫不停留，横穿着驿镇往镇外而来，可是也提防着他半途脱身。这小灵狐李玉近五六年来，他就没有碰过钉子，遇见过什么扎手人物，所以他也安心把这人除掉。驿镇没有多大的地方，转眼间已经到了镇外，也正是白花河口，这里冷静异常。陆达夫就在河边柳堤下，转身站住，小灵狐李玉已经跟踪赶到，他是不想再搭话，立刻要扑过来动手。

终南剑客陆达夫把剑反交到左手中，用手一指道："李玉，你先暂活一时，我有话问你。"小灵狐李玉蓦然一惊，此人怎的知道自己的姓名，遂也压刀站住，喝问道："有什么可讲，你是那路上的朋友，敢多管这种闲事？"陆达夫冷笑道："自有多管这种闲事的原由，你现在是否还在双头蛇叶云的手下？"这小灵狐李玉原本是狡诈多谋，对面这人既知道自己的姓名，更知道当年的瓢把子双头蛇叶云，这真是怪事。这一来李玉反倒口头十分谨慎起来，往鼻孔中哼了一声道："你要向二太爷问这些事，你先指出'万'字来，我也要知道你是何许人？"终南剑客陆达夫道："李玉，你白在江湖上跑了，招子怎么那么亮？老朋友你全不认识了。"李玉道："你要是线上的朋友，趁早说痛快话，你可知道姓李的手底下从来不让人？你敢轻视我，我就叫你逃不出手去，你究竟是何人？"终南剑客陆达夫微微冷笑道："十几年前浙南的老朋友，被双头蛇叶云和你们这一群狐群狗党，大石桥下毒手，死里逃生，活到今日，你怎么还不认识？"小灵狐李玉哦了一声道："你敢情是陆宏疆。"

李玉招呼出这句，心里可是惊惧万分。不过当年动手时陆宏疆已逃了出去，自己跟从叶云杀害他的全家，并没叫他看见。遂忙答道："原来你尚活在人间，真是难得，想不到咱们弟兄还能在此相遇。"陆达夫厉声怒叱道:"谁和你是弟兄,当年姓陆的一家人被饥寒所迫,我才到那条路上。不想在我痛改前非,一心洗手之下,你们竟那么赶尽杀绝,把我全家屠戮,只逃了我一条命。十几年来我没有一时忘掉,正要找寻你们这般万恶滔天的贼子为全家报仇,双头蛇叶云现在落到那里?现在和你一手作案的还有几人?李玉,你要放明白些,趁早对我说了真情实话,我还许开恩饶你这条狗命,我只找的是那叶云一人。你如在姓陆的面前虚言搪塞,我要把你一寸一寸的脔割,要你尝尝惨死的苦痛。"小灵狐李玉道:"陆宏疆,你少和李二爷弄这套!你我全是什么出身,谁肯听这种虚言恫吓?双头蛇叶云从那时散伙以后,我们全是各奔东西。李二爷不是甘居人下的人,我没离开绿林道,始终是单人匹马,独来独往。你问我当年的事,和李二爷没有丝毫牵连,当日你一家惨死,只能怨你自己害了他们。你既已入伙,就得守着绿林道的规矩,你吃里爬外,所有弟兄险些被你一手断送,瓢把子焉能任你那么趁心如愿?瓢把子那时找你,你要够朋友,应该汉子作汉子当,自己出头承认,任凭姓叶的处置。你个人怕死贪生,害了你全家,你怨谁?姓李的那时确是也跟随在瓢把子身旁,可我是他手下弟兄,怎能不听从他命令?今夜相遇,要想在李二爷身上报仇,姓陆的你尽管动手,江湖道上朋友焉有怕死贪生之辈!我看你,还是把当年旧事忘掉吧,提出来不过是丢人现眼。"

这小灵狐李玉说话中,已经不怀好意,冷不防把一支镖扣在掌中,话声未歇,一抖手,竟向陆达夫胸前打来。陆达夫一甩肩头,上半身一偏,右掌骈食中二指轻轻一点,把这支镖打落在地上。小灵狐李玉镖发出去,他是跟踪而进,人到刀到,向终南剑客陆达夫的右肩头斜劈下来,他是安心不叫陆达夫缓手。陆达夫怒叱一声道:"你敢逞凶作恶!再叫你逃出手去,也太没天理了。"他随着话声,抽身撤步,白虹剑换到右手,也跟着把剑术施展开。

陆达夫安心把他留下,一动上手,就不肯再留情。小灵狐李玉虽是十年来练就了一身本领,但是他今夜再想对付陆达夫,可就不容易了。陆达夫这身本领，是终南派一鸥子亲传的绝技，尤其是这套剑术上，变化神奇，虚实莫测，起如蛟龙腾空，落如沉雷击地，身剑合一，把小灵狐李玉用剑裹住，任凭他尽量施展一身本领，却只能拼命招架，那还能再脱身？两人动手到二十余合。李玉渐渐刀法散乱，忽的他招数一紧，颇有豁出死去和陆达夫同归于尽之势。陆达夫手底下也自提防，正要运用'一字乾坤剑'把他收拾了，取他的口供；忽然小灵狐李玉掌中刀一个夜战八方，横着身影和刀，一个盘旋，他猛然高喊了声："姓陆的，你活到了最后的日子了，飘把子叶云已到，你还想逃么？"

陆达夫耳中也听得两丈外的柳堤下似有人声，微一停顿。那知小灵狐李玉一甩腕子，他把掌中刀向陆达夫的身上掷来，同时他一个鸽子翻身式，向河坡下飞纵出去。陆达夫猛然惊悟，用手中剑把他的刀打落在地，一矮身，脚下一点，也飞扑过来。可是小灵狐李玉却一声狂笑，口中喊着："姓陆的，咱们再见吧。"他一耸身，窜入白花河中。陆达夫痛愤之下，探手又拿了一支铜镖，抖手打去。只是那李玉已经往下一沉，没入水中，铜镖打空，已然被他逃去了。陆达夫愤恨十分，自己不识水性，已然不能追赶。

这时，背后一人发话道："尊驾可是一鸥子的高弟么？"陆达夫回身压剑查看来人，正是白天在万安老店查看小灵狐李玉时所见的那个相貌清奇的客人。他虽然也随着自己在人和店住下，陆达夫因为一心惦着小灵狐李玉，没再理会他，想不到他此时竟自现身。遂往后退了一步，拱拱手道："尊驾何人，怎么知道我的来历？"此人含笑答道："既然我没看差，那么尊驾定是终南剑客陆达夫了，可惜我没有眼福，来晚了一步，未能瞻仰一字乾坤剑术。我提一人，尊驾定然知道孤松老人李天民，尊驾已经会过么？"终南剑客陆达夫忙把白虹剑插入鞘中，恭恭敬敬地向来人施礼道："这一来，老师父定是商山二老二侠了。"这人忙说不是。"我姓厉名南溪，你我全是武林同道，那敢当前辈二字！我在柳州地面，与商山二老孤松老人李天民相遇，得知陆师父的一切。我恩师与尊师一鸥子是武林道义之交，现在已经知道你所寻访的仇家，他竟是南海少林派得有真传的弟子。想除此人，恐怕非你一人之力所能办到。令师一鸥子这才传柬一般故旧之交，要随时协助他终南派继承衣钵之人。所以在中途，我已两次看见尊驾。看去你正是一鸥子老人的门下人，跟踪到了这里。在这万福驿想作案的匪徒，我也曾注意到他，不想被陆师父你捷足先登。你这种任侠尚义之心，实叫我们敬服不尽！我认定了这匪徒有些手段，他不会逃出你的手去，想不到这淫徒狡诈，竟被他逃出白虹剑。好在此人既已和我们有今夜这场事，终不会叫他脱过报应，何妨暂时罢手，不必把他放在心上。"

陆达夫听着好生难过，只得带着惭愧说道："原来你老是创先天无极派的厉老师，弟子竟是有这段奇缘巧遇厉老师。厉老师创先天无极派，名扬大江南北，我恩师早已说与我，只要我入江南后，叫我有机会务必要拜访这几位老前辈。竟让弟子在今夜和前辈不期而遇，只是弟子太以无能，被这恶贼逃出手去，叫我抱恨无穷。"擒龙手厉南溪答道："这何须介意，我们在江湖中本侠义道门规，路见不平，拔刀相助，到处全能遇见这种事，也不能总是伸手就把恶人斩草除根。这种万恶滔天的绿林，他终归难逃公道，我也不会叫他就这么逍遥法外。"陆达夫道："厉老师那里知道，我和他还真有牵缠。我一身的事，家师既那么关心，我想他老人家定把我出身来历报告了一般武林前辈，我也不必再隐瞒。今夜逃走的这个恶贼，也正是弟子当年失身绿林时同伙的匪徒。此人叫小灵狐李玉，狡诈多谋，在双头蛇叶云部下，很得他信任。现在正不知双头蛇的下落，恰巧在这万福驿和他的亲信党羽遇上。弟子想从他身上倒可以追究出一些踪迹，那知道竟被这贼子用诈语脱身，弟子更不识水性，已入掌握中的人，就这么被他逃了出去，叫弟子实在是自恨了。"

厉南溪点点头道："原来这里边还有这种情由，这就难怪陆老师着急了。我想那双头蛇叶云，他既得了南海少林派的绝技，岂肯甘心隐匿下去？既是知道他已流落到关东，谅也不难访查，陆师父还是赶紧赶奔关外。我与尊师既是道义之交，对于陆老师的事，更应该尽力相助，你只管先奔关外探听他的下落，我尚有些没了断的事，略为料理一下，我定然也要赶奔关外。"终南剑客陆达夫道："我一生造成了无穷之恨，身负奇冤，不能报仇雪恨，使我一家人含恨九泉。我陆达夫空负堂堂七尺躯，反倒带累得一般武林同道仗义相助，越发叫我寝食难安。"

擒龙手厉南溪道："无须这样讲，我们寄身江湖，既然全隶属在侠义道的门下，我们就愿意为人昭雪不平事。何况你我全是武林中道义之交，彼此的师门中也全有极深的渊源，陆老师你若是拿我厉南溪当作可共患难的人，我们全把那种虚浮的客气去掉。我虽是入武林较早，和你是各有门户，这先天无极派若说是由我发扬光大，我也不敢不认。可是我在师门中是一个掌门户的大弟子，我恩师和一鸥老人，也是二十年道义之交。你若总拿我当武林前辈看待，那叫一鸥老人和我恩师该怎么论呢！我们既交，不在形式。今夜一聚，就算是我们一生的好友。你若是真心和我厉南溪作个患难之交，此后应以师兄称呼我，倘若你还存着那个无味的客气，那也只好听从尊便了。"

终南剑客陆达夫忙改口说道："既然是师兄这么看得起小弟，正是我求之不得的事，我焉敢不谨尊从命！"擒龙手厉南溪道："这才是我们侠义门中的本色！师弟，我们可以回店歇息一时，谅那小灵狐李玉定不敢再在这里逞他的恶念。他既知道你尚在人间，又学成这一身本领。那双头蛇叶云果然若是落在关东道上，我想，这淫贼李玉定要投奔了他去，给他报信提防。师弟你赶紧地赶奔关东，一路上追查着这淫贼的踪迹，只要能找着他，何愁查不出双头蛇叶云的下落。"

陆达夫道："那么，这万福驿那个官宦人家，就不用我们再照看了么？"擒龙手厉南溪道："我已给师弟代理一切，这天道很公，报应不爽毫厘。这个俞老尚书一生为官清正廉洁，爱民如子，所以他家中不该遭这种祸事。他那小姐剑娥贞烈可风，被淫贼逼迫愤不欲生。若不是我预先隐入在她那闺房中，这位俞剑娥小姐虽不致玉碎珠沉，也要落个血染闺阁。她并不知道有人来救她，力不能敌；淫贼闯入里间时，她已经预备一头碰死。是我把她救下了，更略施手法把那小灵狐李玉用内力震了回去。师弟你正好在这时向外招呼他，我趁着师弟你追赶淫徒，我把那老尚书叫了起来，向他说明一切。我这才赶了你来，要看着师弟你怎样给淫贼个报应。你想，那俞尚书家中还用得着我们去么？"

终南剑客陆达夫点头称谢，这才返回人和店内。第二日黎明时，两人一同起身，就在白花河分手。终南剑客陆达夫要访寻着小灵狐李玉的踪迹和双头蛇叶云的下落。只是那小灵狐李玉侥幸逃出陆达夫之手，他那还敢在这一带存身？果然不出擒龙手厉南溪所料，他竟连夜地赶奔辽东石城岛，投奔了那旧日的瓢把子双头蛇叶云。把当年逃走的陆宏疆业已另拜名师，学就一身剑术的武功，正在寻访当年在浙南的一班仇人的事禀报了叶云。

那双头蛇叶云得着这种信息，把个石城岛布置得如同铁壁铜墙，更预备了一般绿林中能手，预备和陆达夫一较最后的雌雄。所以终南剑客陆达夫虽是有一般武林能手相助，但是报仇雪恨谈何容易？最终竟把这石城岛一带闹了个地覆天翻，好几位有名的武林前辈，全险些断送在叶云之手。

陆达夫自入关东，由于双头蛇叶云业已改了名字，更兼自己访查错误，认定了图们江一带所盘踞的两个巨匪，颇似他旧日的仇人。所以他反倒舍近求远，跟辽东石城岛背道而行，在图们江一带，竟自耽搁了半年余。因为没有安身之处，自己又得掩蔽形藏，陆达夫才在图们江畔万松屯土谷祠中作了猢狲王。等到把图们江盘踞的匪徒查明，决不是当年的双头蛇叶云，这才知道是自己把道路走差。

陆达夫本预备离开此处，把近来所得的消息，几个出名的绿林——亲身查访一番。竟在这时，擒龙手厉南溪和商山二老、二侠铁臂苍猿朱鼎，赶到毂祠中，三侠夜会。因为铁臂苍猿朱鼎是奉师兄之命而来，擒龙手厉南溪虽然和终南剑客陆达夫白花河结识，对于陆达夫一身的事，也知道的不甚详细，这才由陆达夫把一生遭遇说了一番，说到痛心处，热泪连连。铁臂苍猿朱鼎、擒龙手厉南溪，也全为之叹息。

二侠铁臂苍猿朱鼎道："我看人生富贵穷通，瞑瞑中似有定数。不过上天似乎对于这种有为的人，总是加着十二分的磨折。正如我们的掌中剑，本质虽好，但是不经过千锤百炼，决不会成为一口利刃，叫它显露出锋芒威力来。可是任凭多大英雄，有时禁受不起这种磨折，心志不坚，壮志消沉，就许把这个人白白地埋没一生。想到这种情形，看到从古以来，那些壮士穷途、英雄末路，真叫人无穷的慨叹。好在陆贤契你正如铁石，百折不回，竟自遇到了一鸥老人，传授了你一身绝技。现在虽然你还是抱着一身痛恨，我想复仇之事，终能如愿以偿。将来你更可为终南派再发出一片光芒，这岂不是我武林中一件可歌可泣的事么？"

陆达夫对于这位老前辈的奖励，逊谢不遑。厉南溪也是连连称是，跟着说道："陆师弟，我们无须在这里尽自耽搁，还是赶紧从这里够奔辽东石城岛，先拿双头蛇叶云的实力摸清了。大致这神拳叶天龙就是他无疑了。我想一鸥老人对于师弟你关心很切，终南派门户实有托付与你继续昌大之意。所以他下终南，自己事了结之后，决不肯袖手旁观。就是老人家不能久离玉柱峰，他也定要多约几位武林能手前来相助。并且我们动手也不可冒昧从事，必须拿石城岛审查明白了。风闻他这几年来，已经根深蒂固，不易动摇，更结纳了一般绿林道中厉害的人物。师弟你虽报仇心切，好在多少年全等待了，不必忙在一时，要仔细地拿应付他的力量预备足了。只要一伸手，就能粉碎石城岛，拿他置之死地，不能再叫他为将来之害。我看你拿这里做个交待，咱们到辽东走一遭吧！"商山二老侠铁臂苍猿朱鼎说道："我们此次赶奔辽东，还是分开走为是，形迹上要十分谨慎。神拳叶天龙在辽东一带实力养成，耳目很多。要是叫他们知道了，我们已在下手图谋他，两下里有主客劳逸之分，与我们多有不利。所以就得避重就轻，我们拿形藏尽力地隐秘着，他在明处，我们在暗处，叫他防不胜防，才可详细地侦查他一切。"

铁臂苍猿朱鼎才说到这儿，忽然殿门外房檐下竟发出一声冷笑道："秘密图谋，已经全部落在老夫的眼内，我看你们死无葬身之地！还妄想到辽东石城岛，还想离开万松屯？那只好来世再见啊！"外面一番话，铁臂苍猿朱鼎往起一纵身，到了门口。身躯没往门外闯，却是往下一矮，双掌突然向门上横楣劈打过去，口中更发着一种牛吼的声音。双掌推出去，上边那横楣振得暴响了一阵，连下面的格扇全跟着震动起来。擒龙手厉南溪也下手，掌一挥，把灯光熄灭，脚下一点，'燕子穿帘'式飞跃上去。

终南剑客陆达夫遇到这种情形，又岂能示弱？也跟踪而起。他也灭灯往外纵身，和铁臂苍猿朱鼎运用开掌力，不差前后。这两人一左一右，穿出了殿门。铁臂苍猿朱鼎见这种重手法没把外面伏身房檐下的敌人打落下来，也自心惊。今夜竟遇见这种江湖能手，不敢迟延，双掌往回一撤，用'龙形穿手掌'一式，身随掌走，已到了这小院中。

擒龙手厉南溪，终南剑客陆达夫，已经全飞纵上房去。这位二侠朱鼎往空中一落，也腾身而起，往对面墙头上一点，二次翻起，已到了这土谷祠外。厉南溪在殿脊上招呼了声："此人大概是奔了西南，追他！"已经腾身飞纵出去。今夜这种情形，全认为来到关外遇上这种能人，是个人一生荣誉成败的关头，全把一身本领施展出来。铁臂苍猿朱鼎，他已看出一点形迹，这位老侠客也真急了，把一身绝技完全施展出来，忽起忽落，疾如飞鸟，扑向西南。

这位老侠客这种身手施展开，竟把那逃走的人踪迹撵上，渐渐地追赶近了。果然是一个身手矫捷，轻身术有超众功夫的人。那条黑影也是倏起倏落，他竟顺着图们江江岸逃去。厉南溪、陆达夫也是紧随着铁臂苍猿朱鼎身后追赶。只是前面这人太快了，这师兄弟两人，武功造就实不如商山派那种独门的绝技。这位二侠朱鼎相离这人有六七丈远，已经看出此人的大致情形。身后背剑，年岁和自己不差上下，他这种起落的步法和施展轻功的姿式，全是武林正宗的传授，这尤其叫朱鼎心惊。

三人渐渐追出有四五里来，前面已经到了中朝交界的十字碑前。那人飞上了石碑的顶上，向铁臂苍猿朱鼎一点手，二次腾身，仍然顺江岸逃下去。铁臂苍猿朱鼎高声喝叱道："朋友，你既有这一身本领，敢在万松屯发狂言大语，现在你怎么藏藏躲躲，老夫岂能任你逃出手去！"喝喊声中，这位二侠便施展开草上飞行的绝技，往前连着四次腾身。这次，逃的那人再也走不开。铁臂苍猿朱鼎已然追近他，不过相离丈余，喝叱道："你不停身，可怨不得我朱鼎无礼了。"忽然，那人的身形竟往那十字碑后逃去，朱鼎被他逗引得怒火中烧。

这时擒龙手厉南溪，终南剑客陆达夫，也跟踪赶到。取三面包围形势，在这石碑一带搜寻。沿江石碑高大，作了这人的隐身处，忽隐忽现，倏起倏落，好厉害的人物！这个人任凭如何堵截，总是扑不着他，铁臂苍猿朱鼎怒叱道："你是甘心送命，怨不得我朱鼎手下无情了。"遂向擒龙手厉南溪、终南剑客陆达夫喝声："二位暂退！看我这口利剑，能否斩此恶魔。"铁臂苍猿朱鼎一抬手，嗖的一声，从肩头上把斩魔双龙剑撤出鞘来。陆达夫和厉南溪全知道商山二老剑术全有超凡入圣的功夫，在江湖上行道，轻易不肯亮剑杀人。今夜动了真怒，这口斩魔双龙剑，只要一出鞘，就不能好好地收回去，不到血腥洗剑，决不甘休。

这位老侠客腾身而起，跃上一块石碑，猛然一个'鸽子攒天'，往起一腾身；再经下落时，这身躯却是上半身往下探着，竟往第四块石碑后扑去。这种身手施展得十分厉害，人剑落处，铁臂苍猿朱鼎身躯落到石碑下。那人也把背上一口剑摘下来，他发话道："愿领教尊驾的绝招。"这发话间，两人在这高大的石碑后，连过了两招。铁臂苍猿朱鼎猛然往回一撤身，飞身纵起，退到第三座石碑上，压剑喝问道："来人分明是武当派的手法，全是一家人，何得相戏？若以我朱鼎可教，请赐大名。"

　　铁臂苍猿朱鼎话一落声，那人竟也纵身到第四块石碑上，剑已交到左手，一声大笑，声如洪钟，答话道："朱二侠恕我萧寅无礼，我是要瞻仰瞻仰斩魔双龙剑的厉害。你这老朋友更是狡猾，还没有施展，竟自逃开，我倒不好相强了。"

　　铁臂苍猿朱鼎哈哈一笑道："原来是掌武当派萧老侠客！"说话间忙把斩魔双龙剑纳入鞘内。擒龙手厉南溪也看出来人正是武当派掌门人。虽然全没会过面，但是已经是二十年成名江湖的老侠客，耳中早已听到一般同道传说。他的举动，相貌，早在想象之中，连终南剑客陆达夫也全赶过来，迎接这位武当大侠萧寅。

　　这时，陆达夫掌中的一口白虹剑，也纳入剑鞘，从十字碑飘身而下，向前答礼。铁臂苍猿朱鼎拱手说道："老侠真是游戏三位！既已来到万松屯，还把侠踪这么隐现无常，显得我们太也不敬客了。"武当大侠萧寅含笑说道："朱二侠你行道江南，却高兴来到这里，我就不能追踪你们一般成名人物之后，在关东三省来开开眼界么？"擒龙手厉南溪也向前见礼。

　　这位萧大侠说道："我真想不到从来不曾到东边一带的人，全这么高兴起来，先天无极掌也想推广到关东？"厉南溪道："老前辈不要这样过份的奖励，我这先天无极派，不过是旁门别派一点独到的功夫，那敢比老侠客掌武林正宗武当派门户的正大？在这万松屯竟得会着当代武林异人，这是我们一生的幸事！老侠客请到土谷祠一谈。"

　　武当大侠萧寅却向终南剑客陆达夫道："这就是终南派一鸥老人得意的高足，以一字乾坤剑入江湖昌大终南派的陆达夫么？"陆达夫忙答道："老前辈别这么过奖，弟子可不敢当。我奉命下山，因为武功还没学成，剑术上尤其浅薄。蒙恩师特意地成全我，叫我仗剑下终南，先了结一生的恩怨，我那敢当行道二字。至于昌大终南派，我尤其不敢担当的。"铁臂苍猿朱鼎向这武当大侠萧寅说道："风涛险恶，那好尽自在这里长谈？我们回土谷祠一叙吧。"这才一同顺着江边，够奔万松屯口土谷祠前。

陆达夫仍然是先行到庙中，把庙门开了，请这位武当大侠萧寅一同走进庙中。陆达夫仍把庙门关好，奔东配殿。铁臂苍猿朱鼎向陆达夫说道："陆师父，你可要小心着再有人乘虚而入，受人暗算，那可不能不提防。"那武当大侠萧寅哈哈大笑道："适才因为要一瞻三位的风采，所以竟自无礼地先入了土谷祠，现在朱二侠不必防范了，再没有我萧寅一样狂放的人。朱二侠，你这份精明强练、多经多见的情形，真是商山派昌大门户的人了。"彼此一同走入东配殿中，叙礼落座。陆达夫亲自去烧水泡茶，自己十分高兴，因为这所来的人全是武林中成名多年的侠义道，这么看得起自己，竟肯这样屈尊赐教，可见恩师一鸥子武功道义，被一般同道敬仰得这样深。

献茶已毕，陆达夫坐在一旁，向武当大侠萧寅说道："老前辈掌武当派行道多年，可是听家师说过，老前辈只在江南一带行侠作义，除暴安良，大河以北轻易走不到。怎么这次竟来到这边远之地，更怎样知道弟子隐身在这种荒江野庙中？"

武当大侠哈哈大笑道："陆师父，你我全是武林中道义之交，我和陆师父虽是素昧平生，但是从三四年前，就已经知道一鸥子收了这么个得意门徒，是终南派后起之秀。这次我有事到天南一带去，会着了你终南派的老前辈，就是你的师伯铁笔震东边周三畏。他和我同到川边码头山，访寻南海少林派的旧人。可是他们那前一代的几位老师，已经全不在了。你那师伯也正是关心着你的将来，愿意把你一身的事，早早给你了结，约同我又赶到十二栏杆山火云岭白莲寺，见着了白莲大师。

"这位高僧武功佛法全是很有深造的僧人，和我门户不同，却是多年方外之交。我们到那里时他曾经说过，你和商山大侠孤松老人已经去过了。这位白莲大师，他本想着要由他一手了结了本门中一件冤仇难解的事。只是尘世中不容他再留恋下去，他归西之日已近，尚有他门中多少功德事未能完了心愿，所以不能离开火云岭。见我们老弟兄来到，他是一字不曾隐瞒，更把这件事推到我身上，叫我代替他清理门户。陆师父，你想这种事，我那敢承诺？我和白莲大师虽然是交情至厚，但是他门户中，尚有他承受衣钵的人。虽然是南海少林寺把双头蛇叶云早已除名，不承认再有这个弟子；我们以侠义门中的事，任凭怎样对付他，那是各凭本领，不致起意外的风波。我若是替他清理门户，那岂不是惹火烧身，自寻烦恼？所以这时竭力地拒绝了他。可是白莲大师最后要求，不许我完全撒事不管，叫我和你周师伯念十年道义之交，无论如何给他本门中消灭这个冤孽。我也只好答应了他，竭力而行。

铁笔震东边周三畏有一件大事牵缠，未能罢手，所以我遂赶奔关东，一路上访查这位双头蛇叶云。无奈他已经把旧日的形藏竭力地隐蔽。这关东道上绿林中人，就没有知道他出身来历的，只有辽东石城岛神拳叶天龙和他同姓。此人近十年来已经在辽东一带成名，盘踞石城岛，更得着天险之地，在那里收容些关内外绿林中成名人物。还有些江湖奇人、绿林能手，全在他那石城岛盘踞着，声势极大。本岛中又有极大的出产。沿海一带，他又不作案，地方官吏也不去剿办他，所以日渐根深蒂固，不易动摇。他手底下更有一班能人相助，给他策划着一切，把那天险之地，再加以人工布置，成了铁壁铜墙。他防守布置非常厉害，不是他本岛中的人，休想越雷池一步。尤其是近半年来，他那一带似乎防备着有人不利于他，布置得越发严密。

"而且，我来到关东，已经耽搁数夜的光景，竟得不着陆师父的踪迹。我们这道中人，也未会着。可是我听得这图们江上有一股悍匪，并不是本地土著，是从关里逃出来的，盘踞在图们江水陆一带，行踪诡秘异常。我想双头蛇叶云，二十年前是江南的悍匪，他所结纳的也全是关里的成名绿林；就算不是，从别人的身上，也可以得着叶云的一切真情实况。我来到这图们江，已经是十几天的功夫。昨日无意之中，从图们江上游玩到这里，陆师父竟然作了老学究。我那会看出你本来面目？事逢凑巧，入万松屯的驿车惊窜，陆师父无意中施展身手，我这才知此处隐着武林中异人。今夜暗入土谷祠，方知道是我萧寅所寻访的人。你们聚合一处，究竟是怎样打算？石城岛神拳叶天龙，就是当年的双头蛇叶云，已经毫无疑意。只是他那里既有那种声势，更收容着一般绿林能手，实在不可轻视。不趁早下手，我们这一班人，自己虽觉着行藏隐秘，但是时日一久，难免不走露风声，我想还早作预算为是。"

铁臂苍猿朱鼎点点头道："萧大侠所见极是，陆师父也正要赶奔辽东，我们最好是赶紧起身，先把那石城岛虚实动静细查一番。遇见这种劲敌，万不宜冒昧行事，一击不中，后患无穷。所以力量必须预备足了，任凭他防守多严，我们也得看看他匪巢中究竟有多大力量。"

擒龙手厉南溪道："不错，我从来到关外，已经探听得神拳叶天龙，既有一身惊人本领，他更是武林正宗的传授。这些年来，他似乎已提防会有人对付他，所以他没占据石城岛以前，尽量地结纳这关东一带的成名有力人物，疏财仗义，一半是为树自己的势力，一半是得别人的超群绝俗的功夫。所以此人到现在，已经不能测度他究竟具怎样的身手。最令人痛恨的是，已经去世的南海少林僧慧真禅师，造了无边大孽，把他南海少林派的武功，完全传授了他。再经过这些年来，他竭力地结交一般绿林能手，更给他本人增加了极深的火候。所以无论如何，我们得设法看看他的所学所能，免得陆师弟复仇未成，反为所噬，那就太以叫这恶徒趁心如愿了！"

陆达夫说道："朱老前辈、萧老前辈、厉师兄，我陆达夫遭逢不幸，不共戴天之仇自己不能去报；到如今，反连累得我恩师一鸥老人，时时关心着我一身荣辱安危，更带累得老前辈们饱受风霜之苦，远莅东边。我想，神拳叶天龙这些年来，虽然武功造就愈深，手段愈厉害，但是我终南学艺，是下了决心。蒙师恩准许我下山之日，就是辜负一鸥老人之时，我能够手刃仇人，把叶云的血洒在我惨死全家坟墓前，我还可以重返终南，报吾师父的厚恩。此次事不能成，仇不能报，我也就无面目再活在人间。要想叫我敌不过他时，重回终南，再练武功，徐图复仇，我决不敢那么想了。一个人生老病死，不是由人所能预算。这些年来，我这件痛心之事，一时一刻未能去怀。好容易得到了他的踪迹，我再不能放手了。现在就是和他拼命之时，此去辽东我要拿师门所学，和他一拼生死。敌不过他，我也就决不再出石城岛，我们的冤仇只好等待来世了。"

武当大侠萧寅慨然说道："陆师父可以不必作这样打算。你含辛茹苦，终南山学艺练剑，为的是什么？若是作这种愚夫愚妇的行为，你也就无须忍痛这么些年了。现在你师父一鸥子，既放你下山，他必有一番打算。你知道终南派收徒最难，十分严苛，你受艺师门，经过了这些年刻苦的锻炼，不是一件容易事。可是一鸥老人成全你这么个徒弟，他也很费苦心，岂忍叫你就这么断送了终身？他的希望很重，更已经明许你是他终南派承继衣钵的人，所以他这才求到一般武林同道，拔刀相助。叶天龙虽然厉害，党羽虽多，难道我们这一般人，就真个不能打过他么？不过你要明白，我们在武林中行道数十年，历经风浪，伸手办事，不该再像少年时那么意气用事了。"

终南剑客陆达夫听了这番话，慨然说道："我总觉得现在这么连累着一般老前辈跟我担这份惊险，吃这种辛苦，于心太以不安了。"擒龙手厉南溪道："师弟，你若不是这种遭遇，这种师承，遇上我们这班道义之交，就是你求到面前，也未必肯伸手管你这场事。现在不必心中总存着这种抱歉之心，只要你明白，大家这是为江湖上主持正义。因为一鸥老人数十年道义之交，助你一臂之力，但愿你大事得手，重返师门，为师门中多出些力，那就不负大家成全你一场了。"

铁臂苍猿朱鼎道："陆师父，你还有什么耽搁？能够几时起身？"陆达夫道："这万松屯所教授的一般蒙徒，倒没有什么牵缠，不过我不能这么无情无理的一走。这万松屯所住的虽全是一班山居的农民，可是对我颇知敬重。我素日很喜欢他们那番诚实可亲，所以必须向他们说明不得已之情形，稍作人情上的周旋，也免得叫他们这种忠诚朴厚的农民不安。"

武当大侠萧寅点点头道:"达夫,你这样做事,深合我的心意,这种贩夫走卒,以及市井屠沽之流,更见真个胆识,这样作很对。那么,我和朱老侠客先行起程,赶奔辽东,你和厉老师至多只可耽搁一日,也随后起身。到辽东之后,我们在庄河厅福升店家聚合。那里的地方很大,是辽东道上最大的买卖。凡是那一带客旅商人多半的都投在它那里,在关里一带,以及江南各省,还没见过那么大的店房。"

终南剑客陆达夫点点头道:"好吧!我们最晚后天一早起身,如若万松屯的父老弟兄,不过甚的牵缠,我和厉师兄也许明天午后起身。"武当大侠萧寅、铁臂苍猿朱鼎同时站起,萧寅向厉南溪道:"我们老哥两个,趁着天没亮,要赶到龙和驿。到那里饮食歇息,很是随便,你们弟兄也可以歇息一刻。"厉南溪点点头,陆达夫说道:"我也不强留了,土谷祠中实在没有待客之地,老前辈们到辽东,我再稍申敬意。"

二位老侠全微微一笑,走出配殿,陆达夫和厉南溪全跟随送了出来。这两位风尘侠隐各自说了声:"无须客气,我们先行一步了!"朱鼎,萧寅腾身纵起,已蹿到庙门头,起落之间,已然离开土谷祠。

陆达夫和厉南溪也跟着纵身蹿上庙门头。只见这两位侠客已然出去十余丈,顺着万松屯前稍有两条黑影,速如箭矢,瞬眼间,已经隐入苍茫的夜色中。这师兄弟才飘身而下。

回到配殿中,陆达夫惊叹着说道:"如今我越发相信武功是没止境的,像这二位老前辈,这种造就,我陆达夫就是再练十年,也难到这种火候。"擒龙手厉南溪道:"不是那种意思,武林中的本领,完全是因人而异。一半是师传,一半是由于自己禀赋来判断。天赋的聪明智慧和体格,全有过人之处。所以他只要遇上名师,那种武功造就出来,定是有超群绝俗的本领,那就是得天独厚,非人力所能为。可是武林中成全出一个人材来,最难也就在这种地方。有那种天生异质,又遇名师,定然能造就出一个出类拔萃的人材。

可是这种人的天性如何就难断定。像现在辽东石城岛所有的一班绿林人物，其中可真有那种超群绝俗的本领。只是他们虽然承得名师传授，自己又有那种天赋的体格，但是他心地不良，走入歧途。任凭他有多大的本领，终归失败。空成就了那种人材，却不能用在正路上，反倒为害江湖，造出无穷的罪孽。所以各派中对于传授门徒十分慎重，也就是把过去的事引为前车之鉴。虽然是这样说，可是这数十年间，师弟你也不断听说到，许多正大门户中产生了不少败类；这种事，有时实不是人力所能算计到的。"

陆达夫点点头。这时天已到五更过后，这弟兄两人，遂在这配殿中调息养神。天刚亮，伺候土谷祠的那名长工已经来叫门，更有三四个小学生，他们也早早跑来。陆达夫遂吩咐他们赶紧回去，给所有的学生家中送信，就说先生有事，今日叫学生在家中等候，少时陆达夫要亲自到万松屯村公所中有事去交待。把学生打发走，陆达夫梳洗过，亲自到万松屯向一般父老兄弟辞行，跟他们说明有朋友到来，要一同回转江南。有几个月的耽搁，只要把私事料理完了之后，定然还到万松屯来。可是任凭陆达夫行藏如何隐密，昨日在村口力救骡夫，已经在万松屯中传扬遍了。

陆达夫今日这一走，他们更明白陆达夫是一个隐迹边荒的奇人，借着这个蒙馆掩饰他的本来面目。村人越发对陆达夫敬若神明，父老兄弟们连厉南溪也请到了村中，设筵钱别。在第二日一早起行时，全村父老兄弟，带着一般学生，把陆达夫和厉南溪送出万松屯，直跟出半里地。一班小学生更是对于这位陆老师有依依不舍之意。陆达夫看到他们这种真挚的热情，倒引起他无限的感伤。和一般父老兄弟以及天真烂漫的小学生洒泪而别，师兄弟两人离开万松屯，这才赶奔辽东。

终南剑客陆达夫和擒龙手厉南溪师兄弟二人，一路上没有什么耽搁，第四日已经来到辽东庄河厅。武当大侠萧寅已经嘱咐明白二位，是投奔庄河厅玉山街福升老店。二人一入庄河厅地面，不禁夸赞：好个繁盛所在！这里因为地临海口，是这辽东最重要的地方。

由这里往关外，在陆地上是商旅客运必经之路。在海运更是江南各省奔关东去的一个必要的所在。这一道长街道，足有四里多地。沿着街道两旁，商家铺户十分兴盛。

陆达夫和厉南溪顺着街道往西走出有一里多地去，一路上打听着这福升店的所在。因为这种重要港口的所在，店房货栈极多。他们走过不到半条街，就已经路过三四家客货栈。在眼前路北，正是这座福升老店。果然这座店房十分讲究，开着大车门，门头上一块大金字匾，是"福升老店"四字；客人出入不断，门道中站着几个店房的伙计。厉南溪、陆达夫走进店门，伙计们迎上前来，接待客人，陆达夫向他们问："有一位姓朱的和一位姓萧的住在这里，他在那个房间内？"伙计道："你老找人稍等一等，这里每天总有百十多起客人，来来往往，等我到柜房内水牌子上查一查。"店伙进柜房，不大工夫出来，向陆达夫、厉南溪道："不错，有这么二位客人，是昨天早半天到的，可对么？"厉南溪点点头，伙计道："你老随我来，他们在东院房。"厉南溪、陆达夫随着店伙往东直走过三道院落，赶奔三间北上房。

武当大侠萧寅已经听见说话的声音，推门等候，铁臂苍猿朱鼎道："你们来得好快，只比我们差着一天的功夫。这个店房比较方便吧？"厉南溪点点头。因为这里已经离着石城岛很近，店房大，客人多，形迹不甚显露，伙计们伺候着一切，这些闲文不在话下。

到了晚间，铁臂苍猿朱鼎道："我们入手探查石城岛，可得提防着叶天龙的党羽众多，这庄河厅一带定有他一班党羽散布在这里。住在这里更需格外留心，我们的形状踪迹，虽不能过分严密，也不要反被人家暗中监视起来。"武当大侠萧寅道："事情虽然不便莽撞，可是不能尽自耽搁，我们明日一早散开了，往石城岛附近，先看看他们外面的情形。因为通着石城岛这条路，极不容易掩蔽形藏，我们看看入石城岛仅有的一条道路，到了夜间是否能往那里走。因为我们虽不至于就被他伏守的党羽们阻挡住了，可是形迹一露，叫他们有了严密的戒备，就不容易探查他一切了。"厉南溪等

全深以为然。

在第二日一早，四人先后离店。铁臂苍猿朱鼎和武当大侠萧寅全是单独走，先行从福升店起身。厉南溪和陆达夫两人结伴而行，离开庄河厅繁盛的所在。一直走出镇口有一里多远，往东去是一片绿野，道路修设得平整异常，直通到港口一带。他们可不是奔这庄河厅的最大码头，而是斜奔东南，顺着海边走下来。沿海一带船只很多，停泊了不少走江南一带的大海船。所以虽是关东之地，这码头上商客脚夫，有许多是江南口音和山东沿海一带的大船户。离着码头渐远，路上较为清静了，转过两处港口的地方，有一条道路，直插入海滩内。远远望去，好像摆在水面上一道长桥。身临切近，见这条道路有数十丈阔。随着海面上的礁石起伏的地方，如同一个小小岗子，影现在水面上了；那波涛一阵阵涌起来，不时扑上岸去。

沿着这条道路，只有几个樵采的乡农在上面走着，和几支渔船停泊在水边。看这种地方，决不是什么通行的道路，荒凉异常。沿着这条堤岸水边，长着许多荒弃着的芦草和几棵小树。往前走出约有半里之远，地势忽然开展，道路是渐走渐高，可是看不见什么行人来往。厉南溪向陆达夫道："师弟你看，这就是通石城岛仅有的一条咽喉要路。"转下一个高坡，这里面全有水围着，却有百余亩的平地，倒有许多农人散布在这一带种着农田。厉南溪道："这里是一般穷苦的农民，没有什么好田地，只在这种地面任意犁殖荒田，再往前去，大致就是那石城岛的禁地了。"陆达夫和厉南溪经过了农田旁，那田地里的农人，看两人尽自往前走，全带着惊异的眼光。因为陆达夫和厉南溪全是长衫便履，一派文雅之气，这是荒岛中不常见的人物。

陆达夫往东南看去，见远远有一片高起地面雄壮的山岗和郁郁苍苍的树木，拔起海面，低声向厉南溪道："前面那个所在，大约是石城岛了。"厉南溪点点头道："正是那个所在。"两人把脚步已经止住，故意的先不注意东南那一带，反转身来向海面上遥望着往来的帆影，暗中查看四周的形势。陆达夫向厉南溪道："这种地方要想暗中侵入，真费些手脚。据小弟看来，我们很可以找一只渔船，避开这条道路，在夜间贴近他石城岛下，反可以避开他伏守的暗桩，形迹不至于败露。"厉南溪摇了摇头道："只怕不大容易，石城岛在这里已经是人所尽知，沿海的船户，谁又敢向他们招惹？并且他石城岛中，也拥有许多船只，难免没有装作平常的船户，散布在庄河口一带。我们一个弄不好，反倒要自投虎口。"

说话间，这师兄弟脚下慢慢往前移动。离着还有两三箭地，从路旁转出两个农人，站在道路当中，向陆达夫、厉南溪道："喂，客人别往前走了，前面没有道路可通。你看前面那高岗上，住着大户人家，养着十几条猎犬，只要一走近了，非被猎犬伤了不可。客人要是到这里找人，我们可以给你去通禀。"厉南溪道："怎么养着猎犬，白天就撒开，伤了人难道不偿命么？"那农人说道："客人你怎样还看不出来？这不是通行的道路，既有人告诉你危险，反要成心找这个不痛快。二位要是真个试试这里猎犬有什么劲头，二位自管请，我们别多管闲事。"

陆达夫道："你不要误会，我们是听人传说，这石城岛先前是个荒岛，现在已经开辟成了一个很好的所在，高起海面，成了辽东半岛最有名的地方。我们江湖人轻易来不到这个地方，所以要来开开眼界。既然是有这么厉害的猎犬，不准外人擅入，我们何必非去不可？这一说，二位也是石城岛的人了？"两农人答道："不错，我们正是这石城岛住的佃户，在他这里开垦荒田。"擒龙手厉南溪道："真是一处不到一处迷，若不是这两位老哥这么指示，咱们为了闲游，反倒找出麻烦事，那也太以不值得了，谢谢老哥的关照。"说着，随陆达夫转身，仍奔原路退回来。这种情形，分明这里防守得很严，慢说是夜间，若是白天，你不递帖拜望，休想走进石城岛。这师兄弟两人，越发得对这里留了神，路上连话全不敢多讲。到了海岸，两人一商量，还是回到店中等候二位老前辈回来，再作打算。

　　这早晨，码头一带正是热闹的时候，弟兄两人一路上看着附近的商人旅客，来往得络绎不绝。进玉山街时，厉南溪忽然用臂肘一碰陆达夫，低声说了句："师弟进店时，你留神背后那个一身蓝布短衫的壮汉。"只说了句，仍然是指点着路旁的商家买卖，和陆达夫闲谈着。两人决不回头，直奔福升店。赶到了店门口，已经是往里走了，陆达夫突然地缩住脚步道："咱们何不到酒楼中吃过午饭再回店？"他说着话时，身躯转过来，面向着厉南溪，用眼角一扫，果然有一个短衣的壮汉正向这边走来。这时忽然闪向路旁，在两个行路人的身后，半掩着身躯，脚步放慢。厉南溪这时却答道："我觉着在店中随便用些什么倒也方便，何必非到酒楼去不可呢？咱们午后出去，把货看好了，船一两天也就开了，一点不要耽误，你想不好么？"

　　这师兄弟两人故意地这么迟延着，不向店里走。那个短衣壮汉，虽则脚步放慢，也不能站在那里不动了。这时已经走到店门前，厉南溪故意不经意地一扭头，看了他一眼。见这人年纪有三十余岁，两道扫帚眉又黑又重，一双豹子眼，目光十足，脸上带出十分凶悍暴戾之气。他的目光也注定了厉南溪，一偏头，却走过了福升店门，向西街而去。厉南溪微微一笑，向终南剑客陆达夫道："我们没探听成人家的底细，反被人缠到这里！师弟，咱们还不赶紧进去么？"陆达夫点点头，一同走进店来。

　　店伙跟着进去，把房间门开了，铁臂苍猿朱鼎和武当大侠萧寅全没回来。店伙给泡上茶来，问客人午饭是在店中吃，还是到外面去。厉南溪道："我们那两位老掌柜的全没回来，等一等再说吧。"店伙出去，厉南溪道："师弟，你看见这种情形了，江湖上传言神拳叶天龙盘踞石城岛后，竟作了辽东霸主。我先前疑心江湖道中朋友有些过甚其辞，今日看起来果然有些名符其实了。这石城岛如不用些手段休想探查，我们只有各凭手段，倒要看看他这铁壁铜墙，就能挡得我们么！"

　　陆达夫道："这叶天龙竟会在这里养成这么大势力，叫人好生不平！所以有时看着，总是天道不公。这种恶人收容下许多江湖亡命之徒，借着这种地方隐迹潜形，暗中却作些杀人越货之事。官家虽有所闻，事不临头，不肯多管，把他势力养成，再想动他就费事了。这次我陆达夫仇报不成，我决意把我这条性命留在石城岛，不作生还之望了。"厉南溪道："现在从种种的事情上，已证明了他定是那双头蛇叶云。不过没跟他正式见了面，不能作冒昧的举动。我们探查他时，只要师弟你认清了果然是你对头，任凭他防守多紧，势力多大，我们那时候很可递帖登门拜望，和他明说明讲，谅他也不能逃出我们手去。师弟你把心安下了，现在我们养精蓄锐，只预备跟他一决生死好了。"

两人说话间，外面脚步声响，陆达夫赶紧站起，推风门往外看时，正是铁臂苍猿朱鼎、武当大侠萧寅，二位老侠客竟自一同回来。厉南溪也站起迎接。二位老侠来到屋中，落坐之后，武当大侠萧寅问道："你们弟兄两人，反倒早早回来，石城岛不容易趟进去吧？"陆达夫点点头道："这叶天龙防备得十分周密，白昼间他那里也伏守着党羽，只要走近了石城岛，立刻阻止前进。我们不只于访探查出他那里的形势，反倒被他们缠下来，我们落脚之处已被他看清了。这种情形，分明这一带全有他的党羽潜伏，我们倒不能再迟缓了，总以早早下手为是。"

萧寅点点头道："这种情形很是难说，我们自认行踪隐密，可也保不定被他侦悉一切。今夜我们无论如何，要到石城岛走一遭，你们弟兄两人把石城岛正面已经看过。叶天龙防守之严可见一斑，今夜晚间，我们要到石城岛探查，倒可以另定一条道路，你们弟兄两人对于水面上怎样？"陆达夫摇摇头道："弟子对于水内的功夫可以说一点不明白。"萧寅道："不是问你们水量如何，可能自己操桨划船？"陆达夫道："凡是住在江南的人，大约总可以明白一二。"厉南溪道："弟子对于行船，手底下还不算弱，萧老侠难道是打算从水面入他的石城岛么？"

铁臂苍猿朱鼎在旁说道："我们发现一条道路，这是海边上一个渔夫所指示。今日我们坐他的船，直绕在石城岛后。他对于这里的道路很熟，在海面上十几年没离开这一带。叶天龙未占据石城岛之前，他们这一带所有的渔户樵夫，差不多全到过那里。自从他霸据这里之后，就把这座荒岛作为基地，不准任何人出入。

"在这石城岛后有一处很奇险的地方，地名'小天门'，那里直到海边，是这石城岛背后一个悬崖峭壁。平常的人，就是你站近了他那岛边，也无法上去。那渔人是无意中说与我们，说是他们当年常入石城岛时，曾到过里面。那'小天门'二三十丈的崖，除非是飞鸟可以上下。我们故意的把船只在那里停留了半晌，上面并没有什么防守的卡子，若是在那里费些手脚，总也比从海岸往里闯容易得多。"

厉南溪道："我们被阻挡时，本也想由陆地进去，虽则不至于就被他防守的人阻挡住了，躲避他们也并不算费事。可是彼暗我明，为了我们先不要被他发觉，最好一丝形迹不露。所以在访查他岛内之前，不宜被他惊觉才好。可是看他这种声势和他布置的情形，这沿海一带的船只，难免有他的党羽潜伏。所以想从海面上进去，这只船就大费周章。"萧寅答道："这倒无须多虑了，今日所遇的这个老渔人，我们已经尽力的暗地侦查，他却是一个安善的渔夫。我们已经和他约定好了，在夜间租用他的船只，多给他些钱，与我们的事料无妨碍。"

众人彼此商量一定，在店中用过了午饭。武当大侠萧寅嘱咐陆达夫："白昼间不必出去。店门外既发现那个壮汉窥查，似乎对我们已有怀疑之意，我们需谨慎提防，好在我们也要在今夜下手。"陆达夫这一天就在店中歇息。朱鼎、萧寅分头出去把这庄河口一带侦查了一番，回到店中。这一天并没见别的动静，也没见什么可疑的人到店房来。等到晚间，招呼店伙，把房间门锁好，告诉他出门去探访朋友，时候过晚，或者也许明早回来。

这四人一同离开福升店，赶奔海边。朱鼎、萧寅和那老渔人已经约定好了，他那只渔船就在离开码头一箭多地的水边上停泊着。

岸边他盖着两间草房，就是这渔人的住家。朱鼎、萧寅见那老渔人正在那水边站着，好似已然知道他们会在这时前来似的。厉南溪和陆达夫见这老渔夫已有六十多岁的年纪，可是精神十分饱满，含着笑迎了过来，向朱鼎招呼道："客人，你怎么这时才来？你们就用这只船，可千万不要往远处放。虽然有月色，但是这种船只不大，风平浪静的时候，还不要紧；若是风浪一大，可就危险了。依我看，还是我给客人操船，比较着安心点吧！"萧寅道："不用了，你看我们带来两个很好的水手，再说江南一带的客人，整年的在水面上跑，那有不会使用船的？你要是不怕我们把船拐跑，就不用为我们再担心了。"老渔人点点头道："这我倒相信客人，可还是小心些为是。"

这时厉南溪、陆达夫先行上了这支渔船，一人掌舵，一人操浆。朱鼎，萧寅全在中艄，船只开始离开了海边。厉南溪在后艄，见那老渔人转身时竟自笑出声来，可是他跟着已经走进草房中。厉南溪觉着这老渔夫笑声可疑，更提防着小心。不过因为得注意海边一带是否有敌人，所以他当时也没有提起渔人的情形。这只小渔船贴着海岸向石城岛漂来，四人那又知道，这位老渔人是隐迹辽东的一位风尘奇士。

第七章

下辽东暗访叶天龙

终南剑客陆达夫偕同铁臂苍猿朱鼎、武当大侠萧寅、擒龙手厉南溪，驾着小船，顺岸边往前走着。只走出一半来，陆达夫已感觉十分吃力。少年时在家乡，虽然不断地在水面上操桨使船，可是终不如那船户们，依着这种作为生活使用的熟练。铁臂苍猿朱鼎向陆达夫道："陆师父，你这操船的手法还得再练几年，万般不是蛮力笨干。你看看我老头子手底下这两下。"说话间，朱鼎来到前稍，把陆达夫换下来。

这位老侠客双桨抄在手中，立刻水花翻动，船行加快。这一带水面较宽，已经转到石城岛的左侧。虽则有星月之色，但是这汪洋的水面上，波浪翻腾，这只小船如同一片叶子，随着波浪起伏。因为船走的力量大，那浪花不住地往船头上撞，看着十分惊心。武当大侠萧寅向朱鼎招呼道："朱师弟，这里贴近石城岛，我们要转到岛后，深夜间是没来过，还是把船再往远处展开些；不可放大意了，提防着点，他岛边上有潜伏的船放哨。"朱鼎答了声，"好！"立时船头微斜，闪开紧避。

就在这刹那间，船后一阵水花翻滚，水中似有一只巨鱼往上一翻，又复沉下去，水面上水花荡开丈余远。船上的老侠客们全是一惊，注目看时，再见不着它的形迹。这只船往前荡出了数丈远。那石城岛山壁下，突然现出一道灯光，往水面这边探照过来，不过相离有十几丈远，灯光照不到。

这时，朱鼎的双桨突然加快了，隐隐地听得那边水花连连翻滚，发出巨大的声音；所现的灯光，已看出是一盏孔明灯，却在山壁下四五丈内，不住地在水中来回晃着查看。更听得有人隐约在喊，"抄鱼叉，别叫它走了，咱们得彩头不好吗？"朱鼎的船可丝毫不敢停，双桨运足了力，已经离开很远，听不见了声息。

萧寅向朱鼎道："朱师弟，我们好险！这种地方，竟有岛内放哨的船只隐藏暗处。这岛后未必容我们就那么趟进去了。"朱鼎回头说道："转过这个湾去，我们要冒险一试；或者不成，也不能就这么白来一趟。果有把守的船只，我们越是离着这么远，越容易被他发现；反不如贴近了岛下，把船放慢了，就是有他们的船只在那里埋伏，黑暗之处，四五丈内，我们反倒容易动手。"萧寅答了声："好！我也想这么试试，他只要没有大队的船只，我们亲手收拾，倒觉得容易了许多。"

说话间，已经又冲出有一箭多地。这次把船头转过来，又向石城岛下黑暗的地方围过来。船到了山壁下，这里黑暗异常，船放慢了，木桨也是轻轻拨动，不叫它发出多大声息来，慢慢往前移动。朱鼎便向陆达夫招手，把双桨递与他，叫他缓缓地沿着山壁下往前荡；自己则伏身在船头，仔细地探查前面的动静。

船往前出来有六丈远。这里的形势非常险峻，一处处的礁石突出水面，这只渔船稳稳绕过阻挡的地方。萧寅也凑到前面，低声向陆达夫说道："你看前面两三丈外，若是没有伏守的暗卡子，我们就好停船了。从那里往上攀升，也就是那渔人指示过的'小天门'，入石城岛的所在。"

往前才又移动出丈余来，朱鼎回身向陆达夫低声招呼道："把船紧贴到山壁下，不要动，前面似有船只行动的声音。"陆达夫赶紧把这只渔船紧靠在山壁下黑暗处。他们这只船停好后，果然迎面由西往东，荡过一只大船来。船上也是没有灯光，离开山脚下也有三四丈远。这种船只要来到近前，陆达夫等形迹可就不易隐藏了。这里虽则黑暗，本岛的人全是在这里呆久了的，那个地方稍微差眼，立时就能发觉。

这只来船相隔也就是还有四五丈，忽然间船上人惊喊道："王老大，把住了舵，这水里有东西。"跟着水花一阵翻滚，船上人已经抄起竹篙来，往水中扎去。可是这水中翻滚，竟自不离他船左右，他这只船竟渐渐离开山壁下。

朱鼎等已经看出，船上是三名壮汉，一个操着浆，一个提着刀，另一个手中持着一根长竹篙，不住向水中猛扎。就这一路被水中这种怪物，扰乱得他这只船一直追下去，已经离开这边有一二十丈，渐渐地看不见他的船影。朱鼎、萧寅也觉得太奇怪，怎会有这凑巧的事？好在这只巡船业已走远。

武当大侠萧寅道："我们不必再迟疑，从此翻上小天门，免得再有船只过来。"铁臂苍猿朱鼎道："我们只要进得石城岛，就不必再顾虑；就有巡船过来，我们这只渔船只有送给他吧。"终南剑客陆达夫道："老前辈也得提防退路。"铁臂苍猿朱鼎道："只要我们趱进了石城岛，容我们把里面的形势探查一番，出石城岛，不一定非从这里走的；或那时行迹稍露，也正可以示警与他，我们还怕些什么？"武当大侠萧寅道："朱老师，你是安心拼命而来，这倒好办了。咱们赔偿那老渔人一只船钱就是了。"擒龙手厉南溪道："不见得这笔钱出在我们身上。"朱鼎道："很好，船只不能还人家，只好由这厉老师代办了。"立刻打量这山壁上的形势，险峻十分，更兼黑沉沉的，这种地方实不容易上下。

武当大侠萧寅向朱鼎招呼了声："我头前给你们开路。"这位老侠客把背后插的青萍剑用手扎了扎，把衣衫也收拾利落，两只袖管挽紧，从船头上向上一注目，腾身而起。这一纵身，就蹿起两丈多高来；脚登到一块突出的悬崖，稍一着脚，已经腾身再起；或左或右，倏起倏落，身形轻快，活如一头巨猿。铁臂苍猿朱鼎也跟踪而起。擒龙手厉南溪、终南剑客陆达夫也各自提着全副的精神，气纳丹田，精神贯注。在这段悬崖峻壁上，奇险的山岩足有二十几丈高，仗着这四位风尘侠隐全有一身锻炼的功夫；虽则本领深浅不同，但全是武林正宗的传授，遇到这种地方，这才见出名家身手，毕竟不同。

萧寅、朱鼎已经相继蹬上悬崖，厉南溪，陆达夫也跟着上来。

169

在这岩头上面，尽是些古老树木。因为在石城岛的最高处，下面又是海面，岩头上风极大，摇着一株株的古老树木，发出一片波涛之声。黑沉沉没有一些灯火，也见不着伏守之人。可是虽然到了这种荒凉寂静之地，依然不敢大意。萧寅和朱鼎全把身形掩蔽在树后。厉南溪和陆达夫往下一矮身，借着那蓬蒿蔓草掩蔽住身躯，为的是仔细查看眼前的形势。

只见这一带地势很高，这段岩头仅仅有十几丈高。往前走没多远，就是一个斜坡；可是出去再有十余丈，道路就断了。因为这段高耸起的悬崖和后面的石城岛的道路，几乎像隔绝开一样。前面有一处探出的山梗子，下面一条数十丈深的沟，大约是外面的海水通过来，把这一段短短的路就算遮断。深沟对面才是石城岛。匪党盘踞在石城岛最后面，和这里通连处，是一段有五丈多宽探出的悬崖。只能从这里飞渡过去，别无道路可通。所以这里名叫小天门，没有轻功绝技，无法趟进石城岛。

看罢这种情形，铁臂苍猿朱鼎低声向萧寅说道："这定是小天门无疑了。可是我们万不可轻视了它！提防着万一有伏守的暗卡子，我们可不要没趟进匪巢，先被他察觉我们的踪迹。"遂彼此互相戒备着，仍然处处找那隐避身形之处。

渐渐地到了这断崖头。这里并没有树木，只有极深的荒草和丛杂的芦苇，生在断崖一带。往对面看，情形相同。铁臂苍猿朱鼎向厉南溪、陆达夫一打手式，叫他们把身影俯下去。老侠客要亲自渡过小天门，看看对面那一带虚实动静。因为同时要全往那边闯，万一他这里按着暗卡子，可就不易逃开他们的监视了。萧寅也把身影隐蔽住。朱鼎却用"鹰伏鹤行"之式，已经到了断崖头，双臂一抖，身躯竟如一头巨鸟，飞纵过小天门；往那苇草中一落，虽然有极小的声音，可竟被这位老侠客防备到了。

离开朱鼎落身处四五丈外，孤零零一块巨石后，闪出一带灯光，竟往朱鼎停身处连续照来。朱鼎伏身不动，灯光隐去，把守的人仍然回到石后，把身形隐蔽着。老侠那肯再冒然现身？在地上捡起了两个鸭卵大石块，一抖手，往他那暗卡子前打去。"叭"的一声，那伏守的匪徒已经二次现身。这次，在他隐身地方四五丈外，又窜出一人，提着一把鬼头刀，向那巨石后闪出的人喝问："这是什么声音？还不赶紧用灯查看！"这时灯光再现，这两个匪徒竟在他们停身附近搜寻起来。铁臂苍猿朱鼎第二块石头已发出，向他隐身处那块巨石上打去，石块纷飞，声音越发大。两名匪党惊疑错愕。铁臂苍猿朱鼎双足一顿，竟用"燕子穿云"的身法，自扑到两个匪徒的近前，往地上一落。那个执孔明灯的匪党，正把灯光移过来，照见了朱鼎的面貌，他惊喊了声："张老师，你赶紧动手，有奸细。"那提鬼头刀的匪徒，在同伴灯光一扫中，也看见扑过人来，竟自一纵身，抢起鬼头刀，照着朱鼎斜肩带臂便劈。铁臂苍猿朱鼎铁掌轻舒，一个金丝剪腕，竟把鬼头刀夺出手来；左掌骈食中二指，向这匪徒天突穴上点去，这匪徒二声没出，立刻晕厥过去，倒在地上。萧寅也在朱鼎石块诱匪徒出现之时，运用轻身绝技，身形不停，倏起倏落，也赶到近前。那个执灯的匪徒，竟自用手指一按嘴唇，"吱"的一声，响了胡哨。这萧寅往下一落，"饿鹰搏兔"式，一掌已打在这执灯的匪徒脊背上，"吭"的一声，往前撞出两三步去，摔在地上。

这两个匪徒已被收拾了，虽则动手时已经发声喊嚷，响胡哨呼援，可是并没有接声的。这时擒龙手厉南溪、终南剑客陆达夫也相继翻过小天门，扑到近前。武当大侠萧寅叫厉南溪把两个负伤的匪党捆上之后，更把嘴给堵上，把这两个把守小天门的匪党放在荒草中。朱鼎、萧寅把眼前的形势略一查看，顺着一条草径，往前面一片黑沉沉的石城扑奔过来，到处注意着暗中伏守的匪党。这四个人身形隐现无常，渐渐地挨近了石城附近。

这座石城是借着原有的岛中形势建起的，形如一座高大的围墙，地方并不甚大，东西也就只半里地长。石城上面有匪徒梭巡把守。这种地方容易出入，只要避开那伏守之人。石城只有两丈五六的高墙，更兼这石城完全是用本岛的石头起建，墙上凸凹不平。

萧寅向大家一打招呼，各自分散开。在上面梭巡的匪党，是四个人一组，一盏孔明灯，各配着弩箭，提着兵刃。这一拨人过去，相隔十几丈外，又有第二队到来；若是一处发生变故，在这东城上巡防的匪党，全可以立刻应援。四角上更有四个箭楼子，上面有把守的匪徒，昼夜全有人在里边常川驻守。

萧寅已经看见一拨巡查的匪党，方在走过去，他已经腾身而起，飞纵到石城上面。后面这一队相隔十余丈，尚没过来。朱鼎、厉南溪、陆达夫跟踪而上。向下面查看时，沿着石城下并没有房屋，全是很宽的道路；隔开五六丈远，一排排的木板房，全是散散落落，谁也不和谁接连着。这一带并没有灯火之光。往里边看，在一箭地外，才有整所的高大房子。

朱鼎等相继翻下石城，往里探查过来。按着方向，他们是由北往南，遂往这石城岛的中心赶过来。越过了十几间高大的房屋，见前面一排参天古树，围绕一段大墙，占的地方很大。远远看这片宅子，足有数十亩方圆，他们所过来的地方，正是这片巨宅的后面。朱鼎向厉南溪、陆达夫打招呼，叫陆达夫跟随武当大侠萧寅，由东墙往里趱；到这巨宅当中，再往一处集合。

萧寅遂带着陆达夫，从这巨宅的后面隐蔽着身形，转到西边，往前查看。向前面去，大约有两箭多地长。萧寅向陆达夫低声嘱咐：“看这里的情形，多半是这石城岛匪首盘踞之地。我们翻向里面，要谨慎小心。”陆达夫答应着。萧寅已经腾身而起，单臂夹着墙头，探身查看。这附近并不见匪徒的踪迹，下面也是平地；遂翻上墙头，飘身落在下面，陆达夫也是跟踪而下。

这墙内是五尺宽的一条走道，顺着墙下往南往北，毫无阻挡。萧寅遂头一个往东查看过来。这种巨大的宅子，又是初入此地，更不知里面的虚实动静，时时加着小心。转进一道院落，这里边的房屋盖得全是形式粗陋，可是非常坚固。所到的这道院落内，也不像平常住宅的形势；只有一排五间东房，两间北房；两边是一道矮墙，正通着大墙下；两间北房里灯光未熄。

萧寅叫陆达夫巡风把守，自己扑奔了北房下。风门关得不严，正错开寸许，里面灯光露出来，听得正有人在讲着话。萧寅从门缝中往里看时，见这屋中并没有什么陈设，只有迎面靠墙下一张粗制的木桌，上面放着一盏油灯；桌子两旁，对面坐着两人，桌上摆着几个盘子，似有两人正在喝着酒。萧寅只能看到左边坐的那个人，年纪在四十岁左右，黑紫的一张脸面，眉目间一派粗暴之色。这时，他的酒已经喝得要醉了，两眼迷离，说话的声音有些模糊不清。可是话声中，带着十分愤怒。右边那个说话的声音颇高，似在解劝着左首这人。

那个粗暴的匪徒正把满满的一杯酒送到唇边，一扬脖子，把酒一饮而尽；酒杯往桌上一放，声音很大，带着愤怒的情形说道："陈四弟，你别疑心我酒喝多了，随便地发酒疯，哥哥我没有那种没出息的毛病！别说这一二斤酒，就是牛庄那种好酒，我个人喝他二三斤，不至于走了样子。眼前的这种情形，我实在有些看不过去。我是跟着岛主打江山的弟兄，开江阔土的功臣，现在至于就吃眼皮下的这碗饭？我就是想到不叫外人看笑话。可是现在他才来了这几天，立刻作威作福，把我们这班人全不放在眼内，成天的在岛主面前献殷勤、出主意；不知变出什么主意来，昼夜地折腾我们！岛主从到关东三省，投入石城岛，我就跟随他身边，就没听岛主提过有这么个生死患难的弟兄。这时忽然来到这里，竟要把持一切，说什么当年和姓叶的是共患难的弟兄。可是他们交情深浅，和别人没有什么相干；我们把这片江山打下来，就凭他姓李的，没见他动过一刀一枪，就想坐这第二把金靠椅，从我这就看不起他！

"我们岛主自从占据这里，压根儿地面相安无事。我们在地面上没有招扰，也没有在本地做过什么案；可是自从他来了之后，竟自把石城岛扰了个天翻地覆，无故地预备起来，好像是有什么人，眼前就要不利于本岛；所有的弟兄们，无故的全加了罪辜。我看这小子无事生非，也是故意谎造些谣言，在岛主面前献殷勤，早晚我要碰碰他！"

那个年轻的匪徒仍然是劝解他道："张师父,你何必生这种无关的闲气? 纵然他安着什么歹心而来,可是岛主言听计从,我们何必干生气? 现在你说什么他的大权在握,咱们岛中的规矩订得又严,弟兄们谁敢不遵守? 我们索性慢慢看着他,真要是风平浪静,无故地折腾,大家早晚会明白;我们不对付他,自有人和他过去。可是他虽然年轻,我看这个主儿那份精明强干,也是老江湖道。听说他先前是在江南道上,很闯练些年了。你听他那绰号叫小灵狐,这个人实在够惹厌的! 光棍不斗势,现在他总算我们叶岛主的近人,力量小的谁能够动他? 何必白栽那种跟头? 到了实在挤得弟兄不能立足时,我们再想法子。"

萧寅听到里面匪徒说出小灵狐三字,分明听陆达夫已经说过,正是那双头蛇叶云当年部下弟兄。赶紧下来,向陆达夫一打招呼,各自离开这道小院。翻过这一段屋顶,面前是一个黑暗无人的荒岛。武当大侠萧寅停身站住,低声向陆达夫说道:"听屋中匪徒讲话,就露出那小灵狐李玉入石城岛多时。这一来,更明白神拳叶天龙即是那双头蛇叶云无疑了。尤其这些日来,他对于石城岛这么严厉的布置,更明显他是因这小灵狐李玉投到这里,得知旧日仇家已经在寻访他们报仇雪恨,这石城岛早晚定要有人前来;所以他这里蓄兵备战,也正是等待我们找去。"陆达夫点头答道:"正愿他这样,我陆达夫也不枉费了千辛万苦,总算是找着他。"

方说到这儿,突然在他们停身之处,三四丈外屋瓦微响了一下。萧寅和陆达夫各自伏身查看。只见那南房檐上正有一个夜行人停身,似在等候什么;跟着从西边又翻上一个人来,这两人脚底下全是十分轻快。先前上来那人,低声招呼道:"鲁二弟,这件事我们是报告岛主好,还是去禀告副岛主对呢?"后面那人赶到先前上来的身旁,说道:"叫我看,我们还是直接地去禀报岛主。虽然没有见着实在的情形,岛后这种隐密的地方,全有巡船把守,更有暗卡子监督着;居然有外来的船只黏近了本岛,丝毫没有觉察,这分明是有人潜入岛中。我们弟兄是掌管本岛放暗巡船和各处暗卡子的头目，如今出了这种事，我们若是隐匿不报，万一真个有人侵入岛中，对新来的这个主儿不好交待。咱们的弟兄在岛主这里效力多年，没有在任何人手内栽过，我们何必自找麻烦？"先前上来那个夜行人说道："依我看，现在的事，叶岛主全有些作不得主了，大概满到了人家手中。今夜这件事虽值不得大惊小怪，可是出了事，我们弟兄就不能在石城岛呆了。这个副岛主十分难惹，遇上事他是一点情面不顾。倘若他给我们弟兄一点颜色看，我们是吃他的不吃？好在现在没有一点别的变动，事情虽小，还是报告了他。我们先把脚步占住，就是真个发生什么事，我们也有话好说。"后赶到那个匪徒说道："既是你认为应该这么办，那也没什么不可。我认为多一事不如少一事。岛前的情形，那四道有力的暗卡子，就是有能人想冲进石城岛，他也得留下一点迹象。那岛后悬崖一带，不是平常江湖道能够出入的地方，何况水面上和小天门险要处，全有弟兄把守，决不会有人从这里跑进来。好，咱们就报告他。"

这两人立刻纵跃如飞，向东北翻过去。萧寅和陆达夫一打招呼，两人跟踪蹑迹，追赶下来。直翻过六七处房屋，再往前追赶，就得处处留神了。下面所有的院落中，多半有灯火，并且下面不断地有人出入，一个个全是短装配兵刃。萧寅和陆达夫此时把全身本领施展出来，纵跃闪避。见前面那两个夜行人，竟翻进座北向南一所院落内。

这两人往院中一落，下面有把守的人，已经发话，喝问："什么人？赶紧报'万儿'？"萧寅和陆达夫已经隐身在房坡后，见这两个夜行人往院中一落，立刻答话道："守石城岛外围的头目，张四义、鲁得和，有紧急事来报告副岛主。"北房门前有一个年轻的匪徒答道："等候着，我给你们回禀一声。"这名匪徒转身进去。工夫不大，推门出来，向这两个匪徒一点手，这两人跟随走进北房。

萧寅和陆达夫在他等候禀报的工夫，把这道院中四周已经查看一遍，这北房一共是三间，房后通着另一个院落，后面黑沉沉，是一片空房；在这后墙上，有二尺多高两个后窗，离地有七八尺，窗上现着隐隐的灯光。

萧寅和陆达夫翻到墙后，各自一耸身，捋住后窗口，蹦在后窗下。把窗纸点破，向里查看。只见这北房是三间通连，里面陈设倒也十分整洁。在靠北墙下一张八仙桌旁，椅子上坐着一个匪徒，陆达夫看到眼中，虽则是偏着脸，已认得清楚了，正是万福驿逃出手去的那小灵狐李玉。陆达夫见他此时的神情举动，果然是在石城岛已然得了势，昂然坐在那里不动。

那掌管外围巡船、暗卡的头目站在他对面，由那个自报姓名叫张四义的，述说岛后发现一只渔船，可是所有巡船、暗卡并没有发现敌人，特来报告副岛主。那小灵狐李玉狂傲十分，沉着面色向那头目张四义道："这真是怪事！本岛巡船、暗卡布置得那么周密。外来的渔船，能闯进了岛后，竟自没有一个发觉？那么外围上安置这些弟兄，算管什么的呢？你们哥两个只这么来向我报告，有什么用？船既贴近，船上的人定已趟入石城岛中；我们石城岛就是这么防守，可惜叶岛主这些年的心血，满算白用了。不是我李玉说话口冷，弟兄们既凑在一处，全是在江湖道上找饭吃的朋友，能够得到这么个地方安窑立寨；更得着本岛的出产，在地面上能够不落着大痕迹，大家全有了安身之处，应该同心合力，把这石城岛守住了；根基一天比一天的坚固，力量一天比一天的厚；辽东道上的绿林，提起石城岛三字，他也得惧我三分。可是什么事也是孤掌难鸣，全仗着上下一心，不要看作别人的事业。

"现在这石城岛外正有几个仇家，想要下手暗算我们；正应该各拿出良心来，共同地对付不利于我石城岛的敌人。可是我屡次对弟兄说过，全当着耳旁风，认为我李玉来到石城岛的日子浅，威望不足以服本岛的弟兄，才敢这么轻视我的命令。弟兄们不要忘了，石城岛真到了不能守时，弟兄们一散开，自己想在关东道上重打江山，我还看不透有那种力量。要是离开叶岛主，手下能够有的主儿，他也就早去了，不会再敷衍到今日。弟兄们应当放明白些，总要时时顾到我们绿林道的义气二字。"

那张四义听到李玉这番奚落的话，不由面红耳赤，却冷笑着说道："副岛主，你这个话未免冤屈我们！我们弟兄在叶岛主麾下效力多年，有石城岛在，我们弟兄全在这辽东一带称名道姓；石城岛万一有闪失，我们把这些年的功夫就算是白费了。利害相关，我们焉能对于防守上不尽力？副岛主这种话，简直认为我弟兄有吃里扒外，故意来放敌人侵入本岛！副岛主，你把我弟兄也看得一文不值了，关东道上的弟兄，肯做那种下流无耻的事么？"

李玉却一声断喝道："你们还敢这么理直气壮地在我面前狡辩！我只问伏桩、暗卡全管的是什么？现在咱们按公事讲话，这只渔船不会自己进来。它既然暗中侵入石城岛，人是已经趋进来，或是已然逃走，你们总得有个交代。就这么含糊地报告进来，我认为你们是疏于防守，已经被敌人侵入；现在还敢在我面前这么无理地狡辩，难道本岛就没有一点规矩来处治你们么？现在我若是丝毫不为你弟兄留余地，认为我姓李的过分的事情，你们是掌管巡查防守的头目，这条船据你们看，是否有外人已经侵入石城岛？这件事咱们得说个了断出来，免得你们心不甘服。"

那个年轻的头目鲁得和道："副岛主，我们认为公事上很对得起了，就许是附近的渔船缆绳折断，被水流冲到这里，那也算不得什么生事；若是认定就有外人侵入岛中，那也未免多虑了。"小灵狐李玉哼了一声道："我也认为我是过于多虑，不过弟兄们应该明白，这石城岛不是岛主和副岛主个人的祸福兴亡。但盼如你们兄弟所言，倘若真个有些靠不住的事，那可休怨我姓李的不能再顾什么叫交情，只好以岛规处置。"那鲁得和答道："倘若为这条渔船出了事，我们弟兄也没有别的话可讲了，愿受处罚。"刚说到这，听得远远的一阵云板声，一声连一声，小灵狐李玉带着惊慌的神色站起来，这守外围的头目张四义、鲁得和也是面目变色。

这时已将近三更，云板连响，正是岛主那里召集本岛各路弟兄、首领头目。这声音除非没有非常事发生，决不会这样。当时小灵狐李玉向张四义、鲁得和道："请你们弟兄仍然督叱手下弟兄加紧防守，叶岛主有急事相召，我得赶奔后寨。"张四义、鲁得和才一转身，门外有人说了声："报事。"跟着走进一人，向小灵狐李玉道："巡查本岛的周老师发现小天门暗卡子已有人闯入，两名弟兄受伤被绑。岛主那里召集各位老师父赶紧到后面议事。"来人一说出后面的情形，张四义、鲁得和全缩住脚步，两人神色越发惊慌。小灵狐李玉一阵冷笑，向张四义、鲁得和道："弟兄们听见了！小天门已有人闯入，更分明是从岛后水面上进来的，你们弟兄应该担当一切，只有以岛规处治。"说着话，向外面喊了声："来。"立刻从外面走进四个年轻力壮的弟兄，小灵狐李玉喝道："把张四义，鲁得和暂行看管，听我的命令，叫守东面石城的正头目李金山，暂统带外围暗卡弟兄。"

张四义、鲁得和此时任什么话不能讲了，被押解出去，听候发配。这时，小灵狐李玉站起身，出厅房。武当大侠萧寅、终南剑客陆达夫听到这种情形，他分明是去会那神拳叶天龙。虽则事情已然危险，后面所料理的小天门，把守的那两个匪徒已被他们发觉了。这一来，暗中窥查没有阻碍，可是来这一趟实非易事。只有加着十二分小心，倒要把他石城岛内所有的情形看个明白。

萧寅和陆达夫飞身纵到房顶上，那小灵狐李玉正被两名提着灯笼的弟兄们引领着，出了这道院中，往北经过一条极长的箭道，转进一个很大的院落。坐北向南是八扇屏门，当中四扇全打开，在门外有四个弟兄，全是一身短装，各提着一口鬼头刀把守着。从屏门往里去十余丈，是一座高大的厅房。这道院子有六七丈多宽；当中起一条通道，从门内直到厅房的月台间。沿着通道路两旁，每隔两步就有两名弟兄，全是背着脸，一个向东，一个向西，各背着一张连珠弓，肋下弩箭囊。那座大厅房月台上，也有四名弟兄，可是紧把着月台口台阶左右。这时那大厅的帘子，已经高卷起来。月台上灯笼火把照耀着，那厅房里也有灯火，光焰辉煌。这种地方，任凭本领多高，不容易往里闯，防守、监视太严。

小灵狐李玉到了这道院落的屏前，给他持烛行路的两个弟兄，已经退向一旁。小灵狐李玉昂然走进屏门。这时武当大侠萧寅远远地跟踪着李玉的后迹。因为这个贼子十分机警，对他身上更得特别的小心。容他已经走去很远，萧寅向陆达夫一点手，陆达夫凑近萧大侠的身边。萧寅附耳低声说了两句，陆达夫点点头，翻身飞纵，直扑这道大院子内西边的一排厢房，直到了这座大厅的西北角，在这厢房屋脊里伏身等待。

武当大侠萧寅也同时从东边翻进来，身形之快，已经扑到了小灵狐李玉的头里；探手囊中，摸了两粒铁弹丸，看真远近，用足了指力，向那通道当中半空打去。这头一粒铁弹丸，直打到四丈多远，一直地往下落来。小灵狐李玉正在往前走着，忽然眼前"叭哒"一响，正落在脚下，不由缩住脚步，低头查看；同时在身后也就是一尺内，又是一声响。李玉一转身，这通道上又收拾得十分干净，伏身捡起这两粒铁弹丸，执在掌中，仔细看了看，说了声："敢在李二爷面前卖弄这种手段，我倒要看看你是何如人！"这时，他的话没落，右边又是从半空掉下一粒来，依然是离他身旁不足一尺。这李玉认定了暗中有人在戏弄他，他猛然往右一拧身，"燕子穿帘"式横蹿出来，往东厢房下一落，已经飞纵上房头；脚底下才据住瓦珑，又是一粒铁弹丸，仍然是从头顶坠下来的。

这种情形，叫李玉也自疑心。暗器的打法，没有这样用的。想暗算自己，凭这种铁弹丸出手打出来，一两丈内，也能伤人；若是扣在弹弓上，百步内只要打中了，就能置人于死命。可是现在连着四颗弹丸，全是从半空下来，落在自己身旁；若说是本岛四围防守的老师，他用弹弓打过来，弹丸飞到这里不足为奇，可是这弹丸不离自己左右，太以离奇！他在房上这一张望，可是不敢声张；因为大厅中除了叶岛主外，还有好多江湖能手。自己若是没看真了，发现敌人，大惊小怪起来，岂不叫人轻视了他李玉？只是他在房上这一张皇查看，在通道上所有的匪党，全各自把连珠弩竖起。通道旁向西的，一齐转身来向东，预备着只要有人往里擅闯时，就用连珠弩射击。

终南剑客陆达夫已经在这班匪徒往东房的房上注视的一刹那，一个"巧燕穿林"，从西房坡飞纵上月台；往起一纵身，蹿到厅房的房檐下，捋住了厦檐下的木椽子，身体全翻到上面，蹦在檐子底下。

这时，小灵狐李玉在东房坡上略一张望，见附近一带并没有敌人的踪迹。那屏门一连又走进两人，李玉赶紧翻身落在下面，向大厅中走去。回头看了看外面所进来的，是两位石城岛上的客人，锁子枪于志、铁掌金标石兆丰。这两人全是龙门一带成名的绿林，被神拳叶天龙约进石城岛，尊为上客。在平时以极重的礼节、极好的款待，这么供养着。叶天龙一半是为得向这种成名的绿林同道讨教武功绝技，一半也为得是一旦石城岛有了重大变化时，可以借着他们的力量，帮助自己。这小灵狐李玉在房上查看时，这两位已经走进门来。自己身为副岛主，不愿意让他们知道暗中有人戏弄自己，所以赶紧走进厅房。这锁子枪于志走在头里，铁掌金标石兆丰在他身后，他已看到了副岛主李玉，正从房上下来；才待开口招呼，那李玉假作没看见，竟自一扭头，走上月台。

那锁子枪于志扭头向身后的盟弟石兆丰道："好大的架子！有什么足以服人的本领，这么狂妄？好朋友们要是冲着你这样，早走了。"那石兆丰却低声道："大哥，我们不必和他一般见识，咱们是为叶岛主够外场的朋友，才肯在这里呆下来。他又算得什么？关东道上根本就不认识他这个人，何必跟他呕这种闲气！"这两人已经向前走过来两丈多远。那门外云板还在敲着。

那锁子枪于志突然向盟弟石兆丰喝了一声："退！"这两人往后一缩身，"嘶"的一声轻响，一粒弹丸斜穿着，从他两人的面前直打，向甬道的西边丈余外，落在地上，发生很大的响声。这铁掌金标石兆丰，往后撤身之间，瞥见东房脊后似有一条黑影，由北至南，顺着房脊后，如飞地向这大庭院的前面逃下去。石兆丰向盟兄于志说了声："上面有人。"这两人一拧身，全往屏门这边走过来，"嗖嗖"的全蹿上了屏门上的墙头。再看东面那黑影，已不知去向。

这两人向门外把守的匪党招呼了声："你们把弩箭装好了，提防着，有人若是擅敢从这里来时，一面向里面打招呼，一面用连珠弩射他。"这两人翻身退回院内，往东西厢房上看了看。见两边防守的弟兄，沿着甬道背着脸，各自把守着一面，不至于再被人冲入。遂一同赶奔大厅门口。这时，里面已经聚集了十几位石城岛中重要的人物，在这般人这样严密的戒备下，又那知道这几位风尘异人，已深入他心腹之地，暗中侦查他们一举一动？

武当大侠萧寅，这时早已隐身在大厅的东头厦檐底下。把格扇上面的横窗点破，这座大客厅中一览无遗。五间长一并通连，三丈多深，在这里完全是开山立寨的形势，没有别的陈设。从一座大闪屏前起，除去正中，是两张金漆八仙桌拼在一处；两边两把太师椅，桌案挂红缎子桌围；闪屏上更有一块横匾，是"集英堂"三个大字；往东拢下去，是一张茶几、一对椅子，两边全是一样。这里能够坐三四十人。沿着格扇前，一边是八名弟兄，一身紫灰布裤掛，沙鞋有裹腿，青绢包头，每人一口斩马刀；单有四个伺候这里的弟兄，在两边站立着，也是一身短装，可是不带兵刃，紧守在厅房门口两旁；从房梁上用铜钩子吊起来，离地一丈多高，每一个琉璃灯中，烧着四个灯焰，把这个大屋中照得亮如白昼。

在这大厅迎面，靠东边椅子上，坐定一人：年纪有五十余岁，细高的身材，黑紫的面色，两道长眉，一双精光四射的眸子，带着凶狠恶戾之气；唇上留着黑须，穿着蓝绸子长衫，肥大的袖管，在手腕那里挽起来，下面是白袜的缎鞋；右手里搓着一对胡桃，左手拿着一把摺扇，不住地轻摇着。这正是这石城岛主神拳叶天龙。

伏身在西边厦檐下的终南剑客陆达夫，已经怒呲欲裂。这叶天龙一点不差，正是他这二十年来寻访不到的仇人双头蛇叶云。陆达夫从他面色神情上看来，他和当年也判若两人，足见他正和自己相同。这些年来，他也另有成就，怎会不在关东三省另树出一番天下？那西边椅子上坐的是小灵狐李玉，沿着东西两边座位上，坐着几个高矮胖瘦不等、一共有十六名江湖道。这里边所有的这班绿林人物，终南剑客陆达夫是一个也不认识。本来他出身是一个好人家的弟子，衣食所迫，误入歧途，那时归了双头蛇叶云部下，也并非是甘心为匪，不过短短的时期，一年多光景，就遭逢那种不幸；他虽然是担了个绿林出身之名，对于这班江湖道中人，素无来往。所以看到眼中，没有一个认识的。

武当大侠萧寅细查座上人，竟有两个江南的积盗也落在这里，一个是横行江北一带的飞贼，名叫草上飞蓝昆；一个是专在两湖一带横行的，名叫穿云鹤苗勇。想不到如今全到了这里！

这时，那神拳叶天龙同小灵狐李玉说道："李二弟，今夜事情来得非常突兀。小天门那种奇险之地，竟自发生了意外，分明是已有人从那里闯入，伤了我们两名弟兄。这样看起来，我石城岛自己看得是铁壁铜墙，人家依然如入无人之境！我们弟兄这点心血，就算是白用了。"小灵狐李玉脸一红，向神拳叶天龙说道："岛主，这实在是小弟疏于防守，竟自被人侵入。在公事上，我实没法交待；不过这么看起来，小弟来时所报告的那件事，现在已经证实，或者就是他已经暗入我石城岛，想在我们岛上作打算了。岛主现在各处已经全派人把守，我们赶紧还是四路分开，搜查一番。小天门那么险峻的所处，后面悬崖下，更发现了一只渔船，一定是从那里侵入无疑了。

"现在本岛中既然有人要暗地图谋我们，对于本岛管束督斥，只有从严办理。在岛主没有集合大家到这里之先，有守外围的头目张四义、鲁得和报告进来，岛后发现渔船；只是他们在石城岛中，并不是新来的弟兄。在发现之时，就应当立时用响箭向大寨中报警；我们立时从里边分头搜寻，阻挡来人，万不会被他们冲入小天门。这两个弟兄，竟把这件事看作无足轻重，把机会已经放过，才向小弟我那里报告，将本岛的安全视同儿戏。小弟我到石城岛的日子不多，多蒙岛主看重；可是各处的弟兄们，多有轻视小弟我，不足担当副岛主的重任；威令不成，恐怕非要误了大事不可！小弟和

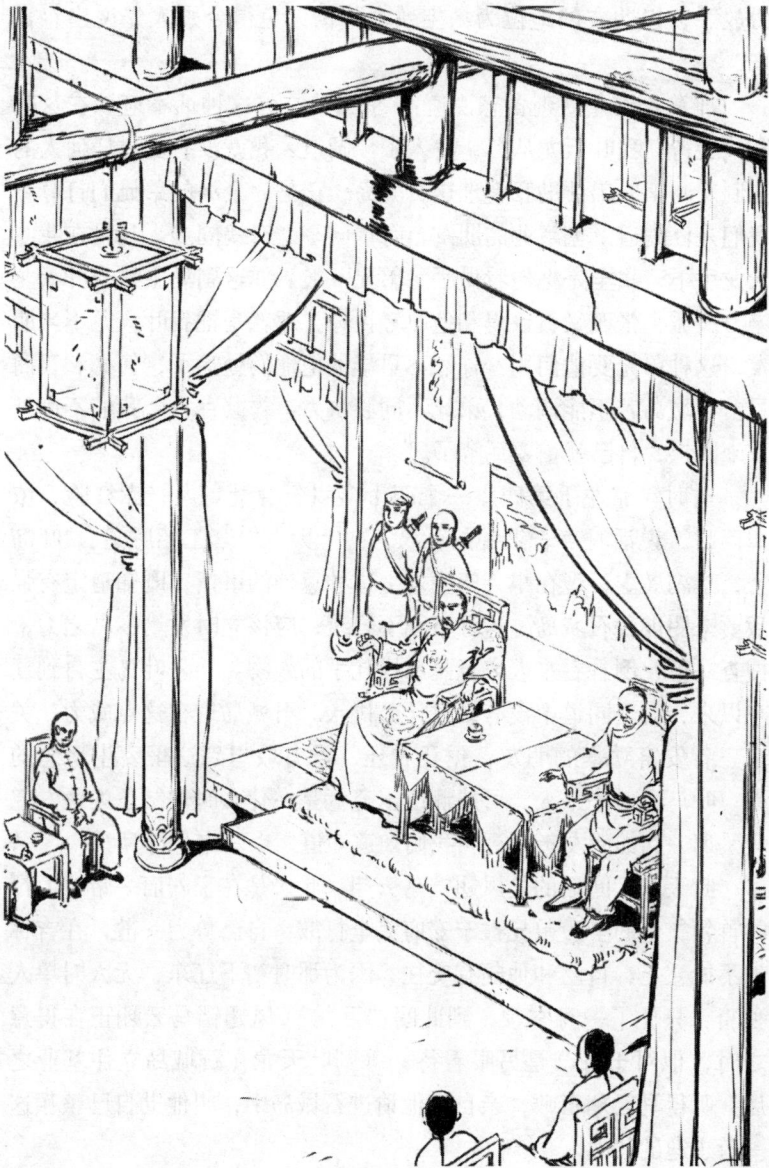

岛主是患难弟兄，不要因为我这一面误了大事，我还是把这种权力放手，以朋友的地位为岛主效力帮忙，免得令别人先说出怨言来。"

神拳叶天龙立刻含怒说道："李二弟，你这种话不应该在这时和我交待！我叶天龙从二十岁入了江湖道，我就没有受过任何人的挟制。叫李二弟帮助我整理这石城岛，正是为全岛的弟兄们打算。我们是江湖道上创事业的朋友，有福同享，有祸同当。凡是在我叶天龙手下，我全是把他看做手足弟兄一般。你这副岛主是我叶天龙亲自所派，张四义、鲁得和他敢轻视你，那就是把我叶天龙不当朋友，这种弟兄要他何用？你还不早早地把他们处治了，何必和我商量？石城岛若不能调动，弟兄不同心协力、誓共存亡，我们不用外人来图谋，自己就怕要瓦解了。"

这时，靠左手第四座一个四十多岁、身量高大、赤红脸，浓眉巨目、说话时声若洪钟的壮汉，向叶天龙、李玉招呼道："叶岛主，李副岛主，现在小天门既发生这种意外的事情，既知道定有强敌要来图谋我石城岛，这种事刻不容缓，应该立时发动本岛之力，搜查一下，倒看看来人究竟是怎样扎手的人物。并且叶岛主自到辽东以来，对于同道中没有结过什么仇人。石城岛现在这点威力，关东三省安窑立寨的朋友，据我看还，没有敢想到这里妄生恶念的人。叶岛主对于来人，可能测度出究竟是在什么时候结下的仇？究竟是那一路的朋友？可否叫我们知道知道，也好作个打算？"

叶天龙见问话的是凤翅铠马云翔。此人是在宁安府一带拉大帮的首领，他的全股弟兄被宁安府完全打散，自己势力一散，在吉林省不能立足；自己和他颇有交往，因为那时初下辽东，无人时单人独骑，只凭了一身本领，到此闯"万儿"。凤翅铠马云翔正在得意之时，他对于自己是另眼看待；等到叶天龙在石城岛立住基业之后，听得马云翔事败，亲自把他请进石城岛中，叫他助自己整顿这一劳永逸的江山。

这马云翔在石城岛颇得叶天龙的重视，此时听他问到自己，本可以把实情说出来；不过叶天龙心里可还怀疑着。他不敢认定，准是那浙南仇敌陆宏疆找到这里。他还怀疑着是他师门中有不肯甘心他这种行为的人。所以略一沉吟，向马云翔说道："现在我们弟兄，在石城岛这点势力，关东道上的朋友，我也准知道没有敢和我故意为难的；这还是我在关里时旧日的冤家，知道我叶天龙现在立起这点根基来，不肯甘心，所以要到这里来搅扰我一下；我本来没得着真凭实据，不敢妄下断语，来者究属何如人。好在他既安心对付我叶天龙，事实真相也就要摆在面前。今夜的事，总然是有人趟进来，暗地里侦察我动静。我叶天龙还没放在心上。

"我请老师傅们到来，只是请大家对于此后的事，要计划一番。所以小天门发现敌人，正好给我们个警戒。江湖上尽有能人，我们布置得任凭何等严密，依然挡不住来人出入，这就是防不胜防了。不过我们既然在石城岛站住脚，就不能轻易地把多年心血断送在别人手中。众位老师们，等我叶天龙查明了图谋我者究竟属何人，我们要痛痛快快地和他打个强存弱死！真个我们力量不能抵敌，这石城岛不能立足之日，也就是我叶天龙在江湖道上除名之时！所以，我要请老师傅们在这场事中，要各把全份的力量施展出来，能替我挽回这次的劫难，我叶天龙能够仍然在这石城岛中存身，也就是一般朋友所赐。姓叶的绝不是忘恩负义之徒，大家保全住事业，我决不会坐享其成，愿意祸福共享。这是我请大家来的一点真正意思。"

叶天龙说这种话，座上的人可就有疑心的，认为小天门既已发现敌人，他把一班人聚在集英堂，不赶紧做打算，在这时竟交派着这种没用的话，真不知是何居心？那穿云鹤苗勇，他往座上仔细一看时，竟自发觉短了几个重要的人，就是那铁蛟龙关震羽、千里追风卞寿山、夜鹰子杜明。他遂向神拳叶天龙问道："叶岛主，你这话无须托付，凡是在石城岛的人，也别管他是朋友，还是在岛主麾下效力，都不会有别的打算，只有和这石城岛共存亡。现在应该先做眼前的打算，怎么叶岛主把有人暗入岛中，不查个水落石出，岂不是太失计了么？"

叶天龙微笑道："就算来人已然深入我石城岛内，我想他进来容易，走出颇难，四下里已然严密把守，我要看看他怎样再退出去。"那穿云鹤苗勇只从鼻孔中哼了一声，不再说什么。那草上飞蓝昆却问道："怎么？这里众位老师父们全到了，那关老师、卞老师一般人，到现在还不来？他们难道不在岛中么？"神拳叶天龙却向草上飞蓝昆摇了摇头，淡然地说道："大约他们弟兄三人到庄河厅访友去了。"蓝昆一听他这种答话和他的神色，已经明白了叶天龙的用意。这三人昨夜还全在本岛中，那会出去访友？

这时，忽然听东北方"嗖嗖"的胡哨声，众人全是一惊，向叶天龙道："东北方已然报警，定已发现敌踪，我们还不去看看？"叶天龙摇摇头道："无须我们多管，那里自有防守的弟兄。"刚说到这儿，突然间一个弟兄闯进来，向叶天龙报告道："后寨柴草棚和粮食起火。"叶天龙微微一笑道："这种手段，想在姓叶的面前施展，叶天龙还不会着了这种道儿！"立刻向小灵狐李玉说道："李二弟，你赶紧调集守前塞石城的弓箭手，把守本岛前通着水港的那条道路，我看他定要从前面退出。"小灵狐李玉答了声："是。"立时一纵身，窜到厅门外。

这里，叶天龙向铁翅鹏胡振刚说道："你在石城岛东面把守着，房上监视着，不叫来人冲进我大寨内。"又向凤翅铛马云翔说道："马师父，请你监视西房一带。"又派锁子枪于志和铁掌金标石兆丰弟兄两人把守大寨前，只监视屋面一带。就是发觉敌人，只不准他冲入大寨，任凭他逃走，不必追赶。叶天龙便同草上飞蓝昆、穿云鹤苗勇、双刀周德茂及其余一班朋友们，也向厅房外走来。

那武当大侠萧寅和陆达夫本是隐身在厦檐底下，小灵狐李玉奉命赶奔前寨时，东北一带，胡哨连鸣，后寨起火。萧寅已经飞身退下廊檐，翻到屋顶上；陆达夫也跟踪翻上西房，和萧寅聚在一处。

陆达夫向萧寅说道："现在已经辨清了这叶天龙，正是那双头蛇叶云。既已见着他，焉能再容他活下去？无论如何，今夜要与他一决生死！"萧寅正色说道："陆老师，你已经忍耐了这些年了，此时若这么冒昧下手，你可要终身抱恨！你看他眼前这一班党羽，以及你听他这面说话的情形，分明对我们已有提防布置。东北角一带连报进警号来，擒龙手厉南溪跟朱二侠定是已然和他的一班党羽接触。我们这时冒然动手，丝毫没有把握。仇人不能灭除，倒许反而弄个劳而无功，将来越发不好下手了。此时趁他还没和你会上面，对于我们这班人，他不知一切底蕴，我们暂时还是和朱二侠集合一处，退出石城岛，从长计议一番。只要动手，就要把叶天龙消灭了，不能再留后患。我们先要奔东北方看看，朱二侠和厉南溪是否已被他一班党羽围困。住在他这里的人，恐怕还不仅是我们眼中所看到的这些人。"

陆达夫被萧寅阻拦着，只好含恨地跟萧大侠往东北趟下来。他们连翻过两层院落，眼前是坐东向西一道极大的院落。这道院子南北足有十几丈长，东西有五六丈宽；东面是一排敞棚式的房子，有十几间，看情形是仓房一类的存储食粮之所。萧寅听得，在东房后面有叱咤声音。萧寅从南房上飞纵到东房屋脊上，身形才往上一落，从后坡翻过一人，一口九耳八环刀，哗楞楞地刀环震动，带着一股子轻风劈过来。武当大侠萧寅到这时仍然不肯亮剑，身形往右一闪，平转身，左掌递出去，骈食中二指，向来人的刀上便点；这人见萧寅竟自空着手往刀口上点，也自一惊。刀身往下一沉，左脚往他自己的右腿旁横着一上步，掌中刀甩出来，又劈萧寅右肋后。这时终南剑客陆达夫已把白虹剑亮出来，纵身落到这匪徒的背后。凡是名家正派动手时，全不肯暗中袭击，达夫昂声："看剑！"掌中剑竟向这匪徒的左肩到头刺来。萧寅已经纵身蹿出去，匪徒刀已走空，陆达夫的剑又到，他右脚往自己的身后一带，九耳八环刀往上一提，由刀背向上一绷；陆达夫剑已撤回，跟着又抽撤连环，宝剑更向这匪徒的下盘扫来。这匪徒纵身蹿起，萧寅二次扑过来，向他右肩后递掌，便劈他的"肩井穴"。

这匪徒这口刀十分勇猛，刀身往上一翻，向萧寅的腕子上撩来。陆达夫三次递剑，"拨草寻蛇"式，斩他的双足。这匪徒脚下一个倒踩七星步，连着两个翻身，这口九耳八环刀随着他旋转，往后撤出两步去，竟在房坡上矮身盘旋，疾如旋风地反转到陆达夫的身右侧。他这口刀形如疾风暴雨，一连就是两刀，劈肩头，削左胯，手法真是巧快凶狠。陆达夫剑法轻灵，闪避他这两刀。翻身递剑时，竟从北房那边四五丈外涌起一条黑影，往下一落时，已到了这使九耳八环刀匪徒的身后。这匪徒一刀正向萧寅砍来，猛觉背后有人袭到，他竟自一个"黄龙转身"，"霸王卸甲"，这一刀向背后这人右肋和胸膛反撩上来。这种招数变化得非常险，非常快。那知背后这人已窜到他身后，已经提防到他这翻身现刀之式，身形往后一闪，这九耳八环刀竟自翻身撩空。那知来人突然低叱了声："你下去吧。"身形往起一长，右掌的食中二指猛然向这匪徒的右臂上一点；却是一翻身，向萧寅、陆达夫说了声："鼠辈们不足作我们敌手，退！"

这时，武当大侠萧寅和陆达夫已然看见来人，正是二侠铁臂苍猿朱鼎。萧寅和陆达夫赶紧跟踪腾身，见朱二侠却向南翻下去，连着越过了三处院落，已经到了石城岛的围墙边。萧寅随向朱二侠招呼："厉师父为何不见？"朱鼎答道："此时谅已退出大寨。"

这时，离着大墙还有四五丈远，朱二侠头一个蹿出去。身躯才往墙下一落，突然从斜刺里纵起一条黑影，身子轻灵，十分巧快，已经落在大墙上。朱鼎才待往起落身时，墙头上这人嗤的一笑道："朋友们，我杜老师父久候多时，这里却不容尊驾走出去了。"武当大侠萧寅怒叱道："什么人大胆，敢阻挡我们的去路？"发话声中，腾身而起，向这匪徒落身处五尺长的墙头上纵去。铁臂苍猿朱鼎却也同时把身形一耸，向这匪徒的右边墙头蹿上去。萧寅已向那匪徒猛扑过去，探掌向匪徒胸前便点。这匪徒往下一缩身，他整个身躯好像完全塌到墙头上，竟自反探掌向萧寅的腿上戳来。萧寅一掌递空，身躯往右一闪，脚底下绷住墙头，眼看着向右侧一闪身，明明是反要往墙里翻下去；可是猛然往回下双臂一带，竟自往左一挥，向这匪徒的右臂上打去。那匪徒往回一撤身，也在墙头往后一换步。萧寅喝了声："不陪了。"竟自飘身而下，落到墙外。

这时，朱鼎却不急于往外逃，也从匪徒身后扑过来。终南剑客陆达夫也腾身而上，脚方点着墙头，这匪徒并没亮兵刃，他突然两臂向左右一张，从他掌中，两支亮银钉分向朱鼎、陆达夫打去。这种打法，尤其是个别，完全是翻身往外甩。这两支暗器一出手，那墙下的萧寅已经将一对弹丸从下面翻起来，叮咚两响，正打在他这两支亮银钉上，全飞落在墙内。这时铁臂苍猿朱鼎、终南剑客陆达夫，也全飘落而下，落在了墙外房上。

这匪徒见先逃去这人手法这样厉害，也竟不敢再追赶，站在墙头，喝问道："逃走的朋友们，既入石城岛，就不是无名之辈。今夜杜老师不再追赶你们，若是好朋友，把'万儿'亮出来。不敢报名，你们够不上朋友了。"陆达夫却一转身，向墙头喝叱道："用不着耀武扬威，终南剑客陆达夫约请一般武林同道，要剿灭石城岛，活捉叶天龙。你是何人？报出'万儿'来，再来时也好一决雄雌。"墙头上这人答道："好，这还算是江湖上朋友，在下是夜鹰子杜明，石城岛静候你们再来赐教吧！"

陆达夫只报出自己的姓名，没肯给朱二侠、萧大侠露出姓名来，这倒不是怕给他们二位老人家惹祸，亦为他们在大江南北行道多年，威名久著；把他们二位的姓名报出，匪党们更生戒心，恐怕预备得越加严密。所以只说出自己姓名，立刻跟随萧寅、朱鼎，直扑石城岛的外围子。

往前出来有两箭多地，已经望见了前面高耸起的一段石墙，他们所扑奔的正是东南角一带。忽然在那东边一段黑暗的地方，树木丛杂的暗影中，嗖嗖的连窜出两条黑影。萧寅、朱鼎、陆达夫全赶紧散开。这时，萧寅已然看出，头里逃下来的正是擒龙手厉南溪，后面追赶的是压着一对判官双笔的一名匪徒。那擒龙手厉南溪，已经飞纵上石墙，忽然猛翻下来。只听得石墙上一阵弩弓响，弩箭如雨，向厉南溪打来。这厉南溪还算身影灵快，往地上一纵。可是追赶的那个匪徒，在厉南溪脚没落稳时，已经猛扑到，一对判官双笔向他斜肩带臂砸去。

这时，铁臂苍猿朱鼎已然怒叱一声，向厉南溪身旁，用"饥鹰搏兔"式腾身而起，扑了过去；"云龙探爪"，反向他背后一掌打去。厉南溪身躯落下来，后面这匪徒的双笔，已经几乎落在了他的身上；这匪徒双笔砸到，背后的人掌已打下来。这三人的形势好险，几乎全是同时起落。他竟自在左脚尖一沾地时，把双笔忙往回一收，往右一拧身，双笔斜扫，往背后袭到的朱鼎右臂砸过来。可是厉南溪被这一缓式，脚底下已经踏着地。上面的弩箭嗖嗖的还在射着，他用掌中剑在他自己面前稍一拨打，把近身的几支箭撩开；却反臂一剑，向这使判官双笔的匪徒身上刺去。这匪徒双笔向朱鼎臂上一砸之下，他已经腾身而起，竟自往这石城下一片丛杂树木中，纵身退去。可是胡哨连鸣，石城上的箭如同雨点一般往下射来。

铁臂苍猿朱鼎同萧寅一打招呼，说道："现在顾不得什么叫多造孽，我们难道就被这弩箭阻挡着，闯不出石城么？"一抬手，竟把背上背的斩魔双龙剑掣出鞘来，武当大侠萧寅青萍剑也往外一亮，陆达夫白虹剑，擒龙手厉南溪一口伏蛟剑，这四口剑要和石城上把守的弩箭手拼一下，倒要看一看，他们弩箭如何的厉害？

铁臂苍猿朱鼎头一个"燕子穿云"式，身形飞纵到石城上。可是胡哨连鸣，那弩箭仍是连环地打下来。他们每把守一处是四排人，一排装箭，往下打；箭射下来，赶紧撤身装箭，后面一排换上来，跟着这种弩箭连续发出。这位朱二侠脚登石城的垛口，掌中这口斩魔双龙剑盘旋飞舞着，把那打出来的箭削的左右纷飞，脚已点实了石城的垛口边。可是一二排箭手却退到石城的外口向里打，朱鼎往前一抢步，已经把才发箭的匪党们连伤了两三名。一二排箭间隔很近，那箭手才一举手之间，突然在他们背后，竟自有人从身后一掌一个，把人整个的抛起五六尺高，向石墙下摔去。转眼之间，这人竟连着打倒了五六名。这一来，石城上一乱，萧寅、厉南溪、陆达夫立刻全腾身纵上石城。铁臂苍猿朱鼎分明见有人伤了箭手，只是这人这么动手，并没见着他露出整个身形来。在朱鼎扑到石城的外垛口时，那人如一缕轻烟，早已落到石城下，向一带荒林边把身形隐去。

朱鼎飘身而下，萧寅、厉南溪、陆达夫也跟踪闯出石城岛。此时也实无暇检查暗中帮忙的这人，这四侠沿着岛后面的林木间，往一片高岗下蹿过来。在这十几丈高的高岗上，开着几条道路。除去这原有开辟好的路，别的地方全是被很浓密的草木掩藏着，辨不出脚下的深浅，不敢冒险往上落。朱鼎跟萧寅这两位老侠客，各自压着剑，相离开两三丈远，顺着一条宽大的斜坡翻下来。已经相隔下面平地还有一两丈远，突然在西边的道旁小树林中，发出吱吱的两声胡哨，弓弦响处，箭似飞蝗，全向这条斜坡的路当中射来。萧寅哈哈一笑，和朱鼎一打招呼，反倒冒着这片乱箭，齐向左右的小树林中扑过来。这里面弓弦连鸣，箭分向两人身上发射，手法还是极准。

忽然在这两边小树林内，砰砰的先后两声暴响。在那树帽子上，发出一片火光，竟在这青翠的枝条上，立时冒起一二尺高的一片蓝火，照着这小树林中亮如白昼。这萧寅已经扑到了林下，弓箭手们借着黑影藏身，好在暗中下手。树上火起，他们惊慌之下，竟不战自退，全自翻身逃走。

朱鼎这边也是一样，两位大侠更因为这般弓箭手，全是叶天龙手下的党羽、无名小卒，只要不过分地逼迫，也不愿意多杀戮他们。陆达夫、厉南溪也全跟上来。朱鼎问萧寅道："今夜的事，可真奇怪了，暗中屡次的有人相助，我们居然没查出来人究竟是何如人？这真是栽得大了！咱们先退出石城岛，设法一查此人。"遂渐渐地走向那条通港口的道路。

虽则沿途上仍有三道伏卡阻拦，可是朱二侠和萧大侠、厉南溪、陆达夫等这四口剑，那把他们放在心上？闯过了层层埋伏的暗卡，已到了海岸边。这里正是许多商船渔户聚集之所，黑沉沉，静悄悄，全在睡乡。这四侠顺着这岸边往北转过来，为是找那个老渔人的渔船，没给他带回，要多给他银钱，叫他另行打造。来到他那座草房切近，见他那纸窗上还透出灯光来。萧寅向朱鼎说道："你看这老渔夫，把他仅有的产业交给我们，他是不肯放心的，直到这时还在等候我们。倒不好亏负这种苦人，多给他些银钱，赔他的损失吧！"

来到他草房的近前，见门儿关着，朱鼎连招呼了数声，不见答应。武当大侠萧寅伸手把门拉开，探身往里察看时，只见桌上一盏孤灯，尚在发着那昏黄的光芒；一副板铺上，堆积几件破旧的衣裳；在墙边屋角，全是放着些渔家的用具。那老渔人竟不知走向那里。铁臂苍猿朱鼎也认为老渔人不在屋中，十分可疑，遂一同走进了这茅屋中。武当大侠萧寅紧走了两步，用手向桌上一指道："朱老师你看，这个老渔人我已经对他有些怀疑之心。果然，你看他还深通文墨呢！"在那灯旁放着一块砚瓦，砚台上的墨迹未干，一支毛笔扔在一旁，在砚台前铺着一张纸，上面写着一片字迹。

武当大侠萧寅伸手把这张纸拿起来，就着灯下一看时，不由惊异地说道："这真是奇遇了！原来这老渔人竟是一位风尘侠隐、江湖异人！朱老师你看。"说着话，随手把这纸帖递给了朱鼎。铁臂苍猿朱鼎接过来，擒龙手厉南溪、终南剑客陆达夫都凑到朱二侠的身旁，一同看那字柬上的字迹。只见上面写着：

"渔舟一掉，夜侦石城。蛇头虽毒，尚逊双英。"

第八章

蒋英奇旅店会三侠

大家看完这字柬，萧寅一旁说道："东海渔夫明示出，石城岛尚有极扎手的两人，叫我们谨慎提防，莫要轻视。只是双英又是何如人，我倒猜不出来了。"朱二侠也是惊诧十分地向萧寅说道："这东海渔夫谷寿民，他已经隐迹多年，江湖道上再没有见着他踪迹的。那知他竟隐居在此地！我们同下辽东入石城岛，以及动手时连伤匪党的党羽，全是这位老侠客所为了。这双英定是这关外一带绿林中人物，慢慢不难访查。只是他现在既然留下字柬，隐身退去，定是要在暗中动手，助我们一臂之力，此时先不愿与我们相见了。"

萧寅点了点头道："我想也是这个意思，我们先回转庄河厅，店中计议一番，再定下手之策。此时或者他入石城岛尚没退出来，我们明日再来相访如何？"朱鼎摇摇头道："不对吧？我认为他是不愿意和我们相见。这字帖写的时间不会久。我们入石城岛，已耽搁半夜的功夫；你看那砚台上的字墨未干，他分明离开这茅屋未久。"萧寅点点头。

陆达夫随问道："这位谷大侠隐迹这里，听老前辈们所说的情形，他已是武林中成名的人物；我师父指示我南北各派中成名人物时，并没有提到这位老前辈。他在那里行道？老前辈们定知详细。"武当大侠萧寅答道："此人近十年来，匿迹销声，并且传闻他已然不在人间；或者有人说是他已经当了道士，入山修行，不在尘世上和人争名逐利了。所以多年来，全把他早已忘掉了。一鸥子那会再想到他？等到闲暇时，我把这位老侠客一身经历，再讲与你们听。"

　　说话间，走出这间茅屋中，顺着海岸，奔庄河厅的镇口而来。走出没有多远，忽然听得背后有一片劈啪爆响之声。众人一回头时，只见东海渔夫谷寿民所住的那座茅屋，突然着起火来。虽然只是一刹那的功夫，连屋顶上的茅草全燃烧着，火势熊熊。萧寅和朱鼎彼此点头叹息道："这位谷大侠，他定是因为踪迹已露，来把这座茅草屋放火焚烧；他的渔船又被我们断送，此后他的踪迹越发地不易找寻了。"遂互相叹息着，转进庄河厅镇口。

　　这时，天已经到了五更左右。四人相率飞身蹿上商民住户的屋顶，赶奔福升店。这时好在天还没亮，略微地查看屋门，见没有什么可疑的地方，这才悄悄走进屋中。

　　外面已经鸡声报晓。各自把兵刃解下来，略为歇息一刻，天已大亮。店家已经起来打扫院子。陆达夫先把门推开，招呼店家给打水净面。只是在一推风门的时候，无意中一抬头，只见在门扇上横窗口上面，钉着一支雪亮的钢镖，更有一个很大的信封，被这镖牢牢地钉住。陆达夫失声招呼："老前辈们快看，我们这屋中竟进来人了！"

　　铁臂苍猿朱鼎从东里间出来，看到陆达夫所指处，不禁怒火燃烧，口中说道："贼子们欺我太甚！"一纵身蹿到门头上面，左手轻轻一抓门上的横过木，右手已经把那只钢镖和信封抓下来，落到地上。这时店伙已经进来，朱鼎转身走进里间。店家却向陆达夫道："客人起得真早！你老稍候一刻，厨房里才把火点着。"陆达夫点点头，伙计们收拾屋子，打扫干净退出去。

　　朱鼎才把那支钢镖和信封取出来。只见这支镖是三棱瓦面，分量还是比平常的加重。在标尾上刻着一个叶字，那信封却写着"陆宏疆仁兄亲启"。铁臂苍猿朱鼎把里面信笺抽出来，打开看时，只见上面写着是：

　　"宏疆仁兄，浙南一别，屈指廿年。弟无时不以我兄为念，流浪天南，已在江湖上不能立足，均为我兄之赐。幸得另投名师，重学武技，远走辽东，十余年来始得在辽东石城岛立足。幸赖一般江湖同道之助，暂时栖身。不意我兄竟驾临辽东，弟欢幸无似，足见我兄不忘旧日之情。仅具草函，恭候驾临，敬请道安。弟叶云载拜。"

朱鼎看完这封信，急忙令大家传看一遍。陆达夫更是怒眦欲裂，愤然说道："叶云这狂徒！他竟敢对我们有这样行为，分明是到了辽东。我们正好明张旗鼓，正式会一下子，我倒和他算算这笔账，分个生死存亡，倒也痛快。"铁臂苍猿朱鼎也恨声说道："陆师父，正该这样办。我们此次夜探石城岛，分明是他先得着小灵狐李玉的报告，早已提防。我们在庄河厅落店，也被他觉察；这一来，我们不必隐蔽行藏，很可以明入石城岛，找这狂徒清算旧账了。我们若再自迟疑，这里反倒要被他先下手来动我们了。不过叶云他也过分的狂妄，难道朱鼎已然来到辽东，想照顾他，他居然敢置之不理，没放到眼中？我倒要叫他尝尝朱二侠的手段。"

武当大侠萧寅说道："朱老师，倒不必把这些小过节儿放在心上。他既然已经暗遣他的手下的党羽，把我们形迹全探查的清楚，依然敢这么狂妄无人；似乎他实有所恃，我们也不可过于冒昧。此次只要再去石城岛时，也就是我们和他分存亡的时候。我们弟兄倒还不至于怕他的人多势众。不过我想只要一动上手，不把石城岛弄到瓦解冰消，我们也就不必想生出石城岛了。现在我们的人力量还显单薄一些，再有两个得力的助手，才可以应付这一般人物。虽则我们已然把石城岛内大致的情形查看过了，只是究竟他的岛内还隐藏着什么厉害人物，依然不得详细；必须得到深知他底细之人，我们方才好下手。"铁臂苍猿朱鼎微摇了摇头道："现在颇有些势如骑虎，只好即时下手；若是再等待约请我们同道，只怕远水不解近渴，叶天龙他也未必再容我们等下去。"武当大侠萧寅摇了摇头，说道："朱老师，你容我把这件事思索一下，我自有办法。"

这时，店家已经送进茶水来，大家梳洗净面，暂时全把这事放开不谈。到了中午之后，这店中最为清静的时候，萧大侠向朱鼎、陆达夫说道："神拳叶天龙既然已经和我们挑明了，我们也不必要再带出来丝毫退避之意。我想，索性我们商量一个日期，事先下帖与他，和他约定一个期限，到时候我们到石城岛一会，和他正式地一分强弱，倒显得直截痛快。只是对于他这石城岛中所隐藏的最扎手人物，我们还茫然不知他出身来历，这是我们最不利的地方。俗语说，知己知彼，百战百胜。我们还须设法把东海渔夫谷寿民所指示的这两个人查明了，以便到时应付。"

铁臂苍猿朱鼎点了点头道："这倒是极应该办的事。现在我们虽然人的力量显着不足，可是我们行踪已露，也不能尽自在这里耽搁下去。我们一般同道，全在江南一带，这辽东那里去找我们的朋友？"武当大侠萧寅道："现在我们先修书一封，送到石城岛，我们和他约定在七月初一日。我们到石城岛拜望他，那么这还有十天的功夫。我想要到关里走一遭，一来是约请两个武林同道相助，二来在榆林县我还有一个旧友，是久居关东的武林前辈。他离开关外不过三四年的光景，对于这一带所有的出类拔萃的人物，他没有不知道的。东海渔夫所留字柬上面，写明是石城岛中有'双英'最为扎手。我想到大江南北一带，就没有以英字为名的绿林中厉害人物；那么一定是盘踞关东三省一带的绿林道中人了。向我这老朋友探问一番，定可查出个水落石出，那时我们量力对付，定可操必胜之券。"

铁臂苍猿朱鼎对于武当大侠萧寅这种办法，也不以为然，可是不好当面驳制，只好点头答应。终南剑客陆达夫也是不愿意再等待约请能人；只为萧寅是武林前辈，又是恩师一鸥子所托付之人，自己更不好不听从他的分派。遂赶紧写了一封信，由陆达夫具名。只是这封信应该差派什么人送去，倒是颇费商量。擒龙手厉南溪却自告奋勇，愿意到石城岛走一遭，暂作下书人。

武当大侠萧寅倒是十分高兴地向厉南溪道："厉师父，你能辛苦一趟，是最好了！这一来，也可以明着看看石城岛对付我们的行为举动，叶天龙他究竟够怎样个人物。"擒龙手厉南溪立时把这封书信带起，兵刃、暗器完全放下，换了一件蓝绸子长衫、白袜青鞋，提着一顶马莲坡挂绸子里草帽，更拿着一把湘妃竹的折扇。厉南溪这种打扮，文雅异常。

陆达夫忙站起来说道："师兄这就走么？"厉南溪道："店中闷坐，更感无聊，趁这时到石城走一遭，大约不到日落时即可赶回。"陆达夫道："师兄身边，丝毫防备没有，人心难测。这叶天龙并不是什么江湖道中的好朋友，阴险异常，师兄还是提防些为是。"擒龙手厉南溪微微一笑道："陆师弟不必多虑，难道他还敢把我厉南溪留在那里不成？"陆达夫道："画龙画虎难画骨，知人知面不知心。我看还是把暗器藏在身边，以防不测。"厉南溪摇摇头道："那倒显得我们小家气了。两国相争，不斩来使，师弟不必担心，咱们回头见了。"

陆达夫把厉南溪直送到店门外。"师兄要到日没时不回，那就是事情有了变化，我们只好不再等待，赶到石城岛和他翻脸动手了。"厉南溪道："事情还不至于那样吧？"厉南溪和陆达夫拱手作别，竟自直向庄河厅镇外走去。

厉南溪仍然循着那日探查的道路，顺着那道堤面走来。这里依然和往日情形一样。赶到相隔石城岛半里左右，已有人阻拦。厉南溪向他们说明，要进石城岛拜见叶岛主，这里所有路旁边的农人和堤岸边停泊的小船，完全是石城岛所立的暗桩子。立时有一名农人打扮的，他却走进一片树木丛中，稍沉了一刻，立刻嗖的一声，一支响箭掠空而起。这支箭落下去，跟着往石城岛那边传递下去，刹那间，听得这响箭已到了石城岛内。

厉南溪站在这里，把守着路口的农人，他们决不肯和厉南溪多说一句话，依然是在田地中低头操作着。等了一刻，忽然从那石城岛内飞出一头鸽子，一直地扑奔到道旁的树林中。厉南溪知道这是里面的信息，已经传递出来。果然从那树林里走出一人，年纪在三十左右，体格相貌非常的英武。虽是也穿着一身短衣，却不是农夫、水手的打扮了，向厉南溪拱手道："朋友，你要拜见我们叶岛主，随我来。"厉南溪点点头，这人头前引路，带领着厉南溪直奔石城岛的山坡走来。

这半里多地的一条荒凉道路，丝毫没有阻拦。上了山坡，直到石城下，这里却有人把守着，全是二十多岁年轻力勇的弟兄。虽全是平常短衣打扮，每人提着一口雪亮的鬼头刀，散布在石城门外。

厉南溪随着引领的人，走进了这座石城。里面寂静异常，地方非常的广大。房屋不多，疏疏落落的，有几十处住宅一样的房子，也看不见多少出入的人。这人领着厉南溪，直奔石城寨。来到石城寨门口，这里却只有四名弟兄把守着寨门。进寨门后，从里面走出一人来，说道："来人既是从庄河厅过来的，副岛主先传见他，要问问他的来意，才准进去见叶岛主。"擒龙手厉南溪从鼻孔中哼了一声道："很好，我倒久仰这位李副岛主是江湖上有名的人物，我若是能见着他，这一趟也算没白来。"这传话的人并不答厉南溪的话，转身头前引路，外面跟进这人，却转身退去。

厉南溪随着这人，转奔石城寨的东面。走进一道短栅门，却是一条极长的道路。走出足有一箭地来，只见路东有一所高大的房屋，在门口站着两个少年的匪徒，各背着一口扑刀。刀钻上系着二尺多长的红绸子。这两个少年匪徒，却带着十分穷凶极恶之气，横眉怒眼地看着厉南溪，那种情形足可以瞪眼杀人！厉南溪却不去睬他，随着来人走进门来。只见这院中是三间北上房、两间东房，南面是一段墙。走到门前，那引领人说了声："朋友稍候。"他拉门进去，跟着一推风门道："朋友里请。"

厉南溪走进屋中，只见那小灵狐李玉，也是衣服齐整地坐在那里。直到厉南溪走进来，他才站起来。厉南溪心说："小灵狐李玉，你不过是剑底游魂，来到石城岛竟敢作威作福！我厉南溪要是把百花河下水逃命的事当面揭出，我看你还有什么脸面在石城岛立足？"

这时，小灵狐李玉看到擒龙手厉南溪这种神情、态度，他才一拱手道："朋友，请你先报出'万儿'来，是奉何人差派，到石城岛来有什么事赐教？"厉南溪道："在副岛主面前，我这奉命下书的无名小卒，何必再报什么'万儿'？我对于李副岛主却是久仰得很，大约副岛主你来到关东，为时不久吧？"小灵狐李玉不由一惊，遂问道，"朋友，你难道过去和李某认识么？"厉南溪道，"李副岛主，你也是大江南北绿林中闯过'万儿'的朋友，我那会不知道？不过，这里竟能和李副岛主你相遇，真是难得。"小灵狐李玉道："你分明是武林中朋友，既入石城岛，何必这么吞吞吐吐，不肯以真姓名相示？那也未免藐视人过甚！朋友，你恕我李玉眼拙，我实不记得什么地方见过尊驾。"擒龙手厉南溪微微冷笑道："副岛主，你焉能把我这无名之辈放在眼中，我在济宁道百花河畔，万福驿中，于尚书花园内，瞻仰过副岛主的手段。"

小灵狐李玉立刻羞得面红耳赤。羞恼成怒之下，愤然说道："原来你是和那浙南陆宏疆一党！不错，姓李的倒是在百花河栽在了姓陆的手中；可是现在来到石城岛，投在叶岛主的麾下，颇蒙他重用。这石城岛倒还有些威力，足以对付一般不知自爱的朋友们。只要敢对我石城岛妄生恶念，只怕他身败名裂，是我李玉所敢断定的。"擒龙手厉南溪道："副岛主，你这个话也太以的狂妄了！这石城岛不过是弹丸之地，就是它铁壁铜墙，也挡不住好朋友们出入。副岛主，你看我在下这种值不得你重视的小卒，不也一样出入么？"小灵狐李玉道："你来是由得你来；若想走时，还得再作商量。你把你来意说出，有什么事要见叶岛主？"

厉南溪道："这件事不是你副岛主能够代管的。我是奉姓陆的差派而来，必须面见他，才能告诉他我真实来意。"小灵狐冷笑说道："不用你讲，我全明白！那陆宏疆当年在叶岛主手下，逃得活命，竟叫他活到今日。他自己竟忘了他当年所作所为，如今还敢找到叶岛主面前，他是自寻死路！你有什么事，姓李的自能替你回复。叶岛主现在还没有工夫和你们这般无名小卒厮缠；叶岛主已经派人送信，叫陆宏疆自管前来。据我看，没有什么可商量的地方，叫他早早前来领死。若不然这辽东一带，却不能再容他立足了。"

说到这儿，他却把眉峰一皱，那情形就要转身落坐。擒龙手厉南溪道："李玉，你不要和姓厉的这么猖狂。像你这种人物，我见过多了。实不相瞒，姓厉的所会的全是江湖道上的好朋友，像你这种绿林败类，我还不屑于和你多说。那叶天龙，难道我自己就不能见他么！"李玉忽然把面色缓和下来，向厉南溪道："朋友，你真是善于取笑了。江南道中，有一位擒龙手厉南溪，莫非是尊驾？"厉南溪道："李玉，你耳中也听得有这么个人？不错，正是我在下。"李玉道："好，你要见叶岛主，随我来。"他头一个往外走来。厉南溪对于他这种神情态度，知道他定有恶念，可是决不把他放心上，只有暗中戒备，随他走出来。

这小灵狐李玉却丝毫没有别的举动，引领着厉南溪出了这道院落，往北走出一道空旷的场子，往西转，绕进一个大院落。厉南溪看出，这正是夜探石城岛，石城寨中聚义的那座集英堂了。在这大厅门两旁，站着两名匪徒把守。小灵狐李玉引领厉南溪到了厅房前，回身说道："尊驾稍候，我去给你回禀一声。"擒龙手厉南溪亦把头微点了点。小灵狐李玉走入集英堂，工夫不大，出来向厉南溪道："里请。"

擒龙手厉南溪跟随他进了厅房，只见里面只有四个人，神拳叶天龙正和一个身量矮小的江湖客，坐在靠西墙下金漆椅子上。靠里边北墙下和南面窗前，还有两人，一个是那夜已经见过使锁子枪的匪徒；靠窗前那个面目生疏，夜探石城岛时并没有见过此人。神拳叶天龙和匪党们相率起立。擒龙手厉南溪旁若无人，走向里面，一抱拳向匪党们略施半礼。神拳叶天龙往前抢来两步，抱拳拱手道："这位是厉老师么？叶天龙久仰厉老师以先天无极派的掌法，成名江南。想不到竟来到辽东地面，赏脸到我石城岛，我叶天龙荣幸万分！"擒龙手厉南溪微微含笑道："叶岛主，你威震辽东，关内的武林同道，因为不知叶岛主的出身来历，全惊疑着关东三省出了这么一位威震江湖的人物，竟全没有拜会过。所以全惦着一瞻叶岛主的丰采！这才相率赶到辽东，拜望叶岛主。到这里后，才知岛主你也是江南道上的好朋友；更有你在浙南的旧友，现在是终南剑客的门下陆达夫，也要来和叶岛主一会；想不到叶岛主竟自到庄河厅店中，投柬相邀。不过你所请的只是你的旧友，我们这班人也未蒙叶岛主你赏脸，今日我厉南溪特意讨了这个差事，冒昧登门，竟蒙这位副岛主容许我入石城岛，瞻仰岛内的威容。总算是我厉南溪没白在辽东道上走这一遭了。"

神拳叶天龙哈哈一笑道："厉老师请坐，我们既全是江湖上朋友，还是一切免俗，不要客气才好。"这时，厉南溪看了看在坐的二人，遂向叶天龙道："叶岛主，久闻你这石城岛中有许多成名人物。这几位可否给我厉南溪引见引见？"神拳叶天龙忙向厉南溪道："这全是我在辽东道上才结识的一般朋友。在这石城岛中，既没有野心，又没有图谋，不过弟兄们凑在一处，彼此情投意合，暂在这里安身。"说着话，用手一指他左首这身量矮小的说道："这位姓杜单名一个明字。"又指着靠山墙坐着的那个道："这位是姓蓝名昆，江湖中全称他叫草上飞。对于轻功提纵法，颇有所得。"一指窗前那个道："这位姓于单名一个志字，是龙江一带江湖道上的朋友。"

厉南溪一一和他们拱手致礼。听得神拳叶天龙身旁那人的姓名，知道他是言不由衷，这杜明正是那年横行关内的一个飞贼夜鹰子杜明了。他有一手独门暗器，名叫三棱梅花逊骨针。这种暗器险毒异常，使用时只要一出手，对手的人不易逃得活命；所以激怒了武林中一般侠义道，这才群力对付他。他关内不敢立足，逃亡关外，匿迹销声，全认为他已经痛改前非，洗手江湖了。那知道贼性难改，他依然作恶江湖，竟归到叶天龙的手下。此人的暗器十分厉害，入石城岛还要紧自提防他。

厉南溪落坐之后，神拳叶天龙令党羽们献过茶，随问道："厉老师此来，有什么事赐教？"擒龙手厉南溪从怀中把终南剑客陆达夫那封信取出来，交给了他。叶天龙把信拆开，看了一遍。微微一笑，把信放在桌上，抬头向厉南溪说道，"有劳厉老师，亲自迂尊，大驾降临石城岛，这位陆师父既然肯到石城岛来，我只有竭诚恭候。不过不知道一班侠义道也随着陆老师降临辽东，所以未曾投帖恭请。这很是叶某失礼之处了。"厉南溪忙答道,"叶岛主,你太客气了! 陆老师既已定约,我们既然已到辽东,到时候还许随他一同前来,拜访叶岛主。"叶天龙道:"那是我求之不得的事。"

这时小灵狐李玉,坐在靠窗前发话道:"厉老师,我李玉从来是最爱办爽直的事。那位陆老师当年和叶岛主在浙南颇有牵缠。至于他两家的事,我很愿我们局外人不必跟着趟这种浑水。这件事若是真个细说起来,全与脸面上有关。何况陆老师当年更是叶岛主麾下的一名小卒,他也曾在绿林道中干过一场。他们自己的事,我们局外人何必多管? 依我看来,他们两人的事,叫他们自己去解决,反倒容易。是非曲直,一句话就能解决;若是我们这般朋友伸手一管,恐怕非要激起无限风波。厉老师,君子成人之美,若是为两家掀起极大的风波,反觉得对不住他两家了。厉老师,你说是不是? 何况江湖道上的事,伸手是祸,缩手是福,是非只为多开口,烦恼皆因强出头。厉老师,他们的事,我们双方的朋友不必和他们参与。至于陆老师订约到石城岛一会,我想只叫他们弟兄单独见面,我们一班局外人概不参加。这一来,无形中反倒消灭了一场极大的是非。厉老师可能依我这个主张么?"

擒龙手厉南溪看了看李玉道:"李副岛主,你这种息事宁人之心,实在是难得! 不过我的见解不同,我认为陆老师此番访查辽东,他已经费尽千辛万苦。他已经发下誓愿,今生今世不能见着叶岛主,他死不瞑目。朋友是患难相扶,急难相助。他和叶岛主既有一番恩怨,我们和他全是江湖上道义之交。李副岛主虽然是一番好意,可是'息事宁人'四个字,是指着朋友们明白这场事的曲直,知道人的处世是否合理,以朋友之情来替他解决是非。这正是为得防备他到时见解固执,一意孤行,弄个身败名裂,未免可惜! 我们冒昧地要来参与这场事,何尝不是一番好意? 生在江湖道上,大丈夫做事就要磊落光明,事无不可对人言;并且我们江湖道的朋友,只论行为,不论出身。好汉不怕出身低,那陆达夫就算他也是绿林道中人,有什么见不得人? 若是任凭他两家单独见面,倘若各自固执意见，弄成僵局时，又该如何？还是有我们这一班朋友从旁为他两家秉公处理，反倒可以保全一切。所以，我认为李副岛主那种办法，不大高明吧？"

小灵狐李玉含怒说道："光棍一点就识，厉老师你不要误会。这石城岛是惧怕这一班关里来的武林中朋友？我完全是一片好心。厉老师若是能够出头管他两家事，无论弄成如何的局面，也要担当到底。可知道江湖上的事，不是平常朋友间的应酬；惹火烧身，可就自寻烦恼了。这石城岛在外人看着，我们是开山立寨，做些个不劳而获的事；其实这石城岛完全过着安善良民的日子，指天吃饭，赖地穿衣，绝不做那没本钱的生涯。一般弟兄们安分守己，为是有这么个立足之处。所以一班好朋友也肯归附石城岛内。我们从来不愿意多惹是非，结无畏的仇怨。厉老师既愿担当这件事，任凭演成任何的局面来，也不要后悔才好。"

厉南溪冷笑一声道："李副岛主，你这个话若是跟别人讲，他就许自己先忖量一下，这石城岛隐藏着一般江湖上扎手的人物，不度德不量力，就许为这点一时的意气，造出极大的惨剧来，那倒是实情。可是厉南溪在江湖道上，虽是无名小卒，不过自出师门，我早把这条性命完全交付在江湖路上！行止无亏，问心无愧，本侠义道门规，按着武林正义去做，从来没有在伸手之后，又行退缩！陆达夫他的事，我们已经问得清清楚楚。实不相瞒，我们认为和叶岛主实应该清算一下。当年的旧账，可以挺身自认；要为他一力担当，就是身败名裂，把这条命留在辽东，倒也甘心了。"

这时，那旁坐的夜鹰子杜明，把拇指一伸道："好！这才不愧侠义门中人物。厉老师，你能替姓陆的担当一切，那倒难得。我们最敬的是老朋友，并且厉老师以一身所学，也值得这么替别人担承大事。我们倒要恭候驾临，到时候请教。"

厉南溪立时站起来道："叶岛主，我向你告辞。"神拳叶天龙却也站起来说道："厉老师，我有一点无礼的要求，你不要见怪。我久仰厉老师以先天无极掌为拳术，自创一派。你这种拳术实在是武林中独得之功。我叶天龙从离开浙南之后，另遇名师，又学了些旁门别派的功夫。厉老师难得地来到这里，我想请厉老师在我这儿露两招，叫我叶天龙也早早见识见识先天无极掌的神妙。"厉南溪愤怒说道："这没有什么。一般练武的，走到那里，也愿意同道们一同谈谈手法。叶岛主既这么看得重我，我何妨在岛主面前献丑呢？"

这厉南溪毫不推辞，慨然地答应和叶天龙当时动手较量。那草上飞蓝昆却把面色一沉，向神拳叶天龙道："叶岛主，你这么一来可有些失礼了！我们江湖上朋友，无论到了什么时候，到了什么地步，也应该顾全江湖道中的信义。厉老师今日是单人独骑来到石城岛，何况他并不是以他自己的身份来拜访岛主，这是替朋友口信定约。来人若是一名小卒，也要好好地打发回去；厉老师是江湖道上成名的人物，我们正该这样待着上宾地款待。厉老师已经答应随陆达夫重访石城岛，那时有什么武功本领不好领教？这时，就是岛主你完全是一种敬仰厉老师先天无极掌的绝技，绝无恶意，恐怕江湖道朋友也要笑话不懂规矩了。无论如何，今日不能有这种举动。我蓝昆和你是好朋友，这件事我要不拦阻你，咱们可就没交情了。"

神拳叶天龙被草上飞蓝昆说得脸一红，忙向厉南溪拱手说道："厉老师，不是我这蓝二弟从旁这么指教，我险些做出错事来。厉老师，你可要知道，叶天龙是绝无恶念。我这一生最敬重有本领的人，只为你的先天无极掌我景仰了多年，今日好容易会着你，情不自禁的，竟自有这种无礼的举动！厉老师定能担待。"厉南溪哈哈一笑道："叶岛主，这种小事无须介怀，既然是这位蓝老师父不叫我们较量手法，这只好留待我们再来了。"叶天龙道："我只有等陆老师父践约时，再向厉老师请教吧。"

厉南溪这才二次告辞，叶天龙和夜鹰子杜明、草上飞蓝昆、锁子枪于志、小灵狐李玉，一同随着送了出来。厉南溪回身拦阻，叶天龙等仍然随着直送到寨门外。这才由两名党羽引领着厉南溪，再奔石城。出石城岛之后，跟随的人向厉南溪客气了一声，他们自行退去。厉南溪顺着这条道路，往下走回来。所有这一带的伏桩暗卡，决不拦阻盘问。

走到中途，计算着前面尚有一道暗卡，这时四外里绝无人迹。突然，在身左侧一片小树林中，有人低着声音招呼道："厉老师，把这个拿去。"厉南溪听得发话的声音，似乎怕人听见，脚下微一停，由林中打出一个小石块，落在脚下。擒龙手厉南溪看了看左右无人，把它捡起，扣在手中，暂时不敢张开看，提防着这里有石城岛潜伏的匪党。紧走到码头一带，直到入了庄河厅的街心，这才把手中这个石块拿出来。上面裹着一张纸，把纸合在手心中略一看，赶紧又藏入囊中，匆匆赶回了福升店。

武当大侠萧寅、铁臂苍猿朱鼎、终南剑客陆达夫全在店中等候。对于厉南溪此去并没有什么不放心，因为他武功、本领全足以应付敌人，保护自身；并且在江湖上的经验，也非常的多，石城岛谅还不敢把他留难住。果然这时他安全回来。终南剑客陆达夫起身让坐道："厉师兄，多辛苦了！"擒龙手厉南溪微笑点头道："稍效微劳，师弟何必客气。"

厉南溪落坐之后，铁臂苍猿朱鼎道："此去如何，可见着那叶天龙？"厉南溪把入石城岛的情形向大家说了一遍。武当大侠萧寅道："叶天龙他和陆达夫的事，那自有一番公道主持。只是这小灵狐李玉，这种小人得志，有他在石城岛，足以引起极大的是非。我看他狡诈奸猾，实在是江湖道上一个大害。我们要早早把他除掉，免得在这里边兴风作浪。"厉南溪道："我倒没把这贼子放在眼中，在这时遽然地下手对待他，反倒显得我们小家子气、不能容人。只是东海渔夫谷寿民，上次给我们留的字柬，我记得他当时指定，石城岛中尚隐匿着两个极厉害的人物。老前辈们可推测出究竟是何人么？"武当大侠萧寅摇头道："这江湖道上到处有这种非常人物，他们并不在江湖上扬名立万；不过每一做出事来，全是惊天动地，办那人所不敢办的事；何况关外一带，更是个民风强悍的地方，这种人物一定少不了。我们那能一一全知道？只好慢慢访查吧。"

擒龙手厉南溪道:"弟子这次石城岛下书、定约,倒还不虚此行。我已探查明白这两个厉害人物的姓名了。"铁臂苍猿朱鼎跟萧寅全愕然惊问道:"那么石城岛究竟隐匿着什么样惊天动地的人物,你怎样探查出来?"厉南溪一笑,从怀中把包石块那张字帖拿出来,向两位大侠面前一放道:"二位老师父,看了这个,就知道他们是何如人了。"朱鼎、萧寅一同看这张褶皱的纸帖,只见上面寥寥草草地写着:

"双头蛇叶云占据石城岛以来,根深蒂固。践约赴会,必要量力而为,万不可躁切从事,免贻噬脐之悔。江南道上一般不能立足之绿林道,已相率归附石城岛。铁虹龙关震羽、千里追风卞寿山、夜鹰子杜明,已非弱者;何况双头蛇叶云更得南海少林派真传,武功造诣已非一般平常身手所能抵御;更兼关东十余年前武林中怪杰,也就是江湖上所传的孤山二友,铁笛双环彭英方,月下无踪蒋英奇,全甘心为叶云之助。似此江湖怪杰,除非一鸥子亲下辽东,或可使此两怪杰知难而退也。"

铁臂苍猿朱鼎和萧寅看过之后,默然无语,更把这字帖推给陆达夫去看。厉南溪道:"二位老师,这投递字柬之人,定是那终南一鸥老人的师兄,铁笔镇东边周三畏所赐了。他既到辽东,对于这场事必然肯伸手相助。就是一鸥老人不能亲自到来,我看也不致就不是他们的敌手吧?"

武当大侠萧寅点了点头道:"字柬正是他所赐。他不论对何人,从来不肯写出姓名,只是这一个篆形的铁字,就可以作他的暗记。厉师父,你难道还不知道这位周老师的性情么?他自从离开终南,将近三十年,把接掌终南派门户的大事,完全付与一鸥子,不再过问。这些年来,他的侠踪走遍海内,所会的能人太多了!只这关东三省,他就先后行道十余年,所以名震辽东。可是他始终不以终南的门户来标榜。他这一生,既没有十分钦佩敬服的人,更没有惧怕的人。

"双头蛇叶云盘踞石城岛,焉能放在周大侠的眼内?可是这次他既然已到了辽东，看这情形，他早把石城岛虚实情形全探明了。可是如今竟投来这个字柬，指明非要终南派掌门人一鸥老人亲自到来，才能制服这孤山二友，足见他本身也不是人家对手了。我们虽是对于这两个江湖怪杰略有耳闻，不过我们从来在江南行道，关东这种地方实在生疏，对于孤山二友也知之不详了。

"一鸥老人他若还在终南，那倒易于寻找；倘若不在，我们这里既已定约，实难反覆。若是这一鸥老人找不来，我们又该如何？厉师父，我萧寅过去在江湖道的情形，谅你尽知。我本着侠义道的天职，无论遇上什么难办的事、难惹的人物，从来也是不怕事、不怕死；这石城岛难道就能叫我起怕死贪生、畏刀避剑之念么？只为这次陆达夫怀仇二十年，受尽千辛万苦，才把双头蛇叶云访寻着；更兼一鸥老人，以道义之交，托付我们援手助他报仇雪恨，我们自觉着对付双头蛇叶云，尚还不至于不是他的对手。可是焉想到他的羽毛已丰，根基已固？

"此人更处心积虑，早已知道他终有一场祸事；即或还没想到，他的对头人真能够找寻到了，他南海少林派一班长辈们也未必就能容得他。虽则事隔多年，可是他先前是消声匿迹，全不知流落到什么地方；如今人家俨然做了辽东绿林盟主。虽则他把旧名隐去，可是终归掩饰不了过去的一切。南海少林派只要访寻到辽东，在他也是一场杀身大祸。所以他极力地结纳一班江湖能手，也就是为得一旦祸患临头，好为他解救。这一来，石城岛叶天龙本身既有南海少林派的真传，更有这一班江湖能手相助，现在想动他，不把力量用足了，恐怕要不是他们的敌手，反落个徒自取辱。

"这次周大侠投柬示警，我们决不可再存轻视之意。期限已定，至时必须践约。一鸥子倘若不在终南，我们这场事结局如何，实不敢逆料了。所以我想，只有我们在这十日之内，派人赶奔终南，请一鸥子前来；若是他不在终南，我们难道就甘认失败么？所以我为这件事，总要想一个万全之策。我打算亲自到终南走一遭；倘若一鸥老人不在，我要把一个多年老友亲自请出来，助我们了结眼前这件事。我想那孤山二友，任凭有多厉害的手段，也不足惧了。"

铁臂苍猿朱鼎对于石城岛的情形，并不看得那么十分可畏；对于萧寅这种办法，也不以为然。不过对于他是一种武林道义之交，不肯当面表示出不满意来，只得问道："萧老师还要请那一位武林老前辈出头帮忙？"萧寅道："我此去终南，倘若寻访不着一鸥老人，我只好赶奔大山关五丈岭。在五丈岭隐居着一位武林中怪杰，此人提起来，朱老师或许记得。不过他退隐的年代很久了，江湖上一般同道大约已把他全忘掉。就是二十年前专走南七省镖，后来为绿林一个强敌给挑了。他变姓易名已十年，终于把他仇家找到，在江苏鹰遊山单人独骑，把占据鹰遊山的总舵主，以及他一般极厉害的羽党，亲手殲除。这个人朱老师可还记得么？"

铁臂苍猿朱鼎愕然说道："敢是那弃镖行复仇之后，以炊饼叟游侠江湖的那容老前辈么？"武当大侠萧寅道："正是他！此人自从在江南复仇之后，他的事业家产，算完全断送得干干净净；以小贩在江湖道中，又是十几年的功夫，曾做了多少惊天动地的事业。后来才离开江南。他究竟到什么地方去，再没有一个人知晓。我与他在江西地面无意中三次遇合，算是结为性命之交。他在大山关五丈岭隐居起来，知道他的也只有我一个人。这位老前辈他那一身所学，在大江南北，能作他对手的，我还没有听见有什么人。倘若找不到一鸥老人，我只好拉他出来，再趟这一次浑水了。"

铁臂苍猿朱鼎知道，若果然能把此人请出来，这石城岛的事，定能伸手解决。遂点头道："萧老师能把这位武林前辈请出来，我看他若真能够到石城岛，还未必容他动手；就凭辽东道上这一般绿林中后起人物，他们全得闻名而退，谁敢和他作对？"萧寅道："我不过是这样打算，事情能够如愿与否，尚不敢定，只有尽力而为吧！"彼此商量一定，预备第二日一早，萧寅赶奔关内。

到了晚间，对于石城岛可不能不稍加提防了。这种人心难测，他那里窝藏着一般绿林能手，难免有人前来先行搅扰一番。遂商量定了，前后夜总要有两人长川地在店房四周巡查。

赶到三更之后，正是陆达夫担当后半夜。他在店房四周查看了一番，静悄悄的，整个店中没有一些声息。只有两名更夫，他们夜间要出来巡查各地。但是店中这种守夜的却不用梆锣，因为怕惊动客人，不能安睡。

陆达夫赶到二次从屋中出来，已经是四更左右。从店房前面转回来，才到了西墙一带，这里正是临近前面街道。街上此时静悄悄、黑沉沉。他从西墙转向店后面，自己刚翻上西跨院客房的屋顶，耳中听得墙头那边似有一些声息。陆达夫赶紧把身形往房坡上塌下去，斜着身子，"卧看巧云"式，向墙头那里查看。果然在这时，有人从墙外翻进来。他可并没有就蹿上墙头，而是双臂先抓住了墙头，慢慢地往上探身，正为得防备里面有人防守。这时，陆达夫整个的身躯斜躺在房门上，在这黑暗中，来人若是不仔细注意，决不会看出。

那人略一查看，已经翻上墙来，向里面略一张望，一纵身，已然窜到偏北一座客房的后门。这与陆达夫伏身的所在，相隔不到两丈。幸而来人只注意着东面，他落在房上时，也把身形矮下去，先往房下张望一番，跟着腾身纵起。陆达夫这才轻轻翻起来，赶紧纵身到一屋角背脊后面，避住身形，细看来人的举动。只见他似乎十分小心，十分留神。陆达夫不敢贴近了，只有远远地跟缀着他。

陆达夫见他身形矮捷，起落无声，这种夜行术轻身本领，实非一般平常的绿林道。看他那情形，似乎没到过这里，可是他却扑奔自己所住的东跨院而来。显然是虽没到过这里，可是已经经过别人的指示。眨眼间，他已经翻到东面东三道跨院中。在房坡上竟停住身形，四下张望。终南剑客陆达夫隐身在偏西南的一个房脊后，暗中看着。那人在略一张望之下，已经越过房脊，向院中查看；可是不作迟疑，飘身落到院中。

陆达夫一长身，也要找一个地方，看他的下面有什么动作。这一手好险！陆达夫身形才爬起，那个绿林人竟自用"燕子穿云"式翻上房来，跃到后房门，身形往下一矮，一手按着房脊，一手插入他肋旁所挂的皮囊中。陆达夫赶紧把身形矮下去，幸喜他并没注意到房上。这么疾迫地翻上房来，分明是他发觉了下面有人，恐怕露形迹，更预备要以暗器应付。陆达夫身形掩蔽住，听了听，毫无别的声息，下面院中也不见什么动作，好生诧异。

那绿林人这时从皮囊中把手撤出来，二次长身。这时他却不往房下翻了，顺着房后坡，往北转过去；纵到北房上，仍然用房脊掩蔽着身形，向下面察看。陆达夫心想："看此人的行动，分明是石城岛的一般匪党来此探查。今夜焉能叫你好好的回去？不给你尝些厉害，你也太藐视我等无能了！"

这时，见他仍然是想着翻下房去，不过是十分仔细；他往北房的前坡一纵，身形塌下去，在檐口把整个的院中全查看到。一长身，分明是他身形作势往房下窜。可是他竟猛然地一个"鹞子翻身"，已经到了房后坡。这种突如其来变方向，身形是真轻真快！可是他到了房后坡，竟不往下矮身，隐藏直立在那里，向他所站的那一带四周查看。终南剑客陆达夫也觉奇怪：他是来探店的，暗中有人跟缀上他，正如自己一样；从西大墙直追到这里，竟自没被他发觉。可是来到这跨院，分明是有人暗中两次对付自己，在暗中竟也一些形迹没看出来，这可太怪了！难道真个这人身上背的命案太多，冤魂缠腿，不肯饶他了？

终南剑客陆达夫虽是这么想着，终觉情理不合。一个江湖道中人，轻易不肯信那邪魔外道。自己更把身形紧自隐藏着，并且把撤身之处也预备好，倒要看看究竟是什么人，有这样神出鬼没之能。这时，那绿林人在北房后边转了一周，跃上东房。他竟不在房脊后潜伏查看，毫不迟疑地飘身而下。陆达夫知道，这次他是有十足的预备。

他身形才往下落，随着他身躯离开屋顶的一刹那，竟从那东房后边飞过一条灰影。不过这人太快了，往墙上一落，似乎向下一抖手，已然翻身一纵，退向房脊后。那绿林人脚后没站稳地，已经觉查，脚尖向地上一点，却连抢出两步去；一翻身，右臂一扬，从他掌中打出了暗器，带着一丝轻微的风声。除非在平心静气下，不易听出。可是这绿林人好快的身形，掌中暗器发出，他却施展开"燕子三抄水"的绝技，往南一纵身，往下一落，脚下只略一沾地，已经又腾身而起，蹿上了南面前院的后房边。这种身形巧快，捷如飞鸟，陆达夫看着，越发的惊心。虽然在暗地里看了他这半晌，略辨出形状，夜探石城岛，决没会过此人。

那绿林人翻上南房的后边，身形没停，已经跟着腾身而起，反往东北方扑去。可是他此时手中却多了一条兵器：竟是一条软兵刃，在他手中盘着，看不出是什么形式。这时他脚下尤其快，如飞的纵跃，已经到了东房后边一带，跟着他的踪迹也失。这么屡次的动作，脚下竟没带出一点声音来。尤其可怪的是，他打出的暗器，也没听见落到什么地方。

陆达夫长身查看，这人似已搜索敌人，离开附近。在这种情形下，自己也不肯再惊动萧寅、朱鼎两人，遂一纵身蹿到了东北角，往前面看。再隔开一道小院，就是这店房的厨灶和堆积柴草的地方，也接近了东面的大墙。陆达夫一面隐蔽着身形，一面搜寻那绿林人的下落，只是不见他的踪迹。遂由南往北转过来，绕过了自己所住的这跨院的北房后。后面是极大的敞院，院中黑暗暗、静悄悄，不见一点形迹。陆达夫可是依然谨慎着，认定了那绿林人不会就这么退出店房，遂也往后面搜寻过来。

这道大院落过去，后面就是店房的北大墙了。陆达夫直翻到后墙上，向北张望着查看。店房后面接连着一片民房，屋面上也是静悄悄的，决没有那绿林人的踪迹。陆达夫心想：难道他真个走了么？

自己遂从北房翻回来。才越过一座北面的敞棚，身形还没纵起，突然听得西边数丈外，竟发出轻叱之声，听得是在喝问："什么人？敢这么戏弄我！"陆达夫赶紧伏身往西看时，只见从西边一片客房上，飞纵起一条黑影，往这敞院的西房前边一落，那身形矮小得各别；他竟蜷伏檐上，在檐上往下一滚，竟自隐入房檐下。这种身形和这种小巧之技，实在是到了火候纯青的地步。果然，后面那绿林人是跟踪追到，但是他落到房檐上，分明他所追赶的人，就在他停身的房檐底下，他竟丝毫没有察觉；略一张望，腾身而起，仍然扑向东跨院一带。可是，在他往东纵身蹿出去时，房檐底下那人倏然在房檐下，身躯往上一翻，下半身已经探到房檐子上面。他这身躯软绵，动作不带一些声息，上半身也跟着翻上去，挺身站起；跟着微一矮身，施展一鹤冲天的轻身术，拔起两三丈高来，落到东面的一排矮房上。这时，他反倒跟踪那绿林人，向东跨院一带扑去。

终南剑客陆达夫仔细辨认之下，似乎这来人颇像那商山二老、大侠孤松老人李天民。只是他这种身形起落迅速，不容易看清了面貌。陆达夫仍然紧自隐藏着身形，暗中跟踪。离着自己所住的那个跨院，还隔着一排厢房，远远地见那黑影往一片房边上才一停身；倏然地往左一晃身，更发出一声轻微的冷笑，身形已然出去两丈多远。在他那停身的屋面上，"啪啪"的两声暴响，竟是两支暗器打在房坡上。那绿林人竟自也向南扑过去。

这次，两下里全接近了。那绿林人二次往起一纵身，手中的一条兵刃已经抖起，连人带兵器往下一落。这时，已看出他手中使用的是一条十二连环索。不过他这兵器各别，全身乌黑铮亮。人到，十二连环索已经向那老人砸去；那老人竟自把两只肥大的袖管往起一抖，身躯向后倒翻出去，施展的竟是"燕子倒翻云"。那种身形，起得那份巧妙，实在是武林中所少见的。

绿林人十二连环索砸空，眼看着已到了房坡上，那种用力往下砸，十二连环索倘若是往房坡上一落，虽然房顶子不被砸塌，也得屋瓦纷飞。可是他十二连环索落下去，敌人竟自用轻功绝技，身形撤去；那绿林人猛然把自己的下半身往后一仰，右臂猛往回一带，把十二连环索下砸的力量，愣给横撤回来；右臂向身后，左手把十二连环索头接住。终南剑客陆达夫见此人，竟用这种收放自如之

力，能够把撒出的式子任意地撒回来。这种功夫看着虽没有什么，真个使用起来，武功上没有十分的造诣，就不容易这样把兵刃随心的施展；足见此人的功夫，实在是有独得之秘。

这时，绿林人把十二连环索往回一收，身躯复往前一晃，双手压十二连环索，腾身纵了过去。那老人倒翻出去三丈多远，落在一个房角上，从容不迫。微一停身，那绿林人二次跟踪又扑到了。这次他竟自在脚下一落实，手中的十二连环索并没跟着往外撒招，而是低声喝问："朋友，你敢是武当大侠萧寅么？在下亲来拜访，怎竟这么无礼的相戏？我要领教你武当派的剑术。"那人不闪不避，笑了一声道："朋友，你这可不对，咱们才见面，你就给我改姓！你找萧寅来的，为什么和我老头子厮缠？朋友你也太狂了，江湖上有你这样登门访友的么？你不用来这种假惺惺！庄河厅这里虽是你们势力之地，现在老夫既到这里，只许你们规规矩矩地尽那主人之礼。你这么暗入店房，我岂能不打发打发你？朋友，你把那连环索的绝招尽量施为，我老头子还没把它放在眼内。"

那绿林人怒叱了一声道："狂夫无礼！你藐视蒋二太爷？接招！"往前一抢步，左手一带索头，右手甩索尾，向那老者的左肋上便点。那老者却用左臂的肥大袖管往外一佛，身躯已然撒出数丈来。那绿林人连环索点空，他往回一带，左手的连环索已然撒开，向自己身后甩出去；猛然往前一提，连环索擦着屋面向前翻起，向老者的胸前点去。连环索上这一手，用得更见功夫，杆棒送出去，竟抖得笔直。那老者往左一斜身，伸右掌抓他的连环索。这绿林人腕子上一坐力，猛撒回去，二次翻起，这条连环索竟自横向老者扫去。可是那老者竟自往房坡上猛一扑身躯，好似斜躺在屋面上；那连环索从他头顶上扫过来，这老者已经向左蹿出去。他这身形往外蹿的式子各别，没往起长身，依然是上半身斜塌着屋面，竟自纵出去丈余远，落在一个房脊上，身形已然直立起来。

那绿林人连递了三回，满递了空招。他把连环索收住，才往这边要纵身追赶，从东面三四丈外猛翻起一条黑影，竟自落在了他身后三四尺远。这绿林人似已惊觉，背后又有人扑到；他把往外纵的式子猛然收住，一斜身，脚下一换步；可是他身形并没有全转过来，依然防备着和他动手的老人的暗算；可是他把连环索已然往起一扬，要向才扑到的这人动手。这个人身形一落，已然发话道："尊驾先不要这么赐教，萧寅要领教尊姓大名？"这时蹿出去的那老人，已然也反扑过来，离开他数尺远，在屋面上一停，低声也说道："朋友，你想谁，谁到，这就是你要照顾的那萧老头子。本主儿已到，没有我的事了，有话你们讲。"

这时，跟着从西面又翻起一条黑影，也飞落到近前，却向萧寅打招呼道："萧老师，你的人缘真不错！这种贵客半夜三更要到此地，我们却没有这种福气了。"那绿林人竟自把连环索围在腰间，向萧寅一拱手道："尊驾就是武当大侠萧寅老师父么？在下礼貌不周，久仰大名！才听得信息，不愿意等待到明天，冒昧地来拜访，这倒显着有些失礼了。"武当大侠萧寅含笑说道："朋友你过奖了，我萧寅不过是江湖上碌碌之辈，来到辽东地面正为得是拜访一班塞外英雄！江湖上的朋友，还没请教尊驾贵姓大名？"这绿林人却说道："我不过是关东道上江湖中一名小卒，姓蒋名英奇。萧大侠，你和一般武林成名的人都全到了辽东，这是太难得的事了！"

武当大侠萧寅忙答道："原来是我久仰多时、名震关东省、扬威塞外的朋友到了，这真是失敬得很！方才多有冒犯，也不知尊驾今夜到临庄河厅，有什么赐教？"这月下无踪蒋英奇却淡然答道："石城岛承蒙先天无极掌厉老师投帖之后，与岛主叶天龙定约一会。我们就知道定有一般武林中成名的侠义道到了辽东。在下和我师兄彭英方正巧来到辽东地面。我们与叶岛主并无多深的交情，不过是江湖朋友。叶岛主和终南派陆老师的事，我们不敢妄行参与一字。只是大江南北的侠义道，来到关东，这是难得的机会；所以我们要借着石城岛和大侠们一会。不过事前既没有约定，冒犯地在石城岛相见，定要误会我们寄身在关东三省的朋友们结成一群，对付远道的朋友。所以今夜，在下亲自赶到庄河厅，特来当面约请石城岛相会时，我们决不愿牵连叶岛主本身的事。只是时间太晚，险些个被大侠们把我蒋英奇看作包藏祸心的绿林人，这倒是我自取其辱了。"

萧寅忙含笑答道："蒋老师，你也太客气了！此处不好过分停留，惊动了下面客人，反多不便。好在我们全是客居，蒋老师不会怪我们失礼，请到屋中一谈如何？"月下无踪蒋英奇却说道："我不愿再叨扰了，好在石城岛之会，就在目前；我没有领教二位老侠客是掌那一门的老师？我这孤陋寡闻的边荒江湖道，恕我眼拙。"武当大侠萧寅遂指着商山二老说道："这就是商山派的两位掌门人，孤松老人李天民、铁臂苍猿朱鼎。"这蒋英奇拱手说道："我今夜真是不虚此行，原来这二位老前辈全到了。我实在是不度德不量力，冒昧登门，竟蒙商山二侠手下留情！石城岛如蒙赏脸光临，我蒋英奇再当面谢罪吧！"

孤松老人李天民冷笑一声道："蒋师父别这样客气，咱们全是江湖上朋友，不过这么称呼。神拳叶天龙威震辽东，不止关东三省的江湖道尊他为盟主，就是关内的朋友们也全望风归附。我们细查他的门派，他出身虽然微贱，可是他另投门户之下，竟得着南海少林武术正宗的真传。不过南海少林派几位成名前辈，尚不能领袖大江南北的江湖同道，叶天龙怎会这样妄自尊大？原来有蒋老师这一班人也归附石城岛，助他在江湖中成霸业；这才叫我们明白了石城岛具这种威名，不是他一人之力。我们弟兄是慕名而来，终南派陆达夫和叶岛主的事，我们也不好过分代他主持。正如蒋老师的话，咱们在石城岛何妨作个武林朋友的聚会？"

蒋英奇对于孤松老人的话却不再回答，说了声："在下暂时告辞，咱们石城岛再会了。"他一拱手，往左一斜身，双掌往后一晃，身形微动，已经腾身而起，遂即蹿出了三四丈。这时候武当大侠萧寅、孤松老人李天民、铁臂苍猿朱鼎全已经腾身而起，紧随着他身后。那月下无踪蒋英奇，他竟施展开"蜻蜓三排水"、"燕子飞云纵"，一连三个腾身，已经到了店房的墙上。这后面是三老，全跟踪蹿到，不差先后。他却在墙头上"金鸡独立"式，一拧身，一抱拳道："不劳远送，石城岛敬候赐教了。"他说罢，一翻身，立刻落到街道上面。这三侠全翻到墙头上，萧寅依然说了声："蒋老师，我们不远送了。"那蒋英奇此时已经如飞地向庄河口去，眨眼间，身形已然隐入暗影中。

陆达夫在暗中看得惊心动魄。绿林中实有能人，叶天龙有这种能人相助，自己复仇的事真不知落何结局了。欲知践期石城岛，群侠大会各显绝技，火困五侠，七剑齐会，叶天龙受惩，一切热闹节目，均在下集中——披露。（第三集完）

第九章

陆达夫复仇石城岛

终南剑客陆达夫见这位李老前辈竟也来到辽东，赶紧从暗影中现身出来。那擒龙手厉南溪也从西跨院翻出来，在房上会合。陆达夫迎着商山二老，才要发话，这位李天民一摆手，一同翻回跨院中。到自己的屋中，把灯光拨亮了，落坐之后，厉南溪和陆达夫全向这位李天民行礼。

萧寅说道："李师兄你怎来的这样凑巧？竟会遇见关东道下绿林能手。"孤松老人李天民道："事情也不算凑巧，我是故意的昼夜赶来。恐怕这叶天龙力量太深，若是收拾不了他，这石城岛他所隐匿的一班江湖巨盗，再散开去，已然知道面对他们的人全是关内武林同道，他们这种作恶为非，毫不畏法，势必要力图报复，反倒要为江湖道上种下无限的恶果，多生许多是非，掀起无穷的波澜。我更在最近得着信息，这石城岛竟有几个意想不到的扎手人物，助着那叶天龙，更不是容易收拾的。一鸥老人因得为此事悬念，只是他手下事尚须耽搁数日，也要赶到辽东，所以星夜叫我赶来，把你们聚合一处，看看你们是否已然下手对付他。

"我到庄河厅已然一日一夜了，今夜我是正要入石城岛，看看那叶天龙的实力如何，不想中途竟遇上这蒋英奇，他竟敢前来探店。这猴儿崽子口是心非，他分明是倚仗着挟一身绝技，在关东道上没有遇见过敌手；要来看看我们这群人是否能作他对手。猴儿崽子也是运气不错，叫我李天民碰上了他，在店房中很叫他着了些急呢！今夜他总算是没在我弟兄手中讨了好去，可是我耳中倒听得此人手底下功夫实是真传实学，尤其是他那师兄彭英方，掌中一支铁笛十分厉害。我们入石城岛之后，可是会遇上此人。怎么样？你们已入过石城岛吗？"

武当大侠萧寅遂答道："我们已夜探石城岛，叶天龙暗中投柬定约，我们已和他约定十日内定到石城岛一会，不过具名的只是陆达夫一人。因为叶天龙投帖时，也只是他一人；并且他已知我们这般人到了，居然敢不打一字招呼。到时候我们倒要同赴石城岛，以江湖道的规矩去拜山，和他一会，看他怎样接我们的了。只是李师兄今夜来得巧，我已预备到城里走一遭，去找一鸥子前来。不怕李师兄你见笑，我们在江湖上行道，任凭武功造就有多高，可是这就应了俗语那句话，人外有人，天外有天，江湖道中到处都有那奇才异能之士。

"这石城岛，以叶天龙他个人而论——好在我们面前没有外人，我们说不应该说的话——南海少林派，他那一门的功夫虽不是平常武林中所敢沾惹的，可是我们弟兄尚还敢应付他，何况叶天龙他总是带艺投师，有许多南海少林派的绝技，他不曾得着。总然他个人以天赋的聪明和特殊的禀赋，自己造诣得深，功夫锻炼得纯，可是也不会就能胜过我武当派。只是此人他早怀下恶念，已经知道他两个对头，终有找到他的时候：一个就是他本门南海少林派一般掌门人，只要知道他的下落，为了慧真禅师的事，也不能放过他；一个就是陆达夫。所以他这些年来，石城岛立住脚之后，竟自竭力地结纳一班江湖能手，屈身卑礼，叫人来看他是一个创事业的绿林朋友，全乐与他接近，更显他那种机警过人。他早已安排下应该走的道路，想在这石城岛立下永久根基。虽则占据了这里，可是他决没有犯法的行为，所以官府对他树立下了这种声势，竟不敢过问。各处不能立足的江湖大盗，全拿这石城岛作了逋逃地，这一来越发地助长了他的声势。关东三省的绿林道，再没有比他声势大的；所以很有一般已经成名的绿林，全入了石城岛。

"我们来到这里之后，竟有隐迹辽东的江湖异人，东海渔夫谷寿民留柬相示，就指出他石城岛中最宜提防的就是孤山二友铁笛双环彭英方、月下无踪蒋英奇兄弟二人。这是石城岛中最大的劲敌，所以我才不敢再妄行，逞一时的意气擅入石城岛，与叶天龙相会。我萧寅总然栽在辽东，也算不得什么惊天动地的事情，不过损一己的威名，无害于人。可是陆达夫以一个晚辈，怀二十年的深仇，天涯海角的，好容易找到了对头人。若是动手之后，不能把他铲除了，手下有这一切厉害的党羽，助着他远走边荒，共余一批作恶江湖的往各处一散；我们不能为老友的门下弟子帮忙，反倒许为江湖上造许多罪孽。所以我要慎重从事，想要赶回终南山，请一鸥子前来亲自主持。倘若是一鸥老人不在终南山，我只好到大山关五丈岭走一遭，请那隐迹多年的老友炊饼叟助我入石城岛铲除孽匪，为陆达夫复仇，为江湖道永除后患，为南海少林派清理门户。如今李师兄前来，我可以不用奔波这一趟了。一鸥老人既然有意下辽东，我想他这位老师兄，颇有先知先觉之才，必能赶到石城岛，不至于把我们这一班人栽在人家手内了。"

孤松老人李天民双眉一皱道："这样看起来，我们还真个险些轻视了叶天龙。那一鸥老人无论他到与不到，只要到了约请的期限，我李天民要冒昧地担承此事，会一会辽东道上这般绿林中成名的人物，也正好看看我们商山派是否能在武林中立起门户来。"武当大侠萧寅听到孤松老人这个话，自己倒颇有些惭愧。不过对于商山二老全是多年来道义的朋友，彼此间绝不会存什么轻视之心，只是自己行为上多有拘谨之处，反显得遇事不敢当机立断。这种性情不同，只好是顺口答言，任凭他担当石城岛赴会的一切。彼此随又谈些江南道上这些年来匿迹销声的绿林道，猜测着大致全许逃亡关外，在这石城岛免不掉要会着旧日的仇家。

大家答话间，天色已亮，夜间在店房中追蹑蒋英奇，更在房上答话，客人和店家都不会毫无所闻。只是在关东道上作客经商的人，全明白这种江湖道上的事，只要不加害到本身，谁也不敢多管一些闲事。店家虽然也知道了，因为没出了什么事，更不便多问，反倒对于这班人恭谨异常；对于这拨客人中平空多添了个老者，他们竟一声也不问，只认为是来拜访的朋友。这种情形，萧寅等全看出店家的心意，彼此来个心照不宣，也不向他们说什么了。

赶到中午之后，孤松老人李天民带着陆达夫，到庄河厅港口一带游玩了一番，陆达夫也不知这位老侠是何用意。他却并没有奔那石城岛附近一带，只是沿着海边转了一周，仍然返回店内。大家的心意只有等待着，到了第十日的约期石城岛一会。因为孤松老人已经担承一切，萧寅也就无须去访那一鸥老人了。从那夜间，月下无踪蒋英奇来过之后，这里是风平浪静，丝毫没有一点别的动静。

在这里住到第九天，已经到了约定的赴会期限只有一日了。到了晚间，孤松老人李天民叫店家预备了全份名帖，叫历南溪在灯下全写好了，用作入石城岛拜山之礼。

李天民向大家说道："此次石城岛践约赴会，这是我们入江湖道以来，从来没办过的一件事。陆达夫和叶天龙是不共戴天之仇，必须报复。我们全是仗义助拳而来，要按江湖道的规矩，我们只能息事宁人，给他两家化解。可是这次的事情不同，叶天龙早年在江湖道上任意横行，为非作恶，我们侠义门只要遇上这种恶徒，就要把他铲除，以安良善。可是他既已离开江南道上，在明面上，这已经是他表示出畏惧着正义的驱逐。我们侠义门中人，不许作赶尽杀绝事，他竟自凭他的狡诈手段，蒙蔽了南海少林僧，作了伽蓝院慧真禅师的门下。他若是果然痛改前非，在少林门中苦心学艺，从那时走入正途，虽然和陆达夫有不两立之仇，但是能依然给他化解；可是他积恶难反，可怜那慧真禅师为他而死，在他本门中更成了罪人。

"他逃到关外更蓄恶念，结纳一般绿林道，以石城岛作他的巢穴，收容一般江洋大盗。他这种野心太大，关东三省的绿林，差不多全入了他的掌握，将来实是江湖道上一个大害。这次我们到石城岛，一来是为得与一鸥老人全是道义之交，他的得意弟子虽是报自身的私仇，可是他当年事也叫人气愤难平，正该拔刀相助。二来这叶天龙若容他久据石城岛，他把一般绿林中出类拔萃的人物全结为死党，倘若他们相率地回转江南，不定要造出多大罪恶来，这是不能不除他。还有十二栏杆山火云岭白莲大师，论起门户来是叶天龙的师伯，一再地托付我要替他南海少林派清理门户，除去恶魔。有这三种原由，我们决不能再容叶天龙存留人世！这次石城岛一会，我们也要以全份的力量与这恶魔一拼。

"可是他所结纳的一般绿林道，很有些扎手的人物，尤其是那孤山二友，铁笛双环彭英方、月下无踪蒋英奇，这两人虽然是在江湖道上恶形未彰，可是这次竟自甘心作叶天龙的死党，和我们作对，实在是我们入石城岛极大的阻碍。不过我们不能因为有这种劲敌，就栽在辽东道上。所以一天不许延迟，必要如期而至。可是我们必须略作打算，入石城岛之后，只要我们所知道的人，他有什么特殊的功夫、独有的绝技。我们要通盘打算一下，以便动手对付时各有个准备；谁能够应付何人，谁会斗那一种绝技，全把他略微地参酌一下，到时候我们不致于应付不得法，先栽在他们这些党羽的手内。至于他石城岛还隐匿着什么非常人物，那就只好是临时量力对付了。"

武当大侠萧寅听到这位孤松老人现在居然这么慎重起来，倒觉他不尽是骄狂自恃，这还倒不背侠义道的行为。大家遂把石城岛所知道的人，全一一地互相讨论了一遍。定规好了，全是由这一般人中，谁能应付什么人，对付他那一种独有的功夫，大致的全商量定了，全收拾早的安歇。

第二日天一亮，早早起来，梳洗收拾，各配兵刃，由孤松老人李天民领率铁臂苍猿朱鼎、武当大侠萧寅、擒龙手历南溪、终南剑客陆达夫一同离开店房，赶奔庄河厅港口。才出了镇甸，在码头附近迎面过来四个少年，全是乡人打扮，衣服可是十分整洁，迎头打着招呼道："老师父早得很！早奉叶岛主之命，我们在此伺候多时，老师父们可是这时就到石城岛么？"擒龙手历南溪向孤松老人李天民看了一眼，遂答道："我们正是到石城岛拜访。"这四个壮汉一齐拱手道："老师父们请！我们愿给老师父们引路。"

这四人转身前行，引领着走向港口边。通着石城岛的那条海滩上的堤面，每走出一箭地来，道旁就有衣帽整洁的两名弟兄，在那里伺候迎接。可是响箭已连续着向石城岛传了进去，商山二老等对于他们这种举动，丝毫不作理会。赶到来到石城岛前，只见上面的门洞已开，从那高岗上顺着山道斜坡往下排着，全是精悍少壮的匪党，一色紫灰布裤、褂，打裹腿，穿沙鞋；每人提一口鬼头刀，全是飘着二寸多长的红刀衣；长枪手，弓弩手，这两行不下二百余名，全在那笔直地站立。

神拳叶天龙率领本岛中一般绿林道迎接过来，这时终南剑客陆达夫，却越众当先，向神拳叶天龙抱拳拱手道："朋友相别二十年，还认得我陆宏疆么？"神拳叶天龙也紧走了两步，赶上前来，很亲热地拉住陆达夫的手，哈哈一笑道："我叶某居然在辽东能够跟兄弟们重会着面，这真是我一辈子最痛快的事了！浙南那时全在少年，一转眼间，你我全不是当年的相貌了，错非是兄弟你打招呼，我还不敢相认呢！"陆达夫说道："叶岛主，我给你引见几位朋友。"这时历南溪也赶奔过来，向叶天龙一拱手，把一份名帖递过来，说道："叶岛主，还有我陆弟兄的三位长辈老师，久仰叶岛主你的大名，今日一同请来拜望叶岛主。"叶天龙忙还礼道："厉老师多辛苦了！"他随手把名帖展开，略一看，赶紧递与了身旁的人，抢步向前，深深一拜道："我叶天龙不过是江湖上一名小卒，在这石城岛弹丸之地，暂时栖身，那想到竟会惊动到商山二老、武当大侠大驾光临，我叶天龙真是幸运得很了！老师父们可得恕我拙眼，有劳陆师父给指引。"

陆达夫遂给他一一引见了。叶天龙往旁一闪身，说道："我这石城岛中，也有一般同道，大侠们里请，再给众位引见吧。"后面跟随他的全往两旁一闪，叶天龙往里让，孤松老人李天民，铁臂苍猿朱鼎，武当大侠萧寅，擒龙手历南溪，终南剑客陆达夫全随着叶天龙往里走。这石城岛虽然是一个盗窑，居然摆出这种阵势来，也倒颇显着威风。顺山坡走上去，从寨门往里看去，一条坦平的道路，两边也是匪党们分班把守，直扑奔石城寨。

这叶天龙和一般羽党把商山二老等让到了大寨的集英堂，给所有他这里一般部下和他的绿林同道们全指引互通姓名，叙礼落坐，匪党们献上茶来。他这里在座的有那双刀周德茂、铁翅雕胡振刚、凤翅镖马云祥、索子枪于志、铁掌金镖李兆丰、草上飞蓝昆、穿云鹤苗勇、虬龙关震宇、千里追风卞寿山、夜鹰子杜明和孤山二友，铁笛双环彭英方、月下无踪蒋英奇，以及那小灵狐李玉，全顺着岛主叶天龙的下首坐下去。

孤松老人李天民向叶天龙说道："叶岛主，今日我们随同陆达夫前来，深觉冒昧，好在叶岛主你是久走江湖的朋友了。陆达夫投师学艺，传他武艺的老师父，也正是我们多年旧友。我们不愿意陆达夫和叶岛主这场事，得不到合理的结果；更知道石城岛中，很有些关内外的江湖上朋友，在这里落脚。我想你们这件事，不妨在一般同道面前一辨是非。反正天下事，越不过一个理字去，咱们可全是江湖道上跑的人，谁也不能强词夺理。现在要请陆达夫当众讲一讲他和叶岛主有什么不解之仇，不肯放手，当众宣布出来，求大家的公平判断。"

终南剑客陆达夫愤然站起，向一般匪党抱拳拱手说道："众位老师们，我陆达夫原名陆宏疆，现在这个名字是入终南门下学艺时恩师所赐。当年这位叶岛主，他名叫双头蛇叶云，在浙南一带作着绿林生涯。我陆达夫祖居在嘉兴府大石桥畔，历代全是安善良民。家门不幸，我竟流落了绿林道，被朋友们引到这位叶岛主的部下。我也算是江湖道中人，我得说江湖道的话，随着他部下也作过不少案。虽然失身绿林，谁也不是天生来就是干这一行，在座的朋友们也定然明白，全是不得已的情形，逼迫的走上这条路。我家中有一家老小，被衣食所迫，我才作了这种对不起祖宗的事。可是叶岛主要在温州劫掠冯姓富室的时候，我不该一时动了恻隐之心，作了吃里扒外、泄机卖底的事。可是我因为那姓冯的实在是良善人家，更看到他家中那割肉疗亲的孝女，我的天良发现。因为这位叶岛主当年在浙南一带，每逢下手一件买卖，多半的是作出人命来。这种善良人家，叫他遭到那样祸，我居心不忍，我也安心要洗手绿林，所以才对不起他，叫叶岛主那场事遭到失败。我在姓冯的家中，绝不是沾染到半分好处。

"赤手空拳逃到嘉兴府，我知道姓叶的决不肯容我。我本想带家眷一走，可是没容我走开，叶岛主已经赶到。任凭我在本股弟兄中犯了多大罪名，应该由我一人承当；叶岛主竟自狠心辣手，把我陆达夫全家老小尽行杀戮。我终于逃出他手来，这才海角天涯。倘然我那时死在异乡，我也就冤沉海底；幸喜投入终南派门下，学成了武功本领，这才下山访寻他。我找到叶岛主没有什么难讲的事，只问我姓陆的一家老小的性命，他该怎样的偿法。杀人偿命，欠债还钱，现在就是叶岛主一条命抵了，全解不过我陆达夫心头之恨！今日当着一般同道面前，事实摆在这儿，我姓陆的在浙南，虽然破坏了他那场事，但是我并没有害了他，不过叫他少得些不义之财。有什么深仇大怨，他竟那么下绝情、施毒手，叫我陆宏疆含恨二十年！还算是天网恢恢，疏而不漏，我们竟会在这里重逢着，这也就是我们清算这笔旧账之时。我陆达夫如有什么不当之处，在座的一般朋友们，只管指教，陆达夫洗耳恭听。"

这时所有一般绿林道，彼此全互相地看着，谁也不肯多发一句话。叶天龙容陆达夫把话说完，微微一笑说："兄弟你还算够朋友，所说的全是实情，一点不差。只是你只说姓叶的当年下手太毒，好在你既已承认曾在姓叶的手下一同干过绿林道的事，我们绿林道中，最犯大忌的就是你这种行为。可是姓叶的到嘉兴去找你，你应该好汉做事好汉当，不应该等我叶天龙费事。早早地出头，随着我一走，我自然是按着绿林道的规矩来处置你。可是我找到你家中，你为什么不敢见面？我想容留你，怎奈当时一般弟兄们全认为你那种行为，不能再放过你了；为得搜寻你，才累及你一家人。姓陆的，你应该自己责备自己，自始至终，全是你一人作错；慢说是杀戮你一家十余口，就是再多上一倍，也应该由你一人去偿命，那是你一人害的他们，与我何干？你还有什么脸找姓叶的报仇！"

陆达夫厉声说道："叶云你住口！"这时，铁臂苍猿朱鼎却站起道："我这局外人，要来多管管你们闲事。陆师父你先等等，容我向叶岛主请教几句话。"说到这儿，扭头向叶天龙道："叶岛主，在下有一件事不明，要在你面前领教。"神拳叶天龙道："朱老师，有话只管赐教。"

铁臂苍猿朱鼎道："陆达夫当年失身绿林，也曾在你部下，一同干过那劫掠生涯。这种寄身绿林道中，稍有天良的，也应知道是一种损人利己的行为，所以国法不许，遭人的唾骂，应该时时地想到改邪归正。陆达夫他原本是一个良善人家的子弟，他失身绿林是不得而已为之，情有可原；他一时的激发了天良，不忍对一个良善人家下毒手，这正是他的天良未丧尽，善恶两字，还时时放在他心头。虽是破坏了你那桩买卖，在绿林中是吃里扒外的行为；在我们侠义道中看来，正是他改过自新，弃邪归正，足以叫人能宽恕他一切。叶岛主，纵按照着绿林道的行为，不肯轻轻放过他，也只能罪及他一身。他一家人犯了什么罪，你就那么下绝断施毒手，把他全家老幼杀害？叶岛主，当日你狠心辣手的情形，实在是叫人难容。姓陆的当时逃去，他自知孤掌难鸣，你率领那么些党羽对付他一人，他那能应付？这种全家被害之仇，焉能不报？何况叶岛主你当年在浙南一带，所行所为，自己本身已经犯了江湖的大忌。你每次作案，全是杀害事主。总然没有姓陆的这场事，你本身的行为，也为侠义道中所不容！浙南你的垛子窑被挑了之后，你若从那时埋名隐姓，痛改前非，跟姓陆的这场冤仇也许就渐渐地化解了，何况你又投入南海少林派门下，那位少林僧慧真禅师，没查明你的出身来历，竟把你收入佛门。你应该自己醒悟，过去以往的罪过太深，遇到了那样难得的机会，就应该从入少林门下时起，把那恶念收敛，学就南海少林派所有的武功；江湖道上，依然能够从那正大光明的路上成名露脸。过去你一身的罪孽，也能够从此消灭了。

"可是你得着慧真禅师真传之后，从入江湖，依然不肯改过自新，反倒变本加厉，横行江湖，做了多少伤天害理的事。大江南北，再不容你立足，你才逃到了关外，仗着你一身本领，结纳关东道上的绿林，在这石城岛中，又立起这片根基，你的雄心也太大了。姓陆的含冤二十年，今日我们到辽东，杀人偿命，欠债还钱，叶岛主你这笔旧债，趁早的清偿。你若是明白的，现在应该把这石城岛所有的手下弟兄，早早的散伙；姓陆的也不能动你，我们要陪你到云南走一遭，十二栏杆山火云岭白莲大师，他是你的亲师伯，他还在那里等待你，先叫他清理清理少林派的门户。那时陆达夫尚有容人之量，见你已受了门规处治，或者可以跟你解了旧日的冤仇，这是我们两全的办法。叶岛主，今时我们到石城岛来，这场事也只有这么解决，听与不听，任凭你叶岛主，我们决不勉强。"

神拳叶天龙一阵狂笑道："朱老师，这个话全是你亲口讲出来，你要是这么对我讲话，我这石城岛中可就不能拿朋友看待你了！我和姓陆的事，只有我跟他自己解决，不与他人相干。到今日我也不用再隐瞒。不错，我叶天龙真是南海少林派的门下。伽蓝院已经圆寂的慧真禅师，正是我的师父。我就是犯了少林派门下的规戒，自有门规处治，那门下并不是全死绝了。朱老师，你是商山派，有什么力量敢替代别人清理门户？朱老师，你也太狂了！入石城岛的，我按江湖道朋友看待，远接高迎，把老师父们请进来；要是这样藐视我叶天龙，可怪不得我姓叶的不讲交情了。今日老师父们入石城岛，要是按着江湖道的朋友和我叶天龙讲交情，我绝不敢稍有失礼，我和姓陆的是非曲直，自有我两人去分辨；我少林派的门户中事，别人更不应当管。朱老师你所说的一切，恕我叶天龙不能从命。我叶天龙久仰商山二老武功剑术全有独到的功夫，要是以武功赐教，不牵缠其他的事，叶天龙虽然无能，我还敢领教一二。"

孤松老人李天民冷笑一声道："叶岛主，你全想错了！你自以为仗一身本领，威震石城岛，足以领率东关东三省的绿林道，没有人来敢再动你。今日就算出乎你意料之外。陆达夫和你结仇的经过，事实上你已经承认，动手杀戮他全家是你的主谋。这你就得受江湖道的判决，强辞夺理，岂是好朋友所为？白莲大师他曾经托付我们，把你这败坏少林派清名、污及师门、作恶江湖的败类，擒回火云岭，白莲大师要宣布门规处治你！我李天民是受朋友所托而来，这件事我不做到，我就枉在江湖道中行侠作义了！"叶天龙厉声说道："今日的事，我看的清清白白，你们是安心和姓叶的为难！不过你们把事看得太容易了，我叶天龙从二十岁入绿林，江湖道中我已经闯荡了一生，我就没受过人这样对付我！今日一切的事，我不能遵命，李老师又该如何？"李天民道："叶岛主，我敢到石城岛来，当面和你说明心意，自然是有叫你从命之力。"

这时，小灵狐李玉却站起说道："李天民，你也太以狂妄了！这当着关东道上一般朋友在座，你就敢这么不懂面子，这分明是以强压弱，不只于你看不起叶岛主，更看不起石城岛在座的朋友！你有什么惊天动地的本领，要叫姓叶的随你到火云岭，任凭你处治？李天民，你们在江南道上沽名钓誉，以侠义道来标榜着，到处欺压一般江湖道的朋友；如今你来到辽东，你入石城岛容易，只怕你出石城岛就难了。"孤松老人看了看小灵狐李玉，冷笑一声道："李玉，你也敢在这里耀武扬威，和我李天民这么卖狂？实告诉你，我李天民还没把你看在眼内！这石城岛你认为是铁壁铜墙，共实我们愿意来就来，愿意走就走，还没看到有谁就能阻止我们出入。"

这时，那孤山二友铁笛双环彭英方，向孤松老人一拱手道："李老师，这石城岛聚会很是难得，至于陆老师和叶岛主的事，他们不下二十年的旧仇，那好不叫他们今日解决？我们最好任凭他两下生死输赢，不必多管。叶岛主他是南海少林派的门下，背叛门规，自有他本门中人去清理门户，我们何必多管他人的事？据我彭英方看，石城岛这一会，实是难得的事。我很愿意老师父们各把本门武功绝技，在这里施展一番，互相印证一番，也就见出来各人的武功造就，是否值得在江湖道上称名道姓。咱们以武功较量之下，谁栽在这里，从此江湖道上也就不必再耀武扬威。姓陆的和叶岛主他们本身的事，叫他们最后解决。李老师，你以为怎么样？"

这时，武当大侠萧寅却答道："今日的事，要按着彭老师这一说，就是不必分什么是非曲直，以武功本领一分强弱之下；所有的事，也就可以解决了。这种办法倒也爽快，不过我们认为彼此全在江湖道上立足，深仇大怨四个字，只能用在叶天龙、陆达夫的身上。我们平日所走的道路不同，可是谁也没和谁有什么嫌隙。我们也不得推得那么干净，所有石城岛在座的朋友，以及随陆达夫来拜访的人，还不是为了他两家的事么？彭老师既要以武功相见，我们也不必说那种虚伪的言辞。动手之下，不分出强弱输赢来，见不出本领的高低。可是我们这般人无故的为仇结怨，也太不值了；还不如归到本题，以他两家的事作个解决。我们入石城岛，只有我们老少五人。我们若是全栽在朋友们手内，陆达夫这件事任，凭他有多大的仇恨，从今日就算完，和叶岛主化解前仇，各走各的道路。倘若我们侥幸的在石城岛占了胜场，那只有请姓叶的随我们到火云岭，以他自身来了结他自身的事，朋友们不得过问。我看这么办，是再公道没有了，彭老师意下如何？"

铁笛双环彭英方没肯就答出来，因为这种事关系很大。神拳叶天龙却哈哈一阵狂笑道："这种办法我叶天龙实在是欣幸万分，能够在石城岛请老师父们各显本门绝技，这是在江湖道中难得的事，我叶天龙很愿遵从萧大侠这种办法。我这石城岛只要全栽在老师父们手内，叶天龙的杀剐存留，完全要听凭处置。"李天民道："君子一言。"叶天龙冷笑道："决无反悔。"

铁臂苍猿朱鼎微笑着向彭英方道："就这么办了。"回头复向陆达夫问道："你的意下如何？这种事情可不能碍着朋友的面子，勉强来应承。"陆达夫道："我愿遵老师父们之命，倘若我们全栽在石城岛，我一身的冤仇决不再报。"这时叶天龙道："我们以武功相见，一半是解决我和姓陆的事，一半是以武会友。那么咱们既没有别的牵缠，就请老师父们到外面一会。"铁臂苍猿朱鼎说道："叶岛主你不要忙，咱们以武功相见，也要有个限制。你这石城岛中，还是挨位的全得赐教过来，才算数么？"

叶天龙向孤山二友彭英方、蒋英奇道:"二友老师父,朱老师所想到的,倒是得商量一下才好,这种漫无限制,未免于理不合,何况朱老师这方面所到的只有五位,我们不要落了人多势众、以多为胜才好。"彭英方道:"据我看,我们就以七阵赌输赢。我们是不论何人,只要曾斗下七阵来,胜败输赢立分,事情当时解决。这样办法,老师父们以为怎么样?"铁臂苍猿朱鼎点了点头道:"很好,这么较量下来,也显得事情公平,彼此各无反悔。老师父们外面赐教。"

孤松老人李天民、武当大侠萧寅、铁臂苍猿朱鼎、擒龙手厉南溪、终南剑客陆达夫相继起立。神拳叶天龙、孤山二友彭英方、蒋英奇、小灵狐李玉、草上飞蓝昆、穿云鹤苗勇、铁虬龙关震羽、千里追风卞寿山、夜鹰子杜明、双刀周德茂、铁翅雕胡振刚、凤翅镖马云祥、索子枪于志、铁掌金镖石兆丰,这一般绿林道,全跟着一同往外走来。出了集英堂,站在这集英堂前,一般盗党们全往旁闪开,神拳叶天龙、小灵狐李玉和孤山二友,却走向头里,向李天民等一拱手道:"请老师父们随我到后面练武场中,那里一切全方便。"

李天民含笑点头,毫不迟疑,头一个领率着,随叶天龙向东面一个角门走出来。这时小灵狐李玉,已经向外面伺候的党羽们吩咐了几句,叫他们赶到后面去布置。转出这东角门,后面是一条极宽大的箭道,长有二三十丈,到了这箭道的北头,反往西转过来,是紧靠集英堂后面的一片练武场。神拳叶天龙向李天民等谦让着,走进这座练武场。里面好大的地方,南北有三十余丈长,东西也有二十余丈宽。地上收拾得十分平整,满用细石沙子铺的地,这种地方专预备是练武之用。沿着东西墙下,直圈到北面去,全是古老的苍松,要论种植,不会这样齐整。再说神拳叶天龙占据石城岛不过十年,那会有这种整齐的林木?这是就着原有一片大松林,把当中的完全采伐尽净,开辟出这么个练武场来,在正面盖起了一排十丈长、三丈深的敞棚,为的是风雪阴雨时照样可以在里面操练功夫。

里面这时已经布置好，在敞棚前分为东西两边，各摆设了一排桌椅，当中却用四个兵器架子隔断开，两边座位是斜八字式相对着。这练武场中，除了随叶天龙进来的一般绿林名手以外，只有十六名党羽，全是短衣的壮汉，分立在两旁边，伺候一切。神拳叶天龙率领着一般同道，陪着商山二老等直奔迎面敞棚前。

叙礼落坐之后，神拳叶天龙向孤松老人李天民道："今日蒙大侠们光降石城岛，更肯赏脸赐教，我叶天龙是荣幸万分！现在既约定以七阵分胜败，请李大侠指示头一阵如何较量，是斗拳术、斗兵刃、斗轻功暗器，较量名门独有的功夫？或者有用什么器械之处，也好叫他们预备。"

孤松老人李天民微微含笑，向神拳叶天龙道："叶岛主，你以神拳驰誉江湖，在关东三省已经名震武林，你已经得南海少林派的嫡传，我李天民要请叶岛主你赐教我几手掌法。"神拳叶天龙忙答道："李大侠，我在下虽然曾投在少林门下，论我的武功本领，要在李大侠面前比较起来，我实不敢那么狂妄。商山派三十六路白猿掌，那是江湖道上久已闻名，今日幸得在这里和大侠相会，我叶天龙虽然不是敌手，我很愿意在李大侠的掌下讨教几招。"

这神拳叶天龙这么答对出来，明是不肯对商山二老的要求稍行示弱。要论起他现在的地位来，他在石城岛领袖群雄，这第一阵无论如何，他先不能动手；可是他现在决不再顾忌一切，这就足见他也是安心与来人一拼荣辱。石城岛威名才树立起来，倘是今日一会，败在这般江湖侠义道之手，用不着人家再用什么手段，自己就得解散石城岛，算是一败涂地。

当时，那孤松老人李天民哈哈一笑道："叶岛主，你真是慷慨的朋友！很好，咱们就下场子，互相印证印证我们两家的拳术。"这时，铁翅雕胡振刚却站起来，向叶天龙道："叶岛主，你身为石城岛的领袖，更是做主人的，我们在这石城岛虽则打扰多日，总算是客，无论如何，也得叫我们弟兄几个先在老侠客面前讨教几招。我们全接不下来时，那时叶岛主你再给我们接着后场。"这胡振刚复向李天民一拱手道："李大侠，我们这江湖小卒，要在你这成名侠义道前领教几招，可肯赐教么？"李天民道："武功分高下，门户没有高低，胡老师，今日石城岛以武会友，任何人擅长什么功夫，只管下场子较量一下，我们谈不到其他。"铁翅雕胡振刚道："这是李大侠你看得起我！我胡振刚有另外的要求，我久闻得商山二老不仅是三十六路白猿掌，为武林中的绝技，还有老侠客你一口天罡剑，招数神奇，老侠客可肯在石城岛把你那剑术施展几招，叫我们弟兄也开开眼界？"

孤松老人李天民双眉一皱，从鼻孔中哼了一声道："胡师父，你要我李天民和你较量剑术，很好！我这人是从来不肯叫朋友为难，只要朋友们肯说得出口，我李天民无不从命。但不知胡老师用什么兵刃赐教？"武当大侠萧寅却在旁含笑答道："师兄，你还不知道么？这位胡老师以一对镔铁双怀杖威震关东，这是关东道上最负盛名的人物，师兄你今天算来着了。"

武当大侠萧寅正是用话暗中点出，这铁翅雕胡振刚，他是要用这种重兵刃克制李天民的短剑。这时没容李天民再答话，终南剑客陆达夫愤然起立，向铁翅雕胡振刚道，"胡老师父，我陆达夫虽没和你会过面，但是你那对双怀杖，我倒久仰大名。我要拦阁下的高兴，你要求商山二老李老侠客较量兵刃，只是你可不要强人所难，他在江南行道多年，那口天罡剑不遇见死对头，或者十分扎手的强敌，轻易不肯把它撒出剑鞘。胡老师父，你既然要用镔铁双怀杖赐教，我陆达夫不自量的要用我手上这口白虹剑领教一番。我这剑术虽比不得商山二老老前辈的剑法高明，不过我自忖尚还能接阁下几招。"

终南剑客陆达夫这种话故意说得这么狂妄无人，明显出来看不起胡振刚，也正是警戒他那么无礼的要求，竟敢和名震大江南北的商山二老较量强弱，认为他实在是不够个对手的人物。铁翅雕胡振刚听陆达夫这么无礼，当面讥讽，也是愤怒十分，气恨恨说道："很好，陆达夫，你投身在终南派门下，也是以剑术威名，我和你领教几招也是一样，咱们俩见这头一阵吧。"说着话，他把外面长衫脱去，向场子中走着。有一名匪党已经把他的镔铁双怀杖送过来，递到他手中。

这种双怀杖跟三节棍是一样，只少着一节儿。他这对怀杖，通身是镔铁打造。使用这种兵刃，就仗着气壮、神足、力大，是最厉害的一种兵器。错非是功夫上有真传、有实学，不敢和这种重兵刃任意递招。这铁翅雕胡振刚这么大胆的叫阵，也因为看出所有的人，虽全是武林名手，可全是使用的剑术，这种轻兵刃没有精纯造就和超群的本领，不容易逃开他双怀杖之下。

这时，终南剑客陆达夫也跟着他到场子的当中，两人是一东一西，离开两丈多远，相对着一站。铁翅雕胡振刚把双怀杖拢在左臂上，终南剑客陆达夫也把白虹剑撒出剑鞘来，倒提在左手中。陆达夫半转身躯，用右手往左手的剑柄上一搭，却向神拳叶天龙这边所有的匪党说了声："众位老师父们多指教。"说这种话再下场子动手，并不是陆达夫自轻自贱，这是武林中一种规矩；跟着又向商山二老等一行礼，把身躯转过来，向铁翅雕胡振刚说个"请"字。这时手中已经暗把白虹剑倒过来，剑到右手，左手掐剑诀，食中二指往上一抬；手指与眉稍齐，右手的剑往左斜探着，斜身侧步，先把步眼活开。

那铁翅雕胡振刚却也按着江湖的规矩一行礼，也把身形撒开，两下里各自左右盘旋，在场子中各转了半周。铁翅雕胡振刚身形一停，招呼了声："陆老师请赐教。"他这六字出口，身形已然飞纵起，竟往陆达夫这边窜过来；双怀杖仍然是两节合在一处，并没撒开，向陆达夫胸前一点。陆达夫左手剑诀一领，右手的剑从下圈着往左向上穿出去，剑身立在左臂外，身躯可是跟着往左一提，双怀杖点空。终南剑客陆达夫左手的剑诀往外一展，提起来的右足往左踹出去，掌中的剑可是"大鹏展翅"往右一挥，向铁翅雕胡振刚左肋上便斩。那胡振刚左脚往外一滑，一个黄龙翻身，双怀杖仍然是合着，猛向终南剑客陆达夫左肩左肋递来。陆达夫一剑扫空，身躯

往下一矮，右脚往下一落，脚尖一着地，往右一滑，身躯一个盘旋，已撤出两步来。可是铁翅雕胡振刚他猛然一斜身，双怀杖完全抖开，用足了力，秋风扫落叶，向终南剑客陆达夫下盘打来。

这种镔铁双怀杖两节一伸开，怀杖的本身就有四尺八寸长，加上本人的胳膊伸缩，只要运用开，加上脚底下的步眼转移，一丈五尺内全被他这怀杖的威力占据了。这对怀杖这一撤开招，上下盘旋，决没有缓式。终南剑客陆达夫也自心惊！莫怪他敢那么放狂，敢向孤松老人李天民叫阵。陆达夫把剑术也尽量施展开，仗着一鸥子在终南派中剑术上有独得之秘，他这种一字乾坤剑，也是一种独门的手法，所以对于这铁翅雕胡振刚，应付有余。

胡振刚这一撤开招，他这怀杖是一招跟一招，一式跟一式，决不容人有缓气的工夫，崩、砸、扫、打、拍、挂、滑、拿，身躯是进退灵活，左右盘旋，怀杖随着带起一阵阵的劲风。这种重兵刃只要被他扫上，就得骨断筋折。终南剑客陆达夫也把一字乾坤剑术撤开，起落进退，吞吐撤放，点、崩、截、挑、刺、扎，身随剑走，剑与身合，伺虚击隙。两下里这么一尽力地把个人的所学施展出来，倒是真见功夫。铁翅雕胡振刚连避了十余招，他是安心想用这镔铁双怀杖的重力，克制陆达夫的轻兵刃，所以他下手是又毒又狠。两下里盘旋进退，有二十余招，这种兵刃对上手，能够走这么多招，也就实在难得。陆达夫这时已然看出不用巧招险招，决难取胜。这时，胡振刚的双怀杖正是一个"乌龙卷尾"式，怀杖猛然从左往右甩着反卷过来，向陆达夫的下盘猛扫。陆达夫往起一纵身，可是胡振刚的手底下也够厉害，他的招数并没撤足，猛然由右往左反往回下一带，硬把双怀杖向回下猛撤，斜翻起来，一个半转身，向终南剑客陆达夫纵起的身躯用力砸去。

这种式子变换得过疾，陆达夫的身躯倒是斜纵出去，只是离地还有四尺；他的双怀杖已到，任凭你身形怎样灵活，也得被他这双怀杖扫上。这时陆达夫已经蹿出，前后怀杖的劲风已到，竟自在这种危险万分之下，丹田气往起一提，右手的剑往后一甩，剑身横着却搭在他怀杖梢，身躯可是斜出三尺去，已落在地上。陆达夫一怒之下，右脚尖才点着地，左脚尖猛然向地上一踹，身体平空拔起；这时铁翅雕胡振刚双怀杖往他自己的身左边甩出去，陆达夫已经腾身而进；人到剑到，掌中剑"巧女穿针"，向胡振刚的右肋上刺来。这一剑的式子巧、快、劲、疾，四个字的诀要全用足了。那胡振刚双怀杖已经向左甩出去，勿遽间那能还过式来？剑到，他的身躯只得往左一斜。但是那还容他闪避个干干净净？白虹剑已经穿着他右肋下刺过来，连衣带皮，全被剑锋划破。

陆达夫左手的剑诀往回一领，一斜身，倒纵回来，剑诀往剑身上一搭，说了声："胡老师，恕我失手了。"那铁翅雕胡振刚右肋刺伤，虽则不碍性命，可是当场受辱，头一阵自己就栽在人家手中，羞愧难当；却忍着伤痕的疼痛，把双怀杖往回下一收，合在一处，一转身，说了声："姓陆的，剑术高明，石城岛算叫你成名露脸，咱们后会有期。"他竟自一连两次腾身，窜出这练武场，连石城岛也再不肯呆了，含羞带愧地逃出石城岛去。

这时，终南剑客陆达夫方要撤身下来，因为这种人全是时时顾全着信义，既已约定了七场赌输赢，自己见过一阵，应该是撤身下来。可是那千里追风卞寿山，他跟胡振刚是多年的同道，此时看到他头一阵就败在人家手内，无面目在石城岛立足，落个不辞而别；这卞寿山想给胡振刚找回这个面子，一纵身蹿下来，落到场子中，向终南剑客陆达夫一拱手道："陆老师，你的剑术高明，果然终南派是名不虚传！我卞寿山不度德，不量力，要在陆老师的面前领教几招。"这时陆达夫见有人阻拦，只得停身站住，微微冷笑答道："卞老师，我们双方约定七场赌输赢，我在下既已曾斗过一场，就该再让别人。卞老师，若是非赐教不可，我也只好奉陪。"卞寿山道："陆老师，你这也过于固执了，你若能够凭掌中一口剑，在这石城岛中连胜了七阵，岂不是人中显瑞，关东道上把"万儿"算亮足了，何乐不为？"

这时，擒龙手厉南溪一纵身，蹿出来，向卞寿山说道："朋友，你要是这么不守信义，我们无须再讲一切，两下里各凭本领，尽量施展；咱们也无须拘束，在七阵分输赢！你既然愿意要和我这师弟较量较量兵刃，我厉南溪愿意奉陪你走一阵。"这卞寿山沉着面色说道："厉老师，要依我看，以武功会友，以武功本领互较高低，很可以不必限制什么；以几阵赌输赢，叫一般怀绝技的老师父们，不能尽量施为。既然是厉老师要赐教，我也很愿意在你这先天无极派下，尝试尝试你剑术上的高明。陆老师，咱们相会的机会很多。难得的众位大驾光临，在石城岛，我绝不愿意把我心目中所敬仰的人，空空地放过，陆老师，咱们回头再见。"

厉南溪暗骂："这匹夫好生无礼！他分明是告诉我们，就是这七阵较量输赢之下，他决不肯就那么甘心，从他这里就要另生枝节。看到他这种情形，遂不再客气，往场子当中一退，伸手把背上背的伏蛟剑撒出剑鞘。卞寿山也从背后撒出一对判官双笔，合在掌中，往臂上一拢。厉南溪恨透了他这种狂妄，只说了个"请"字，立刻左手剑诀，右手伏蛟剑，把门户亮开。那千里追风卞寿山，他也亮开式。此时，两下里已经各存着无法两全之心，只有各凭武功本领，争取最后输赢，走行门，迈过步，把式子亮开。卞寿山以轻功小巧之技见长，手底下更是贼滑，只往外转了小半周，他口中却喊了声："厉老师，赐招。"身躯已经飞纵过来，双笔已在一纵身时，分到两手中；身躯往下一纵，右手的判官笔向厉南溪面门一点，他是右脚着地，左脚在后奉着。厉南溪一晃头，判官笔点空。可是卞寿山猛然右手的笔往回一撤，左脚往前一上步，左手的判官笔却已撒出来。这种吞吐之势用的是真快，左手的判官笔奔厉南溪左肋下扎来；厉南溪左手的剑诀，在左跨后斜往外一展，右手的剑并不接架，剑身横在肩头以下，宝剑的尖子却是向自己的身右横指着；卞寿山的判官笔到，厉南溪剑往外一抖，身随剑走，身形已然向右盘旋过来，剑锋奔卞寿山右肋刺来。

这种无极剑术，招数施展出来，果然与一般剑法不同。它是全取自然之式，招数的变化，决没有硬拆硬架，全取先天无极之理。

剑到，那卜寿山左手判官笔这一点空，他赶忙把身形复往左一闪，右手的判官笔往剑身上猛砸；可是擒龙手厉南溪身躯往下一沉，掌中剑身一翻，却奔卜寿山的双足斩去。卜寿山双笔往起一抖，借着兵器之力，身躯拔起，往后退出六尺多，往地上一落。擒龙手厉南溪奔他下盘这剑往外斩空，伏蛟剑已然展出去；可是身随剑走，往右一个盘旋翻身，竟自脚下变成倒踩七星步，两个翻身，掌中这口剑可是随着身形转得势子；伏蛟剑已然甩过来，和千里追风卜寿山身形往下落的式子，不差先后。这一剑斜肩带臂向下劈来，厉南溪这种身形可是倒翻过来，剑已劈到；卜寿山脚下才找着地，竟自用足了力量，双笔往一处一搭，猛往起一翻，向厉南溪的剑上崩去。

擒龙手厉南溪这种剑式，任何人也看到他这种招数，剑以这么足的力量劈下来，招数用到了底，决不容变化。可是剑往下一沉，在双笔往起一翻时，这厉南溪左手的剑诀猛往前一探；可是右手的剑在左肩头探出去时，已经撤回来。这种变招一半还得仗着左手的剑诀足往外一递，这种情形就叫虚实难测。卜寿山双笔往上翻起，胸腹全露了空，他如若不赶紧抽身换招——可是你被他这双笔指点上，也能受了重伤——无形中他双笔抖的力量已经卸了。这时，他猛然右肩头往外一甩，翻上去的判官双笔往右猛一撤，可是两臂上把力量用足，判官双笔往后一翻，他竟纵起来，一个转身，双笔挟着劲风，向擒龙手厉南溪右肩左臂猛砸下来。

厉南溪右脚尖一划地，向右斜探出右掌的剑，左手的剑诀同时全往下一沉，一个"玉蟒翻身"，"凤凰展翅"，这口伏蛟剑带着一片寒风，向卜寿山拦腰斩来。卜寿山双笔又砸空，剑到，他身躯"跨虎登山"式往右斜倾，掌中的双笔猛往回一带，从下往上向左一抖，奔剑身上崩来。擒龙手厉南溪见卜寿山双笔力量过足，遂往回一撤剑，把他双笔将已让过；却往外一抖腕子，伏蛟剑复往他的小腹扎来。卜寿山双笔又崩空，剑到，他的身形是往右斜着，再往左长身是来不及了；只有猛提丹田之气，身躯这么斜探着，竟自猛往后一翻身，把这一剑躲开。卜寿山可准知道：厉南溪这先天无极剑果然有绝妙的功夫，实不能轻视；自己不和他舍命一拼，恐怕也要步胡振刚的后尘，把十几年江湖道的威名，完全要断送在石城岛。

他在这双笔上安心地下绝情、施毒手，把招数施展开，这对铁笔上下翻飞。擒龙手厉南溪也觉得他这对判官双笔威力惊人，掌中剑一紧，也把剑术的功夫尽量施展出来。两下又连递了六七招，这种拆招换式，不过是刹那之间。这时，千里追风卞寿山的双笔正是双峰贯耳，往擒龙手厉南溪两耳轮猛砸。厉南溪身躯往下一沉，"当"的一声，卞寿山的双笔合在一处，身形不动，竟自往回一撤双笔，往外一抖，向厉南溪的两肋上点来。厉南溪身形往下一矮时，掌中的伏蛟剑也正是往自己右跨后一带；此时他双笔突然变招点来。厉南溪原本是左脚在后，探着往左一斜身，右手的剑却往卞寿山的右臂上一撩，身形可是从左往后斜过来。这卞寿山双笔又已点空，剑锋反向自己右臂下撩上来。这次，他却故意容到剑尖已经沾到右臂下，他这条右臂才往后猛一甩，身躯也横过来；左手的判官笔原本就没撤回去，他反趁势进步探身，左脚往前一抢，左手的笔反从下往上一翻，向擒龙手厉南溪右肋上挑去。

这一手，他变化得非常狠辣，实已安心落个两败俱伤，也不容厉南溪逃出手去。这时，厉南溪伏蛟剑已经翻上去，他这枝铁笔已经撩过来，厉南溪努力得一斜身，可是衣服已被他判官笔尖撩上。厉南溪在一怒之下，这口剑已经用到十二分的力量，身躯只往后微一缩，可是伏蛟剑已然夹着一股子风声，倒翻过来，竟自向卞寿山的右胯斩来。卞寿山再一转身时，已经闪避略迟，被剑把后跨扫上。这种招数变化特快，如电光石火。虽是左胯受伤，可是他手中的双笔一齐转，双臂在力量用足了之下，竟猛往擒龙手厉南溪右肩砸下来。这种式子恶蛮异常。擒龙手厉南溪万想不到，他在已被剑伤之下，还要还招反击。双笔已到，身形并没撤开，再翻身过来已来不及了。在这刹那间，厉南溪左脚猛往左一滑，脚下已经成牛马桩式，把上半身微往后一闪；掌中剑已然从下圈着，往自己左肩头上一穿，抖足了腕力，向他双笔斜砸之势往下削去。这一来，伏蛟剑虽不是硬接，可是斜着往外荡，两下的力量就全算用足了，"当啷"一声，一溜火星，伏蛟剑顺着他笔削下去。可是厉南溪的身形却被震得倒纵出来，努力地拿桩站住，算是没栽倒在场子中。可是那卞寿山倒纵了出去，他的判官笔上下截竟完全被削伤。

擒龙手厉南溪好生难堪！自己虽则把他用剑割伤，但是这种情形下，也算是栽在他手内，只得向卞寿山说了声："朋友，你功夫实在惊人，我厉南溪算是甘拜下风了！"提剑退了回来。那千里追风卞寿山腿上的血迹已满。神拳叶天龙却打发手下弟兄，赶紧过来接应卞寿山，更不再叫他在场中停留，以免他面上难堪。过来的弟兄们把双笔接过去。那卞寿山却如无其事，面不更色，向孤松老人李天民等一拱手道："我卞寿山暂时失陪了。"说罢，依然是大洒步，向场外走去。

神拳叶天龙等也不好阻拦，只有任他走去。这一来，石城岛在座的一般成名绿林，全有些面上难堪，因为这次不仅是叶天龙个人的私仇，更引起了关东三省绿林道和侠义门的较量长短。这一照面，连输两阵，虽然是胜败荣辱系于最后三阵，可是这般绿林人物，全是好勇斗狠；此时各个的全想着和这一般老剑客们一拼生死，以洗大家之辱。尤其是叶天龙，更觉有些难堪。

这时夜鹰子杜明忽然站起，向神拳叶天龙一拱手："叶岛主，我们来到贵岛中，若是不能为你帮忙，反倒由我们这般朋友身上，把事情弄个一败涂地，也太对不起你叶岛主了！现在我们下场子较量功夫的，只有自己忖量一下，没有惊人绝技，超群绝俗的武功，很可以不必下去栽跟头，耽误叶岛主的大事。"叶天龙忙说道："杜老师，你这话可不应当这样讲，凡到我石城岛的，全是有交情，看得起我叶天龙，较量武功胜败输赢，谁也不能说是准操必胜之券。我叶天龙是一个江南道上无名小卒，来到关东，竟蒙朋友们各别地捧我，才在辽东立住这点根基。一身一口闯出来的，现在把他抖落了，有什么可惜？不论那位老师父们愿意下场子的，自管请，可是无论如何，给我叶天龙留一阵。"夜鹰子杜明含笑道："叶岛主，你这可是有点欠聪明了！这七阵赌输赢，难道两下里就限定各以七位老师父下场子么？那太笑话了！这七阵分高低，按着规矩，应该是这一阵是较量兵刃，有兵刃上特殊功夫的尽量施展，把兵刃较量到最后那方能算一阵；无论轻功、掌力、拳术、暗器，那一种功夫也得两下老师父们尽量施展一下，这种江湖道难得的聚会，不这样办，空有一身本领，不能在这地方施展一番，那岂不埋没了人才，错过了这个好机会！老侠客们，可是这样才算得七阵赌输赢么？"

孤松老人李天民听出这夜鹰子杜明，见连输了两阵，他恐怕石城岛定要毁在这七阵上，所以才这么狡展一下，仗着他们这一般党羽太多，时间可以延长，动手的机会多，他们好从中另生恶念。遂向夜鹰子杜明道："还是这位杜师父高明，到场的人若是不能尽其所学，岂不辜负了这番盛会！那么已经过了两阵兵刃，杜老师赶是也要赐教么？"夜鹰子杜明道："不错，我也很愿意在众位老师父面前领教两招。可是连斗过两阵兵刃，我们应该换换样式。这个练武场子，地势也足够用的，我想要跟老师父们较量较量暗器，也比较新鲜。久闻得老师父们全是精通剑术，各有不同的暗器，打法也与众不同。即来到辽东，何妨露两手，叫大家见识见识。"

铁臂苍猿朱鼎已知道，此人安心在石城岛要用他那阴毒的暗器"梅花透骨针"，为叶天龙保全石城岛。此人这种暗器十分厉害，更擅轻功小巧之技；所以他这梅花透骨针在关东内外，江湖上全要惧他三分。自己赶紧站起来，向夜鹰子杜明道："杜老师，这种想法倒是十分有意思！我们石城岛一聚，凡是在江湖上成名的手法，全要在这里施展一番，那才不辜负这场盛会。我朱鼎久仰你梅花透骨针是玄都派所传下来的一种独门暗器，在大江南北早闻这种暗器的厉害。自从杜老师远走关东，这种绝技就要失传了，想不到今日在石城岛，竟能叫我们瞻仰瞻仰梅花透骨针的手诀。我朱鼎不度德量力，愿给杜老师接两招。"夜鹰子杜明含笑道："这倒难得了，朱老师父肯这么赏我杜明的脸！朱老师请。"两下里边一较暗器，朱二侠要以一掌铁莲子惩戒狂徒。

第十章

商山侠单剑会双英

铁臂苍猿朱鼎此时也不再客气，把外面长衫脱去，里面是一蓝川绸的短衫。这个短衫可不甚短，已经短到磕膝盖，下面是蓝川绸的中衣、白布高腰袜子、挖云福字履；在左肋下配着一个软皮囊，脚底下已经能够早作闪避之式，这就得在后面追赶时，眼中注定他的左右两肩。他那眉头那一边往前只要稍闪，就知道他是想从左边或是右边翻身发暗器。这就是人身体上四肢的联系。所以肩头一动，必然是转身。不过这种情形在两下全飞纵着、前后追逐之间，很不容易辨别清楚了。

铁臂苍猿朱鼎是成名的侠义道，这种地方决不会忽略。可是棋逢对手，这夜鹰子杜明是绿林中狡诈之尤，他准知道铁臂苍猿朱鼎能够早作提防，所以他才故意地迟延着，找到了适宜落脚之地，竟用这种身法，把梅花透骨针用出来。这种暗器，只要弹簧拨动得一作声，立刻这五支梅花针也就算到了。任凭你蹿高纵矮，如何快法，也不会比梅花透骨针再快。可是朱二侠见夜鹰子杜明这一筒梅花针打到，无法闪避之下，竟自把右脚猛往所站的这横树叉子下一探，脚面一蹦，脚尖往上一挂，左脚是仍然脚心踩着树杈子的上面；随着他五支银针打到，铁臂苍猿朱鼎的身躯竟自倒翻下去。这种功夫施展得惊险万分！身躯翻下去，脚底下是一上一下，夹着树杈子；赶到全身向下一垂时，反往南边甩出来，整个身躯完全离开树杈子，"鲤鱼倒穿波"，身躯反往前甩出丈余来，竟往第二棵大树上落下去；轻轻点在一根树枝上，身形是随着树枝颤动，忽起忽落。这种"金蜂戏蕊"的身法，把轻功运用得到了最妙的境地。

夜鹰子杜明这一筒梅花针，完全钉在树帽子上。一击不中，他可得提防着朱二侠的还手，飞身纵起，又由南面这排大树上连翻过来。铁臂苍猿朱鼎也是跟踪而起，掌中已经扣定了一掌铁莲子，紧紧地蹑着夜鹰子杜明后踪。才转到这西边一排大树的一半来，铁臂苍猿朱鼎猛然身形用足了力量，往起一拔，燕子穿云式，飞纵起三丈左右，斜往下落去。夜鹰子杜明也正在脚尖一点树顶子，腾身纵起，一起一落，两下相隔不过两丈左右。铁臂苍猿朱鼎口中却招呼道："杜老师，我这里也要奉献一招，打！"打字出口，手掌一扬，掌中一共扣着七粒铁莲子，用漫天花雨的手法，把铁莲子完全散开，向夜鹰子杜明身上，上中下和左右头顶上，完全给他把铁莲子封住。

夜鹰子杜明也久仰铁臂苍猿朱鼎的手法厉害，背后暗器的风声到——这种暗器出手却不容你回头查看——夜鹰子杜明也不敢回头耽搁，他竟自身躯猛往前一栽，分明是向树顶子上俯身倒去。可是他脚底下"野鸟登枝"，两只脚尖完全用足了力，向后一踹；这身躯就这么倒着，脸朝下擦着树顶子，"蜉游戏水"式，往前穿出去。直出去一丈五六，他两掌猛往树顶上一扑，身躯下半身反往上翻起，竟用了一个"云鹤倒翻身"，翻转着落在树顶子前；半部身躯随着树枝下坠之势，往下一沉，他竟趁势用"猛虎伏桩"，身形微一转，掌中的那针筒子已然倒转来，拇指一拨机簧，这第二筒梅花针又打出来。这次，他手底下可微往下按了按，就是你再施展那种老猿坠枝等小巧的功夫，也不容易再逃开梅花针之下。可是针筒一动，五点银星一打出来，铁臂苍猿朱鼎二次把铁莲子早又扣在掌中，猛然喝了个"好"字；双臂一振，这次铁莲子是双掌发出，右掌中是五粒，奔他这五支梅花针，微斜着一些，横截过去；可是左手的三粒铁莲子竟用阴手反把，往上一翻腕子，直向夜鹰子杜明打去。

杜明的梅花针离开针筒出来丈余，已被铁莲子截住，竟自叮叮的一片响，梅花针全被截落。可是铁臂苍猿朱鼎的那三粒铁莲子打出手来，尤其是劲疾异常。那夜鹰子杜明也是一时的聪明反被聪明误，他认为定是奔自己上中下三盘，这倒易于躲闪；他遂往左脚尖用力，点住树枝子，一翻身。这样右腿这一步只要迈出去，身躯就撤出三尺去，足可以避开了他这一掌暗器。那知这次朱鼎早已安心要这样算计他，这三粒铁莲子完全是一字横排，只有当中这一粒是奔他身上打，右左两粒，完全是打空。可是夜鹰子杜明往左这一转身，正正地被左边这粒铁莲子打个正着，打中在他的右肋后。朱二侠这种暗器形体虽微，力量可足，这一铁莲子打得夜鹰子杜明身形一晃，脚下在树枝子上已经站不稳，身躯一歪，栽下树去。他竟自在受伤之下，依然是一提气，把身形往起微拔，双足着地，落在场子中。却向还没退下树来的朱二侠一抱拳道："铁莲子手法高明，我杜明从此算江湖道上除名了！咱们将来是商山再会。"这夜鹰子杜明，话出口，已经耸身飞纵，扑向石城寨外。

这全因为江湖上这种成名的绿林，只要一栽了跟头，再不肯在这里待下去。可是铁臂苍猿朱鼎准知道和此人这种嫌怨，绝没有再解开之日，将来是那里遇上那里算了。朱鼎也飘身落在下面。这一来，石城岛方面实觉着脸上有些难堪。这神拳叶天龙暗中自己作打算："这么一阵一阵地败下来，自己身为岛主，还等待什么？求人不如求己，还是以我一身所学，和他们一拼，倒显得直接痛快。"他方才站起，草上飞蓝昆却站起来，向神拳叶天龙道："叶岛主，你想做什么？我们正愿意会会这种武林名手！杜老师虽败犹荣，我要下去见识见识商山派这种超群绝众的手法。"

神拳叶天龙见草上飞蓝昆既然一心下场子，和铁臂苍猿朱鼎会一阵，自己不好过分阻拦，只得抱拳拱手道："蓝老师既然要下场子施展几招，很好，无论胜负，我接你这一阵。"这时，草上飞蓝昆已然飞纵到场子当中。铁臂苍猿朱鼎见有人出头和自己较量，索性就在那里等待着。草上飞蓝昆纵身过来，向铁臂苍猿朱鼎一拱手道："朱老师，你这商山派武功绝技，实在是武林中难得的人物；你这种手法，实在是叫我们长了极大的见识。铁莲子绝技惊人，我蓝昆在江湖中跟朱老师你比起来，实在是望尘莫及！不过既遇上你这个名家，我宁可丢人现眼，也不愿意轻轻放过，愿意在朱老师这种轻功、暗器下，亲自领教一番。"铁臂苍猿朱鼎微笑着道："蓝老师，你别这么客气，你以轻身术和暗器成名江湖，决不是徒负虚名之辈。咱们两下里可以印证一下，也好知道知道自己的功夫如何。"

这时草上飞蓝昆却把外面长衣脱去，他惯使的丧门剑可没背在身上。他背上却多着一张紧背低头弩，更配着皮囊。铁臂苍猿朱鼎略一张望之下，已然知道此人暗器上决不弱于夜鹰子杜明的梅花透骨针。今日在石城岛能够侥幸战胜了群贼，实在是件不容易的事。一身所学，在这种地方要尽量施展出来，也就算行道江湖以来，最后成败的关头了。当时，不止于铁臂苍猿朱鼎对于此人暗器存戒心，就连座上两边的人，也认为这两人难得的会在一处。草上飞蓝昆身形短小精悍，长得形同猴子一般；他的轻功提纵术，在关外一带，实在是够得上绿林的能手，能和他比得上的，没有多少人；更兼他那紧背低头弩和双掌打的鸳鸯镖，打法是十分厉害。真要是和他对上手，容他暗器施展出来，本领稍差，只怕难逃他的暗器之下。

这时，草上飞蓝昆业已收拾利落，向铁臂苍猿朱鼎一拱手道："朱老师请。"这个"请"字出口，他一斜身，已经飞纵出去，直扑这石城寨大寨的边墙。铁臂苍猿朱鼎心说："你也调不出新花样来，也不过是夜鹰子杜明那几手功夫。"朱二侠也跟着将身纵起，飞奔西墙边，纵身而上。目光一瞬之下，见草上飞蓝昆竟自奔那北面转过来。铁臂苍猿这时却和他取一个方向，也往北转过来。两下那身形之快全是一样，轻登巧纵，捷如飞鸟一般。往北这一会合，两下全是在墙头上。可是只要到了正北面，就是他这大寨集英堂，两下里不差先后，往屋面上一落时，相隔很近。那草上飞蓝昆却斜身一纵，到了这大厅的房檐口。铁臂苍猿朱鼎却没往旁边闪避，已经腾身往东蹿出去。草上飞蓝昆却招呼了声："朱老师，蓝昆无礼了。"他身躯一拧，竟自跟踪往东面返回来，向朱鼎的背后追来。

他身形一起一落，相隔铁臂苍猿朱鼎不及两丈，猛喊了一声："接镖！"他一抖手，打出一支三楞镖来。铁臂苍猿朱鼎耳中听得暗器的风声，这时身形已离开大厅的屋顶，纵到大墙的东头。左脚才往墙头上一点，镖已到了；单足轻转墙头，一转身，身躯右半身就同空悬在墙头上一般；只凭右脚尖之力，点住墙头，这支三楞镖竟贴着左肋打过去。可是他一镖打出，朱二侠这一旋身转过来，那草上飞蓝昆口中却招呼着道："朱老师，我背后发镖，实在是失礼，你得原谅我！"他说着话猛一低头，右手已经探到背后。

铁臂苍猿朱鼎听着他这话说的没有道理，定有恶意。果然草上飞蓝昆在一低头之间，右手暗拉低头弩的千斤绳，"吧"的一声，一支弩箭直向铁臂苍猿朱鼎的胸前打来。这种暗器可十分厉害，力量最大，箭出槽带的风发出啸声。箭到，铁臂苍猿朱鼎身躯并没运过来，猛然右脚往墙头边沿上一伸，用脚尖往起挑，抵住了这石墙的一块石缝子。草上飞蓝昆的弩箭打出，身形往起一长时，左手他已经登出两支三楞镖来。双掌一合，一振腕子，这两支三楞镖向朱鼎的左右肋打到，仅比那紧背低头弩略慢着一些。这种暗器出手，铁臂苍猿朱鼎身躯猛往墙上边一闪，竟自全身往下倒来。可是全凭脚上之力，竟把身躯斜探出来，"倒扯顺风旗"式。那草上飞蓝昆一支紧背低头弩、两支三楞镖竟自完全打空。可是铁臂苍猿朱鼎施展这种小巧之技，不过刹那之间，就得把身形还回来。在身躯往回下一带，重新翻起时，口中也说了声："好暗器，打！"这一个打字出口，也不知什么时候，铁臂苍猿朱鼎竟把铁莲子支在双掌中，右掌往起一扬，三粒铁莲子向草上飞蓝昆打去。这蓝昆身形往下一矮，脚跟用力，猛往起一耸身，轻如飞燕，纵身而起，却是往后倒蹿出去。他身形拔起一丈五六，可是倒背着身子，脸冲着东，背向着西。他身形纵跃得快，这三粒铁莲子打得虽是疾，可是全从他脚下过去。这时他身躯拔到一丈五六时，头往后一沉，竟施展"鹞子倒翻云"，身躯在往下落时，一个倒翻身。这种小巧之技，就为是在墙头倒纵。若是一直退，一直落，眼望不到背后墙头的尺寸，最容易失脚，何况提防着铁臂苍猿朱鼎，还有暗器追到。

蓝昆这一个鹞子倒翻云式，身形往下落，前后左右全能照顾到了。铁臂苍猿朱鼎何尝肯叫他这么逃出手去？右手铁莲子一打出，再向后一拧身，口中发着失望叹气之声，那情形是撤身退走。可是手底下已经暗自预备好，左手往外一振腕子，这掌中又扣着五粒铁莲子，竟向草上飞蓝昆往下落的全身上打去。这种暗器发出，在这种情形下，草上飞蓝昆是不易逃开。可是在朱二侠左掌铁莲子打出，草上飞蓝昆身形已经翻转来，离着下面尚有六七尺高，这五粒铁莲子完全到了。好个蓝昆竟在身躯悬空的一刹那，猛然把丹田气一提，双足竟照准了下面的两粒铁莲子上迎去；双掌也是横截着，猛然一分，身躯已经飞坠墙头，奔他头上一粒铁莲子掠空而过。不过他用尽了一身的本领，把铁莲子避开，可是脚底下再找墙头力量，算是用不准了。往下一落，脚尖也就是将将点着墙头的里口。他只好趁势用脚尖猛一踹，身形飞纵出来，落在了墙下。

那铁臂苍猿朱鼎已经转过西墙去，也趁势一纵身，蹿了下来，在这种情形下，铁臂苍猿朱鼎已认定了草上飞蓝昆这种身手实是不凡，绿林中实在是少见的人物。那草上飞蓝昆却一抱拳道："朱老师，承你掌下留情，叫我蓝昆甘拜下风了。"铁臂苍猿朱鼎道："朋友你这身绝技，我朱鼎已然佩服！你有这身本领，江湖道上那会不成名？朋友今日较量之下，只要你好自为之，或者我们离开石城岛，有再会之时。"那草上飞蓝昆道："朱二侠，这种地方只有武功分高下，手底下见输赢，谁见谁不见谁，咱们离开石城岛再说了。"说罢，转身奔敞棚前，向神拳叶天龙一拱手道："小弟我未能给叶岛主保全威名，太觉惭愧了。"说罢，不等叶天龙答话，转身归座。

神拳叶天龙对于草上飞的情形，分明是彼此未能尽量施展。按蓝昆的轻功造就，在江湖道中实在是称得起超群绝俗。虽则铁臂苍猿朱鼎是个劲敌，这两人对上手，应该是总得有受伤在暗器下的，他们两下这样散场，颇像早就认识，在石城岛中互存退让之意。

"真要是那么一来,我叶天龙可算瞎了眼,拿着活冤家愣当好朋友,我非得毁在他们手中不可了。"叶天龙虽则起了疑心,可是他口头上决不敢带出一字来,在这时得罪了道上同源,于己万分不利,只好是忍耐下来。

此时铁臂苍猿朱鼎却也转身退回来,那穿云鹤苗勇看到神拳叶天龙脸上的神色,自己心中也十分不快。草上飞蓝昆是他的盟兄,这苗勇对于自己的弟兄,是素所深知。慢说和朱鼎没有交往,就是和其余的人在江湖道中也决无来往,叶天龙分明带不满意的神色。他愤然站起,向盟兄草上飞蓝昆道:"二哥,我们今日来石城岛,跟叶岛主若不是有交情,决不能伸手和叶岛主的对头人较量武功。咱们弟兄在关东三省无论何时,走在什么地方,敢说是好朋友。现在二哥你下场子不能给叶岛主保全石城岛的威名,知道的认为我们弟兄功夫不到,学艺不精;不知道的,就许疑心我们对于叶岛主的事有不尽力之虑,这种黑锅我们弟兄可背不起!可是凭武功本领,任凭多么成名的人物也不敢准保所向无敌,这里面实在是难说。咱们对朋友一片血心,拿着性命来顾全江湖道义。若是再落了朋友怀疑,我们弟兄在关东三省可就不能立足了。我本当下场子替叶岛主再见一阵,现在我可不敢了。我有自知之明,这种武功本领所限,任凭你有多大雄心,恐怕也由不得你。倘若我二次再栽在人家的手内,那样一来,我弟兄两人算毁一对。我只好向叶岛主谢罪,只有在这里看看别位给叶岛主保全石城岛的威名了。"

神拳叶天龙一听这番话,叫他更加难堪。"这苗勇真就敢不顾一切,把这番话讲出口来,这分明对于我有十二分不满的情形,并且有诚心破坏我今日这场之意。"叶天龙遂冷笑着向苗勇说道:"苗老师你这番话,我可实在不敢承认!你这么讲出来,叫我叶天龙置身无地。一般同道们看得起,来到石城岛替姓叶的壮壮门面,如今更肯下场子帮忙,和关内下来的一般侠义道作以武会友之举,我对于好朋友们焉敢怀疑?胜败输赢,谁也不敢保定怎样,苗老师你那样话说出来,这七阵赌输赢,只怕别位就不好再下场子了。不替姓叶的卖命的，就得看成有吃里扒外之心，那么好朋友还不如袖手旁观，反倒可以少落些嫌疑！苗老师，咱们全是有交情的人，岂能这样讲话？我叶天龙从十九岁入江湖道，在江湖上已经三十年了。遇到什么大风大浪，我叶天龙就没皱过眉头！我们在江湖道中闯的朋友，那有怕死贪生之辈？石城岛今日既有一般好朋友在场，我叶天龙那好不借重朋友之力？真要是一般同道们对我叶天龙稍有怀疑之心，我倒丝毫不敢请朋友帮忙了。任凭天大祸事，我还敢一身承当，何必叫好朋友们跟趟浑水？我叶天龙倒要凭我这一身所学，结束今天这场事。"说着话，他愤然站起，要亲自下场子会斗敌人。

这边武当大侠萧寅、孤松老人李天民，全微微含着笑，认为叶天龙这是遭天报应，他们先自行窝里反，自己也先造成离心离德的局面，这倒是石城岛赴会难得的机会。至少他这里一般同党们，先有几个不肯再为他卖命的了。果然在苗勇这番话说出之后，和叶天龙交情稍浅的，就不愿强出头了。这时孤山二友铁笛双环彭英方、月下无踪蒋英奇，全认为他们这种情形，可是要自存灭亡之道。自己弟兄两人在这石城岛中，要为他们这种不顾江湖道义的情形所累。月下无踪蒋英奇立刻向神拳叶天龙一拱手道："叶岛主，我们全是在江湖道中多年，以义气为重，凡事应当往大处着眼，不能够因为一些小节，彼此间就存芥蒂。叶岛主你先请坐，我和这般大侠们也有个约会，定规好了，在石城岛要聚会一下，容我弟兄下场子之后，叶岛主再请你尽量施展你那一身武功绝技吧！"

蒋英奇更不等叶天龙再答话，已是向场子中走来。一转身，眼望着孤松老人李天民和武当大侠萧寅，拱手说道："老侠客们，庄河厅在下也曾拜访过，现在石城岛以武会友之下，我蒋英奇要斗胆领教。大侠们若不嫌辱身份，可以下来赐教我几招，叫我也瞻仰瞻仰武林正宗的绝技。"孤松老人李天民含笑点头站起，一边走着，一边答道："蒋老师，这是我李天民求之不得的事，我们此次下辽东能够和蒋老师弟兄二人在石城岛一会，这是我们最难得的遇合了。但不知蒋老师要怎样较量？我李天民很愿意蒋老师你把那不传之秘的功夫，在这里露两手出来，也叫我开开眼界。"蒋英奇道：
"老侠客，咱们可不用说什么刻薄话，商山二老在武林中是多么大
的名头！我弟兄既然和老师父遇上，就不能不在你们面前讨教几
手。我想拳术、剑术、轻功、暗器旁人已经全施展过，我们只好另
换一种比较着有些限制的功夫，互相印证一下兵刃。老侠客，你掌
中那口天罡剑，威震武林，更是一口宝剑，我要在你这天罡剑下讨
教几招。"李天民忙含笑道："我已经有言在先，无不从命，但不知
蒋老师这划地较兵刃，要用多大的地势施展？"月下无踪蒋英奇道：
"很好，咱们就这样互相印证一下。"

那蒋英奇已经吩咐伺候场子的弟兄们，在这场子当中用花枪在
地上翻了两丈直径的圆周。这种地方若是较量拳术，还不足为奇；
这种对手轻兵刃，在这两丈的圆周内，那得全凭一身小巧的功夫。
李天民遂走进了这圆周中。蒋英奇把长衫脱去，依然没看见他有兵
刃。孤松老人李天民就知道。它定是武林中一种奇形兵刃。那蒋英
奇也转到了这圆周内，彼此是各据一方。孤松老人李天民站在东
面，蒋英奇说了声："老侠客，请你亮剑赐招。"李天民答了声："遵
命。"因为这种地方，不用再向他作什么无谓的客气。"两下既已全
说明是较量兵刃，可是他虽则没早早亮出来，凭他孤山二友对付我
李天民，他就不敢那么狂妄欺人，讲明白了的事，故意地轻视我，
以空手对剑。"李天民这样想着，一抬手，挽剑柄，拇指压哑风
声，左肩一撤，剑出鞘。可是那月下无踪蒋英奇却在他短衫下一伸
手，随着右臂往外一抖，亮出一软刃。

李天民暗暗惊异，果然这孤山二友不是徒负虚声之辈！原来他
用的是一条十二连珠索。［按：作者此处叙述有误。李天民此前已
领教过蒋英奇的十二连环索。］可是他这条兵刃，打造的竟看不出
是金是铁，通体乌黑。这种兵刃是十二个环子连环锁住，两边各有
两个棱子镖形的索头。它在抖出来时，丝毫不带一点连环震动的声
音。自己更加十分注意。因为这种江湖能手，他对于南北派武林中
所有成名的人物，知道的全是十分清楚。商山二老在江湖中已经成

名多年，弟兄二人掌中这两口剑，是久已名闻江湖。虽不是古代传流的宝刃，可全能够剁铜断铁。平常的兵刃，要是和这两口剑对上招，只要手底下稍弱，兵刃就先得受伤。可是月下无踪蒋英奇竟自明着要求以天罡剑和他较量，他这条十二连环索，定是能克制天罡剑，自己和他对上手时，倒要试试他这条连环索是用什么打造，叫人这么难以辨认。

两下的兵刃这一亮出来，互相一立门户，孤松老人李天民左手剑诀一起，右脚一提，宝剑在自己胸前一立，左手剑诀从左侧圈过来，横着往剑身上一搭，口中说了个"请"字；双臂一分，右肩头往右一斜，左手剑诀往左边向下斜指，右手剑却往右斜着，往外一穿，"大鹏展翅"，身体虽则倾斜过来，可仍然是左脚站地，右脚奉着。赶到剑式亮开，左右足往右一落时，天罡剑往下一沉，剑尖向下从右往左倒翻回来，往自己的左腿下一压，剑诀也往后指着，侧身疾走，顺着圆周边上向右盘旋。这种一开门立式，就与众不同。你看他虽然是自己亮式，处处是不用力，可是处处全带着无穷的威力。

那月下无踪蒋英奇把掌中那十二连环索双手一扬，也是斜身侧步，把这条十二连环索斜压在左肋下。也是往右踩着圆周的边线，脚尖点地，往右盘旋过来。这两下里各自把式子亮开。月下无踪蒋英奇走出七步去，把左脚提到前面，猛然向左一探，身躯斜转过来，把右手握着的十二连环索往右胯下一压，左手往前一领，向孤松老人李天民招呼了声："请进招。"他话声出口，人已经纵出来，往前蹿出丈余。孤松老人李天民也把身形旋转，掌中天罡剑往前一探，左手的剑诀压在剑身上，轻轻一旋，两下里相隔不过三尺左右。孤松老人李天民身躯往下一矮，一抖右腕，天罡剑递出，向月下无踪蒋英奇胸前便点。蒋英奇把左手连环索头往起一带，往剑身上一挂。孤松老人李天民往左一撤步，身躯随着右手剑诀往后一转，只凭右臂之力，竟把全身提起，拔起三尺多高来；如旋转般带着这口剑，竟自一个"鹞子翻云"式，掌中剑向蒋英奇左肩头斜劈

下来。这种剑招变化得真是超群脱俗，在一般武师们，无论那一派剑术没有这么施展的。这月下无踪蒋英奇十二连环索向外挂空，李天民旋身递剑，剑身如同电火石光一般快，已到了他左肩头。他竟自身躯往左斜着一扑，这口剑正擦着他头顶劈过去。可是他这种身手也自不凡，身躯向左斜扑下去，步眼可未动，猛然一个"卧看巧云"，"犀牛望月"，上半身往后一转，可是他掌中的十二连环索，却已从左肋下甩起来，反着向李天民腰肋上打去。

这种招数递得真是迅捷异常！十二连环索到，孤松老人李天民在宝剑劈空之下，右脚往自己的左边一踹，却已脚下换步，右脚尖一点地时，左半身猛往后一翻，又是一个转身；掌中天罡剑却从下往上一撩，剑尖儿找十二连环索的索头，两下里堪堪已经到一处。蒋英奇猛往回一振腕子，十二连环索已经撤回去，"翻云覆雨"式往回一撤，跟着已经又翻回来，十二连环索从上往下猛砸下来。孤松老人往左一横身，索头从右肩侧落下去；可是李天民掌中的剑又已递出，"白蛇吐信"，剑尖儿奔月下无踪蒋英奇的咽喉点来。蒋英奇身躯往下一杀，右脚往前探出，只用右脚尖点着地，右臂往前一带，身躯矮着，在地上一个盘旋，这条十二连环索横卷过来，"玉带围腰"，向李天民的左肋上便缠。这十二连环索还没递到，李天民往起一纵身，"一鹤冲天"，已然向高处拔起，纵起足有一丈余高，斜往后落出七八尺远去。在李天民身躯纵起时，蒋英奇他不往前追着赶打，左脚反倒往后一撤步，这条十二连环索在自己的头顶上一个盘旋。他这种力量可用足了，把连环索上的力量撒开，身躯随着连环索一转时，连环索在前人在后，人随索起，竟自飞扑过来。可是这条十二连环索那么软的兵器，竟自抖得如同枪身一样，笔直的向孤松老人李天民的胸前点去。

李天民本是倒退出去，脸仍向着这边，这时身躯也就是才落下来，脚尖才一着地，还没落稳，蒋英奇十二连环索已到。这位老侠客果然有不同凡响的身手，他竟自猛将右脚往起一踢，身躯往后一仰，眼看着已经倒向后面；可是竟凭右脚尖支持全身，在上半身一仰过去，蒋英奇的连环索已经点空。李天民身躯竟自猛然往右一翻，仍然是右脚尖着力地点着地，身躯还是如平躺着一样；可是脸已经是向下了。在他这么一翻身之时，右手的剑往外一展，这身躯如同一个"丁"字，竟向后转过来，天罡剑已然向月下无踪蒋英奇的右胯削去。这种功夫在拳术、剑术上全不容易施展，"蜉蝣戏水"，"平沙落雁"，这种绝技没有精纯的火候，不敢在这种强敌下施展。这种剑招递过来，真是出人意料，任何人也想不到他竟会这么递招。蒋英奇的身形已然收紧，斜身往外一纵，这种不自然之力，可拿不准尺寸了。转身纵出去，脚底下已经到了所画的界线上。他因为身形是猛力往后撤，力量是用足了，赶到发觉脚尖已点到界线上，可是右脚就得往前再上一步，才可以把身形拿稳了。

蒋英奇在一惊之下，竟自以悬崖勒马之力，把已闪出去的身躯猛力地往回一带，算是没出了界线。可是孤松老人李天民那里，在解救过危急之势后，更用这种绝招把月下无踪蒋英奇逼迫得窜出去，自己可把身形一长，也已经倒翻出来；却故意地脚下点到界线上，身躯摇晃了几晃，把剑交左手，倒提着向这边一拱手道："蒋老师，果然你武功出众，这条十二连环索有神出鬼没之能，叫我李天民算是见识了高招。胜负未分，我李天民将来还要在蒋老师十二连环索下多讨几招。"那月下无踪蒋英奇虽则把身形收住，不曾当众栽了跟头；此时孤松老人一说出这种话来，光棍一点就识，自己分明是已经栽在人家手内。可是李天民成心的给自己留余地，凭孤山二友也是成名关东的江湖朋友，不能这么不知进退。遂把十二连环索往腰中一围，往前上了一步，抱拳拱手道："商山二老这种剑术，真是玄妙难测，我蒋英奇甘拜下风！我本当还要向李老侠客领教别样的功夫，不过我不能那么恬不知耻，我们将来再会吧！"说罢这句话，腾身一纵，已窜出界线外，退回坐位。

此次月下无踪蒋英奇这么败在孤松老人李天民之手，实在是叫他未尽所长。在他这种失败之下，也就可以看出任凭你有多大本领，若存着骄傲之心，对敌手起轻视之念，非失败不可了。这孤山二友弟兄二人全是一身极好的本领，蒋英奇掌中这条十二连环索，功夫实有独到之处。他若是一动手，对于孤松老人李天民存着强敌不可侵犯的戒心，以李天民的武功本领，还未必就胜了他；何况他们弟兄两人不只限掌中的兵刃与众不同，还是各有一身绝技。月下无踪蒋英奇完全没施展出来，十二连环索就败在天罡剑下，实在是冤枉。

孤松老人李天民是一个见多识广的侠义道，和蒋英奇一动上手，早就知道此人绝不是平常的本领。遂把天罡剑尽量施展之下，侥幸地胜了他，可是自己对于蒋英奇绝没含着丝毫轻视。此时，蒋英奇的师兄铁笛双环彭英方，见师弟竟自败在孤松老人李天民手内，立刻站起，向神拳叶天龙抱拳拱手道："我蒋英奇师弟败在李大侠的手下，我们太觉惭愧！我彭英方还要忝颜下场子，跟这位李大侠过几招。叶岛主，我们弟兄倘若全栽在李大侠的手下，还请叶岛主你担待。"神拳叶天龙急忙站起，也抱拳拱手答礼道："彭老师不要这么客气，此次来到石城岛为我叶天龙仗义帮忙，我叶天龙就对于朋友们的热诚万分感激！至于胜败输赢，虽则关系着我叶天龙的石城岛存亡，不过叶天龙懂得江湖道义，朋友们来到这里肯替我叶天龙伸手的，也就真很够交情了。我不是那么无情无理，就是把我这石城岛断送在朋友们手中，我叶天龙若有一字怨言，就枉为关东道上的朋友了。彭老师请！"

铁笛双环彭英方遂答了声："这是叶岛主看得起我们。"说完了这话，跟着又向坐上一般江湖道一拱手道："彭某在众位老师傅们面前献丑了。"他立刻走向场子中。孤松老人李天民却在那里等待着，见彭英方走过来，忙迎着含笑说道："彭老师，你也肯这么赏脸赐教，我李天民这次来到石城岛，实在是幸运得很！可是贤昆仲武功造就全得有真传，方才承蒙蒋老师的容让，叫我李天民露了这个虚脸，在彭老师面前我是非栽不可了。"铁笛双环彭英方含笑点头道："李大侠，我们无须再做客气，我二弟蒋英奇已经败在李大侠的手下，你掌中这口天罡剑实在剑术惊人，我们弟兄在关东道上还真没会过这样成名的人物，所以我们弟兄能和李大侠动手过招，虽败犹荣。我要在李大侠的剑下再领教几招，可肯赐教么？"李天民道："我不敢当'赐教'二字，咱们互相印证一下，请彭老师你赐教吧！"

彭英方一伸手，从背后把那支铁笛撤到掌中，向李天民道："李大侠，我彭英方没练过什么真实的功夫，只得恩师传授这一支铁笛和一对双环。今日在商山派掌门人面前，把我一身所学这不成派别的铁笛上功夫献献丑，李大侠请你剑下留情。"孤松老人李天民道："彭老师，你使用这种兵器，更可以看出，你所学所能不是江湖上庸俗之辈。以这种兵器成名江湖的，据我李天民所知，近四十年间，连彭老师只有两人。何况武林中擅长点穴术的能有几人？请彭老师赐教亮招。"

孤松老人李天民往后连退了两步，铁笛双环彭英方也往后撤了两步，两下里不言而喻，还是在这圆周界线内动手。李天民仍然是施展商山派独有的剑术，剑诀一领剑锋，"樵夫问路"式往前一指。那彭英方左手往铁笛上一搭，略一施礼，向孤松老人李天民说了声："李大侠，剑下留情。"他这动手更没有什么迟疑，话声出口，身形揉进，已经纵身过来；往地上一落，左脚尖一点地，右手的铁笛向外一递，照着李天民的面门便点。孤松老人李天民身形微往右一闪，剑在自己的左肩斜向前探着，往回一撤；却用剑身找他铁笛，不是削砍，却用剑身往外一挂。彭英方右臂往回一撤，跟着一反腕子，铁笛又从下面递出来，照着孤松老人李天民丹田便点。李天民左脚往外一滑，左肩头往外一沉，掌中剑已经斜着向下一展，"孔雀剔翎"式向彭英方胯上削去。彭英方左手的掌式往外一带，身随掌走，把铁笛撤回来，一个转身；这支铁笛带一股子劲风，反向孤松老人李天民左肩并猛砸下来。李天民一剑削空，见彭英方的身形快若旋风，这一翻转，铁笛已砸到肩头。无论自己天罡剑如何锋利，可不敢向铁笛上硬接硬架。身躯往右一倾，左脚用力一点地，已经腾身向右蹿出七八尺来，往地上一落。那彭英方铁笛砸空，他却左掌往外一穿，右脚尖一点地，跟踪纵起，已到了李天民的背后。两人的起落，虽然是有先有后，可是所差的不过是丝毫而已。他追的这么疾，掌中那支铁笛已经向李天民头上砸来。这孤松老人李天民在这种强敌之下，丝毫不敢稍有疏忽。就在身躯往下一落时，已知道这彭英方定然是跟踪赶到。在左脚尖点地时，已然暗中用力，右脚往左一提，身躯已经向左边转过来，掌中剑"腕子翻云"猛撩上来。正是铁笛双环彭英方铁笛递出来的时候，李天民这一手应付得迅捷异常，剑锋已然堪堪撩着彭英方的右臂下。

那彭英方铁笛砸空，剑锋已到，这种招数，来得十分厉害，当时撤招却有些来不及了。可是他仗着一身武林精湛，剑锋已然沾到衣裳，他猛然用力一耸右肩头，这条右臂往上一带着，铁笛甩起来，把这一招躲过。可是他铁笛也翻转来，从下往上，二次向李天民的右肋上猛戳过来。这两下里一个是武林前辈，一个是绿林能手；各有一身绝技，各有一种超群绝俗的功夫；一口剑、一支铁笛，各把全身的本领施展出来，两下里一招比一招疾，一招比一招险。这次李大侠对付彭英方，可就比方才对付那月下无踪蒋英奇厉害多了，两下里倏进倏退，忽起忽落。彭英方这支铁笛，能打三十六处死穴，能当做判官笔点穴位使用，更能运用剑术。这种奇形兵刃不列入兵器谱中，凡是使用这种器械的人，必有过人的本领、超群的功夫。

孤松老人李天民在商山派为掌门人，仗剑走江湖，行道大江南北，绝不是虚名虚声，武功、剑术全有过人的造就。可是今日来到辽东石城岛，和这孤山二友这一递手过招，这位老侠客自己也承认，算是这些年未曾遇见过的劲敌。三十六路天罡剑，就没容敌人在这种剑术下能够搪过十几招去；和彭英方这支铁笛动手，已然连拆了二十余招，两下里只能说武功一样的火候，全是能攻能守，招招愈紧，各自施展最后的手段一决雄雌。两下里又连拆了四五招，依然分不出高下来。孤松老人李天民把掌中这口天罡剑招数一紧，认为不施展自己得意的功夫，恐怕非败在他这支铁笛下不可。这时，彭英方正是一个欺身赶打，身躯往前探着，单足点地，铁笛向孤松老人李天民中府穴点来。李天民微一闪身，把铁笛让过去，掌中剑却是"推窗望月"式，往彭英方头顶上削来。这彭英方猛然身躯往下一沉，李天民的剑锋从他头顶上递过去。可是彭英方在往下一矮身之间，铁笛又变换了招数，"渔夫搬网"，身躯往后一闪，右手中的铁笛却向李天民的右肋上打来。李天民一剑递空，见他招数迅捷异常，已经到了自己的右肋旁。李天民往左一拧身，右脚往后一撤，猛然地把掌中剑翻转着，用剑攒向铁笛上，猛然一点。"当"的一声，金铁相触，彭英方的铁笛被荡得往外一展；可是李天民一领剑柄，这剑身可横过来，正平着彭英方的肩头下横削过来。

这种剑招变化得神妙异常。彭英方在这种情势下，任何人看着非要伤在孤松老人李天民的剑下不可。可是他铁笛被荡得往外一振时，却早已料到李天民有这一招。他竟自把右腕往起一翻，往起一提一带，"倒挂金钩"式，这支铁笛直立在自己胸前，向左臂外一圈，"呛啷"一声，和李天民的剑锋迎了个正着。虽然是白昼，可是这溜火花遂带出一尺多远去。这两般兵器，是硬接硬架，李天民的剑横截在铁笛上；宝剑的里口，算是全身从铁笛上滑过去。以李天民这种成名的人物，也是惊得一身冷汗。因为接掌商山派门户，在师门传剑，这口剑定要比人看的重，必须以死保全它。倘然此剑一失，或是被人损伤，那就等于商山派的门户断送在这口剑上。所以，孤松老人此时再也不能镇定下去，随着一溜大火花起处，已然腾身蹿出来。那铁笛双环彭英方在不得意的情形下，用这种极险的手法，便往剑上接；倘若这支铁笛抵不住李天民这口剑的锋利，铁笛削断，自己也就算是当场送命了，所以也一纵身蹿出来。

彭英方察看之下，这支成名关东的铁笛，算是保全住了，仅仅的把铁笛上面削了一层皮；孤松老人李天民的天罡剑也算保全住。彭英方因为弟兄二人自从入江湖以来，守着师门的规戒，本着侠义道的行为，虽作些个劫富济贫的事，可是没有办过一些伤天害理的事。弟兄二人年岁虽然不大，在江湖中也不过十几年的功夫。一来是行为谨慎，二来武功得有真传，在关东三省就没有他们弟兄这种一身绝技惊人的人物，所以威名已经树立起来。这次来到石城岛，只为神拳叶天龙过去数年间，对于他们弟兄二人以十二分敬重之意，竭力地结纳。这种寄身江湖道的人，最重的是结交同道，到处有朋友；神拳叶天龙武功本领也不是平常绿林中人物所常见，何况鄙辞厚礼，故意地巴结孤山二友。蒋英奇、彭英方对于他出身派别，虽是怀疑，但是被他那么敬重着，也把他当作了江湖道义之交。这次也是十分恰巧，孤山二友并非是被他所请，只为弟兄二人到山东给一位老前辈祝寿回来，是从海路坐海船回来的，正到石城岛这里。两下里很好的交情，那能够过门不入？随到这里拜望。

神拳叶天龙自从小灵狐李玉到了石城岛，向他报告当年浙南那个陆宏疆依然尚在，并且也投了终南派门户，学得一身剑术，下终南到处寻访他，要报复二十年前杀家之仇；自己险些落在他们手内，并且还不止于他一人，更有江湖道上一般成名的侠义道相助，恐怕早晚总会寻到辽东。神拳叶天龙听到这种信息，那会不惊心？并且他自从逃到关外之后，从来就没有不在提防之中。他可不是完全防备着当年浙南散伙时留下的祸根。因为时隔多年，未必就有遇合，或者也许仇人已不在人间。他所最提防的是他隐瞒着出路来历，投在南海少林派门下，后来师门中因为自己行为不检，并且自己出身来历也泄露出去，收自己的南沙少林僧虽然已经不在人世、已经圆寂在伽监院；可是听得传言南海少林派中人，已经主张把自己除掉，清理门户。所以自到关外之后，就把名字改了，更竭力地结纳关东一带成名的人物，正是为自己将来遇到了难关时，也好呼援求救。

此时，听到小灵狐李玉这样一报告，他知道祸已临头。要说是立时远走高飞，躲避仇家，也不是难事；可是他想到，凭自己单人独骑来到关东，闯出这点"万儿"来，更得了石城岛这么个天险肥沃之地，足可以立起一片事业来，也不枉二十多年来所下的一番苦心。所以不到不得意时，不肯轻轻把石城岛抛掉。赶上孤山二友到来，神拳叶天龙认为是天赐良机，越发地待若上宾，竭力地挽留。这弟兄两人在石城岛住下来，他为的是借重这种成名人物，来应付那旧仇陆宏疆以及江南道上扎手的人物。

这孤山二友被叶天龙这样敬戴着，何况他虽则占据了石城岛，并没有什么过分不法行为，那能拒绝他这番好意？赶到终南剑客陆达夫随同这般江南一带的名武师石城岛赴会，孤山二友就知道叶天龙这石城岛恐保不住了。就算是当时硬把这般人应付走了，后患依然可虑。这种成名人物既然对叶天龙已然动了手，不会再善罢甘休。弟兄二人既赶上这场事，说不定上场，明知道是一片浑水趟上了。不过这种成名江湖的人，更不肯作那种不够朋友的事，就在这石城岛落个身败名裂，那也只好说是命该如此了。

赶到月下无踪蒋英奇动手失败之后，彭英方亲自下场子，铁笛斗剑。现在的情形难辨、胜负未分，两下里是一样的情形。可是按理说，既然不能以武功本领胜过商山派的掌门人，很可以就此罢手。可是再一出石城岛，孤山二友在辽东道上，从此就算休想称名道姓，彭英方焉肯甘心？遂把铁笛向背后一插，向孤松老人李天民道："李老师果然剑术惊人！盛名之下无虚士，我彭英方已经失败在你天罡剑下；我还要忝颜和李老侠客较量两手掌上的功夫和轻身术，但不知老师父你还肯赐教？"

孤松老人李天民知道他不肯甘心，现在已经到了重要关头，也正是胜败荣辱分出来的一刹那了。遂点头说道："很好！正合我意，我知道彭老师未尽所长，但不知彭老师还要怎样赐教？"彭英方道："咱们就在这地上所画的界线内，彼此较量暗器和小巧的身手，各自随意发招，随意发暗器。因为这种界线内，地势过小，不是施展轻功、暗器的所在，我们能在这界线里边较量一下，也显着新鲜别致，老师父以为如何？"孤松老人李天民听出彭英方这是安心和自己拼命了，遂点头道："很好，我也认为若是尽自较量些平常的兵刃、拳术，未能免俗，这么印证印证两家的所学，倒为石城岛一会留下一番新鲜的点缀。彭老师请。"

铁笛双环彭英方这时已把那支铁笛递与了伺候场子的人，终南剑客陆达夫也把孤松老人李天民的宝剑接过去。两下各自抱拳说了个"请"字，同时腾身而起，蹿进了划地对拳的界线内。孤松老人李天民身形落在北面，铁笛双环彭英方落在南面，两下里立时把门户亮开。孤松老人李天民一亮掌式，以商山派三十六路白猿掌开门立式。铁笛双环彭英方却也施展开秘宗来，立了门户。李天民知道这孤山二友终是江湖道中两个奇才，他对付自己这趟白猿掌，却用秘宗拳来应付，足可以见出他所学极博，因势利用。这种江湖能手，实在少见。孤松老人李天民越发不敢轻视他，两下里把门户这一亮开，所施展的拳术全是以身轻小巧取胜。商山二老以这趟白猿掌，掌着商山派的门户，威震武林。这种拳术实有独到的功夫、独得之秘。二三十年来凭这趟拳术，在大江南北行道时，就没叫对手讨得好去，功夫之深可想而知。今日，孤松老人李天民在石城岛对付这种强敌，更把三十六路白猿掌精纯的功夫，完全施展出来。身形快似飘风，捷如闪电，吞吐收放，攻守进退，处处见功夫，处处见火候。铁笛双环彭英方把秘宗拳施展起来，也另有一种精纯的造诣。招数变化得虚实莫测，身形随着掌式，进退反侧，或攻或守，忽起忽落；身形有时轻如飞燕，有时稳如泰山，起似惊鸿一瞥，形如闪电风驰。这两人在这所划的界线内，盘旋进退，如同走马灯相似。这两下全是功夫到了火候的江湖名手，一对上拳，看着两人好像是谁全不肯真个往外发招。两下里只要招数往外一递，只要彼此一认招，反击立时分开，才沾即走，乍击乍合。这两下里一搭上手，就是二十余招。座上所有的人，里面可没有一个弱者，武功本领全是有极好的造就。在这种行家眼中看来，这两人动手的情形，真叫人惊心动魄，全替动手的人担起心来。造就到这般地步，全是数十年苦练所得。这两人动上手，实在有胜有败，无论那一方栽在这里，全觉可惜。

孤松老人李天民把三十六路白猿掌尽量施展出来，只能够和铁笛双环彭英方打个平手。彭英方何尝不暗暗着急，自己这趟秘宗拳在关东三省就没遇见过敌人，想不到这孤松老人李天民底下竟有这么厉害。这时，彭英方正用了手"乘龙引凤"，往孤松老人李天民的面门上一击之下，猛然往回一撤招；原是右肩头在前，下半身不转，脚底下步眼不动；只把上半身一拧，左掌反掌向后打出来，手背正向孤松老人李天民胸腹上撩来。这种招数，变化得真是灵活巧快，沉实有力。虽则是反掌向后击，可是这种拳力若是被击上，也能被打出数步去。彭英方这一招递出，孤松老人李天民凹腹吸胸，后背从后一起，肚腹满缩进去。彭英方这一拳，可是完全撤出来。李天民仗着一身内家的绝技，只差着半寸，彭英方这一掌就是够上。不过他这条左臂往外一递，孤松老人李天民右掌用虎口往彭英方的虎门旁一搭，手掌一横，往起一卷，金丝倒缠腕，已经把彭英方这条左臂撩起。孤松老人李天民的右掌可随着他左臂往起之势一反转，用掌缘顺着他左臂里面往外猛推出来，这一掌直奔彭英方灵台穴打来。

彭英方自己已经递了空招，更把招技用老，已经算犯了拳家的大忌。行拳过招，动上手时各不相让，这一掌递过去，就想把敌人立败在掌下。可是无论那一招那一式，不许假着力，往外撤招时才能够收放自如、取舍随意；虽不能制胜，也能保护到自己。无论多好的武功拳术，也不能一伸手就能把敌人战败。倘若是递了空招，双掌必须要能发能收。已打出去，能够用上了，掌上的力要用足了。只要你掌力弱，虽是这一招你用上，有时对手能按能担，比你的力量足，反为所制。招数只要往外一撤，只要看到敌人已经能拆了，这一招必须撤的疾，收的快，变的灵滑。空招不能往外打实了，就为的是你的招数用不上时，还能回奉救自己，这是练拳中最重要的一件事。以铁笛双环彭英方这种身手，武功已有火候，决不会遇这种地方忽略了。不过他这一式认为决不会再叫孤松老人逃开，招数已然用满，左臂抽不回来。

李天民的一掌劈到，彭英方在这种情势下安心落个两败俱伤，一块栽在石城岛。他的右掌却从下猛然翻起来，身躯是左肩头用力地往后一闪。可不完全是把上身往后撤，他右脚反往前踢，他的右掌随着这种式子猛然贴着李天民的右臂下，也向他天突穴上打来。这一手发出来实在是太厉害了，任凭是多好的武术家，不会有这么递招的！两下就算是双掌成了一个式子，只要掌力往外一撤，两人是谁也逃不开，全得立时伤在掌下。就在这危机一发的一刹那，在这场子的偏东南角一株大树顶上"噗哧"一响，一条灰影疾似骇电惊霆，飞坠到李天民、彭英方的面前，一边往下落着，听得这人竟喊了声："这是何必！"可是，孤松老人李天民和彭英方两人的掌互相已经全递上，只要掌心向外一登，这两位成名江湖道的技击名手就要立时毁在石城岛内。可是此人往下一落时，他的双掌一分，竟按在两人的胸口上，微微的一震，就把这两人分开，各倒退出五六尺。这一手出其不意，座下的人全站起，知道来人是出于善意。孤松老人李天民和彭英方一打量来人，全是愕然惊顾，谁也不认识这人。这人完全是渔夫打扮，穿着一身短衫裤，袖管挽着，裤腿也挽起很高来；身量高有六七尺开外，年岁足有七旬左右；留着花白须鬓，黑紫的皮肤，显然他是终年在水面上随水漂流，眉目间含着一股子英风锐气。他把两人推开，竟自咯咯一笑道："你们两家有什么深仇大怨？全这么甘心要毁在石城岛内，叫我看来未免太冤。"

老渔人一现身，终南剑客陆达夫、铁臂苍猿朱鼎、武当大侠萧寅、擒龙手厉南溪全惊诧万分，这正是那东海渔夫谷寿民。他自从在海边现身之后，在那日深夜里留柬示警，火焚茅庐，侠踪隐去，始终没肯再和这般人会面。今日竟在铁笛双环彭英方、孤松老人李天民势将同归于尽之下、突然现身解救，这真是乐得之举。此时铁笛双环彭英方却厉声呵斥道："你是何人，竟自到这里参与我们这场事情？"这位老侠客往后退了一步，向彭英方道："难怪尊驾不认识我，本来像我这漂流海上一渔家，竟敢大胆地来到石城岛，扰乱彭老师的清兴，冒昧得很！在下姓谷名寿民，我却认识老师父你。孤山二友在关东三省威名震乾坤，老人孺子没有不知孤山二友的大名。以这种武功本领，在关东道上，能有几人敢和孤山二友抗衡？我谷寿民冒昧地在这里现身，定要惹得彭老师的不快吧？"

彭英方听到这老渔人报出姓名，十分惊异，这次来到石城岛可真是十二分失计。想不到这东海渔夫谷寿民一个从来不管江湖道事的人，他竟也强出头参与这件事。当时听到这种话风，冷笑说道："老侠客，咱们全是寄身江湖道上人，何必徒逞口舌之力！既然在这里突现侠踪，敢问来意？"李天民此时对于这位老侠客露出本来面目，自己又是感激又是惭愧，此时若不亏得这人解救，定然和铁笛双环彭英方落个同归于尽。遂趁这时向东海渔夫谷寿民抱拳拱手道："老侠客在辽东一带名震武林，我李天民久仰威名，今日更蒙解救我和彭老师的危险局面，我李天民感激不尽！老侠客一番美意，我们稍有心者定然领情。不过现在请老侠客和这石城岛的主人相见，我和彭老师较量武功，绝不愿请任何人帮忙，还请老侠客多多担待。"东海渔夫谷寿民道："是非只为多开口，烦恼皆因强出头。我冒昧而来，自知于理不合，此时彼此全为武林中朋友，我愿意两家能够本着以武会友的正义，不挟私见，不败意气之争，那才真是武林盛会呢。适才二位老师父竟有各走极端之意，岂不是把石城岛之会变做凶杀仇怨之场，那是何必？我谷寿民要向商山二老的李老侠请示，你们今日之会，要得到怎样的结果双方才肯罢手？"

孤松老人李天民没向老渔夫答言，神拳叶天龙却已站起，走了过来，向东海渔夫谷寿民招呼道："我久仰多时的谷老侠客竟自亲临我石城岛，真叫我叶天龙欣幸万分！我叶天龙万想不到竟会把老侠客们惊动到来，这一来我和那位陆老师的事，看在一般老前辈们身上，更得早早把它解决了，不要把好朋友的盛意埋没了。我在石城岛寄迹以来。早知道辽东地面隐迹着这么一位当代大侠；所以我自从到这里之后，就竭力地访寻老侠客的踪迹，谁知老侠客正如神龙见头不见尾，我叶天龙与老侠客竟自无缘！今日竟蒙谷老侠客亲自驾临，我叶天龙愿意一切事听凭老侠客的主张。现在可以把较量武功的事收起来，我叶天龙算是认败服输。谷老侠客里请，我叶天龙要略备水酒，聊尽主人之礼，我想老侠客不至于推却我吧？"

孤松老人李天民等全认为神拳叶天龙这种办法十分离奇，猜不透他是何心意。东海渔夫谷寿民哈哈一笑道："叶岛主，你能这么慷慨，赏我谷寿民的这点薄面，真叫我受宠若惊！你肯这么破除私见，顾虑到江湖道中冤家宜解不宜结之义，我谷寿民定然要叫你们解冤释怨，新仇旧怨要在今日一笔勾销。我谷寿民倒得扰你三杯。"

这一来，终南剑客陆达夫虽则认为事情变化得急，叶天龙这么答应得过于容易，反叫人有些不放心了。不过，在东海渔夫谷寿民的面前不敢露出神色来。老侠客也是一番美意，夜探石城岛时分明是他暗中相助，实有成全自己之意。如今虽然这么冒昧地来到，向他自己身上招揽这件事，个人那肯当场拒绝？只有看着商山二老等的面色行事。叶天龙是一个怙恶不悛的积盗，东海渔夫这一现身，他自知不敌，逞才要用毒谋诡计把群侠一网打尽！

第十一章

逞恶谋毒施火攻计

这时叶天龙以及他手下一般匪党，全站起来。彭英方见叶天龙自己甘心这么让步，何必要给他卖命不可？遂也不好过分地主张着非以武相见不可了。不过遇到这种情形，孤山二友全预备早早地撤出事非场，不愿意再和他们趟这种浑水；预备两下里在酒席宴前评理分辩时，早早地撤出去，不必再沾惹这种事非。这时叶天龙和副岛主小灵狐李玉，领率着一般党羽，以及所约请的江湖同道，往着练武场之外走来。

东海渔夫谷寿民也不向这人再打招呼，自己完全把这场事主人自任，随着叶天龙就向外走。商山二老孤松老人李天民，铁臂苍猿朱鼎，武当大侠萧寅，擒龙手厉南溪，终南剑客陆达夫鱼贯而行。向外走出这座练武场之后，却不向那石城寨客厅中相让，顺着正寨西边一条道路，反向后走过来。这后面紧靠着大寨的后身，四周围起一道院落来，一段石墙高有一丈五六，坐北向南的正门，这段院落建筑得十分坚固整齐。这时，神拳叶天龙紧行了两步，和副岛主李玉似乎低声说了几句什么，小灵狐李玉匆匆而去。神拳叶天龙却拱手向这一般侠义道相让，随同走进这道院中。

只见这道院落十分整洁，有八九丈长，四五丈宽，不过房子的形势有些各别。迎面是五间北房，建筑得十分高大；靠西面有一排较矮的三间房子；在东面却是通到石城寨那边的一道高墙，当中有一道门，却是紧闭着。这院中却没有什么花木的点缀，只在迎面正房前站着两名匪党，全是年轻的壮汉。东海渔夫谷寿民头前引领着，商山二老等往里走来。这时却从门外赶过来四名年轻的匪党，窜到前面去，走进正房。此时商山二老等因为看不出什么形迹来，只有暗中戒备着。来到上房门前，伺候在那里的匪党把门拉开，众人走进屋中。一打量这屋中的形势，这里也是会客厅的情形，靠东边隔断开一间，这四间全是明敞着，陈设十分简单，连那桌椅也是粗制滥造，这里倒带出荒山野岛的情形来。先前那四名匪党已经把桌椅摆开，在东手单设了一张八仙桌，座位上摆得整整齐齐，在西面并排着摆了两张方桌，匪党们正在安排着座位。

神拳叶天龙向东海渔夫谷寿民说道："老侠客们来到我这石城寨，我也得稍尽地主之谊。不过荒岛栖身，一切不周，殊失待客之礼；略备水酒，聊表寸心。老师父们请落坐，我少时还有事请教。"东海渔夫谷寿民向叶天龙含笑点头道："叶岛主，我们全是江湖道中人，不要那么多礼。既然是有事赐教，我们愿叶岛主早早地明示一切。"说到这，不等他答话，回头向商山二老等一般人说道："叶岛主这么拿我们当朋友看待，我们又怎好推却盛情？依我看不如爽快些，大家落坐一谈吧。"商山二老等多点了头，彼此落坐。在这时，叶天龙等也分坐在对面，跟着外面一般手下弟兄们纷纷地送进来丰盛的酒筵，摆在两边的桌上。

神拳叶天龙此时却是满面春风，绝不带一点为仇作对的神色，亲自执壶敬这一巡酒，却向这位东海渔夫谷寿民说道："这位谷老侠客，今日赏脸来到我石城岛，正赶上请大江南北一般成名的老师父们，以及我叶天龙的所有江湖同道，全聚会在这里作武林盛会，实是一生难得的遇合。我叶天龙和这位终南剑客陆达夫实有旧仇，事隔多年，这位陆老师竟找到石城岛和我叶天龙清算旧账。这种是非我不便再辩别。可是我叶天龙是只身来到关东，在石城岛立起这点事业来；更兼有一般同道们适逢其会的，也在这时赶上这件事。可是为我叶天龙一人，要牵连上许多同道，这实在不是我叶天龙所愿意做的事。我们原定下借着我叶天龙和终南剑客的事，一般老师父们在这里各显身手，以武会友；其实按着练武功的说来，是一件很难得的机会。可是在我石城岛中，因为有陆老师和我的事，未免就要变成了仇家。我叶天龙也算是江湖道上的朋友，我不愿意为我个人牵累到别人。尤其是谷老侠客一到，更叫我惶恐不尽！

"现在我愿意在陆老师的面前领罪，不过或有一事要求，就是我个人的事，个人来担当。这石城岛，由我一手立起来，我就要一手把它粉碎了。我要立时散伙，把所有的弟兄们全打发走了之后，所有一般的朋友们，我也不再想留，不必和我姓叶的趟这种浑水了。所以，我决意地把石城岛办一个干干净净。那时节，我任凭陆老师把我如何处置，我也就甘心了。"

神拳叶天龙这番话出口，真是出人意外，谁也想不到他居然肯这么做。在明面上看来，从这东海渔夫谷寿民一现身之后，好像是被这位老侠客的威力震服住了。不过在商山二老和武当大侠萧寅等眼中看来，他决不会这么样的驯服认罪，明明是他另有什么恶谋。

那东海渔夫谷寿民听他把话说完之后，哈哈一笑道："叶岛主，你居然有这么慷慨的行为！任凭你有天大的事，我们也愿意为你担承一二。叶岛主，你肯这样做，真是买我们这般人的全脸。常言说的好，杀人不过头点地，就是陆老师任凭跟你有多大怨仇，他应该让上一步。"神拳叶天龙却冷笑一声道："谷老侠客，我们的事到现在，也就不必再问谁是谁非。我叶天龙心意已决，我甘心以我一身早早地了结了江湖的恩怨，倒也显得心头干净。"他说到这，立刻向座上的一般同道们敬了一杯酒，说道："我叶天龙实在对不起一般好朋友们，这石城岛我决不愿再停留下去，我和姓陆的事情也就要在今日做最后的解决！蒙一般同道们帮忙，我只有万分感激。现在我有一件不近人情的事，请同道们担待。我不愿在一般好友面前办那丢尽脸面的事，只有请朋友们立时离开我石城岛，我也好立时遣散我手下弟兄。"

这时，副岛主小灵狐李玉从外面走进来，神拳叶天龙道："李二弟，替我把这一般好朋友们送出岛去，赶紧招集本岛中各处的头目，叫他们齐集石城寨，听候我叶天龙的分派。"这时他这座上的江湖同道，竟有为他这种举动抱不平的。那铁虬龙关震羽站起说道："叶岛主，论起我自己的主张，我们做朋友的不能强管，可是我们创起一番事业，实非容易；大丈夫宁死阵前，不死阵后，你应该和你的仇家先分一下强存弱死。凭你叶天龙在关东道闯出'万儿'的朋友，就这么瞑目受死，未免也太轻视了你自己了！我们既然来到石城岛，你若真是洗手江湖，那还可以；就这么散伙烧山，引头就戮，那也太给我们江湖道的朋友不留一些颜面了！"神拳叶天龙却冷笑一声道："关老师你责备得极是，不过人各有志，不能相强，我心意已决。关老师，请你不必再用言语激我，我一误不能再误，我叶天龙若是还能留得三寸气在，关东道上或有相见之时，关老师，请你到前面坐吧！我这么下逐客令太对不起朋友，不过我是无可如何。"

这时，那千里追风卞寿山站起说道："关老师，既然是叶岛主有不得意之情，我们这般是朋友的，那好不原谅他？我们也实无面目在这里再停留下去。为朋友们助义帮忙，不能够替他尽到了力，我们也算对不起叶岛主。好在全是江湖道上的朋友，搁开今日这一场，正还有相见之日，我们关东道上再会吧！"他说话间，立刻抱拳拱手道："众位老师父们，恕我们不陪了。"遂引领着往外走。那铁虬龙关震羽等一般盗党，全向东海渔夫谷寿民等一般侠义道略微交代几句场面话，在小灵狐李玉陪同下，全走出去。

孤山二友铁笛双环彭英方、月下无踪蒋英奇弟兄二人，先前是坐在那里不动，直等到众人全走出去，这弟兄二人才站起。铁笛双环彭英方此时沉着面色，很带着几分不快的神情，向坐上看了看，那叶天龙正站在那拱手向外相让。铁笛双环彭英方却向叶天龙说道："叶岛主你不用这么客气，我们弟兄和你不是泛泛的交情，咱们很用不着那些俗礼。有交情的朋友，说有交情的话。要据我看，叶岛主你跟那位陆老师的事，若果然安心解决它，何必这样把关东道上这些年交下的朋友全都得罪了？你这么一来，信得及你的，知道你不愿意把好朋友连累上；和你交情稍浅的，未免要疑心你这是轻视一般朋友们，不足为你出力帮忙，你也不愿意再借重朋友的力量。为了解决石城岛的事，所以才这么不顾一切的，竟把大家这样的冷淡走了。无论你这石城岛的事办得好坏，你可要弄个遍地仇人，往后关东道上，恐怕你不容易立足了。这件事你未免办得不智，我们江湖道中的恩怨，没有见不得人的事，你还是趁着一般朋友没离开石城岛，把这件事当众解决。不怕完全凭你一身之力，把他办了结了，那倒可以得朋友的相谅。你若是这么任性服气，我彭英方实不知你安着什么心肠？我们弟兄就这么离开石城岛，全觉着有些不甘心，何况别人呢？"

神拳叶天龙忙紧走了两步，到了彭英方面前，也不知他是无意中，或者是故意把身形闪了一下，和这边石城岛赴会的人背着脸，躬身向彭英方一拜道："彭老师，我已一再地和大家说明，现在的事，我实有不得已之情，此时虽然叫朋友们看着不满，以后定叫大家明白了我的心意，我叶天龙准能对得起朋友。"那彭英方却从鼻孔中哼了一声道："叶岛主，我彭英方也只好言尽于此，你既然一定要那么去做，我实在替你可惜。"说到这，却向蒋英奇招呼道："二弟，我们做朋友的把话全说到，那就算尽了朋友之情，我们不必在这里强留，咱们走吧！"立刻向东海渔夫谷寿民等一抱拳道："朋友们再会了！"立刻转身向门外走去。到门口，月下无踪蒋英奇脚下一停，转过身来，神拳叶天龙跟着送到门口，也赶紧停身止步。蒋英奇却向叶天龙说道："叶岛主豹死留皮，人死留名，我们在江湖道上闯的朋友，成名不易，毁着可容易。叶岛主你这石城岛能够立起这点威名，决不是一朝一夕的功夫，你不要把它看得太轻了。"神拳叶天龙听到这话，却紧凑到蒋英奇的身旁，附耳低声说了几句。那蒋英奇却冷笑一声道："任凭叶岛主，我们弟兄不便多管了，再会吧！"这蒋英奇匆匆走出门去。这种情形，看到了商山二老以及武当大侠萧寅等眼中，越发地明白了叶天龙是另有恶谋。他这种鬼祟行为，决不是他口中所说的那么大仁大义了。

此时，这屋中只有石城岛本岛中一班党羽。叶天龙把孤山二友送出屋去，立刻回身仍然归座。手下的一班盗党们，全有些侷促不安。东海渔夫谷寿民向神拳叶天龙道："叶岛主，你肯这么顾江湖道义，一身的事以一身当之，不带累了朋友们，这真叫人敬佩！不过叶岛主你把这石城岛散伙之后，又该如何？我谷寿民要领教领教叶岛主的尊意，究竟要怎样来作最后的了断，可否明白相示？"神拳叶天龙含笑说道："谷老侠客，我叶天龙虽是一个绿林中人，也知道信义二字，我情愿任凭陆师父的处治。"东海渔夫谷寿民微微一笑道："叶岛主，你真能这么低头领罪，我想陆师父倒不能过分追求当年的旧事，我谷寿民愿为你两家解冤释怨。你还是不必将一般同道们放走了，趁着他们在这里，大家为你们两家解决这件当年结仇的事，岂不是两全其美么？"叶天龙点点头道："谷大侠是抱着息事宁人之心，只是我既然已经把一般同道们送走，我怎好出乎反乎、自食其言？"

方说到这，小灵狐李玉又从外面匆匆走进来，到了叶天龙面前说道："现在所有本岛的头目们，已经整集石城寨，听候岛主的交待。不过他们已经知道岛主有散伙之意，恐怕他们不肯听从岛主的主张；若是齐心反抗起来，眼前的事，可就不好收拾了，请岛主到前寨安抚他们一番。"

神拳叶天龙听到李玉的话，颇现出惊慌之色，忙的站起来，向东海渔夫谷寿民等拱手说道："老侠客们，略候片刻，我去去就来。"说罢，他匆匆走出屋去。小灵狐李玉却留在这里，向老侠客们殷勤劝酒。商山二老因为叶天龙满嘴里大仁大义，此时怎好阻止他，不教他到前面去？这小灵狐李玉在这时，更是和一般赴会的人说，自己深悔失身绿林，情愿在叶岛主散伙之后，自己也弃绿林归正道，改邪归正。这一般老侠客们听到他这种无聊的讲话，虽则不能不勉强地应酬他，但是在这种地步，难免不时时起着疑心。此时无论如何，也得等待那叶天龙到来。这一来竟耽搁下来。

那神拳叶天龙去了有很长的时候还不见回来，终南剑客陆达夫颇有些焦躁不安。可是那位东海渔夫谷寿民仍然是如无其事。擒龙手厉南溪见天色渐渐地黑下来，认定了神拳叶天龙定有恶谋，随向副岛主小灵狐李玉问道："我们请示副岛主，叶岛主怎的在前面尽自耽搁，他还有什么未了之事？你们应该知道，我们现在所立的地步，一切事任凭用什么方法来解决，我们决没有叫你们妨碍之处。难道这么尽自迟延下去，就可以另作打算么？叶岛主若是不能再到这里，我们的事今日尽可不谈，何妨改日再会。"

小灵狐李玉带笑说道："厉老师，你这可是过于多疑了！你知道石城岛不是容易堆积起来的。我们虽然不是开山立寨，可是手下也有二三百名弟兄。现在叶岛主这一散伙，方才老师父们已然听见我说过，一般头目们颇有不服的，这还仗着叶岛主婉言开导他们，所以要耽搁些时候。我们若有别的图谋，也就不再等到这般时候了。老师父们不必怀疑，我这就去打发人请叶岛主赶紧前来。"厉南溪哼了一声，看了看商山二老和那东海渔夫谷寿民等，仍然是沉吟不语，自己不便再说什么。这时，小灵狐李玉果然打发几名匪党赶奔前面，催请神拳叶天龙赶紧到后面来。他们这座宴席原本就没散，这时小灵狐李玉反倒招呼着匪党们添酒添菜。老侠客们到这时，不过任凭他这种虚伪的张罗，只是不理他。

这时天色可就黑下来，大家注意着前面的动静。可是那小灵狐李玉高谈阔论，话声不断，只隐约地听到前面尽是脚步移动之声，可是所打发出去的匪党们，跟着进来向小灵狐李玉报告，说是叶岛主这就前来。这时，屋中却只剩了小灵狐李玉和岛中两名不重要的党羽。就在这时，忽然听得前面一阵哗噪之声，小灵狐李玉脸上带着惊异之色，向东海渔夫谷寿民说道："谷老侠客，你听前面这么乱，散伙打发所有的人离石城岛了，可是声音越来越乱，夹杂着呼喊喝斥。"忽然从门外闯进一名匪党，向小灵狐李玉招呼道："副岛主，你赶紧去看看，就在石城寨偏东那道院内起了火，似乎有人暗中放火，要把本寨断送了。叶岛主正在那里监视打发走的弟兄们下山，你快去看一下。"小灵狐李玉带着愤怒的神色说道："这可未免太甚！杀人不戳头点地，我们已经散伙，自己把石城岛挑了，难道这短短的一时，全不能相容了么？"他说着话，匆匆站起，只向东海渔夫谷寿民等说了声："老侠客略候片刻，我到前面看看究竟

是谁这么逼人太甚?"他赶着一扭头,向座上的两个同党招呼了声:
"赶紧随我去查看。"这三人竟自如飞地闯出去。

擒龙手厉南溪坐在靠左边的下手,小灵狐李玉也就是才走到院
中,厉南溪一按桌子角,已经蹿过去;往门旁一落,把屋门推开了
一些,往外查看。这时,东海渔夫谷寿民、孤松老人李天民、铁臂
苍猿朱鼎、武当大侠萧寅、终南剑客陆达夫也全站起。李天民因为
坐在里面,却用沉着的声音向擒龙手厉南溪问:"怎么样?猴儿崽
子们定有手段。"厉南溪回头答道:"偏东南倒是有火光涌起,可是
这院中连一个人也没有了。"东海渔夫谷寿民向李天民道:"我们可
以到外面看看了,我是故意要看看叶天龙这个猴崽子倒是施展什么
手段!"这位谷老侠客话声未落,厉南溪却回头招呼道:"老前辈们
快来!我们大约要着了匪党们的道儿。"这时,谷寿民和陆达夫全
飞纵过来。厉南溪把门推开,猛然间吱吱的几声胡哨响过,跟着四
面的房头上轰的一声,同时猛火涌起,一片喊杀之声。这种火势一
起,非常的厉害,硝璜、干草等易于燃烧之物,早已布置在这座院
子的四周,只要燃烧着一处,立时四下里全引着了。只刹那间,火
势冲天。

这时,东海渔夫谷寿民头一个蹿到院中,赶紧地翻身往房后正
面再看时,见这房后浓烟烈火把这房屋周围全困起来。李天民、朱
鼎、萧寅全到了院中,一看这种形势,全十分愤怒。"想不到在江
湖上闯荡了一生,竟自要毁在叶天龙的手内!"铁臂苍猿朱鼎恨声
说道,"难道叶天龙这贼子,利用恶谋,就能阻拦我们不能再和他
一拼么?"这时连武当大侠萧寅、孤松老人李天民全把长衫脱掉,
在院中四下一打量,只是找不到有水的地方。孤松老人李天民猛然
纵身蹿向正房旁的一个墙角下的一间小房前,提起一只木桶,飞纵
回来,向众人说道:"我们轻视了叶天龙这个恶魔,此时咱们若再
迟疑,可要非毁在他手内不可了。"李天民一边说着,把自己的长
衫提着领子,一震腕子,把长衫卷成了一条绳相似。木桶中有半桶
水,把长衫放入桶中,略一震动,长衫浸湿。众人全是不言而喻,

如法照样地办了，各把浸湿的衣裳仍然穿在身上。此时，四下的火势可越发地厉害了，不仅是这院子的四周被火包围，并且那种浓烟火势，分明是已向四下展开。

孤松老人李天民掣天罡剑，铁臂苍猿朱鼎亮斩魔双龙剑，武当大侠萧寅执青萍剑，东海渔夫谷寿民亮镇海伏波剑，擒龙手厉南溪使一口伏蛟剑，终南剑客陆达夫亮白虹剑。东海渔夫谷寿民却说道："叶天龙此次恶谋，他分明是要把我们一网打尽，我们不尽全力，跟这恶魔一拼，那唯有葬身火窟而已！我们倒要各凭武功本领，和他走这最后一着。我们只要闯出这道院子去，全要扑奔他石城寨聚会。在各寻出路的时候，无须相顾，免得误事！不过陆达夫、厉南溪他们师兄二人，可不要和我们分散开。请这位厉师父要随着萧大侠的左右，不要离远了。陆达夫，你随我来。"

这位东海渔夫谷寿民却扑奔南面一段短墙头，陆达夫跟踪而上；孤松老人李天民奔东墙角；武当大侠萧寅、擒龙手厉南溪扑奔西房，铁臂苍猿朱鼎却奔了正东面火焰飞腾的一座后房坡。赶到这一般侠义道往上面一闯，莫不胆战心惊。好厉害的叶天龙！这座房子的四周，他完全堆积了干柴枯草、硝璜油脂，包围着这段院落。凡是有出路的地方，完全放起火来，数十丈内全被浓烟烈火包围。并且更听出这般匪党和他所领率的弟兄并没逃走，四下里喊杀助威。大约这附近所有的房屋，连那练武场的树木，全被燃烧起来。任凭这般侠义道全是久经大难，也觉得这种形势过于危险了。可是到这时，只有破死命地向外闯，尚还许能够保全得性命。要是工夫一久，连地面上全给烧热了，任凭你有多好的功夫，也无法往外闯了。

这位东海渔夫谷寿民一声怒吼，他的身形已经凌空拔起，冒着浓烟烈火翻过这道短墙。可是在这样烈焰飞腾中，身形怎样的轻也难往下落；浓烟又多，两眼迷得流泪，身形是绝不敢少停；只有拣那火势略小的地方往下落。好容易扑过短墙附近所布置的这一片火焰，可是前面更无出路，那平地上往前去的一段道路，完全被火阻断；所有的房屋，也正在烧得房倒屋塌，更夹杂着一片暴音，助着火焰的威势。谷寿民见陆达夫虽则披着湿长衫，可是禁不住这种浓烟烈火烘烤，那长衫已经被火烧着了好几处。谷寿民厉声招呼道："陆达夫，稳定心神，不要慌乱；虽则求生，视同已死。你要镇静着，方寸一乱，死无葬身之地了。"谷寿民这份警戒的话，十分有力。因为这种地方，虽则不容易往外闯，但是还有一身功夫，只要方寸不乱，神志不昏，把死生二字置之度外，反倒可以明察眼前形势的厉害，尚可有万一的希望。

果然，陆达夫若不是被谷寿民这么警戒着，他定然要送命在这里了。此时一怀着视死如归之心，心头上反觉十分镇定。随着谷寿民的后踪，把身形施展开，跳纵如飞，只拣那火焰略少之处着脚，连着翻出十几丈来。可是四下里竟自起了一片木梆子的声音，凡是火焰略灭之处，只要你往那一闯，立刻乱箭如雨地射来。东海渔夫谷寿民向陆达夫招呼了声："贼子们终有失着之处，我们这条命保全住了！陆达夫，把师门所学尽量施为，拣他有弓箭手的地方闯。"陆达夫也觉得精神一振，这真是天不绝我等，叶天龙百般狡恶，终有失着，他这一埋伏箭手，不正是我们指路的明灯！

暗中交待，这叶天龙和小灵狐李玉果然是算计得越周，越容易露出破绽来了。他这条火攻计，假如是完全用层层烈火包围，情形就完全不同了。一般侠义道停的那道院内，就是石城岛的中央，倘若他再集党羽，全行撤去，布置成整个的火海。他在石城岛外严密地包围着，这般侠义道们，休想闯出这重围。他只顾了在里面这一带布置弓箭手，觉得计划周密，可就忘了弓箭手能够停身之处，这班侠义道那会闯不过来？无形中因为弓箭手的迎头袭击，反倒给这般侠义道指示了出路。

东海渔夫谷寿民喝喊了一声："万恶的叶天龙，你也有失着的地方了！"这位义侠客竟自施展开"八步赶蝉"轻身的功夫，嗖嗖的一连两三纵身，掌中的"镇海伏波剑"拨打着乱箭，身形已然闯过去。这里只闯过这一个人来，这就和那走棋是一样，只要

你放错了一个子，能把全局牵动。东海渔夫谷寿民此时一闯出烈火包围的地方，掌中又有这口利剑，真是叱咤风云之势，这般弓箭手算是遭了殃。要论叶天龙和小灵狐李玉那种狡诈多谋，聪明绝顶，也不会对于这种地方丝毫没注意到。他们也深怕里面的人万一闯出那几层烈火，他这石城岛完全是不要了。他所布置的不只于是大寨这一带，直到寨外所有的房屋不算，完全放火焚烧着。更用柴草树木和这房屋接连起来，从里到外竟是一片烈火在燃烧着。更在各处布置了箭手，暗中可给他们留了退路。他竟没想到，所对付的人究竟是何如人物。若是平常的武师们，身陷重围之下，只要往外一闯，被这种浓烟烈火阻挡住，方向一乱，休想再闯出来。可是这般人全是经过千锤百炼的武林中能手，虽然身陷重围绝地，也一样地能镇定着。

谷寿民这一冲出来，弓箭手死伤在他剑下的十几名，终南剑客陆达夫随着老剑客的身后也闯了出来，陆达夫此时更恨透了贼党们。这一闯出石城寨，前面虽然还有好几道烈火围着，但是这种地方可挡不住了。石城岛里面的地方很大，任凭叶天龙有多大的力量，也不能把石城岛完全化为火海。东海渔夫谷寿民带着陆达夫这一冲出了石城寨，可是心里又悬念着商山二老等。陆达夫此时可决不是负心，为他自己的事，对于别人的死活不肯关心。他看透了叶天龙和那李玉是安心不再要这里了，倘若他发觉到这一班人已然逃了出来，他决不肯再拼死地动手，势必要远走高飞，先离开辽东地面。这次再把他放走了，可就不易再找到他。所以不住地招呼着东海渔夫谷老侠客，请老侠客赶紧向外面冲出来，先找寻叶天龙要紧。

谷寿民也不愿意叫叶天龙再逃出手去，连闯三道火圈子，虽则不时地还有暗箭袭击，可是只不见那叶天龙和小灵狐李玉的踪迹。从大寨寨墙那边冒着浓烟烈火飞纵出来时，突然有两名箭手，一左一右向谷寿民和陆达夫射来。谷寿民怒叱一声："不怕死的贼子们，真看得我不能处治你们了！"遂招呼陆达夫，要把这两名箭手擒获了，从他们口中取供。这时，第一、二排箭又射过来，陆达夫用掌中白虹剑往外一扫，把迎面的箭完全磕飞，身形往下一矮，已然飞纵了出去，竟扑向那名箭手。那名箭手正隐身在栅墙外的一排小树后，陆达夫这一扑过来，他刚把弩箭往起一抬，要迎头给陆达夫一排利箭。忽然他一声嚷叫，那弩弓抛在地上，竟有人提着他的两臂，从他身后把他端起来，往外一抖手，把这名箭手抛过来，喝了声："这算见面礼。"这名箭手正滚到陆达夫的脚下。

　　陆达夫一脚把他踩了，已经看出这名箭手的两只胳膊，全行卸下来了。赶到一抬头看是何人动手，来人已经飞坠到陆达夫的面前，原来正是孤松老人李天民。陆达夫还要伸手捆这箭手的双足，李天民道："达夫，你费那个事有什么用？他还走得了么？"陆达夫赶紧把脚抬起来，这名箭手只是一个劲的"哎哟"，上半身完全不能挣扎了，现在，就是叫他起来逃跑，他也无法坐起。陆达夫看李老侠时，自己心中好生惭愧。这位老侠客身上那浸湿了的长衫，已经烧得只剩了一半，连小衣衫全有两处烧破了的地方。老侠客满脸灰尘，带着十分狼狈的情形，陆达夫遂向李老侠客问道："那几位老师父怎么样？可能闯出来么？"李天民道："谅无妨碍，总还可以逃出火窟。"说话间用手一指，那石城寨寨墙的东北角，火光中连着有三条黑影飞落到外面，也扑奔到这里来。眨眼间，身临切近，已然看出来的正是铁臂苍猿朱鼎、武当大侠萧寅、擒龙手厉南溪。这时东海渔夫谷寿民已把那名箭手擒获，提了过来。大家聚在一处，彼此看着，那么气度潇洒的人物，此时全成了活鬼一般，全是满脸的黑烟了，身上也沾满灰尘，衣服也被火烧焦，差不多全是各带伤痕，不过是有轻有重。

　　集合到一处后，东海渔夫谷寿民却用脚尖踩着那名箭手厉声喝叱："你不赶紧实话实说，我立时要了你的狗命！"那名箭手不住地呼嗥哀求着，说是没看见他们瓢把子奔了那里。这时，孤松老人李天民却向谷寿民道："老朋友，办这手活儿你可差得多，今夜叫你受两招儿。"说话间，这位老侠客一俯身，擩自己收拾的这名箭手，左手的手指掐住了，口中招呼道："猴儿崽子们，真全是亡命之徒，老爷子给你治伤。"跟着把手微一震动，这名箭手肩井的骨头环已卸，本已痛得直发昏，此时再一抖他的胳膊，痛得他大叫着，很健壮的汉子头上的汗竟像黄豆大，不住地高喊饶命。孤松老人李天民道："这还算是和你开玩笑，还有比这个加十个劲的，你想尝尝，我就立时动手！说实话，叶天龙和李玉全在那里？只要说慢了一句，叫我听出一句废话来，我可不叫你小子死，留着你这条狗命，你这两条胳膊一寸一寸烂掉了。"这时，李天民却把他两手抓住。这名箭手可是实在的怕了，忙着叫道："老师父饶命，问什么说什么。"李天民道："只要你说了实话，我不只于饶你的命，还把你两条胳膊接上。你种东西我可决不放心，不过我们找叶天龙要紧，没工夫看着你。你就是说了假话，我也放你。不过你心里可放明白，你这两条胳膊已经被卸，骨节卸了之后，我现在赶紧给你把骨环合好，你这两条胳膊还可落住。只是我要把你骨环接上之后，必须把这臂捆上，叫它紧贴在两肋旁，不能移动，必须经过七天，才能够把两臂放开。只早放开，依然要落残废。你对我若是胡言乱语，不出今夜，你焉能逃得出我手去？我一样能要你的命，话已说明，赶忙讲。"

这名箭手忙招呼道："老师父，你只要不叫我落成残废，我一定说实话。我们瓢把子叶天龙和李玉早已计划好，他们绝对不要这座石城寨了，就是把里面被困的人一网打尽，他们也要弃掉这里，离开辽东。听他们的情形，并且要离开本省地面，到黑龙江那里另去安窑立寨。所以他们已经预备好了船只，只要这里不能守时，叫我们各自逃命；不到最后的地步，我们那一道卡子上不见着敌人，早早逃走时，那就别想活了。他已预备下了许多人，在外面监视着。现在石城寨已然全被烧尽，他是否已然逃出石城岛，我敢对天明誓，实在不知道他究竟在那里。"孤松老人李天民道："猴儿崽子，我就认为你这是实话，死活全在你自己了，咬着牙吧！小伙子。"李天民却把这箭手的搭包解下来，给他兜在背后，搭包的两头放在地上，把他两肩头靠肩胛下握住了，微微地往里一合，手中一动，听得这箭手两肩头骨节处微微一声，这名箭手竟自大叫了一声，疼得往后一仰头，晕了过去。李天民顺着把搭包两头抓起来，往胸前一揽，紧好了之后，口中说道："没用的东西。"却一伸手托着他的项后，把他推得坐起来，向着背后一掌，掌落处，这名箭手已然醒转。李天民遂把他架了起来，喝叱了声："你敢挣扎，那是你自己找死，可不算你老爷子手下无德，快快逃命去吧！"

东海渔夫谷寿民一旁说道："李老师父你竟有这种手艺，我盼你捉着那叶天龙、李玉也要照样摆治他一下，为众人解恨。"武当大侠萧寅道："这匪徒的话，果然可靠，叶天龙真个从海面上逃走，我们再追缉他可就晚了。"李天民道："按这次情形看起来，他还走不开，咱们先往石城岛的四周搜寻一下，果然没有他时，就是他真个从海面上逃走了，我们也不能就这么放他。只像今夜这么狠心辣手地对付我们，再叫他逃出手去，没有天理了。随便他走到那里，我也要把他访寻着。"东海渔夫谷寿民道："师兄不要耽搁，咱们赶紧搜寻一下，我认为他从海面上逃走，定是实情。这里奔庄河厅，他怕我们早有埋伏，从海面上极容易脱身。好在我有现成的船只，我们还能赶他一程。不过大家不要咬着牙，不肯说实话，谁的伤痕重，可不要强自挣扎。我已预备好一只快船，作为老师父们安身之处，现在已经闯出里面的重围，谅没有多大的妨碍了。厉师父你怎样？我看你身上的烧伤不轻吧？"厉南溪咬牙切齿道："我现在是盼着不叫天龙逃出手去，我身上这点伤痕，还可以忍受着，不必为我担心。"东海渔夫谷寿民道："好！我们就分两路，东、西排搜一下，全在这石城岛前集合。事情紧急，谁也不要再耽搁，来晚了的，只可在庄河厅店中等候，我们可不能为一人落后，被这恶魔逃出手去。"

陆达夫和厉南溪全十分惊异，听这情形，这位老侠客对于这一班人的事，知道得很清楚，分明是一时也没离开左右。这时大家一齐散开，东海渔夫谷寿民和终南剑客陆达夫、铁臂苍猿朱鼎从东往后转过去，从西面翻回来，仍到石城寨前。孤松老人李天民、武当大侠萧寅、擒龙手厉南溪全从西面转过去，也就是从寨后转过来，和那一路集合。两下分手之后，一路搜寻。这里面是勿庸顾虑，到处火起，燃烧得连草木全没留下，里面任凭有什么隐密的地方，人也无法停留在寨内。所以在这六位侠义道搜寻之下，只遇到些没退出的匪徒们也在拼命地往外逃。那种情形不问可知，叶天龙等定是已逃出石城岛无疑了。赶紧集合一处，东海渔夫谷寿民道："我们此番事情的成败，也就在此一着，随我来。"他在前面引领着，贴着石城岛外悬崖峭壁间，扑奔偏东南这里。因为上面有山壁挡着，靠下面又尽是很深的苇草，那谷寿民时时地招呼着。眼前有十几丈最危险地方，人可要跟紧了，须随着他身形起落。果然在悬崖下，又出来十几丈，那谷寿民竟往一片苇草中落去。原来这里正是一片浅洼，从别处看着怎么也看不出来，这苇草中没有水，众人全落在上面。

谷寿民分着苇草，竟自发现了一条快船，横在一块巨石上。谷寿民是一声不响，把缆绳解开，口中低低地吹了一声胡哨，后舱中蹿出来三名壮汉，正是这条船的水手。东海渔夫谷寿民向水手们问道："怎么样？可见着岛中有船只放出？"内中一名年岁稍轻的水手答道："首领，这附近一带决没有船只放出，外面的船也没有贴近这里的。在半个时辰左右，听得沿着岛下偏着东南，似有船只移动的声音。我们因为遵守首领的命令，不敢离开此地，所以我从水中凫过去，有两只船似乎从悬崖峭壁下荡出去，船行得极快，他们也似乎正在避免着船行发出声音来。所以虽然有两只快船移动，十几丈外就听不到他船行的声音。首领若是这时追下去，大约还走不远。"

谷寿民一摆手，这水手立刻就退向一旁，商山二老和武当大侠萧寅、擒龙手厉南溪、终南剑客陆达夫全相继上了船。谷寿民向孤松老人说道："叶天龙果然从水面上逃走了，我们现在紧赶下去，谅还不致叫他逃出手去。"李天民道："这次受到他这样的狠心辣手对付我们，不诛此恶徒，枉在江湖行道了。怎么样？船上人少，我们弟兄在行船上还可以帮帮忙。"东海渔夫谷寿民道："请到舱中歇息，我这只船却容不得许多人。不必耽搁，在水面上我要看看他可能逃出我这老渔人的手内。"李天民等遂一同走进舱中，水手们已然解揽绳撤跳板。东海渔夫谷寿民从船头上耸身一纵，已经飞跃到后梢，他却看篷掌舵。船头上水手用蒿杆子一点，船已经离开悬崖下，分拨着水中的苇草。

船到了水面宽阔处，那谷寿民已把风篷扯起。水手们荡着桨，又出来一箭多地，船篷上风已经兜满了，船身也走在波涛汹涌之处。借着风帆之力，这只船是越走越快。可是在黑夜中只借着满天星斗和一勾斜月之光，在这种水面的波浪下，离着水面二三尺高，总是浮着一层水汽，这种行船是危险万分。孤松老人李天民和武当大侠萧寅低声说道："我们先前只认为这谷寿民是隐迹辽东的风尘人物，适才从水手们口中流露出来，他在这辽东海面上颇有作为。大约他手下很有一般水面的弟兄们听他调动。这也是那神拳叶天龙应该遭报，我们得到此人帮忙，这场事才能转危为安。没有他暗中指示一切和要紧的时候献身协助，石城岛一会是不堪设想！你看这条船走得多快，这位谷老侠客使船的手法娴熟灵巧，他竟是水面上难得的人物。"

说话间，忽然谷寿民在后梢招呼道："你们舱中也看到前面不远，可是有两条帆影么？海风甚大，吹得我两眼有些模糊了。"铁臂苍猿朱鼎已把船窗推开，往海面上望去，只是黑沉沉的，一望无际的波浪，那里看得出什么？这时，船头上一名水手忽然招呼道："首领，大约前面准是他们那两只船。你把风篷放足了，我们直追着他的船走，怕永远贴近不了，因为风势不对，他的船是经奔正北，我们索性把船往西北先放一下，东南的风力大，我们船蹿过他们头里去，再横着往东北圈过来。"后面谷寿民答应了声："就这么办。商船、客船没有在这深夜间走的，就算不是石城岛放出来的那两条船，也定是海面上绿林盗匪了。搅扰他们一下，算不得罪过。"

这时，这只船头斜着奔西北，果然船越发的快了。可是船头撞起的波浪，那水在时时地翻上船来，顺着两边船舷往后流着海水。好在舱中这几位全是久居江南，对于水面上虽没有多好的功夫，但是也比北地人受得住这种水面风波。船如同箭头子一般，往前走去，约莫有一里地，这时舱中的商山二老等，全在舱门口、船窗口注意着水面的情形。果然发现有两条帆影向正北去，在黑沉沉的水面时隐时现。这时，谷寿民把后边的舵往里一带，更把风帆的绳子略一牵动，船头立刻斜转过来，直奔东北，和那两条船渐渐接近。可是相隔着还有十几丈，似乎那边的两条船已经发觉了。谷寿民这只快船追赶上时，那两只船竟自也把方向变换，风篷放足了，斜奔西北。这一来形迹显然，分明是石城岛的贼船无疑了。

前面那两只船，行船的技巧并不弱于谷老侠客，前后总是相隔着一二十丈。东海渔夫谷寿民知道匪党已经发觉，这一来恐怕不容易追上它了。不过现在已然跟踪上了它，只要没有接应，看它走到天亮还能逃出手去吗？武当大侠萧寅从舱中出来。这种船面上，因为被波浪震动得这船身不住的起伏。萧寅却一出船舱，纵身蹿上舱顶，往下一矮身，斜卧在舱顶子上，向后面的谷寿民招呼道："谷老师父，我们这么追逐，这船行的快慢也止于此。我们若是想要追上这两只匪船，何妨借重人力和船上弟兄？我们多添他四柄木桨，助着风帆，较之船行加快些，再有个一二里地，决不致叫他逃出手了。"东海渔夫谷寿民说道："萧老师，你这可是胡充行家了！操桨行船和风帆之力不同，这两样不能合到一处用。可是萧老师父你辨别着天上星斗的方位，他两只船分明是没想离开辽东一带，他的船决不向西南海面放去。我们倒不急于立时追上他，反正不叫他走开了，看他天亮后怎样脱身。"

海面上行船，被风力水力所限，这是由不得人的，两下里仍然是相隔这一二十丈远，船只只是不能贴近了。这时，已经到了四更左右，萧寅始终没肯回到舱中，仍然斜卧在舱顶子上，从风帆下面不住的和后梢的谷寿民问答着。忽然，孤松老人李天民在船舱门口招呼道："糟了！你们定要枉费心机，终要被他们逃出手去。"武当大侠萧寅在舱顶子上听到孤松老人这种话，大惊地问道："怎见得？"孤松老人李天民此时走出了舱门，用手一指道："倘若我老眼不花，他们那两只船已经奔了一处海岛，只要他们登陆之后，再想擒他们谈何容易！"武当大侠萧寅仔细顺着孤松老人手指处望去，果然隐约的已经看见，那两条帆影已向降起海面黑压压一片孤岛驾去。后面那位东海渔夫谷寿民却哈哈一笑道："李老师父，你先不要着急，我这条船后面望不真切，你们二位可看准了，不要中了他明修栈道、暗度陈仓之计，他果真奔那片岛逃走，那才是他恶贯满盈，叫他自寻死路，不见得他再能逃出我们手去吧？"东海渔夫说话之间，却把手中的舵推了一下，船头也斜转，直向那片孤岛追了过去。

武当大侠萧寅跟孤松老人李天民听到谷寿民这个话，虽是放了心，可是十分怀疑。萧寅遂问道："谷老师，那么前面是什么所在？有多大地方，可跟陆地接连么？"东海渔夫谷寿民道："前面那个所在，名叫黄沙汀，是个孤岛。上面并没有人迹，因为海流的浮沙到那里全被挡住，上面不能种植五谷，只长些个野树荒草，地方并不大。这叶天龙他竟要凭这里脱身，那可真是有些妄想了！"萧寅却说道："这么说除非叶天龙不知此处是个绝地，若不然就是已另有恶谋。他已经知道有人追赶他，焉肯自取死路？"东海渔夫谷寿民道："我认为他是该着遭报。这一带海面上，他定没到过，因为沿着辽东半岛一带，大小四十余个岛屿，没有没人住的，只有这么一个黄沙汀，算是唯一的绝地。他是因为我们已经追踪上了他，所以才想找一个能够停船的所在，弃船登陆，再换了船只脱身。不然他那会不把船只放到海面奔东南一带的路线，他定是自知原船逃走，决难脱身了。"

说话间，东海渔夫谷寿民忽然把舵一推，船头又往东偏下来。这时船舷上的一名水手道："首领，若是贴近这黄沙汀，可要提防着离着近了的回流，把风篷还要再落一些。"谷寿民道："不用你们管，你们只要把竹篙使用好了，不要把船头撞在礁石上。"水手们答应着。这时，在舱里的铁臂苍猿朱鼎、擒龙手厉南溪、终南剑客陆达夫全各把着舱门船窗，向前张望着。见离孤岛已经不远，各自收拾戒备。此番定要和这般逃出来的匪党们一决最后的生死了。

这只船此时走的船头不是直奔那黄沙汀，斜往正东如飞地走着。这种情形，武当大侠萧寅等不知道谷寿民用意所在，不便多问，只注目看着前面两只船的影子，果然已经奔了黄沙汀的附近。自己这只船此时是顺风逆流，船身时时被浪头冲得起伏不定，水手们不住地招呼着："老师父们，可要手底下把牢了。"这时，只有萧寅仍在舱顶上，李天民也是紧抓着舱门口。离着那黄沙汀约莫着还有一箭多地，谷寿民却招呼船头上的水手们道："周衡，你仔细地看一下子，贼船是否已贴近了黄沙汀。"那名水手答应了声，却把手中的竹篙在船面上一横，俯下身去，趴在船头上，仔细地向前看了一下子，这才挺身站起，向后梢招呼道："首领，那两只贼船已经贴近黄沙汀了。"

原来在水面上，又是在黑夜间，离水面越高，因为有濛濛的水汽，往远处越看不清楚；只要贴近水面，反倒能向远处瞭望，这和平地上有雾气时一样。谷寿民听到船头水手的话，答了个"好"字，立刻把风篷反放足了，船行愈快，冲波逐浪，浪打船身，那水花激起二三尺高来，这只船已经扑向黄沙汀。忽然，谷寿民一手牵篷，一手搂舵，这只船头一转，立刻斜奔那黄沙汀，如同箭头子一般，直扑那黄沙汀下。船帆也随着落了下来。这种收篷把舵，手底下灵巧异常，萧寅等这一般久走江湖的侠义道，对于谷寿民使船的这种技巧，无不惊服！

眨眼间，船已贴近黄沙汀。船帆已落，船行的力量已减，水手们全把手中竹篙挥动，把船竟贴在这座孤岛下地。只是停船的地方，是一片斜坡的泥滩，海水一阵阵地往上卷着。那没有水的地方，离着船足有六七丈远，纵然轻功本领好，也不能飞纵上岛去。

这时水手们已经把锚抛下去，朱鼎等全从舱里走出来。知道谷寿民这么绕出半里，才奔到这黄沙汀，正是避开叶天龙等停船的所在。不过此时看到没有登岸的地方，全迟疑着想要问谷寿民怎样上岸搜寻匪人？谷寿民已经到了船头，向萧寅道："老师父，我这水面上的本领还不弱吧？咱们赶紧下船，看了这恶魔带了多少人来。老师父们请看，这片浅滩，却用不着担心。这种淤沙别看被水来回地卷着，只要落在上面，决不会陷人泥中。这种海内浮沙，没有丝毫粘性了。"谷寿民说到这，向船上的水手又说道，"你们好好看守船只，并替我瞭望着附近一带。倘若贼党们有从这里逃的，你们赶紧响起竹哨，一面呼应我们，一面只管动手。就是他那两只船若再移动时，好歹先给他弄沉了，连人带船不许他们再离开黄沙汀了。"水手们答应了声："首领只管放心，不会叫他们再逃走一人。"

谷寿民答了声"好"，往船头上抢了一步，脚点船板，已经腾身纵起，蹿上这片淤沙。果然往上一落时，脚下只沾了些水，决没往下陷，再一腾身已经落在岛上。萧寅、李天民、朱鼎、厉南溪、陆达夫也全跟踪而上。那东海渔夫谷寿民才往前了数步，忽然自言自语地道："哎哟，我怎么这么糊涂！险些把要紧的东西忘记着。"他竟自翻身一纵，又扑上船去。不大的工夫，由船上又飞纵下来，他的左肋下又多了一个布囊。六侠这一人黄沙汀，虽是二次险遭毒手，不过叶天龙恶贯已盈，再难逃出黄沙汀去。

第十二章

黄沙汀七剑困天龙

东海渔夫谷寿民和李天民等聚到一处，头前引路，向那乱石如林的一片高岗上飞纵过来。到了高处，谷寿民指点着道："老师们，请看这黄沙汀是不是一个死地？这种地方，不明白近海一带淤滩水势的，决不敢在这里停船；何况这上面土脉非常薄，只产些硝磺、火石之类。所以这上面的树木，始终长不起大片的茂林来。不过正因为没有人能在这里停留，荒地也没有人来垦殖，所以多年来只随着天然的形势，把这一带形成了一个荒岛，谁也不肯在这里留恋，尚不知这里隐藏着多少毒蛇野兽了。我们搜寻进去，可得略微布置一下，只这么一齐往里排搜，虽说是地势不大，在这一带的四十多个岛屿中算它最小，方圆也有二三里地，还是有很多隐身之所。我们这么合到一处，向里面搜寻他，我们从东面搜过去，他能从西面隐蔽。倘若再被他找寻着十分隐密的地方，潜伏在里面，那一来，他只要有干粮支持，也能和我们耗三两天，敌暗我明，我们可有些耗不过他了。我想还是分为三路往里面排搜，更用些疑兵之计。只要我们所过的地方，叫他不敢向这面逃来，那一来，我们能够把这里面面积越挤越小，易于搜索。他非得仍然从海面脱身，这种地方万不容他再逃出手去了。"

孤松老人李天民忙答道："谷老师，现在一切只请你任意安排，不用再和我们商量，这疑兵计怎样布置？"东海渔夫谷寿民道："我这里有一点东西，也算是我早怀恶念。我原本就打算石城岛是一个万恶渊薮，神拳叶天龙只要在那里立住脚，实在是将来心腹之患。所以我安心要把他石城岛除了。我这里预备了些极厉害的引火之物，我们把它分开了，每走到一处，隔个十几丈远，给他散在草木上，自己引着了，烟火立刻布满这一带。任凭叶天龙厉害胆大，谅他也不敢向有火光之处逃来。好在这里是没人烟的地方，叶天龙能烧石城岛，难道我们就不能烧黄沙汀么？"孤松老人李天民等一听这种办法，点头道："好！"谷寿民才伸手向他肋下搁的那布囊时，一转身之间，忽然"咦"的惊呼了一声："你们看！海面怎么有一条黑影，走得那么快？"众人听到谷寿民这个话，顺着他所指的方向看去，在西北海面上那波涛起伏中，果然有一个很小的黑影，在水面上走得十分快，众人全看不出来究竟是什么。因为这种波浪汹涌的黑夜间，可能是很小的船，那也太危险了，并且这个船走得那么快，也不合情理。彼此在猜疑之间，那点黑影竟自在波涛中消逝了。

铁臂苍猿朱鼎忙说道："谷老师，依我看，那黑影绝不是船只，恐怕是海中的大鱼吧？"谷寿民面色变着，正在凝想，把头微摇了摇道："怪事！我不信是巨鱼在这时恰巧出现，可惜我现在没有工夫纠缠，我们先动了要紧。"谷寿民立刻把肋下的布囊摘下来，从里面取出来一个个的圆球，上面用纸包裹着，每人分给了两个，余下的也仍然跨在身上，向李天民等说道："这种硝石、硫磺所制的烟火弹，力量很大，拣到了适宜的地方，不论是草上树上，把它扔出去，有一些力量就能震破；只要一破开，火焰自起，不过不要扔在离身躯过近了。等到一燃着了时，这火球往四下溅，四周六七尺内，除了石头和水，就是那阴湿的草木，这东西落在上面，也能叫它燃烧，所以溅在身上容易被它烧伤。不过把那适宜的地方用这烟火弹引着之后，可不要在那里停留。这黄沙汀是一个产生硝璜之地，恐怕遇到了那种含着硝璜的所在，被这火焰一勾，容易爆裂起来。这种情形虽未必有，可不能不防。"

孤松老人等全点头答应，各自把烟火弹带在身上。东海渔夫谷寿民指点着，令大家散开。他带着终南剑客陆达夫，从眼前起身处，往东、西要搜寻一箭地，再往里趟；请孤松老人李天民和擒龙手厉南溪往北沿着黄沙汀的边上搜寻下去，转到东北角，再往黄沙汀的中间翻；请铁臂苍猿朱鼎、武当大侠萧寅从黄沙汀转下去，直转到西南角，再往当中排搜下去。这样一来，这黄沙汀四处布置了疑阵，任凭叶天龙狡诈多谋，也叫他在这里存身不得。即或他是潜身隐密所在，就是一时搜寻不着他，但是四下里火起来，把草木引着之后，这黄沙汀完全被烈火燃烧遍了，也叫他在这里不能立足。恐怕到那时天光已亮，这恶魔再想从海面上脱身，终成妄想。

擒龙手厉南溪十分佩服东海渔夫谷寿民这种老谋深算，大家真个尊敬他，连那孤松老人李天民平时那么不肯服人，此时也敬谨受命，竟自带着擒龙手厉南溪，各自把宝剑撒出来，从那乱石堆、荒林野草间搜寻下去。铁臂苍猿朱鼎执斩魔双龙剑，萧寅亮青萍剑，顺着黄沙汀边向西南搜寻下去。东海渔夫谷寿民跟终南剑客陆达夫一个亮镇海伏波剑，一个亮白虹剑，却从眼前向左右先行排搜一下，然后往当中聚拢，顺着那起伏嵯峨的乱石岗，往当中排搜下去。

这时，靠正北一带已然见了火光，正是孤松老人李天民，他已经在那里散下了疑兵。东海渔夫谷寿民蹿往陆达夫的头里，身手轻灵，凡是所到的地方，全把形迹十分隐密着，脚底下轻巧异常。陆达夫看到这位老前辈这身功夫，惊叹异常，看起来自己虽得一鸥子的传授，比起这位老前辈来真有霄壤之隔。自己若能重返师门，定要苦心锻炼下去，以求深造。

这时东海渔夫谷寿民已经纵上一段乱石坡，忽然把身形往一丛荒草中退下来，终南剑客陆达夫也赶忙把身形隐起。只见面前是一道很长的山沟，比自己立足处矮下去有丈余，下面尽是那枯枝乱草、荆棘蓬蒿。在这黑夜间，只仗着天上的斜月疏星那点微光，越发的看着这条山沟形势险恶。陆达夫见这死沉沉乱草沟中并无异状，再看东海渔夫谷寿民离开自己身旁丈余远，隐身在一片蓬蒿下，连动也不动，分明是有所见闻，看到了什么。自己依然潜伏着不动，仔细注目望着那条乱草沟。

可是，陆达夫耳中忽然听到哗啦啦一声响，在沟头那边一个斜坡上面，突然飞纵起一条黑影，落在了乱草沟的对面一丛树下。却跟着轻轻的击掌，在他掌声中，突然离开四五丈外荒草中，又是唰唰一阵响，一条黑影身形很快，眨眼间，也和先前那人聚在一处。这时，终南剑客陆达夫已然看出这两人竟是石城岛逃出来的匪党，这才知道神拳叶天龙一切的行为，完全是奸谋诡计。他散山散伙全没有那回事，依然有一般死党们和他结合一处，想要对付赴会的一般人。逃到黄沙汀来，这般人依然跟随在他身旁，可见他并不是安心脱身逃走，远走高飞。

这两个一个是千里追风卞寿山，一个是夜鹰子杜明，这两人集合一处，竟自低声商量着。只听那夜鹰子杜明说道："卞老师，咱们随着叶岛主来到这黄沙汀，自己可要掌稳了舵柄，现在入了这种绝地，若是没有十足把握，毁不成人，反要把自己毁在这里，那可白在江湖上闯荡这些年了。不是我姓杜的没有志气，怕死贪生，畏刀避剑，我认为留得青山在，不怕没柴烧，石城岛虽然失败，我们只要有这三寸气在，将来总有复仇之日。若是这么毁到底，未免不值得，我可不敢深信他准有把握，更不明白他究竟是用什么手段，敢对付这种劲敌。"这时那千里追风卞寿山道："事到如今，我们说了不算了。我们自己认定了对得起他，他若是不顾别人的死活，拿着我们弟兄的性命好作他脱身之计，那可太对不起我们了。"那杜明更是一口咬定："只要对头肯入这黄沙汀，他自有办法收拾来人，就怕他们不敢进来，那可就得说最后一拼，分生死存亡了。我们既被派到这，把守着这条乱草沟，我们现在帮忙帮到底。那小灵狐李玉倒是狡诈多谋，咱们何妨看看他的手段。"

这两人说着话，可把身形隐蔽到荒草内，终南剑客陆达夫听他们所说的话，也不由有些心惊，这分明神拳叶天龙并不是事败图逃，到现在依然是没想脱身一走，逃到黄沙汀尚有毒谋诡计，这恶魔真是万恶滔天了！这时，忽然见那东海渔夫谷寿民猛往起一耸身，已经飞纵起来，往夜鹰子杜明跟卞寿山隐身之处落了下去。可是才往那一着脚时，又复腾身而起，往这乱草沟南边沟头那里一落，却自言自语道："这群猴儿崽子们，分明已经进了这黄沙汀，怎么搜寻半晌竟自不见，我就不信找不着他们。"陆达夫知道谷寿民是故意引逗贼人。果然，这时那卜寿山已然从荒草中往起一长身，扬手发出暗器，一支亮银镖向谷寿民的背后打去。谷寿民正在背着身子向前张望着，暗器从身后打到，他却"哟"了一声，往前一伏身，这支镖从头上打过。他一翻身已经蹲了回来，口中却在喝骂着："好！猴儿崽子们，敢跟老爷动这种手段，我看你还往那儿逃？"身形扑来，可是那卜寿山已经纵身往北退下去，那夜鹰子杜明却猛然从草堆里也一长身，竟自抖手打出一支长门钉，他那独门暗器却不肯用。这并不是他心里还存什么忠厚，手底下还想留情，只是他和叶天龙并没有那过命的交情，他焉肯就轻易为叶天龙卖命？所以他梅花透骨针不肯在这种地方轻易使用。当时长门钉一出手，谷寿民身形往上一仰，倒翻出来，已经斜退出丈余远。可是脚下才往那乱草沟的斜坡一落时，两脚的脚尖一踹，已然二次扑过来。夜鹰子杜明竟自腾身而起，也向北逃了下去。谷寿民却低声向陆达夫隐身之处招呼了声："我们追！"陆达夫也跟踪飞纵出来，往北追赶过来。

这种荒岛中，全见不着一些正式的道路，到处里荒草布满，除了荆棘，就是藤萝乱草，脚下稍一大意，就容易失足。往北追出有半里地之遥，谷寿民见两个贼人一味飞逃，不肯动手，已经明显地要引诱他们到一个所在了。相隔稍远，脚下略一慢，容得陆达夫跟踪赶到，忙招呼道："你可要留神脚底下，这群猴崽子们又生恶念，分明是要在这里对我们下手，我倒要看看他们还有什么高明手段。"陆达夫忙答道："老师父，可得小心一些，贼子们势败穷途之下，什么手段全许施展了。"

这时，眼看到东北那边已经有一团烈火涌起，只眨眼间，已经蔓延开十几丈长，火光和那浓烟已经窜起丈余高来。跟着一阵草梢响处，竟有两条黑影如飞而至。谷寿民往前一纵身，迎头喝问："什么人？赶紧答话！"那两条黑影身形一顿，已经答了声道："发话的敢是谷老师么？"谷寿民忙答道："李老师，你们怎么也赶到这里来？"现身的来人正是孤松老人李天民跟擒龙手厉南溪。谷寿民和陆达夫全凑到近前。因为这里和所约定的奔黄沙汀中央的道路相左，这两拨人彼此全觉着可疑。孤松老人李天民首先问道："谷老师，你怎么竟奔这里？"谷寿民却笑道："我也正要想这么问李老师，现在不用细说，李老师你追赶什么人？"厉南溪一旁答道："并没辨别清楚，此人始终没转过脸来。他稍露形迹之后，竟自奔这边逃来，我们看出实有引逗我们之意，只是现在任凭他再有什么手段，焉能再叫他任意施为？只好看看他到底还有什么阴谋毒计。"谷寿民道："很好！我倒也是这么打算来，不过我们可得提防着，四面放布火焰，想要搜寻他们，不要反被他所利用。他的人多，我们没有他力量足。叶天龙这匹夫尚还不知他隐身那里，这真叫人可恨。我们正追赶那卞寿山和杜明两个恶贼，到这里已然被他藏匿起来。"

才说到这儿，忽然四五丈外一片乱树丛中，有人哈哈一笑说："老儿死在眼前，还敢卖狂！这里给你们预备好了葬身之地，不信时往这里来。"东海渔夫谷寿民怒叱了声："我就不信你这鬼吹灯的招儿。"脚下一顿，燕子翻云，纵得轻功往起一拨，就是三丈多高，飞纵了过去，直扑那乱石内。谷寿民已然在身形纵起时，镇海伏波剑已从左手中换过去；剑随人落，那片小树林子在往下一落身之下，被谷寿民削去了一大片。可是跟着又是一声狂笑，在那枝叶纷飞中，一个夜行人将将往起纵身，这次却往偏西南逃了下去。李天民、厉南溪、陆达夫也全各自摆掌中剑扑了过来。可是暗中这人身形好快，一起一落，轻巧异常，眨眼间，已经出去了六七丈。谷寿民头一个跟踪赶到，李天民紧随在身后，厉南溪、陆达夫也全提着剑赶下来。出来没有多远，前面逃走的那条黑影突然往横下一纵身，转奔正南。

这时，谷寿民追得可近了，相隔他也不过两丈左右，谷寿民喝声："不争气的贼子，既敢在黄沙汀替姓叶的卖命，你为什么不敢和老爷们动手？"谷寿民脚下一点，用足了力量，飞扑过去，已到了这人的背后，猛然往外一抖腕子，镇海伏波剑已递出来，向那人的背后刺去，身形和掌中剑到的是真快。那人猛然往左一上步，身形却是右肩头反往后一拧，已经迈出去的右脚，却往回一撤，掌中一对判官笔，已经用足了十分力量，从下往上翻起来，向谷寿民的伏波剑上砸去。

谷寿民一剑刺空，此人翻身动手，接招，谷寿民左臂往起一扬，身形往右一转，左手剑诀往外一探，二指向他右臂的骨环上便点，可是掌中剑也随着向右翻出，向他双腿上削去。这种招数是掌和剑连合运用，十分厉害。这人往起一个"倒卷帘"式，身形猛翻过来，倒转着身躯，蹿出了有丈余远；往地上一落时，二次腾身纵起，已经窜入一片蓬蒿乱草间，身形隐去。东海渔夫谷寿民向孤松老人和厉南溪、陆达夫招呼了声："任凭他有什么恶谋，我们也要多见识见识他了，倒要看看这叶天龙还有什么手段？"在喊声中身形纵起，扑了过去。

孤松老人、厉南溪、陆达夫全各摆手中剑，随着东海渔夫谷寿民的后踪搜寻下来。这时，隐隐听得偏东北一带，连着起了两声胡哨，遂循声搜寻，转奔东北这边。谷寿民纵眼往四周看时，正南、正北靠这黄沙汀的边上那两处火全着得很旺，似乎连那附近的草木全引着了。可是又搜寻出来一箭多地远，绝不见匪党的踪迹。眼前是一带陡起的高岗，这片高岗也不过是丈许高，上面满布着荒草，在上面还得紧自留神。才扑下这高岗的一个斜坡，突然斜刺里竟有人冷笑一声道："你们这才是自寻死路，怨不得姓叶的手底下黑了。"谷寿民等身形一停，各自往下一矮身，压剑查看发声之处。就在这时，斜坡几株矮树旁，陡然有人喝了个"打"字，只见一点寒星，竟向谷寿民的面门打到。发出来的是一支瓦面透风镖，镖风劲疾，镖身上光华才现，镖已到了。

谷寿民一低头，掌中剑斜着一翻，把这支瓦面透风镖打过斜坡上。可是"嗖"的一股子暗器风声，反从背后打过来。谷寿民右脚忙往身后一撤，一甩肩头，一支袖箭"嗖"的从耳旁打过去。谷寿民愤怒十分。这时，孤松老人李天民已经一个"燕子穿云"式往山坡上那几株小树后扑过去，终南剑客陆达夫却向谷寿民身后两丈外一片荒草中扑了过去，剑随人落，向那草中猛劈下去。里面果然有人潜伏，不过陆达夫劈的地方不对，这一剑落下去，里面潜伏的人已经飞纵起来，向斜坡下落去。谷寿民喝了声："猴儿崽子，我看你那儿走？"已经纵身扑下斜坡。

李天民往那小树前一落时，猛听得小树后面竟有人喝道：叶天龙你还想逃么？"那树后嗖嗖的一阵乱草折断的声音，有一人从树后蹿起来，从树顶子上过来，往下一落。正好李天民赶到，见出来这人正是搜寻多时不见的叶天龙。孤松老人李天民焉肯再容他走开？掌中天罡剑往胸前一合，往前一探身，"玉女投梭"，竟向叶天龙胸前刺去。那叶天龙脚才沾地，猛然往右一偏身，复往地上一扑，往左一晃肩，身形反向左纵出六七尺来。他往腰间一伸手，噗噜抖出一条九合金丝棍。这兵刃亮出，手底下是真快，身躯尚在向左矮着，猛然一振腕子，把九合金丝棍从左往右猛翻起来，反向孤松老人头顶上砸来。

李天民一剑刺空，叶天龙身形一撤，兵刃亮出来，反向自己砸到。李天民左手剑诀往左一领，左脚一滑地，身随剑诀转，由左往后一个旋身，右掌的剑削到。他九合金丝棍砸下去时，这口天罡剑竟向他棍身上横砍下来。那神拳叶天龙棍往下一倒时，已经见李天民竟安心要伤自己的兵器，他这腕子上暗中一坐力，少林棍法实有绝妙的功夫，竟能用别派中所没有的力量！他猛然腕子往左一带，把倒下去的棍式，竟硬给向横下翻过来，"乌龙卷尾"，"玉带围腰"，横着往孤松老人拦腰打来。这种兵器的厉害，能软能硬，能当做杆棒用，能当做少林棍用。这种横打过来势疾力猛，棍已到了李天民的腰际。李天民竟自身形往右一侧，身躯好像向右倒下去，右脚也随着身形滑出去，肩头几乎要挨到地上。这条九合金丝棍带着风声卷过去，可是孤松老人的掌中剑却猛然从右往回下一带，人和剑完全从他棍底下向左猛撞过来。只在一长身之间，剑已递到了叶天龙的右肋下。那叶天龙棍又打空，身躯正在半转，李天民的剑到，他竟自猛然往左脚底下一滑，身躯只微微的向左一倾，棍已经带回来。他把棍头接在左掌中，右手顺着棍尾猛往上一滑，把棍尾退出尺许来，棍身合在虎口上，手底下猛然用力向自己右肋旁一抖棍尾。这种变招，任你李天民的剑怎样快，没有他这一招疾了，竟向剑身上猛砸了过来。"当"的一声，剑和棍尾一撞之下，李天民怒不可遏，随着剑身一震之势，猛然一个"鹞子翻身"式，天罡剑却往下翻起，随着身形从左往后纵起来；一转身时，向叶天龙的右肩头猛然劈下来。这种身形，跟这剑一齐往下落，变招也是十分迅疾。

叶天龙眼看就得伤在这一剑之下，他知道不容易闪开，努着力右肩头往后一拧，双臂猛一抖，棍在双手里合着，斜着向上崩来。就在他九合金丝棍往起一抖，那擒龙手厉南溪认为，这叶天龙不能再叫他逃出手去了，到此时还顾什么有以多胜少之嫌？竟自一纵身，身随剑进，伏蛟剑竟自猛地向叶天龙背后刺来。叶天龙九合金丝棍往上一封，孤松老人恐怕被他把天罡剑磕飞，正在要换式为"倒转阴阳"，往回一抽剑；厉南溪这时一到，叶天龙眼看要被厉南溪的剑尖刺上的一刹那，突然在暗影中有人喝声："打！"跟着两股暗器同时打来，一支金镖、一支袖箭奔往孤松老人李天民、擒龙手厉南溪打来，暗器是十分劲疾。厉南溪已经预备剑伤叶天龙之下，迎面这一暗器来的太疾了，不由得不赶紧撤步抽身。

这一来，叶天龙竟趁势一纵身窜了出去。孤松老人把这一镖闪开之下，认为暗中这人暗器发出，他决不会就把身形撤开，自己正在一晃身之间，已向左侧一片荒草中扑过来。擒龙手厉南溪也因为这一袖箭只差着不及半寸就打在太阳穴上，这一剑只要中上，休想逃得活命。也纵身扑过去，眼角一扫之下，早已看出暗算自己的这人，立在身右侧的几株矮树后。扑过来的很快，可是身形向这里一落时，突然小树后又喝一声："打！"厉南溪一闪身时，并没有暗器发出，只有一条黑影从那矮树后凌空拔起，飞纵出去。擒龙手厉南溪那肯把他再放出手去？一斜身拧身追赶过来。孤松老人身形扑到时，这人已经飞身逃走，所逃走的方向，正和那神拳叶天龙全是一路逃下去。这边孤松老人、厉南溪连东海渔夫谷寿民、终南剑客陆达夫也全扑奔了西南。才追出没多远来，和铁臂苍猿朱鼎、武当大侠萧寅全聚合一处，这六人分散开，紧自追赶下来。

眼前突起一道高岗，约略着已经快到了这黄沙汀的西南近水的地方，因为隐隐已经听见波浪之声。往这片高岗上追赶过来时，再看那叶天龙离着没有多远，只见相隔着七八丈。他所逃奔的去处，和这片高岗正相反，是一片低凹的盆地，形如一道山沟，往下是越走越深，比较这道高岗矮着两三丈。这般侠义道到这时候，那能容他再逃出手去？见他们那三条黑影，头也不回，直向那道山沟纵跃如飞，拼命地逃走。东海渔夫谷寿民道："我们得各凭本领，把这恶贼追上，现在我们的形势可不对了，我们决不该全聚到一处，他这海边上倘若另有船只，定要被他逃出手去。无论如何，不要失了他的踪迹才好。"

孤松老人李天民头一个蹿下高岗，武当大侠萧寅和朱鼎也腾身纵起，厉南溪、陆达夫全仗剑飞纵下高岗。这六人前后散开，各自留开闪避的地势，可全进了这道山沟。这种地方，这般久走江湖的侠义道一追下来，早已注意到山沟两旁的形势。因为两旁最高处不过三丈，在这般人眼中，还不放在心上，所以决不惧怕他把山沟两旁堵塞起来，中他什么恶毒之计。这山沟可没有多长，里边是乱草丛，看不见实地，脚落处全要踏在乱草上。这时，武当大侠萧寅已经蹿到头里。

谷寿民此时把脚下的功夫尽量施展出来，认定了他们眼前只有三人。只要把他们拦截住，六口剑一齐动手，叶天龙焉能逃出手去？这时追的已近，相隔只有三四丈。那神拳叶天龙忽然好像脚底下登滑了，身躯往前一栽。这种地方只要稍一停顿，后面的人立时追近。跟随他逃下的那两个同党，在叶天龙身形往地上一扑时，他们嗖嗖地连连纵身，已经蹿了出去。那叶天龙也往起一纵身，又飞纵起来。这时谷寿民、萧寅已经和他身后相隔只有一丈左右，这双侠脚下一着地，正要往起一纵身时，突然听得这道山沟上面有人发着极大的喊声，谷寿民、萧寅猝然一惊之下，身形一顿。这时铁臂苍猿朱鼎、擒龙手厉南溪、孤松老人李天民、陆达夫也全先后赶到，可是上面这喊声之下，竟自悠悠的从上面飞下两块巨石，向谷寿民面前丈余内砸下来。

可是这两块石头落下去时，沟底的荒草随着往下沉去，这两块石头落下去很深的地方，才听得极大的水声发出。这种巨响震得两边全发着回声。可是跟着又从上面连续着落下五六块大石来，顺着这山沟向前砸去，竟自把两丈多远的沟底全塌下去。原来，这是一道极深的山涧，上面用树木的枝干支架起来，铺上乱草，又是在夜间，任凭你是多精明的人，既然已见他们从这里逃过去，只要你跟踪向前一纵身，没个不陷入里面。这种情形，这一般侠义道是又惊又怒。可是方才上面救应的人，究属何人，尚不知晓，并且这样叫叶天龙逃出手去也太不甘心。铁臂苍猿朱鼎说了声："我们这么放手，也太丢人现眼了！难道我们就过不去这段山涧么？"他说话间，已经飞身纵起，向左边这段壁立的山崖揉升上去；萧寅，厉南溪跟随在他的身后，从左边往上围；李天民、谷寿民陆达夫也从右边山壁上飞纵上去。上面两下相隔不过五六丈。赶到两边的人已经全上来之后，向前查看，只见浮摆着的几块巨石，并不见人迹。此时知道再一迟延，定要被叶天龙脱身逃去，两下里顺着山头上如飞地追赶下来。

这种地方情形也十分奇怪，山沟下面深陷下去的地方，只有这一段，再向前出去没多远，已经望到山沟出口处。可是竟见在那山沟口的附近，有三条黑影，忽左忽右，那情形是已被什么阻挡住。东海渔夫谷寿民以及商山二老等，全认为这神拳叶天龙到了日暮途穷之下，没有丝毫悔过之心，依然这么生恶念，想把这般侠义道全毁在黄沙汀，到这时再难容恕他了，一齐扑了过来。此时已查明白，下面山沟内并没有埋伏陷阱，这六位侠义道从上面齐扑下来，高声喝喊："叶天龙，你自作孽不可活，你还不束手就擒！"这三条黑影此时完全把身形停住，果然是那叶天龙跟卞寿山、石兆丰两个亲信的党羽。这种情形，谷寿民等全觉着可疑了，远远望到他们一阵往山沟外闯，到大家追近时，竟放着那条出路不赶紧逃出去，反要等着大家赶到，难道他要作最后一拼么？

东海渔夫谷寿民头一个纵身过去，厉声说道："叶天龙，你可认识老夫？"叶天龙冷笑一声道："我早知你不是善良之辈，在我石城岛附近屡次地兴妖作怪。我若还知道你这老儿和我为难，我焉能容你活到今日？"谷寿民冷笑一声道："叶天龙，你这叫恶贯满盈！你占据石城岛，东海一带没有抗扰的地方，我才能容你在那里立足。不想你骄狂过甚，妄大自尊，我正想除掉你；赶上这般人和你来清算旧债，正好把你这恶魔警戒一番。你应该自知过去的罪恶，在大势已去之下，你无论怎样设法逃命，那还是人情所许。你竟自用这种卑鄙毒辣的手段，叶天龙，你还想逃得出东海渔夫手内么？"谷寿民左手剑诀一压，镇海伏波剑揉身而进，一抖腕子，向叶天龙刺来。那叶天龙那肯束手就擒？抖起九合金丝棍立刻向伏波剑上便封。他那两个亲信党羽石兆丰、卞寿山一个是厚背鬼头刀，一个是判官笔，却左右往上一扑，齐下毒手。这时商山二老和武当大侠萧寅等全恨透了他，两次险些遭到他的毒手，立刻招呼了声："厉南溪、陆达夫，不斩这恶魔还待何时！"立刻这五口剑往上一围，把这三个匪徒团团围住。

这叶天龙此时自知已经不容易逃出手去，他已经算是豁出死去做最后一拼。这条九合金丝棍施展开，真也够别人对付的。东海渔夫谷寿民和李天民这两口剑把他缠住，铁臂苍猿朱鼎和厉南溪把卞寿山包围上，终南剑客陆达夫和萧寅把石兆丰围住。这一番死斗，最不易的是这种地势，展不开手脚；并且那神拳叶天龙更是豁出死命去拼斗，把这条金丝棍只要施展开，一两丈内叫你递不进招去。不过，此时谷寿民和李天民也把掌中剑术尽量地施展开，工夫不大，叶天龙已堪堪要毁在这两口剑下。他突然一眼望到山沟出口，那里仍然是空旷无人，适才带着卞寿山、石兆丰连闯了两次，全被暗器挡回，这时他要冒险地再闯一下。可是石兆丰、卞寿山也跟他同样的打算，这两人的武功本领没有他功夫纯，可安心从两边山壁上脱身。

就在叶天龙动念的一刹那，石兆丰已然一耸身，向左边山壁半腰一纵。他一抖手，就是一镖，向陆达夫门面打到。他在这一缓式之下，已经二次缩身，竟被他翻上山沟的顶子上。那知道萧寅也跟踪而起，已经蹿上来，才往山壁上一落，陡然听得上面喝声："老朋友下去了。"悠地一下子，那石兆丰竟自从上面翻下来。萧寅赶紧脚下猛的一踹山壁，倒翻下来，可是那石兆丰已经落到山沟内。这时，那叶天龙却用了手"乌龙倒卷尾"式，把谷寿民、李天民迫得往后一退身时，他脚底下用足了力量，托着九合金丝棍，往山沟口纵过来。脚下才一沾地，猛然一条灰影落在他面前，一口冷森森的剑向他劈来。

叶天龙实非弱者，他在这种情势下，身形猛然往左一沉，右手的九合金丝棍一振腕子，往左一带，把棍甩出去，一翻右臂，向迎面递剑这人的头顶上便砸。棍打出去，耳中听得一人喝声："孽障，你还敢逞凶！"这一来，把叶天龙惊得目瞪口呆，棍尾已被人接住。可是迎面递剑的这人，已把身形撤开，可是剑锋已经搭到自己的肩头。这条九合金丝棍被人一振之下，竟自从手中被人夺出去，并且振得突突作疼。叶天龙这才看出拿棍的竟是一个老和尚。赤手空拳，自己的这条棍竟落在人家手内，叶天龙在这种情势下，自知难免，不过心不甘服，他竟猛然嗥了声："我叶天龙算完了！"身躯往地上一倒，左肩头一找地，在这山沟口斜坡往下一滚。

可是这贼子手底下是真厉害，竟在这种情形，他已把暗器取出。仗剑的这人喝道："叶云，你还想逃么？"可是话声没落，叶天龙已经身躯往起一挺，并没有站起，只跪在山坡上，双手向外一抖，一支三棱亮银钉、一支透风镖同时打出。他是最后的挣扎。这两件暗器全带出风声来，耳中听得"当"的一声，两件暗器全被那仗剑的人用剑打落。这时，那卞寿山也受伤倒在山沟内。商山二老李天民等全赶了过来。终南剑客陆达夫远远地就招呼着："师父，我可报仇了！"陆达夫这种发喊声中，也正是叶天龙两支暗器打出之时。陆达夫纵身过来，认为他已经受伤，自己要亲手结果他。那知身形还没落稳，掌中剑没递出来，那叶天龙身形猛往起一纵，竟自窜起来。他安心是要和陆达夫同归于尽！他把全身的力量，完全贯到双臂上，不管陆达夫的剑刺中他否。他是猛扑过来，这种双撞掌更是随着纵身之势，就是让陆达夫的剑扎上，也挡不住他了。

神拳叶天龙这一手还是十分厉害，身躯已然扑过来，陆达夫剑也递到，这两下已然撞到一处。可是神拳叶天龙的身躯微偏了一些，陆达夫的白虹剑，剑身已经贴着他的右肋扎空，可是叶天龙的双拳已经递到。就在这刹那之间，叶天龙忽然听得背后一人猛叱了声："孽障，你还敢逞凶！"他只觉得两肩头被人轻按，"肩井穴"上已经被人点中了，双臂一麻，这双掌力量一卸。终南剑客陆达夫就在这时，往里一合腕子，要横斩叶天龙的左肋。这种地方是毫无躲闪，可是叶天龙的身形竟如电光石火一般，横着往右飞过去，呼的一声，身躯撞在石沟旁的石壁上，立刻倒在地上。陆达夫的剑已横着斩空。

面前忽现一位僧人，正是堵着山沟口现身的那个和尚，口中却在说着："无怨相报，几时方休？陆施主，你可以趁此罢手吧！"这时，那一鸥子上官毅也到了面前，陆达夫赶紧把掌中剑往左手一递，跪倒地上，口称："师父，你老人家竟自来到辽东，弟子的事还望师父主张，我二十年的深仇不能不报了！"陆达夫因为已看出这个和尚是跟随师父一道来的，自己要手刃叶天龙，竟被他阻挡住，分明是不准自己动手，所以向师父这样的叩求。

这时，武当大侠萧寅、商山二老、东海渔夫谷寿民、擒龙手厉南溪全到了近前，不约而同的，全是左手倒提着剑，一同向终南派掌门人一鸥子行礼。这位一鸥子老人已把他掌中剑纳还剑鞘，拱

手答礼道："老师父们全这么慷慨仗义，助小徒下辽东寻访不共戴天的仇人，如今竟能叫他如愿以偿。老朽只有向老师父们永志铭感之意。"这时，孤松老人李天民却向一鸥子上官毅问道："上官老师，这位大师是那座名山宝刹的高僧？上官老师何不为我们引见一下。"

上官毅往旁一闪身道："这位上人是为的这恶魔叶天龙而来，这是南海少林伽蓝院慧可上人，说起来，料师父们定然明白上人的来意。十年前，马头山伽监院圆寂的那位慧真禅师，是这位上人的师兄，只为十二栏竿山火云岭白莲寺白莲大师那次指示你们机宜之后，知道这恶魔在关东三省已经是根深蒂固，不容易歼除。更为得他南海少林派出了这种败坏门规的恶魔，不把他正了门规，也算是为南海少林开派以来的一桩耻辱。所以飞柬到南海少林寺，请求这位慧可上人主持此事，赶到辽东，了却他本门中这桩孽债。

"上人已经知道，现在和这恶魔不两立的人是我终南派继承衣钵的弟子。他们以门规所限，决不容这恶魔落在别人的手中。上人自己前来恐生误会，这才约同我一同赶奔辽东，只是中途略有耽搁，险些误了大事。我们赶到石城岛，那里已经烟消火灭，于是我们跟踪蹑迹，来到黄沙汀，更查知恶魔在这势败途穷之下，仍然不肯稍息恶念，还要施展阴谋诡计，把你们断送在黄沙汀。是我和上人把他这个奸谋给破露了，这才把恶魔纳入网罗。如今只有听由上人把这恶魔带到南海少林寺，在佛祖前明正其罪，以少林寺的门规处置他。至于小徒陆达夫和他二十年的冤仇，也只好在今夜放手了。"

陆达夫听到师父这个话，自己不禁失声哭着说道："恩师！你老得替我向上人请求，无论如何我得手刃这恶魔！我全家惨死，要叫我就这么放手，我死不甘心！"一鸥子上官毅正色说道："陆达夫，现在叶天龙既然已在这黄沙汀被擒，虽则不叫你亲手结果他，可是上人把他带到少林寺，也正是他重转轮回之时，那不和你亲手报仇是一样么？"陆达夫叩头说道："我求师父恩典，允许我跟随这位上人同返南海少林寺，在他们宣布门规之后，我要亲手取这恶魔的心肝，到我故乡惨死一家人的坟前祭奠一番，我才算交待了我为人子的心愿。不能这样答应，弟子我总然身遭残杀，也不愿意叫上人把他带走了。"这时，慧可上人却念了声："阿弥陀佛，善哉善哉。"遂向陆达夫道，"这位陆施主，你不要怪罪贫僧只为自己门户着想，把陆施主你不共戴天之仇置于不顾。那么我倒要勉从尊意，在这黄沙汀，我要代替本门宣布门规，立时处置。陆施主，你可以替代行刑之人，这总可以解却你二十年的仇恨了。"陆达夫叩头说道："这是上人的慈悲，弟子感恩不尽！"

这时，一鸥子上官毅却向陆达夫说道："达夫，你可不许这么固执，那上人是南海少林寺监院的禅师，在佛门中是有修为有成就的人。此番叶天龙已经落到他手中，决不会再叫他逃得活命。上人要把他带走，这正是为你本身解脱了宿世冤仇。我们虽非佛门中人，也略明'因果'二字。佛说'要知前世因，今生受者是。要知来世果，今生做者是'。你和叶天龙论起来，并没有什么不共戴天之仇，只为当年那段遇合，造成了一番惨剧，你一家老少完全断送在他手中。所以佛家看来，这正是宿世的冤孽。现在他落到这种结果，也正是他一生作恶的报应，临头你总然要他剖腹挖心，也不过是一死，可是你们这种冤孽牵缠，就要没有完了之时。他离开浙南，竟利用他那份聪明狡诈，蒙蔽了少林派慧真禅师，更造成了他一身的罪孽。如今慧可上人要把他带回南海少林寺，用佛门的戒律把他处治了，你也总算是全家之仇已报。可是你不亲手杀他，他也没逃开天理循环之报应，怎么你连这一点全看不开么？好糊涂的陆达夫！"

陆达夫此时听到师父的这番话，竟如当头棒喝，自己确然猛醒："虽然现在不能学那世俗的见解，把他的心挖出来祭奠死去的阴魂，可是此番叶天龙究竟算死在我的手内，群侠不下辽东，他又焉能落到这个结果？"遂向一鸥子叩头道："弟子愚昧无知，师父的教诲，弟子明白了，就请上人把他带走吧！"这时慧可上人点点头道："一鸥老人虽是俗家，颇明因果，我把他带走，可是我也不能就叫施主们空来一趟。"说着话，向一鸥老人一伸手说道："上官施主，我借你那柄苍虬剑一用。"上官毅伸手把剑撤出鞘来，倒捏着剑尖递与慧可上人道："大和尚，你可不要借剑杀人，把罪孽加在我身上。"这位慧可上人把苍虬剑接过去，向上官毅打了个问讯道："上官施主，一切罪孽，贫僧全替你们担承。我是要给这位陆施主留一点信物，叫他也好去回转故乡，祭奠他家中那一般屈死的冤魂。"

　　说到这，一转身把剑一举，向着东南，左掌打着问讯，躬身一拜，口中却在祝告道："弟子慧可求佛祖的慈悲，要在这黄沙汀一申我佛门戒律，叫他们看看善恶分明。"跟着一斜身，向山沟旁一纵，已到了神拳叶天龙倒卧之处。苍虬剑一举一落，叶天龙原本昏迷在地上，此时却一声惨叫，身躯连滚了两个儿，竟自如同死去一般。他那条右臂已被慧可上人砍下来！跟着一伏身，把叶天龙的衣服割下一大片来，把那只断臂包起，一转身纵到一鸥子面前，把苍虬剑往这断臂包上一横，双手捧着献到了一鸥子面前道："上官施主，当年他作恶多端，大石桥绝天理，惨杀陆氏全家，就是他这条右臂助成他那么恶暴。二十年后依然叫他这条右臂去还这笔债，这是他自作自受！也正可看出天道好还，善恶分明了。"一鸥子往旁一撤身，却不来接他这个包儿。终南剑客陆达夫赶忙抢步到面前，双手接过来，向慧可上人道："老师父这才是大慈大悲了。"慧可上人向一鸥子和商山二老等合十一拜道："冤孽牵缠，到今夜今时一笔勾消，贫僧要先行一步了。"

　　他说着话，转身一纵，到了那血迹淋漓的叶天龙身旁，一伸手拦腰把他抓起，腾身一纵，蹿出了山沟，向那海边如飞而去。这里一般风尘剑侠，看到上人把叶天龙弄走，全不禁慨然叹道："真是善恶到底终有报，只争来早与来迟。叶天龙雄踞石城岛曾几何时，竟作了残肢断体的人。"一鸥子上官毅看了看四下里已成野火燎原，这黄沙汀早晚会烧个一片焦土，遂向东海渔夫谷寿民等说道：

"我们还在此留恋些什么？趁着天色未明，离开此地吧！"大家此时全是默默无言，一同离开这山沟，赶奔这停船之处。

一鸥子上官毅却向陆达夫说道："现在你居然大仇得报，冤债得伸！你赶紧回到嘉兴故乡，祭奠过一般死去的冤魂。你要赶紧回到终南玉柱峰，我有关系着本门兴衰大事向你交派。你不要尽自耽搁。我还有我的事待办。众位老师父此次慷慨相助，我上官毅没世不忘，永铭肺腑！众位老师父若有闲暇，在中秋节能够赶到玉柱峰，我这穷老头子要预备些佳酿，略表寸心。更请你们老弟兄看看我终南派继承我上官毅衣钵之人。"商山二老等竟全含笑说道："我们到时候定当叨扰。"一鸥子向陆达夫道："你要牢记着我的嘱咐，至晚要在中秋节前，你要赶回玉柱峰。"陆达夫敬谨答应着。一鸥子又向东海渔夫谷寿民抱拳道："再会了。"只见他从海边上往南纵跃如飞，出去有二十丈远，向一处断崖下落去。跟着水面上有一条黑影冲波逐浪而去。

这里，谷寿民的船只有他所部的弟兄看守着，众人仍然登船离开黄沙汀。这时，黄沙汀上已然火焰四起，烟气腾腾。这只船仍然是回转庄河厅。走出有一里多地的水程，船面上的水手忽然向舱中招呼道："首领你快快出来。"谷寿民听得部下弟兄这一招呼，知道是定有所见，遂赶紧来到舱前面。船头的一名弟兄说道："首领你看，偏东北那里有一只帆船，走得很快，后面更是一只小船如飞地追赶下去，这种情形，这种时候，决不是平常的船只。"谷寿民仔细看时，果然一只大船风帆满升，走得很快，后面一支小船追赶已近，忽然大船的船尾上竟有弩弓连响之声，可是小船上飞纵起一条黑影，相隔四五丈远，已到大船上。跟着就见那船上的水手们连续着被抛入海中三四名。

谷寿民招呼水手们："赶紧斜舵，我们赶上去要查看一下。"船头转过来，直冲过去。相隔着还有十几丈远，突见大船上飞纵下一人，落在小船上，这只小船竟自把船头转过来，反向谷寿民这只船如飞地荡过来。这时，商山二老等全出舱查看，因为这种情形可怪，一个个暗自戒备着。眨眼间，这只小船已然冲过来，谷寿民唤问："来船赶紧说明来意，不答话我们可对不起了。"那小船上，见有一人哈哈一笑道："官儿全不打送礼的，我给你们送一份好礼来，难道还不好好接待我么？"这时，大家虽然认为这小船的行动怪异，可是大家也不惧怕它。两下接近，那小船上忽然又高声喊道："礼物已经送上去了，不要辜负了我的好心。"他的话声中，悠的黑忽忽一件东西抛上船头，扑通一声，砸得船头往下一沉。原来竟是一人！可是同时，孤松老人李天民惊呼道："周老师，你这是弄的什么玄虚？还不请上船来么？"铁臂苍猿朱鼎、终南剑客陆达夫全看出小船上站定这人，正是铁笔镇东边周三畏，想不到他竟在黄沙汀出现。

周三畏哈哈一笑道："有劳众位老师父仗剑下辽东，助我们终南派门下复仇惩凶！不过未尽全功，这小灵狐李玉依然要逃出手去。此贼狡恶尤甚于叶天龙，是我恰巧赶到，把他擒了回来，免得叫他在江湖上再逞凶作恶。适才遇到一鸥子，叫我赶奔大散关五丈岭，去为老友炊饼叟办理一件大事。我不便耽搁，现在两个元凶就擒，石城岛其余的余党亦不足为虑。我们中秋节终南玉柱峰再会了。"他说着这话，已把船头掉转，划桨如飞，小船径直在波涛汹涌中疾驶而去。

武当大侠萧寅和这位终南大侠铁笔镇东边周三畏，并没有会过面，这时听到他提出炊饼叟三字，向船头上抢过一步来，高声招呼道："周老师，炊饼叟可是有什么急难么？我萧寅和他是患难之交，周老师可否停一停，他究竟有什么事故发生？我也愿随周老师走一遭。"这时，周三畏把小船的双桨倒翻了几下，回头答道："萧大侠不必担心，他眼前的事，我周三畏尚能替他料理，不劳大侠挂怀了。"跟着双桨翻动，船行如飞，眨眼间已经隐入烟波中。萧寅只好回身来。

这时，大家已然看明船头上倒卧的正是那小灵狐李玉，他已经人事不知，奄奄一息。东海渔夫谷寿民向陆达夫道："你这位师伯，真个行为奇怪！他送来这件礼物，叫我们怎样消受？"铁臂苍猿朱鼎说道："这老头子更是可恶，他这分明是借刀杀人，把这贼子交到我们手中，叫我们作刽子手，我还是趁早地把他打发了，免去多少麻烦。"陆达夫道："这个贼子也实在留他不得，我和厉师兄在万福驿和他相遇，若不叫他逃出手去，石城岛也不至于这么费手。我们险些葬身火窑，几乎断送在叶天龙手中，还不是这恶贼所作成的么？我们索性成全他，教他落个全尸，不要污了谷老师的船只。"

陆达夫双手把他抓起来抛入海内。可怜小灵狐李玉，自入绿林以来，自负聪明过人，狡诈多谋，阴险万端，那想到临死落个糊里糊涂。

陆达夫把小灵狐抛入海内之后，他们这条船已来到庄河口。大家和谷寿民作别。厉南溪随着商山二老一路回转江南，那武当大侠萧寅却因为周三畏口风露出老友炊饼叟有急难临头，心中放心不下，赶奔大散关。陆达夫回转故里。七剑下辽东至此结束。（全书完）[1]

───────────────

[1] 本书系根据上海育才书局1948年6月至1949年2月初版版本进行录入、校正和重排。原刊本共分四集。